Bij uitgeverij Anthos is eveneens van
Nicci French verschenen:

Het geheugenspel
Het veilige huis
Bezeten van mij

NICCI FRENCH

Onderhuids

VERTAALD DOOR
MOLLY VAN GELDER EN
EELCO VIJZELAAR

ANTHOS

ISBN 90 414 0445 7

Oorspronkelijke titel: *Beneath the Skin*
Oorspronkelijke uitgever: Michael Joseph, London
Omslagillustratie: Michael Trevillion / Trevillion Picture Library, London
Omslagontwerp: Studio Jan de Boer
Foto auteur: Jerry Bauer

Verspreiding voor België:
Verkoopmaatschappij Bosch & Keuning, Antwerpen

In de zomer trekken hun lichamen hitte aan. De hitte dringt via de poriën in hun naakte huid. Heet licht komt hun duisternis binnen. Ik stel me voor hoe het binnen in hen rondgolft en hen opwindt. Donker glanzend vocht onder de huid. Ze doen hun kleren uit, al die dikke, compacte lagen die ze in de winter dragen, en ze laten zich aanraken door de zon: op hun armen, op hun nek. Het zonlicht stroomt tussen hun borsten en ze buigen hun hoofd achterover om het op hun gezicht op te vangen. Ze doen hun ogen dicht, hun mond open, opgesmukte lippen of onopgemaakte lippen. Hitte klopt op de straatstenen waar zij op lopen, hun naakte benen gaan van elkaar, hun dunne rokken fladderen op het ritme van hun gang. Vrouwen. In de zomer bespied ik hen, ik ruik hen en ik hou hen in gedachten.

Ze kijken naar hun spiegelbeeld in winkelruiten, terwijl ze hun buik intrekken en rechtop gaan staan, en ik kijk naar hen. Ik kijk hoe ze naar zichzelf kijken. Ik zie hen wanneer ze denken dat ze niet te zien zijn. De roodharige in een oranje zomerjurk. Een van de bandjes zit gedraaid op haar schouder. Ze heeft sproeten op haar neus, één grote sproet op haar sleutelbeen. Geen beha. Tijdens het lopen zwaait ze met haar bleke, donzige armen en je ziet haar tepels door het strakke katoen van haar jurk. Kleine borsten. Schonkige heupen. Ze draagt platte sandalen. Haar tweede teen is langer dan haar grote teen. Troebelgroene ogen, als de bodem van een rivier. Lichte wimpers, die te vaak knipperen. Dunne mond, een spoortje lippenstift in haar mondhoeken. Ze krimpt ineen van de hitte, tilt haar ene arm op om de parels zweet van haar voorhoofd af te vegen en er zit een rossig stoppelveldje in de holte van haar oksel, misschien een paar dagen oud. Benen zijn ook prikkerig, ze voelen aan als vochtig schuurpapier. Haar huid wordt vlekkerig, haar haar kleeft aan haar voorhoofd. Ze haat de hitte, deze vrouw. Ze wordt erdoor verslagen.

Die met de grote borsten, een bibberbuik en een bos donker haar, van haar zou je denken dat ze het moeilijker zou hebben met al dat gewicht, al dat vlees. Maar zij stelt zich open voor de zon, ze vecht er niet tegen. Ik zie dat ze haar grote zachte lijf losgooit. Zweetkringen onder haar armen, op haar groene T-shirt, het zweet loopt langs haar nek, langs de dikke, steile vlechten. Het zweet glinstert tussen de zwarte haartjes op haar armen, op haar sterke benen in de schoenen met hoge hakken. Het haar op haar onderarm is dik. Ik ken de rest van haar lichaam wanneer ik het zie. Ze heeft donkere haartjes boven haar lippen, een mond die rood en nat is, als een rijpe pruim. Ze eet een broodje dat in bruin, vetvrij papier is gewikkeld met vetvlekken erop en zet haar witte tanden in de zachte substantie. Er blijft een tomatenpitje op haar bovenlip plakken, vet sijpelt langs haar kin naar beneden, maar ze veegt het niet weg. Haar rok blijft steken in de spleet tussen haar billen, kruipt een eindje omhoog.

De hitte kan vrouwen afstotend maken. Sommige raken helemaal uitgedroogd, als insecten in de woestijn. Droge rimpels in hun gezicht naaien hun bovenlippen dicht en vormen een netwerk onder hun ogen. De zon heeft hen leeggezogen tot de laatste druppel. Vooral de oudere vrouwen, die hun crêpeachtige armen onder lange mouwen proberen te verbergen, hun gezichten onder hoeden. Andere vrouwen gaan stinken en rotten, hun huid kan hun aftakeling haast niet meer tegenhouden. Als ze in mijn buurt komen, kan ik ze ruiken: onder de deodorant en zeep en de parfum die ze op hun polsen en achter hun oren hebben gedept, ruik ik de geur van rijpheid en verval.

Maar sommigen gaan open als bloemen in de zon, schoon, fris, een gladde huid, haar als zijde dat achterover is gekamd of hun gezicht omlijst. Ik zit op een bank in het park en kijk naar hen terwijl ze langskomen, alleen of in groepjes, en met hun hete voeten het gebleekte gras pletten. Het licht schittert op hen. De zwarte in een gele jurk, de zon weerkaatst op de glanzende vlakken van haar huid; dik, olieachtig haar. Ik hoor haar lachen als ze langs me loopt, een knerpend geluid dat diep uit een geheime plek van haar sterke lichaam lijkt te komen. Ik kijk naar de dingen die in de schaduw blijven: de plooi in de oksel, de holte achter de knie, de donkere plek tussen hun borsten. Hun verborgen delen. Ze denken dat niemand kijkt.

Soms zie ik wat ze eronder aanhebben. De vrouw met een wit hemdje en het behabandje dat steeds van haar schouder glijdt. Het is grijs en smoezelig van het vele dragen. Ze heeft een schoon hemdje aangedaan, maar zich niet om haar beha bekommerd. Ze dacht dat nie-

mand het zou opmerken. Ik merk zulke dingen wel op. De loshangende zoom, de geschilferde nagellak, het puistje dat ze met make-up proberen te verdoezelen, de detonerende knoop, de moddervlek, de vuile kraag, de ring die met de jaren te strak is gaan zitten, zodat de vinger eromheen opzwelt.

Ze lopen langs me. Ik zie hen door een raam, als ze denken dat ze alleen zijn. Bij degene die 's middags in haar keuken in het huis in de stille straat slaapt, ga ik soms op bezoek. Haar hoofd hangt vreemd schuin naar beneden – straks wordt ze met een ruk wakker en vraagt zich af waar ze is – en haar mond hangt slap open. Er loopt een streepje speeksel over haar wang, als het spoor van een slak.

Terwijl ze een auto in stapt trekt ze haar jurk wat omhoog, een flits van ondergoed. Dijen met kuiltjes.

De zuigzoen onder de zorgvuldig geknoopte sjaal.

Zwanger, ik zie de navel door de dunne stof van de jurk.

Met een baby, er zitten melkvlekken op de bloes, een klein spuugvlekje waar het hoofdje van de baby op haar schouder heen en weer wiebelt.

De glimlach die het gezwollen, terugtrekkend tandvlees laat zien, het stukje uit de voortand, de porseleinen kroon.

De bruine scheiding in het blonde haar, waar de verf aan het uitgroeien is.

De dikke, gelige teennagels die haar leeftijd verraden.

De eerste spataderen op het witte been, als een paarse worm onder de huid.

Ze liggen in het park op het gras, terwijl de zon op hen brandt. Ze zitten buiten voor de pub, schuim van de kop van het bier op hun lippen. Soms sta ik in de metro tussen hen in, de druk van warme lijven in de muffe lucht. Soms zit ik naast hen, met mijn dij lichtjes tegen hen aan. Soms hou ik een deur voor hen open en loop achter hen de koele ruimte binnen van een bibliotheek, een museum, een winkel, en ik bestudeer hun manier van lopen, hoe ze hun hoofd omdraaien of hun haar achter hun oren doen. Hoe ze glimlachen en wegkijken. Maar soms kijken ze niet weg.

Het is nog een paar weken zomer in de stad.

DEEL EEN

Zoë

I

Ik zou nooit beroemd zijn geworden zonder de watermeloen. En ik zou nooit een watermeloen bij me hebben gehad, als het niet zo heet was geweest. Dus kan ik maar beter met de hitte beginnen.

Het was heet. Maar daarmee zet ik u misschien op het verkeerde been. Misschien denkt u nu aan de Middellandse Zee en verlaten stranden en longdrinks waar kleurige papieren parasolletjes uit steken. Welnee. De hitte was als een grote, oude, dikke, stinkende, schurftige, vettige, winderige, stervende hond, die begin juni in Londen had postgevat en al drie verschrikkelijke weken niet had bewogen. Het was steeds zweteriger en plakkeriger geworden en de blauwe lucht had van dag tot dag een soort industriële mengkleur van geel en grijs aangenomen. Holloway Road had nu iets van een reusachtige uitlaatpijp, waar de uitlaatgassen op straatniveau werden neergedrukt door een massa nog vervuilender stoffen van ergens daarboven. De voetgangers hoestten elkaar toe als beagles die uit een tabakslaboratorium waren bevrijd. Begin juni deed je met plezier een zomerjurk aan, die zo lekker licht tegen je huid aan zat. Maar mijn jurken waren aan het eind van de dag steevast groezelig en vuil en ik moest elke morgen mijn haar wassen boven de gootsteen.

Normaal wordt de keuze van boeken die ik aan mijn leerlingen voorlees bepaald door fascistische, totalitaire principes, opgelegd door de regering, maar deze ochtend was ik voor de verandering eens opstandig geweest en had ze een verhaal van Broer Konijn voorgelezen, dat ik in een kartonnen doos met gebutste kinderboeken had gevonden toen ik het huis van mijn vader opruimde. Ik was blijven hangen bij oude schoolrapporten, brieven die voor mijn geboorte geschreven waren, kitscherige porseleinen beeldjes, die een stroom van sentimentele herinneringen naar boven brachten. Ik had alle boeken bewaard, omdat ik dacht dat ik ooit zelf kinderen zou hebben en ze dan de boeken zou kunnen voorlezen die mijn moeder me voorlas voordat ze doodging, waarna mijn vader me elke avond moest instoppen, zodat voorlezen weer een van de vele dingen werd die verdwenen en daardoor iets kostbaars en prachtigs werd in mijn herinnering. Wanneer ik kinderen voorlees, krijg ik ergens het gevoel dat ik een zachte, vage versie van mijn moeder ben geworden, dat ik het kind dat ik vroeger was aan het voorlezen ben.

Ik zou graag willen zeggen dat mijn klas helemaal in de ban was van deze klassieke, ouderwetse vertelling. Misschien werd er iets minder gejammerd, in neuzen gepeuterd, naar het plafond gestaard of geklierd. Maar toen ik hun naderhand vragen stelde over het verhaal, kwam als voornaamste probleem naar voren dat niemand wist wat een watermeloen was. Ik tekende er een voor ze op het bord met rood en groen krijt. Een watermeloen is toch al zo'n karikaturaal ding dat zelfs ik er een kan tekenen. Totaal geen reactie.

Dus ik zei dat ik, als ze zich gedroegen – en het laatste uur van de middag waren ze schrikbarend braaf –, de volgende dag een watermeloen mee naar school zou brengen. Onderweg naar huis bleef ik ietsje langer in de bus zitten dan normaal en stapte uit bij de halte in Seven Sisters Road. Ik liep terug langs de groentewinkels en kramen. Bij de eerste de beste kocht ik een pond morellen en at ze achter elkaar op. Ze smaakten wrang, sappig, zuiver, ze deden me denken aan het platteland waar ik opgroeide, waar ik onder de groene schaduw zat bij het ondergaan van de zon. Het was even na vijven, dus de straten raakten al aardig verstopt. De warme uitlaatgassen sloegen me in het gezicht, maar ik voelde me bijna vrolijk. Zoals altijd moest ik me door massa's mensen heen dringen, maar velen van hen leken in een goed humeur te zijn. Ze droegen kleurige kleding. Mijn stadsclaustrofobiemeter was van elf, zijn normale stand, gezakt naar een handzamere zes of zeven.

Ik kocht een watermeloen zo groot als een basketbal en zo zwaar als een bowlingbal. De verkoper had er vier plastic tasjes over elkaar voor nodig en nog kon je hem niet op een handige manier dragen. Heel voorzichtig hing ik de zak over mijn schouder, waarbij ik bijna het verkeer in tolde, en ik droeg de meloen als een man die een kolenzak sjouwt. Het was maar zo'n driehonderd meter naar mijn huis. Het zou me vast wel lukken.

Toen ik Seven Sisters Road overstak en Holloway Road insloeg, werd ik aangestaard. God mag weten wat de mensen dachten dat ik aan het doen was, een luchtig geklede, jonge blondine, voorovergebogen, met over haar schouder iets wat eruit moet hebben gezien als haar eigen gewicht in goud in een plastic boodschappentas.

Toen gebeurde het. Hoe heb ik dat ogenblik ervaren? Het was een moment, een impuls, een klap, en toen was het voorbij. Eigenlijk heb ik het gebeurde gereconstrueerd door het steeds in mijn gedachten te herhalen, door het aan andere mensen te vertellen, door wat andere mensen aan míj vertelden. Er kwam een bus aanrijden over de binnenste rijstrook van de straat. Toen hij vlak bij me was, sprong iemand van het achterplatform. De bus reed zo hard als mogelijk was op Holloway Road tijdens de spits. Mensen springen doorgaans niet op die manier van een bus, zelfs geen Londenaren, dus eerst dacht ik dat hij roekeloos achter de bus de weg was overgestoken. Maar uit de vaart waarmee hij op de straat terechtkwam en bijna zijn evenwicht verloor, bleek dat hij uit de bus moest zijn gekomen.

Toen zag ik dat ze met z'n tweeën waren, ogenschijnlijk met elkaar verbonden door riempjes. De achterste persoon was een vrouw, ouder dan hij. Maar niet echt bejaard. Zij viel écht, ze kwam afschuwelijk hard op de grond terecht en rolde omver. Ik zag haar voeten idioot hoog de lucht in gaan en daarna knalde ze tegen een vuilnisbak. Ik zag hoe haar hoofd tegen de straat kwakte, hoorde het. De man rukte zich los. Hij had een tasje vast. Haar tasje. Hij hield het met beide handen voor zijn borst. Iemand schreeuwde. Hij ging er als een speer vandoor. Hij had een vreemde, strakke glimlach op zijn gezicht en zijn ogen stonden glazig. Hij kwam recht op me af stormen, dus ik moest een stap opzij doen. Maar ik deed niet zomaar een stap opzij. Ik liet de watermeloen van mijn schouder glijden. Ik helde achterover en gaf hem een zwieper. Ik moest wel achteroverhellen, anders was de meloen rechtstandig naar beneden gekomen, met mij erbij. Als hij het rondje had afgemaakt, zou ik er algauw de macht over hebben verloren, maar zijn vaart werd in één klap gestuit toen hij de man vol in de maag raakte.

Er bestaat zoiets als het meest effectieve slagpunt. Wanneer ik slagbal speelde op de lagere school en ik de bal probeerde te raken, kwam die meestal op de rand van mijn slaghout terecht, zodat hij zielig aan de zijkant afdroop. Maar soms kwam de bal precies op de juiste plek en vloog haast moeiteloos de lucht in. Cricketbats hebben ook hun meest effectieve slagpunt. En tennisrackets en honkbalknuppels. En zo werd deze tasjesdief door de watermeloen precies op zijn slagpunt geraakt, precies op het volmaakte punt van zijn boog. Er klonk een wonderbaarlijke doffe klap toen de meloen tegen zijn maag knalde. Er klonk het gesis van naar buiten geperste lucht en hij ging acuut tegen de vlakte, alsof er geen lichaam in zijn kleren zat en zijn kleren zichzelf probeerden op te vouwen op de straatstenen. Hij ging niet neer als een omgehakte boom. Hij stortte ineen als een hoog gebouw dat door explosieven aan de onderkant wordt opgeblazen. Het ene moment staat het er nog en het volgende moment is er alleen maar stof en gruis.

Ik had nog niet bedacht wat ik zou doen als de man zou opstaan en op me af zou komen. Mijn watermeloen was maar voor één klap geschikt. Maar hij kon niet opstaan. Hij klauwde met zijn handen aan de straatstenen en daarna werden we allemaal door een menigte omringd. Ik kon hem niet meer zien en herinnerde me ineens de vrouw weer. Sommige mensen gingen voor me staan, probeerden iets tegen me te zeggen, maar ik duwde hen opzij. Ik had een licht gevoel in mijn hoofd, een uitzinnig gevoel. Ik had zin om te lachen of druk te praten. Maar om de vrouw viel niet te lachen. Ze lag als een verfrommeld hoopje op straat, met haar gezicht naar beneden. Er zat behoorlijk veel bloed op de stenen, heel donker en dik. Ik dacht dat ze dood was, maar haar been trok op een vreemde manier. Ze was chic gekleed, zakelijk, met een vrij korte, grijze rok. Ik moest er plotseling aan denken dat ze vanochtend ontbeten had en naar haar werk was gegaan en daarna terug naar huis, terwijl ze bedacht wat ze vanavond zou gaan doen en alledaagse, opbeurende plannen maakte, en dat toen dit ineens gebeurd was en haar leven had veranderd. Waarom had ze dat stomme tasje niet losgelaten? Misschien was het om haar arm blijven haken.

De mensen stonden met onzekere blikken om haar heen. We wilden allemaal dat er een officieel iemand, een arts of een agent of iemand in uniform, naar voren zou komen om de leiding te nemen en er een normale gebeurtenis van te maken, die via de geëigende kanalen werd afgehandeld. Maar er was niemand.

'Is er een dokter?' zei een oude vrouw naast me.

O, kut. Ik had een tweedaagse EHBO-cursus gedaan in het tweede semester van mijn onderwijzersopleiding. Ik liep naar voren en knielde naast haar neer. Ik voelde een soort geruststelling om me heen. Ik wist hoe je kleuters medicijnen moest geven, maar ik kon in dit geval niets belangrijks verzinnen, behalve een van de hoofdregels. 'Bij twijfel: niets doen.' Ze was bewusteloos. Er zat veel bloed op haar gezicht en mond. Er kwam nog een zin bij me op: 'Stabiele zijligging.' Zo voorzichtig mogelijk draaide ik haar gezicht naar me toe. Achter me hoorde ik mensen hun adem inhouden en er klonken uitroepen van afkeer.

'Heeft iemand een ambulance gebeld?' vroeg ik.

'Heb ik gedaan, met m'n mobiele telefoon,' zei een stem.

Ik haalde diep adem en stak mijn vingers in de mond van de vrouw. Ze had rood haar en een erg lichte huid. Ze was jonger dan ik aanvankelijk had gedacht en waarschijnlijk behoorlijk mooi. Ik was benieuwd wat voor kleur ogen ze had onder de gesloten oogleden. Misschien had ze groene ogen; rood haar en groene ogen. Ik haalde gestold bloed uit haar mond. Toen ik naar mijn rode hand keek, zag ik een tand of een stuk van een tand. Vanuit haar lichaam kwam een gekreun. Ze hoestte. Vast een goed teken. Keihard, vlakbij, hoorde ik een sirene. Ik keek op. Ik werd opzij geduwd door een man in uniform. Prima.

Ik haalde met mijn linkerhand een papieren zakdoekje uit mijn zak en veegde het bloed en ander vuil zorgvuldig van mijn vingers. Mijn meloen. Ik was mijn meloen kwijt. Ik liep terug om hem te zoeken. De man zat nu overeind, terwijl twee politieagenten, een man en een vrouw, op hem neerkeken. Ik kreeg mijn blauwe plastic tas in de gaten.

'Van mij,' zei ik, terwijl ik hem opraapte. 'Ik had 'm laten vallen.'

'Zij was 't,' zei een stem. 'Zij heeft 'm tegengehouden.'

'Ze sloeg 'm helemaal knock-out,' zei iemand anders, en een vrouw die erbij stond begon te lachen.

De man staarde naar me op. Misschien verwachtte ik een wraakzuchtige blik van hem, maar hij zag er alleen maar wezenloos en verward uit.

'Echt?' zei de agente, die een beetje achterdochtig keek.

'Ja,' zei ik, op mijn hoede. 'Maar ik ga maar weer 's.'

De agent deed een stap naar voren.

'We hebben een paar details nodig, mevrouwtje.'

'Wat wilt u weten?'

Hij haalde een aantekenboekje te voorschijn.

'Laten we eens beginnen met uw naam en adres.'

Dat was nog zoiets raars. Mijn naam wist ik nog wel, al kostte zelfs dat een beetje moeite. Maar ik kon maar niet op mijn adres komen, ook al ben ik de eigenares van dat stomme huis en woon ik er al anderhalf jaar. Ik moest mijn agenda uit mijn zak halen en het adres voorlezen, terwijl mijn hand zo hevig trilde dat ik de woorden bijna niet kon lezen. Ze moeten me wel voor gek verklaard hebben.

2

Ik was bij de E op de klassenlijst, de E van Damian Everatt, een schriel jochie met een enorme bril waarvan het ene pootje met plakband vastzat, vettige oren, een angstige mond met kloven en met korsten bedekte knieën van de keren dat de andere jongens hem op het schoolplein omverduwden.

'Ja, juf,' fluisterde hij, terwijl Pauline Douglas haar hoofd om de al openstaande deur van het lokaal stak.

'Kan ik je even spreken, Zoë?' zei ze. Ik stond op, streek zenuwachtig mijn jurk glad en ging met haar mee. Er waaide een aangename tocht door de gang, hoewel ik zag dat er een zweetdruppeltje over Paulines zorgvuldig bepoederde gezicht liep en haar gewoonlijk keurige grijzende haar nat bij de slapen was. 'Ik ben gebeld door een journalist van de *Gazette*.'

'Wat is dat?'

'Een stadsblaadje. Ze willen je spreken over je heldendaad.'

'Wat? O, dat. Dat is...'

'Er werd melding gemaakt van een watermeloen.'

'O ja, nou ja, kijk...'

'Ze willen ook een fotograaf sturen. Stilte!' Dat laatste was tegen de kring kinderen die achter ons op de grond onrustig zaten te doen.

'Wat vervelend dat ze je lastigvielen. Zeg maar dat ze moeten ophoepelen.'

'Helemaal niet,' zei Pauline ferm. 'Ik heb geregeld dat ze om kwart voor elf komen, in de pauze.'

'Weet je dat zeker?' Ik keek haar weifelend aan.

'Het is misschien goede publiciteit.' Ze keek over mijn schouder. 'Is dat 'm?'

Ik draaide me om en keek naar de gigantische, groengestreepte vrucht die onwetend op de plank achter ons stond.

'Ja, dat is 'm.'

'Dan ben je sterker dan je eruitziet. Goed, ik zie je straks.'

Ik ging weer zitten en pakte de klassenlijst op.

'Waar waren we gebleven? Ja. Kadijah.'

'Ja, juf.'

De journalist was in de vijftig, klein en dik, met haar dat uit zijn neusgaten groeide en vanachter zijn kraag opschoot. Ik had zijn naam niet goed verstaan, wat gênant was, omdat hij die van mij juist heel goed kende. Bob nog wat, geloof ik. Zijn gezicht had een donkerrode kleur en er zaten brede zweetkringen onder zijn oksels. Tijdens het schrijven, kleine krabbeltjes steno in een sjofel notitieboekje, gleed de pen steeds uit zijn plompe knuist. De fotograaf die met hem was meegekomen leek een jaar of zeventien. Kort donker haar, een oorbel in zijn ene oor, een spijkerbroek die zo strak zat dat ik er steeds aan moest denken dat als hij op zijn hurken zou gaan zitten met zijn camera, de broek zou scheuren. Terwijl Bob me interviewde, liep de fotograaf door het klaslokaal en staarde vanuit verschillende hoeken naar me door de lens van zijn camera. Ik had mijn haar gefatsoeneerd en me een beetje opgemaakt voordat ze kwamen. Dat moest van Louise, die me het personeelstoilet in had geduwd en me achterna had gezeten met een borstel in haar hand. Nu had ik spijt dat ik er niet meer werk van had gemaakt. Daar zat ik, in mijn oude crèmekleurige jurk met de scheve zoom. Ik voelde me ongemakkelijk bij hen.

'Wat ging er door u heen voordat u besloot om hem aan te vallen?'

'Ik heb 't gewoon gedaan. Zonder erbij na te denken.'

'Dus u was niet bang?'

'Nee. Daar had ik eigenlijk geen tijd voor.'

Hij zat driftig te krabbelen in zijn notitieboekje. Ik had het gevoel dat ik slimmere, leukere dingen moest zeggen over het voorval.

'Waar komt u vandaan? Haratounian is een vreemde naam voor zo'n blonde vrouw als u.'

'Een plaatsje in de buurt van Sheffield.'

'Dus u bent een nieuwkomer in Londen.' Hij wachtte niet op mijn antwoord. 'En u geeft les aan kleuters?'

'Het is meer een soort opvang.'

'Hoe oud bent u?'

'Drieëntwintig.'

'Mmm.' Hij keek me schattend aan, als iemand die een inferieur stuk vee bekijkt op een boerenveiling. 'Hoeveel weegt u?'

'Wat? Ongeveer achtenveertig kilo, denk ik.'

'Achtenveertig kilo,' zei hij grinnikend. 'Fantastisch. En het was een beer van 'n man, hè?' Hij zoog aan zijn pen. 'Denkt u dat de samenleving er beter uit zou zien als iedereen zo betrokken was als u?'

'Tja, dat weet ik niet, hoor.' Ik zocht wanhopig naar een verklaring die ergens op sloeg. 'Ik bedoel, stel dat de meloen niet raak was geweest? Of dat ik de verkeerde had geraakt?'

Zoë Haratounian, woordvoerster namens de slecht formulerende jeugd. Hij fronste en deed niet eens alsof hij opschreef wat ik had gezegd.

'Hoe voelt het om een heldin te zijn?'

Tot dat moment was het ergens wel leuk geweest, maar nu raakte ik een beetje geïrriteerd. Maar ik kon er natuurlijk geen zinnig woord over zeggen.

'Het gebeurde gewoon,' zei ik. 'Ik wil mezelf helemaal niet op de borst slaan. Weet u ook of het goed gaat met de vrouw die beroofd werd?'

'Ja. Een paar gebroken ribben, dat is alles, en ze moet een paar nieuwe tanden hebben.'

'Laten we haar maar met de meloen nemen.' Dat was de jonge fotograaf.

Bob knikte.

'Ja, daar gaat 't om.'

Hij schoof de vrucht van de plank en wankelde ermee door de klas.

'Kolere,' zei hij, terwijl hij hem op mijn schoot legde, 'geen wonder dat je 'm buiten westen hebt geslagen. Nou, kijk naar mij, kin ietsje omhoog. En lachen, mop. Je hebt gewonnen, toch? Heel mooi.'

Ik lachte tot de lach op mijn gezicht bleef plakken. Ik zag dat Louise in de deuropening naar binnen keek met een brede grijns op haar gezicht. Ik voelde een giecheltje opborrelen.

Daarna wilde hij de meloen en mij, samen met de kinderen. Ik deed mijn imitatie van een nuffige Victoriaanse schoolfrik, maar Pauline bleek al toestemming te hebben gegeven. De fotograaf stelde voor om de meloen in stukken te snijden. Hij was sensueel donkerroze, lichter bij de schil, met glanzende zwarte pitjes en een vezelachtige, koele geur. Ik sneed hem in tweeëndertig partjes, een voor ieder kind en een voor mij. Ze stonden om me heen op het zinderende betonnen schoolplein met hun stukje meloen in de hand en lachten tegen de camera. Opletten allemaal. Een, twee, drie, kijk naar het vogeltje.

Het krantje kwam op vrijdag uit en ik stond op de voorpagina. De foto van mij was gigantisch, omringd door kinderen en stukken meloen. 'Juf Heldin en de meloen.' Niet erg pakkend. Daryl had zijn vinger in zijn neus en de rok van Rose zat in haar onderbroek, maar verder stond iedereen er goed op. Pauline maakte een tevreden indruk. Ze prikte het stukje op het mededelingenbord bij de koffiekamer, waar de kinderen het zo bekrasten dat het na een tijdje onleesbaar werd, en daarna zei ze tegen me dat een van de grote dagbladen had gebeld, die graag een vervolgartikel wilden schrijven. Ze had een voorlopig interview geregeld en nog een fotosessie in de lunchpauze. Ik mocht de personeelsvergadering overslaan. Als ik dat goedvond, natuurlijk. Ze had de secretaresse gevraagd een nieuwe meloen te kopen.

Ik dacht dat het daarmee voorbij was. Ik was verbijsterd over de manier waarop een verhaal aan kracht kan winnen. Ik herkende de vrouw die de dag daarop op de binnenpagina van de *Daily Mail* stond nauwelijks, gebogen onder het gewicht van een enorme watermeloen, met een grote kop erboven. Ze leek niet op mij met haar gereserveerde glimlach en haar blonde haar dat netjes achter haar oren was geschoven. En ze praatte al helemaal niet als ik. Was er niet genoeg echt belangrijk nieuws in de wereld? Op de volgende pagina stond onderaan een klein stukje over een bus die in Kasjmir van een brug was gereden, waarbij een afschuwelijk groot aantal mensen was omgekomen. Als er onder de passagiers een blonde, Engelse, drieëntwintigjarige schooljuffrouw was geweest, had het artikel misschien meer ruimte gekregen.

'Gelul,' zei Fred, toen ik later op de dag iets in die trant tegen hem zei, terwijl we pappige, met azijn doordrenkte patat aten, na een film waarin mannen met uitstulpende spieren elkaar op de kaak sloegen met een krakend geluid alsof er een geweer afging.

'Haal jezelf niet zo naar beneden. Jij hebt je als een held gedragen. Je had maar een fractie van een seconde om te beslissen en je hebt precies gedaan wat je moest doen.' Hij legde zijn slanke, eeltige hand als een kom onder mijn kin. Ik had de indruk dat hij niet mij zag, maar de vrouw op de foto met dat kleverige glimlachje. Hij gaf me een zoen. 'Sommige mensen doen 't door zich op een granaat te werpen, jij deed 't met een watermeloen. Dat is het enige verschil. Zullen we naar jou gaan? Het is nog vroeg.'

'Ik moet nog een stapel nakijkwerk en formulieren doornemen van ongeveer een meter hoog.'

'Heel even maar.'

Hij gooide de laatste patatjes in een uitpuilende vuilnisbak, slalomde om de hondendrollen op de stoep heen en sloeg zijn lange arm om mijn schouder. Door alle uitlaatgassen, de baklucht van kebabtenten en snackbars heen rook hij naar sigaretten en gemaaid gras. Onder zijn opgerolde hemdsmouwen zaten zijn gebronsde onderarmen vol schrammen. Zijn lichtblonde haar viel over zijn ogen. Hij was koel in de industriële warmte van de avond. Ik kon geen nee zeggen.

Fred was mijn nieuwe vriend, of nieuwe scharrel. Dus misschien zaten we precies in de goede fase. We hadden het moeilijke, onhandige eerste gedeelte gehad, wanneer je een soort cabaretier bent die voor een lastig publiek moet optreden en wanhopig hunkert naar gelach en applaus. Behalve dat we in ons geval juist helemaal niet hunkerden naar gelach. Maar we waren nog lang niet in het stadium beland waarin je rondloopt in je flat en niet eens ziet dat de ander niets aanheeft.

Hij had het grootste deel van het jaar als tuinman gewerkt, waardoor hij heel taai en sterk was geworden. Je kon zijn spieren onder zijn huid zien rollen. Zijn onderarmen, nek en gezicht waren bruin, maar zijn borst en buik waren bleek, melkachtig.

We waren ook nog niet zover dat we gewoon onze kleren uittrokken en ze netjes opgevouwen op twee aparte stoelen legden op een soort klinische, routineuze manier. Telkens wanneer we mijn huis binnenkwamen – en het moest blijkbaar altijd bij míj – voelden we nog steeds de drang om aan elkaar te gaan zitten. Al het andere leek daardoor minder belangrijk. Soms, als ik 's middags op school zat, moe en lusteloos van de warmte, en de kinderen zaten te klieren, dacht ik aan Fred en de komende avond en dan klaarde de dag helemaal op.

We staken een sigaret op erna, terwijl we in mijn kleine slaapkamertje lagen en naar muziek en getoeter beneden op straat luisterden. Iemand schreeuwde: 'Vuil kutwijf, ik zal je wel krijgen.' We luisterden naar het geluid van stampende voeten op de stoep, een vrouw die gilde. Ik was er min of meer aan gewend geraakt. Ik lag er niet meer wakker van, zoals vroeger.

Fred knipte het lampje bij het bed aan, zodat de troosteloze, armoedige lelijkheid van de flat verlicht werd. Waarom had ik dit huis in godsnaam gekocht? En hoe zou ik het ooit kunnen verkopen? Ook al zou ik het er gezelliger maken – de dunne oranje gordijnen wegdoen die de laatste eigenaar had laten hangen, een kleed over de groezelige gelakte planken leggen, de beige schrootjes behangen, de bladderende kozijnen verven, spiegels en prenten aan de muur hangen – dan nog zou geen enkele slimme inrichting kunnen verhullen hoe klein en donker het er was. De een of andere projectontwikkelaar had een toch al kleine ruimte opgedeeld om dit hol te maken. Het raam in de zogenaamde woonkamer was letterlijk in tweeën gehakt door de scheidingswand, waardoorheen ik soms een buurman die ik nooit had ontmoet vuile taal hoorde uitslaan tegen een of andere zielige vrouw. In een vlaag van verdriet en eenzaamheid, in de behoefte aan een plek waar ik me thuis voelde, had ik al het geld dat mijn vader me had nagelaten hierin gestopt. Maar ik had me er nooit thuis gevoeld, en nu de huizenprijzen de pan uit rezen, kwam ik er nooit meer vanaf. Met dit soort weer kon ik de ramen elke dag schoonmaken, maar 's avonds zaten ze weer onder een vette laag vuil.

'Ik ga thee zetten.'

'Er is geen melk.'

'Bier in de ijskast?' vroeg Fred hoopvol.

'Nee.'

'Wat heb je dan wel?'

'Muesli, geloof ik.'

'Wat heb je nou aan muesli zonder melk?'

Het was eerder een bewering dan een vraag die ik zou moeten beantwoorden. Hij trok zijn broek aan op een nogal zakelijke manier, die ik wel kende. Hij zou me een kneepje in mijn wang geven en weggaan. Doel van het bezoek bereikt.

'Het is best lekker als hapje tussendoor,' zei ik vaag. 'Net als chips.'

Ik dacht aan de vrouw die beroofd was, hoe haar lichaam door de lucht vloog als een kapotte pop die uit het raam werd gesmeten.

'Morgen,' zei hij.

'Mmm.'

'Met de jongens.'

'Natuurlijk.'

Ik ging overeind zitten en dacht na over het nakijkwerk dat ik moest doen.

'Slaap lekker. Hier, post die je nog moet openmaken.'

In de eerste envelop zat een rekening. Ik las hem door en legde hem daarna op de stapel andere rekeningen op tafel. De tweede was een brief geschreven in een groot, krullend handschrift:

Beste mevrouw Haratounian, naar uw naam te oordelen bent u geen Engelse, al ziet u er wel zo uit op de foto's die ik heb gezien. Ik ben uiteraard geen racist, ik heb mensen zoals u onder mijn beste vrienden, maar...

Ik legde de brief op tafel en wreef over mijn slapen. Kut. Een gek. Ook dat nog.

3

Ik werd wakker van de bel. Eerst dacht ik dat het een grap was of een dronkelap die de buitendeur voor de ingang van een pension had aangezien. Ik schoof de gordijnen in de voorkamer een eindje opzij en drukte mijn gezicht tegen de ruit om te zien wie het was, maar de hoek was verkeerd. Ik keek op mijn horloge. Even na zevenen. Ik kon niet bedenken wie er op dit uur zou kunnen aanbellen. Ik had niets aan, dus trok ik een felgele plastic regenjas aan voordat ik naar beneden ging.

Ik deed de deur op een kiertje open. De buitendeur komt direct op Holloway Road uit en ik wilde geen verkeersopstopping veroorzaken met mijn vers-uit-mijn-bedverschijning. Het was de postbode en de moed zonk me in de schoenen. Als de postbode je post persoonlijk aan je wil overhandigen, betekent dat doorgaans geen goed nieuws. Hij wil dan dat je iets tekent, als bewijs dat je een afschuwelijke rekening hebt ontvangen, waarin met rode letters wordt gedreigd met het afsluiten van je telefoon.

Maar hij leek behoorlijk opgewekt. Achter hem zag ik het begin van een dag die nog koel was, maar snoeiheet zou worden. Ik had deze postbode nooit eerder gezien, dus ik weet niet of het de nieuwste mode was, maar hij had een nogal vlotte, blauwkatoenen korte broek aan en een gesteven lichtblauw overhemd met korte mouwen. Het was duidelijk het officiële zomertenue, maar het zag er zwierig uit. Hij was niet bepaald jong, maar hij had iets van een postbode in *Baywatch*. Dus ik stond op de drempel en keek hem belangstellend aan en hij keek ook tamelijk nieuwsgierig terug. Ik besefte dat mijn regenjas nogal krap zat en niet helemaal aansloot in het midden. Ik trok hem strak om me heen, wat de zaak waarschijnlijk nog erger maakte. Het begon verdacht veel weg te hebben van een scène uit zo'n vunzige, Engelse komische seksfilm uit het begin van de jaren zeventig, die je soms op vrijdagavond op de tv kunt zien, nadat je naar de pub bent geweest. Porno voor arme stumpers.

'Flat C?' vroeg hij.

'Ja.'

'Post voor u,' zei hij. 'Het ging niet door de brievenbus.'

En er was post. Een heleboel verschillende enveloppen in stapeltjes, bijeengehouden door een elastiekje. Was dit een grap? Het was een heel gehannes om de bundels onder mijn ene arm te pakken en met de andere mijn regenjas dicht te houden.

'Bent u soms jarig?' zei hij met een knipoog.

'Nee,' zei ik en duwde de deur dicht met een blote voet.

Ik nam ze mee naar boven en liet ze op de tafel in de woonkamer vallen. Ik pakte een chique paarse envelop op om die te openen, maar ik wist al wat erin zou zitten. Een van de nadelen van het hebben van een overgrootvader of over-overgrootvader die ongeveer een eeuw geleden uit Armenië was gevlucht met niets anders dan een recept voor yoghurt bij zich, is dat je heel erg makkelijk te vinden bent in het telefoonboek. Waarom had hij zijn naam niet veranderd, zoals andere immigranten? Ik begon de brief te lezen:

Beste Zoë Haratounian,
Ik las vanmorgen in de krant over uw heldendaad. Mag ik zo vrij zijn om u eerst geluk te wensen met de moed die u betoonde door die persoon aan te vallen? En als ik dan misschien wat langer van uw geduld gebruik mag maken...

Ik keek verder, toen vluchtig over de bladzijde en daarna over de volgende bladzijde. Er waren vijf velletjes en Janet Eagleton (mevrouw) had ze aan weerszijden met groene inkt beschreven. Ik zou die voor later bewaren. Ik maakte een envelop open die er wat normaler uitzag.

Beste Zoë,
Gefeliciteerd. Je hebt het schitterend gedaan, en als meer mensen zoiets deden zou het een stuk leuker worden in Londen. Ik vond ook dat je er heel mooi uitzag op de foto in de krant en dat is eigenlijk de reden dat ik je schrijf. Ik heet James Gunter en ik ben vijfentwintig en ik vind mezelf erg presentabel, maar ik heb nog steeds

moeite om een geschikt meisje te vinden, de 'ware Jacoba', zeg maar...

Ik vouwde de brief dicht en legde hem boven op mevrouw Eagleton. Een andere brief was meer een pakketje. Ik maakte het open. Er zat een bundeltje papier in, half gevouwen, half opgerold. Ik zag diagrammen, pijlen, onderwerpen gerangschikt in kolommen. Maar de aanhef was wél persoonlijk aan mij gericht:

Beste mevrouw Haratounian,
(Wat een interessante naam. Bent u misschien een volgeling van Zarathoestra? U kunt me dat laten weten via mijn postbusnummer [onderstaand]. Ik zal later op dit onderwerp [Zarathoestra] terugkeren).
U hebt bescherming tegen duistere krachten. Maar zoals u weet zijn er andere krachten waar niet zo gemakkelijk tegen te vechten valt. Weet u wat een kunderbuffer is? Zo ja, dan kunt u het volgende overslaan en beginnen te lezen bij een gedeelte dat ik voor uw gemak met een sterretje zal aanduiden. Ik voeg er een bij als voorbeeld: (*). Het gedeelte dat ik voor uw gemak zal aanduiden, zal ik aangeven met twee (2) sterretjes om onnodige verwarring te voorkomen.

Ik legde de brief boven op die van James Gunter. Ik liep de badkamer in en waste mijn handen. Dat was niet genoeg. Ik moest douchen. Dat was altijd een gedoe in mijn flat. Ik hield van douchecabines met matglazen deuren, waar je rechtop in kon staan. Ik heb eens een relatie gehad met iemand die, achteraf gezien, als enige verzoenende eigenschap had dat hij een *power shower* met zes verschillende sproeikoppen bezat behalve de normale kop bovenaan. Maar douchen in mijn flat betekende hurken in het bad en frunniken met aftandse kranen en het verdraaien van de slang. Toch lag ik een aantal minuten met een washand over mijn gezicht te douchen. Het voelde alsof ik onder een warme, natte deken lag.

Ik stapte uit het bad en trok mijn werkkleren aan. Ik zette een kop koffie en stak een sigaret op. Ik voelde me een beetje beter. Waar ik me écht beter van had gevoeld was als de stapel brieven was verdwenen, maar die lag nog precies zo op tafel. Al die mensen wisten waar ik woonde. Nou ja, niet allemaal. Een tweede, kort onderzoek wees uit dat een aantal brieven was doorgestuurd door de kranten, waar ze eerst aan gericht waren. Sommigen waren vast aardig. En ik bedacht dat ze tenminste schréven en niet belden of op de stoep stonden.

Op dat moment ging de telefoon en ik schrok op. Het was geen fan. Het was Guy, de makelaar, die zogenaamd zijn best deed om mijn flat te verkopen.

'Ik heb een paar mensen die de flat willen bekijken.'

'Prima,' zei ik. 'Je hebt de sleutel. Hoe zit 't met dat stel dat maandag is geweest? Wat vonden ze ervan?' Ik had mijn hoop niet op hen gevestigd. Hij had er heel bars uitgezien. Zij was vriendelijk geweest, maar niet over de flat.

'Ze wisten niet of ze wel op die plek wilden wonen,' zei Guy opgewekt. 'Een beetje aan de kleine kant ook. En ze vonden dat ze er te veel aan moesten opknappen. Niet erg enthousiast, in wezen.'

'Die mensen moeten vandaag niet te laat komen. Er komen een paar vrienden wat drinken.'

'Ben je jarig?'

Ik haalde diep adem.

'Wil je het echt weten, Guy?'

'Nou...'

'Ik geef een feestje, omdat de flat al een halfjaar te koop staat.'

'Is het al zo lang?'

'Ja, dus.'

'Het lijkt veel korter.'

Het duurde even voordat ik hem overtuigd had. Na zijn telefoontje keek ik tamelijk wanhopig de kamer rond. Vreemden zouden binnenkomen en naar deze kamer kijken. Toen ik naar Londen verhuisde, had mijn tante me een boek met handige huishoudelijke tips gegeven. Er stond bijvoorbeeld in hoe je moest schoonmaken als je maar een kwartier de tijd had. Maar als je maar één minuut had, wat dan? Ik maakte mijn bed op, legde de deurmat recht, spoelde mijn koffiemok om en zette hem netjes omgekeerd bij de gootsteen. Ik vond een kartonnen doos in een kast, kieperde alle brieven erin en zette hem onder mijn bed. Anderhalve minuut en ik kwam te laat op school. Alweer. Zweterig laat, en de dag was nog maar net aan het opwarmen.

'Dus wat kunnen we doen om dit verkoopbaarder te maken, schat?'

Louise stond bij het raam met een flesje bier en zwaaide met een sigaret naar Holloway Road.

'Het is heel simpel,' zei ik. 'Haal die weg daar weg. Haal de pub hiernaast en de shoarmatent daarnaast weg. Knap de boel op. Het is niet om aan te zien, toch? De hele mikmak. Ik heb er vanaf dat het van mij was een hekel aan gehad en ik moet hier weg, ook al verlies ik erop. Ik wil een knus huisje met tuin huren of zoiets. We zitten zogenaamd midden in de huizenhausse. Daar buiten moet toch ergens een gek rondlopen?' Ik nam een trekje van mijn sigaret. 'Alhoewel er al een heleboel gekken naar deze flat zijn komen kijken. Ik moet het juiste soort gek hebben.'

Louise lachte. Ze was vroeg gekomen om me te helpen met opruimen en eens even een goed gesprek met me te hebben, en voornamelijk omdat ze een goed mens is.

'Maar ik ben niet helemaal hierheen gekomen om over huizen te praten. Ik wil meer weten over die nieuwe man. Komt hij vanavond ook?'

'Ze komen allemaal.'

'Allemaal? Hoe bedoel je? Heb je er dan meer?'

Ik giechelde.

'Nee. Hij gaat om met een groep jongens. Ik geloof dat ze elkaar al sinds de lagere school kennen of zoiets belachelijks. Het is net zo'n kartonnetje met zes biertjes. Niet los te verkrijgen, snap je?'

Louise fronste haar wenkbrauwen.

'Het is toch niet zo'n vreemd seksgedoe met een kwintet in bed, hè? Als dat zo is, wil ik er alles van weten.'

'Nee, ze laten ons ook wel eens alleen.'

'Hoe kennen jullie elkaar?'

Ik stak nog een sigaret op.

'Ik heb ze allemaal tegelijk ontmoet. Een paar weken geleden was ik op een feestje in een galerie in Shoreditch. Weer zo'n typisch rampgebeuren. Degene die ik kende bleek er niet te zijn. Dus ik zwierf de ene kamer in en de andere uit met een glas in m'n hand, terwijl ik deed alsof ik naar iets belangrijks onderweg was. Zie je het voor je?'

'Je hebt 't tegen de wereldkampioen,' zei Louise.

'Maar goed, ik ging naar boven en daar stond een groepje aantrekkelijke jongemannen om een flipperkast te flipperen, te schreeuwen, te lachen en het veel leuker te hebben dan al die anderen daar. Een van hen, toevallig niet Fred, keek om en vroeg of ik wilde spelen. Dus dat heb ik gedaan. We hadden ontzettend veel lol en de volgende avond had ik weer met ze afgesproken in de stad.'

Louise had een peinzende uitdrukking op haar gezicht.

'Dus je stond voor de moeilijke keus met welke van hen je het moest aanleggen voor een één-op-één-relatie?'

'Niet echt,' zei ik. 'De dag daarna belde Fred me thuis op en vroeg me mee uit. Ik vroeg of hij dat niet eerst in de groep moest gooien, en daar reageerde hij een beetje schaapachtig op.' Ik leunde wat verder uit het raam. 'En daar zijn ze.'

Louise gluurde naar buiten. Ze liepen een eindje verderop over straat en hadden ons niet gezien.

'Het lijken me aardige jongens,' zei ze nuffig.

'Die middelste is Fred, met die grote zak in zijn handen, die met dat lichtbruine haar, bijna blond.'

'Dus je hebt gewoon de knapste genomen.'

'Die in die heel lange jas, dat is Duncan.'

'Hoe kan hij dat dragen met die hitte?'

'Blijkbaar ziet hij er dan uit als een huurmoordenaar in een spaghettiwestern. Hij doet 'm nooit uit. De andere twee zijn broers. De gebroeders Burnside. Die met de bril en de pet is Graham. En die met de lange haren is Morris. Hoi!' Dat laatste werd tegen hen geroepen.

Ze keken op, even van hun stuk gebracht.

'We zouden graag boven komen,' schreeuwde Duncan. 'Maar we moeten helaas naar een feestje.'

'Kop dicht,' zei ik. 'Hier, vangen.'

Ik liet mijn sleutelbos vallen en in een, mag ik wel zeggen, opvallende stijl deed Graham zijn pet af en ving de sleutels erin. Ze verdwenen uit het zicht terwijl ze het huis binnengingen.

'Vlug,' zei Louise. 'We hebben dertig seconden. Met wie zal ik trouwen? Wie heeft de beste vooruitzichten? Laat Fred er maar even buiten.'

Ik dacht even na.

'Graham is assistent van een fotograaf.'

'Juist.'

'Duncan en Morris werken samen. Ze doen van alles met computers. Ik begrijp het niet helemaal, maar ik geloof ook niet dat dat de bedoeling is. Duncan is de gangmaker op feesten en partijen, Morris is nogal verlegen als je met hem alleen bent.'

'En het zijn broers, toch?'

'Nee, dat zijn Morris en Graham. Duncan heeft rood haar. Hij ziet er totaal anders uit.'

'Oké. Dus op dit moment lijken de computerjongens de beste partij. Morris, de verlegen broer, en Duncan, de drukke rooie.'

En toen waren ze binnen en namen de kamer over. Toen ik hun vertelde van dit feestje hadden ze brutale vragen gesteld over wat voor soort vrouwen er zouden zijn en veel lawaai op straat gemaakt, maar in mijn flat werden ze een beetje stil en beleefd toen ze aan Louise werden voorgesteld. Dat vond ik ergens wel leuk van ze.

Fred kwam naar me toe en gaf me een lange zoen, waarvan ik wel moest denken dat het een demonstratie was voor iedereen in de kamer. Toonde hij genegenheid of was hij zijn terrein aan het afbakenen? Daarna haalde hij iets te voorschijn wat eruitzag als een felgekleurd gordijn.

'Dit leek me wel handig. Je kan het over de vochtplek hangen,' zei hij.

'Bedankt, Fred.' Ik keek er weifelend naar. Het was een beetje fel, de kleuren vloekten. 'Maar ik denk dat taxateurs stukken stof mogen weghalen om te zien wat erachter zit.'

'Dan moet die taxateur eerst komen. Hang het dan op.'

'O. Oké.'

'Zoë zegt dat jullie briljante computerjongens zijn,' zei Louise tegen Duncan.

Morris, die erbij stond, bloosde licht en dat vond ik lief.

'Dat kan ze wel denken,' zei Duncan, terwijl hij een blikje bier openmaakte. 'Maar haar normen zijn niet erg hoog. Het komt alleen maar doordat we haar hebben laten zien hoe ze haar eigen computer moet gebruiken.' Hij nam een slokje. 'Dat was inderdaad een geweldige prestatie. Alsof je een eekhoorn leert hoe hij noten moet zoeken.'

'Maar eekhoorns zijn briljante notenzoekers,' wierp Morris tegen.

'Precies,' zei Duncan.

'Maar die weten dus al hoe het moet,' hield Morris vol.

'Precies. Zoë kan nu net zo goed computeren als een eekhoorn noten kan zoeken.'

'Maar dan had je moeten zeggen: alsof je een eekhoorn leert jongleren.'

Duncan keek hem niet-begrijpend aan.

'Maar je kan een eekhoorn niet leren jongleren.'

Ik schonk Louise nog eens in.

'Zo kunnen ze nog uren doorgaan,' zei ik. 'Dat komt door de band die ze hebben. Het heeft iets te maken met dat ze samen zijn opgegroeid.'

Ik liep weg om chips uit de keuken te halen en Louise liep met me mee. We konden de jongens in de kamer zien.

'Hij ziet er heerlijk uit,' zei ze, terwijl ze in Freds richting knikte. 'Wat rookt hij? Hij staat er heel ontspannen bij. Exotisch.'

'Hij heeft iets van een hippie. Maar ontspannen is goed.'

'Is het serieus tussen jullie?'

Ik nam een slokje uit haar glas.

'Daar hebben we 't nog over,' zei ik.

Er kwamen nog een paar andere mensen. John was er, een aardige onderwijzer van onze school, die me net een paar dagen te laat mee uit had gevraagd. En een paar vrouwen die ik via Louise kende. Het was een echt miniatuurfeest geworden. Na een paar drankjes begon ik hen allemaal aardig te vinden, deze nieuwe kring mensen. Het enige wat hen bond was ik. Een jaar geleden was ik eenzaam en verloren en kende ik niemand van hen, en nu zaten ze allemaal op vrijdagavond in mijn zogenaamd gezellige huis. Plotseling klonk er een tinkelend geluid. Fred tikte met een vork op een bierflesje.

'Stilte, stilte,' zei hij, toen het al stil was. 'Onervaren als ik ben, enzovoort, zou ik graag even willen zeggen dat ik dit een fijn huis vind en dat ik daar graag met iedereen op wil klinken in de hoop dat we over een halfjaar weer hier bij elkaar kunnen komen voor weer zo'n gezellige avond.' Er werden glazen en flesjes geheven. Er flitste een licht in mijn gezicht toen Graham een foto nam. Dat deed hij altijd: je babbelde wat tegen hem aan en dan bracht hij plotseling zijn camera omhoog en richtte die op jou, als een derde oog. Dat kon heel verwarrend werken, alsof hij de hele tijd dat hij met je praatte of naar je luisterde eigenlijk op zoek was naar een goed shot. 'Bovendien,' ging Fred verder, 'bovendien hebben Zoë en ik wat te vieren.' Iedereen keek verrast op, ikzelf incluis. 'Ja,' zei hij, 'het is nu negen dagen geleden dat Zoë en ik voor het eerst...

eh...' Het was even stil. 'Eh... elkaar leerden kennen.' Er werd onderdrukt gelachen door Duncan en Graham achter me, maar verder lachte er niemand. Ik kreeg even het gevoel dat ik vastzat op een diner van een rugbyclub.

'Fred,' zei ik, maar hij gebaarde dat ik mijn mond moest houden.

'Wacht even,' zei hij. 'Het zou jammer zijn als zo'n avond niet een plechtig tintje zou krijgen, maar... wat hebben we hier?' Dat laatste sprak hij op een overdreven valse, verbaasde toon uit, terwijl hij zich bukte en achter mijn leunstoel rommelde. Hij haalde een groot pak te voorschijn, omwikkeld met bruin papier. 'Of dit is weer een offerande van een van Zoës anonieme aanbidders, óf het is een cadeau.'

'Idioten die jullie zijn,' zei ik, maar wel vriendelijk. Het zag eruit als een schilderij. Ik scheurde het papier eraf en zag wat het was. 'Klootzakken,' zei ik lachend. Het was een ingelijste hele pagina uit de *Sun* met de kop 'Ik en mijn meloen' en in kleinere letters: 'Kordate blondine maait tasjesdief neer.'

'Speech,' zei Louise, terwijl ze een toeter van haar hand maakte. 'Speech.'

'Nou,' begon ik, waarna ik onderbroken werd door de bel. 'Wacht even,' zei ik. 'Ben zo terug.'

Ik deed de deur open en daar stond een man in een bruin ribfluwelen pak met rubber laarzen.

'Ik kom de flat bekijken,' zei hij. 'Schikt dat?'

'Ja, ja,' zei ik enthousiast. 'Komt u maar boven.'

Terwijl ik hem voorging op de trap, klonk het geroezemoes van de gasten op.

'U hebt een feestje, zo te horen,' zei hij.

'Ja,' zei ik. 'Ik ben jarig.'

4

De stroom brieven werd geleidelijk aan minder. De eerste golf werd een klein stroompje en droogde toen helemaal op. Een tijdje vond ik het wel grappig. Ik nam een keer een stapeltje mee toen ik had afgesproken met Fred en de jongens. We zaten buiten aan een tafeltje voor een café in Soho, dronken ijskoud bier en gaven ze door, terwijl we zo nu en dan zinnen hardop voorlazen. Daarna, terwijl Morris en Duncan een van hun duistere conversaties voerden waarin ze elkaar uitdaagden om de namen van de Zeven Dwergen of de Magnificent Seven of de Zeven Hoofdzonden op te noemen, ging ik er wat serieuzer op in met Graham en Fred.

'Het is gewoon zo'n raar idee dat er in heel Engeland mensen zijn die brieven van acht kantjes schrijven aan iemand die ze helemaal niet kennen, en dat ze mijn naam in het telefoonboek opzoeken en een postzegel kopen. Hebben ze niets beters te doen in hun leven?'

'Nee,' zei Fred. Hij legde zijn hand op mijn knie. 'Je bent een godin. Jij en je meloen. We hielden al van je, maar nu ben je een droommeisje voor de mannen. De sterke, mooie vrouw. We willen allemaal dat er zo iemand met haar hoge hakken over ons heen loopt.' Toen boog hij zich voorover en fluisterde met zijn warme adem in mijn oor: 'En je bent helemaal van mij.'

'Hou op,' zei ik. 'Daar kan ik niet om lachen.'

'Nu weet je hoe het is om een beroemdheid te zijn,' zei Graham. 'Geniet ervan zolang het duurt.'

'Jezus, is er dan niemand die met me meeleeft? Morris, wat kun jij aanvoeren in mijn voordeel?'

'Ja,' zei Fred. 'Kom op, Morris. Welke raad zou jij aan een mooie vrouw geven over hoe ze moet omgaan met de stress van het beroemd-zijn?'

En hij boog zich naar voren en gaf Morris een paar klapjes op zijn wang. Ik zat vaak met open mond te kijken naar de jongens, alsof ze rituelen uitvoerden uit een vreemde, exotische cultuur waar ik niets van begreep. Als de een iets zei of deed tegen de ander, wist ik niet of het een grap, een belediging of een beledigende grap was. Ik wist niet of het slachtoffer zou lachen of opstuiven. Fred leek bijvoorbeeld nooit iets aardigs tegen Morris te zeggen, maar soms sprak hij over hem als zijn beste vriend. Er viel een plotselinge stilte en ik voelde een knoop in mijn maag. Morris kneep zijn ogen half toe onder al die aandacht van ons en streek met zijn vingers door zijn haar. Ik dacht altijd dat hij dat deed om te laten zien hoe indrukwekkend lang en dik het was.

'Wie kan tien films noemen waar brieven in voorkomen?' vroeg hij.

'Morris!' zei ik woedend.

'*Brief van een onbekende vrouw*,' zei Graham.

'*Brieven van drie vrouwen*,' zei Duncan.

'*De brief*,' zei Fred.

'Dat is te makkelijk,' zei Morris. 'Tien films waar brieven in voorkomen, zonder het woord "brief" in de titel.'

'Zoals?'

'Nou, zoals *Casablanca* bijvoorbeeld.'

'Er komen geen brieven voor in *Casablanca*.'

'Welles.'

'Nietes.'

Het serieuze gesprek was voorbij.

Daarna las ik ze niet eens meer. Sommige herkende ik al meteen aan het handschrift op de envelop, dus die maakte ik niet eens open. Andere las ik vluchtig door en gooide ik in de kartonnen doos bij de rest. Ze waren ook niet grappig meer. Een paar waren treurig, een paar obsceen en de meeste waren gewoon saai.

Als ik herinnerd wilde worden aan het verval om me heen, hoefde ik alleen maar uit het raam te kijken, waarvan het kozijn trouwens wegrotte. Jongemannen in gedeukte auto's hingen op hun claxon, met rode gezichten van woede. Eenzame oude vrouwen met boodschappenkarretjes scharrelden in zichzelf mompelend door de mensenmassa's. De dronkaards zaten op de stoep voor de dichtgespijkerde winkel een paar huizen verderop, stinkend naar pis en whisky, met open gulpen en schuinse blikken.

De waanzin kwam ook binnen in de vorm van eventuele kopers van de flat. Eén man, misschien een jaar of vijftig, een onderdeurtje met bloemkooloren en een slepend been, wilde met alle geweld op zijn knieën op de vloer gaan zitten en de plinten bekloppen, als een dokter die een patiënt nakijkt of hij bronchitis heeft. Ik stond onthand naast hem, ineenkrimpend van de bonkende muziek die uit de pub kwam. Of de jonge vrouw, waarschijnlijk van mijn leeftijd, met tientallen zilveren knopjes als een hobbelige stootrand langs haar oorschelp, die haar drie enorme, stinkende honden meebracht toen ze de flat kwam bekijken. Ik moest kokhalzen bij de gedachte hoe de flat er na een week met die huisgenoten uit zou zien. Er was nauwelijks ruimte voor één persoon. Een van hen at mijn vitaminetabletten van de tafel en een andere lag bij de voordeur en liet afgrijselijke winden.

De meeste bezoekers bleven maar even, net lang genoeg om niet onbeleefd te lijken, en bliezen dan snel de aftocht. Een paar hadden geen boodschap aan beleefdheid. Stellen praatten soms luid met elkaar over hun bevindingen.

Misschien was Guy, in oppervlakkig en vrijblijvend contact, meer een normaal specimen van het menselijk ras. Maar doordat het hem niet lukte mijn flat te verkopen, werden we compagnons voor lange tijd. Hij was altijd chic gekleed in een assortiment pakken en kleurige dassen, waarvan sommige met tekenfilmfiguren erop. Hij zweette nooit, hoe warm het ook was. Of beter gezegd, hij zweette discreet. Er liep dan één druppeltje langs de zijkant van zijn wang. Hij rook naar scheercrème en mondwater. Ik zou gedacht hebben dat mijn flat het symbool van mislukking was geworden, waar hij zich verre van zou houden. Het had heus geen ervaren gids nodig. Maar hij bleef maar meekomen met de kijkers, ook op tijden dat het niet uitkwam, 's avonds of in het weekend.

Dus misschien had het niet als een verrassing moeten komen toen hij, nadat een magere, angstig kijkende vrouw zich haastig uit de voeten had gemaakt, me diep in de ogen keek en zei: 'We moeten eens een avond wat gaan drinken, Zoë.'

Ik had met een gigantisch schampere opmerking moeten komen, waaruit was gebleken wat voor enorme hekel ik aan hem had, met zijn nepbruine huid en zijn woedend makende eufemismen, maar ik kon niets verzinnen, dus flapte ik eruit: 'Ik denk dat we de prijs moeten verlagen.'

De man die langs was geweest op de avond van mijn niet-verhuisfeestje, kwam terug met een rolmaatje, een notitieblokje en een fototoestel. Het was vroeg in de avond en Fred was in de Yorkshire Dales voor een vreemde opdracht van een regionale tv-zender, waarbij hij binnen zesendertig uur een grote, overwoekerde tuin moest fatsoeneren voor een programma dat over een jaar zou worden uitgezonden. Hij had me vanuit een pub gebeld, met een stem schor van de drank en geilheid, en me gezegd dat hij erover fantaseerde wat hij allemaal met me zou doen als hij terug was. Daar had ik even geen behoefte aan: ik worstelde met het rapport over analfabetisme op de computer. Ik probeerde een cirkeldiagram te maken. Het had zo gemakkelijk geleken toen Duncan – of was het Morris? – het deed. De foutmelding ERROR 19 verscheen steeds op mijn beeldscherm. Dus ik rookte en vloekte, terwijl de man die mijn flat al dan niet zou kopen rondscharrelde. Hij mat het vloeroppervlak op, trok kasten open, tilde het versleten kleed op, tilde het foeilelijke wandkleed van Fred op en onderzocht de vochtplek, die zich ondanks het warme, droge weer scheen te verspreiden, draaide de kraan in de badkamer open en bleef even staan kijken naar het zielige straaltje water. Toen hij de slaapkamer in liep en ik hoorde dat hij laden opentrok, ging ik achter hem aan.

'Wat bent u aan 't doen?'

'Ik trek van alles na,' antwoordde hij volkomen onverstoorbaar, terwijl hij in mijn knoedel onderbroeken en beha's en geladderde panty's rommelde.

Ik deed de la met een klap dicht en liep de keuken in. Ik had honger, maar toen ik de ijskast opendeed, trof ik er alleen een zak eeuwenoude lente-uitjes, één wit broodje met schimmel erop, een lege bruine zak met een kersenpit erin en een blikje cola. In het vriesvak lag een zak garnalen, waarschijnlijk allang niet goed meer, en een zakje erwten. Dus ik dronk de cola op bij de ijskast en daarna ging ik naar de computer terug en tikte: 'Ons doel is niet alleen goede lezers te kweken, maar ook belangstellende lezers. Een weldoordacht leerplan geeft de garantie dat alle leerlingen worden aangemoedigd...' Verdomme. Daar was ik geen onderwijzeres voor geworden. Nog even, en ik schreef woorden op als 'haalbaarheidsniveaus' en 'inputten'.

Ik stopte drie tabletten met multivitaminen in mijn mond en kauwde er nijdig op. Daarna pakte ik het huiswerk – als dat niet een te groot woord ervoor was – dat ik de klas had opgegeven en die avond mee naar huis had genomen. Ik had hun gevraagd om een van hun lievelingsverhalen te tekenen. Sommige afbeeldingen waren behoorlijk duister. Benjamins zigzagpatroon in groen en zwart was 'De grote boze wolf'. Abstracte kunst zeker. Jordane had alleen een ronde, erwtgroene cirkel getekend voor 'De prinses op de erwt'. Veel kinderen hadden tekeningen uit Disney-films gemaakt: Bambi, Sneeuwwitje en dergelijke. Ik bekeek ze en schreef er bemoedigende opmerkingen op en daarna stopte ik ze allemaal in een map onder de tafel.

'Ik ga.'

De man stond in de deuropening, camera om zijn nek. Hij tikte met zijn pen tegen zijn tanden en staarde me aan. Ik zag dat de kale plek midden op zijn kruin gemeen roze was en dat zijn harige polsen ook verbrand waren. Goed zo.

'Ja, hoor.'

Geen woord over of hij zou terugkomen. Zak.

Ik ging een paar minuten na hem de deur uit om naar de film te gaan met Louise en een paar van haar vriendinnen die ik nog niet kende. Het was heerlijk om in het donker samen met een groep vrouwen te zitten, popcorn te eten en te giechelen. Het was zo heerlijk veilig.

Ik kwam vrij laat thuis. Het was donker, geen sterren. Ik duwde de deur open en er lag een brief op de mat. Die moest iemand door de brievenbus hebben gegooid. Keurig schuinschrift, zwarte inkt. Het leek me niet weer zo'n gek. Ik maakte de brief op de drempel open.

Beste Zoë, wanneer wordt iemand als jij – jong, mooi en gezond – bang voor de dood, vraag ik me af. Je rookt (je hebt trouwens een nicotinevlek op je vinger). Soms neem je drugs. Je eet slecht. Je gaat te laat naar bed, maar de volgende ochtend heb je geen kater. Je denkt waarschijnlijk dat je het eeuwige leven hebt, dat je nog heel lang jong zult blijven.

Zoë, met je witte tanden en dat kuiltje in je wang als je lacht, je zult niet lang meer jong zijn. Je bent gewaarschuwd.

Ben je bang, Zoë? Ik hou je in de gaten. Ik ga niet weg.

Ik stond in de deuropening, terwijl massa's mensen langs me heen liepen, tegen me aan duwden, en ik staarde naar de brief. Ik deed mijn linkerhand omhoog en er zat een gele vlek op mijn middelvinger. Ik verfrommelde de brief tot een stijf propje en gooide het in een vuilnisbak met al het andere afval, alle rotzooi van andere levens.

Vandaag draagt ze een lichtblauwe jurk met bandjes. Hij reikt tot haar knieën en er zit krijt bij de zoom, maar dat heeft ze nog niet gezien. Ze heeft geen beha aan. Ze heeft zich geschoren onder haar armen. Haar benen zien er glad en zacht uit. Ze heeft lichte nagellak op haar tenen, maar op haar linker grote teen begint hij al te schilferen. Haar sandalen zijn plat, marineblauw, oud, versleten. Ze is bruin door de zon, de haren op haar armen zijn goudkleurig. Soms zie ik een glimp van haar melkwitte onderarmen, de blekere huid in haar knieholtes. Als ze zich bukt, zie ik dat de honingkleur op haar schouders en keel vervaagt tussen de bovenkant van haar borsten. Haar haar is opgestoken. Het is gebleekt door de zon, zodat het van onderen veel donkerder is dan van boven. Ze draagt zilveren oorbelletjes in de vorm van bloemetjes. Vaak draait ze ze rond tussen haar vinger en duim. Ze heeft heel lange oorlellen. De verticale plooi boven haar bovenlip is heel diep. Als ze het warm heeft, zoals vandaag, komt er zweet in te staan. Ze veegt het vaak weg met een zakdoekje. Haar tanden zijn wit, maar ik heb een aantal vullingen gezien achter in haar mond. Ze glimmen als ze lacht of gaapt. Ze draagt geen make-up. Ik zie dat haar wimpers blond zijn aan het uiteinde, dat haar niet-gestifte lippen een beetje droog zijn. De brug van haar neus is bezaaid met sproeten, die er de laatste keer dat ik keek nog niet waren. De gele vlek op haar middelvinger is weg. Mooi zo. Ze draagt geen ringen. Ze heeft een groot horloge om haar pols, met Mickey Mouse in het midden. Ze gebruikt een lint als bandje.

Wanneer ze lacht maakt ze een tinkelend geluid, als een deurbel. Als ik haar vertelde dat ik van haar hield, zou ze zo tegen me lachen. Ze zou denken dat ik het niet meende. Zo zijn vrouwen. Ze maken van iets serieus en groots iets onbeduidends, een grap. Liefde is geen grap. Het is een zaak van leven en dood. Ooit, binnenkort, zal ze dat begrijpen. Ze zal inzien dat de manier waarop zij lacht of haar ogen wijd openspert als ze luistert, de manier waarop haar borsten platter worden als ze haar armen boven haar hoofd doet, dat die dingen belangrijk zijn. Ze glimlacht te vaak. Ze lacht te vaak. Ze flirt. Ze draagt luchtige kleren. Ik kan haar benen door de jurk heen zien. Ik kan de vorm van haar tepels onderscheiden. Ze gaat onzorgvuldig met zichzelf om.

Ze praat heel snel, met een hoge, hese stem. Ze zegt 'mmm' in plaats van 'ja'. Ze heeft grijze ogen. Ze is nog niet bang.

5

Iedereen weet dat scholen bijna overal, behalve misschien in drukke landen als Japan, om vier uur of halfvier uitgaan, hoewel de hummels die ik lesgeef nog vroeger uitgaan, om kwart over drie. Zelfs mensen die niets van kinderen weten, weten dat. Ze zien hoe jongens en meisjes over drukke straten worden geleid, aan de hand van hun moeder of achter hun oppassen aan, met schooltassen en lunchtrommeltjes. Ik was er al achter dat de spits in Londen voor de helft bestond uit enorme mensenvervoerders, die met hun chagrijnig kijkende kinderen in uniform de enorme afstanden afleggen tussen hun mooie huizen en de scholen die hun waardig geacht werden. Want zoals ik ook pas had ontdekt, is uiteraard het voornaamste statussymbool van elke ouder in Londen de afstand die ze met hun kinderen moeten afleggen. De school in de straat is voor armelui, zoals de kinderen bij mij in de klas.

Als mensen horen dat ik lesgeef, is de grote grap altijd dat ze me benijden om de korte uren en lange vakanties. Best natuurlijk, omdat dat een van de minder nobele motieven was waarom ik dit werk heb gekozen. Mijn schoolcarrière was geen groot succes, dus had ik niet de papieren om iets echt belangrijks te gaan studeren, zoals zorgen voor zieke katten, wat ik had willen doen toen ik veel jonger was. Ik had alleen de papieren om kleine kinderen te onderwijzen. Dat vond ik wel best. Ik hield van kinderen, hun doorzichtigheid, hun gretigheid en hun gevoel voor het aanvaardbare. En het idee om de hele dag in een zandbak te staan en peuterneusjes af te vegen en verf te helpen mengen trok me wel.

Maar ik bleek een baan te krijgen die meer weg had van die van een accountant in een dierentuin. En ik maakte langere uren dan een accountant. We kregen de hete adem van de schoolinspectie in onze nek. Nadat de kinderen waren opgehaald en teruggebracht naar hun nieuwbouwwoningen en torenflats, moesten we vergaderen, formulieren invullen en plannen maken. We bleven tot zeven, acht, negen uur en Pauline had beter een kampeerbed en een primus in haar kantoor kunnen zetten, omdat ze nooit naar huis leek te gaan.

Ik was die avond eerder weggegaan, omdat ik een afspraak had met een man in de flat. De bus kwam weer eens niet, dus toen ik hijgend over straat kwam aanrennen, om vijf over halfacht, slechts vijf minuten te laat, stond hij op de stoep een krant te lezen. Slecht begin. Ik had hem al te veel tijd gegeven om de omgeving te bekijken. Gelukkig leek hij verdiept in wat hij las. Misschien had hij de pub niet opgemerkt of tenminste de gevolgen niet ten volle overzien. Hij droeg een pak dat een wat vreemde vorm had, met schuine revers, zodat het waarschijnlijk erg duur was. Hij moet achter in de twintig zijn geweest, dertig misschien. Zijn haar was kortgeknipt en hij zag er koel uit in de verzengende hitte.

'Het spijt me vreselijk,' hijgde ik. 'Bus.'

'Dat geeft niets,' zei hij. 'Ik ben Nick Shale. U bent mevrouw Haratounian.' We gaven elkaar stroefjes een hand. Hij glimlachte.

'Waarom lacht u?'

'Ik had me u als een zure, oude huisbazin voorgesteld,' zei hij.

'O,' zei ik, terwijl ik beleefd probeerde te glimlachen.

Ik deed de buitendeur open. Op de deurmat lag de gebruikelijke rommel, folders van afhaalpizza's, glazenwassers, taxibedrijven en één brief zonder postzegel. Ik herkende het handschrift meteen. Het was de engerd die me de vorige brief – wanneer ook weer? – had gestuurd, vijf dagen geleden. Hij was weer bij mijn huis geweest. Wat vervelend en irritant. Wat ontzettend gemeen. Ik keek er even naar en toen naar de man, Nick, die een vragende blik op zijn gezicht had.

'Wat zei u?' zei ik.

'Uw tas,' zei hij. 'Zal ik hem voor u dragen?'

Ik reikte hem zwijgend aan.

Ik had mijn rondleiding door de flat teruggebracht tot een vaardige drie minuten, waarbij alle interessante punten werden aangestipt en behendig die aspecten werden omzeild die niet bepaald tot voordeel van het huis strekten. Zo nu en dan stelde Nick een vraag, waar ik inmiddels op voorbereid was.

'Waarom gaat u verhuizen?'

Dacht hij soms dat zo'n oude rot als ik zo makkelijk te pakken was?

'Ik wil dichter bij mijn werk wonen,' loog ik.

Hij keek uit het raam.

'Hebt u geen last van het verkeer?' vroeg hij.

'Nooit bij stilgestaan,' zei ik. Dat was wel erg overdreven. Maar hij lachte tenminste niet. Ik legde de envelop op tafel. Ongeopend. 'Het is lekker dicht bij de winkels.'

Hij stopte zijn handen in zijn zakken en stond midden in mijn woonkamer, alsof hij de rol van eigenaar repeteerde. Hij zag er inderdaad uit als de jonker van een piepklein landgoedje.

'U komt niet uit Londen,' zei hij.

'Waarom zegt u dat?'

'U praat anders,' zei hij. 'Ik probeer u te plaatsen. Met zo'n naam als u moet u Armeense zijn. Maar u praat niet Armeens. Niet dat ik weet hoe Armeniërs praten. Misschien praten ze allemaal wel als u.'

Ik voelde me altijd vreemd kwetsbaar wanneer mensen die de flat kwamen bekijken persoonlijk werden, alsof we allemaal goeie vrienden zouden worden. Maar ik bleef maar glimlachen.

'Ik ben opgegroeid in een plaatsje in de buurt van Sheffield.'

'Anders dan Londen.'

'Mmm.'

Er viel een stilte, waarin we allebei nadachten.

'Ik wil er graag over nadenken,' zei Nick met een ernstige uitdrukking op zijn gezicht. 'Is het goed dat ik nog een keer kom kijken?'

Ik betwijfelde of hij speciaal in de flat geïnteresseerd was, maar dat kon me niet zoveel schelen. Ook een kruimeltje enthousiasme was ten minste iets.

'Prima,' zei ik.

'Kan ik u bellen of moet het via de makelaar?'

'Wat u wilt,' zei ik. 'Ik werk nogal veel.'

'Wat doet u?'

'Ik geef les op een basisschool.'

'Wat geweldig,' zei hij. 'Lekker veel vakanties.'

Ik wrong er een glimlachje uit.

'Uw telefoonnummer,' zei hij. 'Kunt u me dat geven?'

Ik gaf het hem en hij toetste het in op iets wat op een compact rekenmachientje leek.

'Leuk u ontmoet te hebben, eh...'

'Zoë.'

'Zoë.'

Ik hoorde hem met twee treden tegelijk de trap af huppelen en ik was alleen met mijn brief. Ik deed een tijdje net alsof die me niet veel kon schelen. Ik zette een kopje oploskoffie en stak een sigaret op. Toen maakte ik de envelop open en vouwde de brief open op tafel:

Beste Zoë,
Misschien heb ik ongelijk, maar ik denk dat je niet zo bang bent als ik wil dat je bent. Zoals je weet, kijk ik naar je. Misschien kijk ik wel naar je terwijl *je dit leest.*

Het was stom, maar ik keek even op en om me heen, alsof ik iemand naast me zou betrappen.

Zoals ik al zei, wil ik vooral ín jou kijken, naar die stukjes van jou die jij nooit zal zien, maar ik wel.
Misschien voel je je veilig in dat afschuwelijke flatje dat je niet kan verkopen. Je bent niet veilig. Bijvoorbeeld: het raam aan de achterkant. Je kan op het plaatsje achter makkelijk op de schuur klimmen en dan door het raam. Je moet er maar een goed slot op doen. Het slot dat je nu hebt, is te makkelijk. Daarom heb ik het opengelaten. Ga maar kijken.

P.S. Je ziet er gelukkig uit als je slaapt. Dood zijn is alleen maar voor altijd slapen.

Ik legde het papier op tafel. Ik liep de kamer door naar de overloop. En ja hoor, het raam dat uitkeek op de tuin, waar ik niet mocht komen, stond een eindje open. Ik huiverde. Ik kreeg bijna het gevoel alsof het kil was in de flat, als in een kelder, hoewel ik wist dat het een broeierig warme avond was. Ik liep terug naar de woonkamer en ging bij de telefoon zitten. Ik had zin om over te geven. Maar was het een noodgeval? Was het wel iets?

Ik besloot tot een compromis. Ik zocht het nummer van het dichtstbijzijnde politiebureau in het telefoonboek en belde. Ik had een nogal moeizaam gesprek met een vrouw bij de receptie, die naar uitvluchten leek te zoeken om neer te kunnen leggen. Ik zei dat er ingebroken was en zij vroeg wat er gestolen was en hoeveel schade er was aangericht. Geen schade, zei ik, en ik wist niet precies of er iets gestolen was.

'Is dit een zaak voor de politie?' vroeg de stem vermoeid.

'Ik ben bedreigd,' zei ik. 'Met geweld bedreigd.'

De discussie ging nog heel wat minuten door, en na een gesprek met een derde partij, onhandig verdoezeld door een hand over de hoorn, zei ze dat er 'te zijner tijd' iemand zou langskomen, wat dat ook verder mocht betekenen. Ik liep van het ene raam naar het andere, deed ze op slot voor zover dat mogelijk was, schoof grendels ervoor. Alsof er iemand in Holloway Road een raam zou binnenklimmen op de eerste verdieping, waar iedereen het kon zien. Ik zette de tv niet aan en zette geen muziek op. Ik wilde alles kunnen horen. Ik rookte alleen maar de ene sigaret na de andere en nam slokjes bier.

Ruim een uur later ging de bel. Ik liep de trap af naar de buitendeur, maar deed niet open.

'Wie is daar?'

Er klonk een onverstaanbaar geluid achter de deur.

'Wat?'

Weer een onverstaanbaar geluid. Onhandig trok ik de strakgespannen klep van de brievenbus open en keek naar buiten. Ik zag donkerblauwe kleding. Ik deed de deur open. Er stonden twee agenten. Hun auto stond achter hen geparkeerd.

'Wilt u binnenkomen?'

Ze gaven geen antwoord, maar keken elkaar aan en liepen naar binnen. Ik ging ze voor naar boven. Toen ze de flat binnenkwamen, deden ze allebei hun pet af. Ik vroeg me af of dat een oud blijk van respect was jegens vrouwen. Het vervelende is dat ik nerveus word van agenten. Ik probeerde te bedenken of ik iets onwettigs in de flat, in de ijskast of op de schoorsteen had liggen of staan. Ik dacht van niet, maar mijn hersens werkten niet zo helder, dus zeker was ik er niet van. Ik wees naar de brief op tafel. Misschien moest ik hem maar niet aanraken. Hij zou als bewijs kunnen dienen. Een van de agenten liep naar voren en leunde op de tafel, terwijl hij hem las. Hij deed er erg lang over. Ik zag dat hij een lange, Romeinse neus had, met een bobbel waar hij overging in zijn hoofd.

'Hebt u al eens eerder een brief van deze persoon gehad?' vroeg hij ten slotte.

'Ja, een paar dagen geleden. Op woensdag, geloof ik.'

'Waar is die?'

Hier had ik op gewacht.

'Ik heb hem weggegooid,' zei ik een beetje schuldbewust, en begon snel weer te praten voordat hij boos op me kon worden. 'Het spijt me, ik besef dat dat heel dom was. Ik raakte er gewoon door van streek.'

Maar de agent werd niet boos. Hij scheen het helemaal niet erg te vinden. Hij scheen niet eens bijzonder geïnteresseerd te zijn.

'Hebt u het raam gecontroleerd?'

'Ja, het stond open.'

'Kunt u ons dat laten zien?'

Ik ging ze voor, de kamer uit. Ze liepen nogal vermoeid achter me aan, alsof het te veel gevraagd was voor zoiets onbelangrijks.

'De tuin van de pub is daar beneden,' mompelde de andere agent, terwijl hij door het raam gluurde. Romeinse neus knikte. 'Hij kan het raam vandaar hebben gezien.'

Ze draaiden zich om en liepen terug naar de woonkamer.

'Kunt u bedenken wie dit gestuurd zou kunnen hebben? Oude liefde, iemand op uw werk, zoiets?'

Ik haalde diep adem en vertelde hun over de meloen en de post die eruit was voortgekomen. Ze moesten allebei lachen.

'Was u dat?' zei Romeinse neus nogal vrolijk. Hij zei tegen de andere agent: 'Danny was het eerst ter plaatse bij dat geval.' Hij zei tegen mij: 'Goed gedaan. We hebben uw foto op het bureau. U bent een ware heldin voor ons.' Hij grinnikte. 'Watermeloen, hè? Beter dan een knuppel.' Er klonk gekraak op zijn radio. Hij drukte een knopje in en een stem zei iets wat ik niet kon verstaan. 'Dat is goed, we gaan zo weg. Tot straks.' Hij keek weer naar mij. 'Dat is het dus.'

'Wat?'

'U komt met uw gezicht in de krant en dan krijg je zulke dingen.'

'Maar hij heeft ingebroken, hij heeft me bedreigd.'

'U komt niet uit Londen, hè? Wat was uw naam ook weer?'

'Haratounian. Zoë Haratounian.'

'Gekke ouwe naam. Italiaans zeker?'

'Nee.'

'Er lopen nou eenmaal een hoop rare lui rond.'

‘Maar heeft hij geen vergrijp gepleegd?’

Romeinse neus haalde zijn schouders op.

‘Is er iets gestolen?’ vroeg hij.

‘Dat weet ik niet. Ik geloof van niet.’

‘Zijn er sporen van braak?’

‘Niet dat ik kon zien.’

Hij keek naar zijn compagnon en gaf een knikje in de richting van de deur, wat duidelijk betekende: laten we hier wegwezen zodra dat mens haar mond houdt.

‘Als er iets ernstigs gebeurt’ – hij legde op het woord ‘ernstig’ een onaangename nadruk – ‘bel ons dan.’

Ze liepen naar de deur.

‘Neemt u de brief niet mee?’

‘Hou ’m maar, mevrouwtje. Leg ’m in een la. Op een veilig plekje.’

‘Neemt u geen verklaring op? Moet ik geen formulier invullen?’

‘Als u nog meer problemen krijgt, zullen we dat allemaal doen, mevrouwtje. Oké? Ga nou maar slapen. Wij hebben nog meer te doen.’

En dat deden ze. Ik keek uit het raam terwijl hun auto wegreed tussen alle andere lichten en het gedruis van de hete stad.

6

Er klonk luide muziek en gelach in Holloway Road, alsof er een ietwat sinister straatfeest aan de gang was op de late avond. Er was iemand keihard aan het klappen. Een auto toeterde. De hete nachtlucht was doordrongen van alle geuren van de nacht: kruiden, gebakken uien, uitlaatgassen, patchoeli, knoflook, kaneel en een onverwacht vleugje rozen. Zo nu en dan fladderden de halfopen gordijnen even op door een zacht windvlaagje dat door het open raam kwam, maar verder heerste er een drukkende, intense, allesdoordringende hitte. Het was diep in de nacht, maar er waren geen sterren, geen maan, alleen de straatlantaarns wierpen een vuiloranje gloed de kamer in. En er was lawaai. Mensen. Auto's. Eén moment verlangde ik ernaar om midden in een bos of woestijn te zijn, of op volle zee.

Ik hield mijn ogen open. Ik keek naar Fred en hij keek naar mij, met een flauw glimlachje op zijn gezicht, zeker van zichzelf, terwijl het zweet van zijn voorhoofd op mijn gezicht en hals drupte en onze handen uitgleden over elkaars drijfnatte lijven. Hij was nog steeds een vreemde voor me: zijn hoge voorhoofd, volle mond, zijn lange, slanke, gladde, vrij zachte lichaam. Zelfs na een avond dansen en daarna vrijen rook hij schoon, gistachtig. Citroenzeep en aarde, gras en bier. Ik trok het klamme laken van ons af en hij strekte zich op het smalle bed uit, legde zijn armen onder zijn hoofd en grijnsde naar me.

'Dat was lekker,' fluisterde ik.

'Dank je,' zei hij.

'Dat moet je niet zeggen,' zei ik. 'Je zou moeten zeggen: ja, dat was lekker.'

Hij schudde zijn hoofd.

'Heb je ooit zo lekker gevreeën?'

Ik moest wel giechelen.

'Doe me 'n lol, zeg. Moet ik soms zeggen: o, Fred, ik wist niet dat het zo fijn kon zijn?'

'Hou op. Hou je bek.'

Ik keek hem aan. Hij lachte niet. Ik had hem gekwetst. Hij keek vernederd en kwaad. Mannen.

Ik ging overeind zitten in lotuszit, schudde twee sigaretten uit het pakje dat op de grond lag, stak ze allebei aan en gaf hem er een.

'Ik heb 't nog nooit met een tuinman gedaan.'

Hij nam een trekje en blies een volmaakte kring de lucht in, die even bleef hangen en daarna oploste.

'Ik ben geen tuinman. Ik tuinier. Ik doe klusjes.'

'Zoiets als: ik ben geen onderwijzeres, ik geef les?'

Hij blies weer een kring uit en keek ernaar.

'Jij bent onderwijzeres. Ik ga zo snel mogelijk een ander baantje zoeken.'

'O.' Er welde een hevige irritatie in me op. 'Reuze bedankt. En, heb je het wel eens met een onderwijzeres gedaan?'

Hij trok zijn wenkbrauwen op. Er brak een spottende grijns door op zijn gezicht.

'Niet met een beróémde onderwijzeres.'

Ik wilde daar niet aan herinnerd worden. Ik had de hele avond gedronken, gegiecheld, gedanst, ik was stoned geworden en probeerde niet na te denken. Ik had mijn buik vol van stomme grappen over watermeloenen en van krantenartikelen waarin ik als de tengere, blonde Zoë werd opgevoerd, en van gestoorde brieven op de deurmat. Ik had het gehad met volslagen vreemden die aan me dachten en over me fantaseerden. Misschien stond er op dit moment iemand op de stoep, die omhoogkeek naar mijn open raam en wachtte tot Fred weg was. Ik was helemaal ontnuchterd.

Ik liet mijn sigaret in het glas bij het bed vallen en hoorde het sissen.

'Die laatste brieven...'

'Geen aandacht aan besteden,' zei Fred kortaf. Hij sloot zijn ogen. 'Wat doe je dit weekend?'

'Ik werd er bang van. Ze waren... tja, ik weet niet... zo doelgericht.'

'Mmm.' Hij streelde zachtjes over mijn haar. 'We wilden zaterdag gaan picknicken. Buiten de stad. Zin om mee te gaan?'

'Doen jullie alles samen?'

Hij boog zich voorover en zoende me op mijn borsten. 'Sommige dingen kan ik ook best alleen. Maar wat geeft het?'

'Niets.' Het was even stil. 'Blijf je bij me, Fred? De hele nacht? Als je dat wilt, natuurlijk.'

Het leek alsof ik hem had verteld dat er een bom onder het kussen lag. Zijn ogen gingen met een ruk open en hij ging overeind zitten.

'Sorry,' zei hij. 'Ik moet morgen heel vroeg bij een oude mevrouw zijn in de buurt van Wimbledon.' Hij trok zijn boxershort aan, zijn katoenen broek. God, wat kon die man zich snel aankleden. Overhemd aan, knopen dicht, sokken, schoenen vanonder het bed, klopte op zijn zakken om te controleren of er kleingeld in zat. Jasje van de stoelleuning.

'Je horloge,' zei ik onbewogen.

'O, bedankt. Shit, is het al zo laat? Ik bel je morgen, dan maken we plannen.'

'Best.'

'Je moet je niet zo druk maken.' Hij streek met zijn handen over mijn gezicht, zoende me in mijn nek. 'Mooi mens. Welterusten.'

'Dag.'

Toen hij weg was stond ik op en deed het raam in de woonkamer dicht, ondanks de drukkende hitte. De kamer was benauwder dan ooit. Ik keek naar buiten, naar Holloway Road. Over een paar uur zou het al licht zijn. Ik keek naar het raam op de overloop, wat ik die avond al een paar keer had gedaan, en haalde mijn horloge uit de badkamer: kwart voor twee. Was het maar vast ochtend. Ik was moe, maar ik had geen slaap, en de tijd kruipt voorbij als je bang bent. Mijn zweet prikte op mijn huid, plotseling kil, en ik raapte het laken van de grond en veegde me ermee droog, en daarna sloeg ik het in dunne plooien om mijn lichaam en stak nog een sigaret op. Ik wou dat ik thee in huis had. Misschien was er ergens nog een drupje whisky. Ik liep de keuken in en trok een stoel bij de hoge kast. Er stonden een heleboel lege flessen, die ik ooit naar de glasbak zou brengen, maar geen whisky. Maar er was wel een beetje pepermuntlikeur, die ik met Kerstmis van een ouder had gekregen en nooit had gedronken. Ik schonk een beetje in een mok die zijn oor kwijt was. Het was groen, kleverig, mierzoet spul en het rolde als een brandend balletje door mijn keel.

'Jèk,' zei ik hardop, waardoor ik plotseling besefte hoe stil het was geworden: alleen zo nu en dan een klein aardbevinkje vanwege een passerende vrachtwagen, het geklep van iemands voeten die onder het raam voorbijliep. Het was kwart over twee.

Ik schuifelde in het laken naar de badkamer, poetste mijn tanden en plensde water over mijn verhitte gezicht. Daarna ging ik in bed liggen en probeerde er niet aan te denken. Maar het ging vanzelf. Ik maalde maar door over die twee laatste brieven. De eerste had ik natuurlijk weggegooid. Maar ik wist nog grotendeels wat erin stond. De tweede had ik op mijn bureau gelegd. De politie was er duidelijk niet van overtuigd dat ze van een en dezelfde persoon kwamen. Maar ik wist zeker van wel. Ze namen het niet serieus, ze wisten niet hoe het was om een vrouw te zijn, alleen in een rotflat in Holloway Road, bang dat iemand daar buiten op je loerde.

Tegen beter weten in haalde ik de brief uit de envelop en las hem nog eens door, in bed. Ik besefte dat deze man naar me had gekeken, letterlijk, bedoel ik. Hij had dingen gezien die ikzelf niet eens zag, zoals die vlek op mijn vinger. Hij bestudeerde me, zoals je zelfs je geliefde niet bestudeert. Misschien was hij me uit zijn hoofd aan het leren, zoals je voor een examen doet. Hij was binnen geweest, dat wist ik zeker, wat de politie verder ook zei, en had naar mijn spullen gekeken, ze aangeraakt. Misschien had hij gesnuffeld in brieven, foto's, kleren. Misschien had hij wel dingen meegenomen. Hij had me zien slapen. Hij wilde in me kijken, zei hij. Kijken, niet zijn. Ik was misselijk, maar misschien kwam dat alleen van de pepermuntlikeur, die nog steeds als lijm aan de binnenkant van mijn mond plakte, en van de drank die ik al op had en de zweterige seks en de vermoeidheid, en – o, kut.

Ik sloot mijn ogen en legde mijn ene arm over mijn gezicht, zodat het pikdonker werd. Londen hurkte buiten voor mijn raam, een en al ogen. Ik hoorde een druppel regen vallen, toen nog een. Mijn gedachten raasden maar door, ze waren niet te stuiten. Ik maalde maar door over die brief.

'Zoals ik al zei.' Dat was zo raar. Wat bedoelde hij? Hij wilde in me kijken. Zoals hij al zei. Maar hij had het nog niet eerder gezegd, toch? Ik probeerde me de eerste brief, die ik had weggegooid, weer voor de geest te halen. Ik herinnerde me alleen flarden ervan. Maar dit had ik toch wel geweten. Wat betekende het?

Er kwam even een gedachte bij me op, een idee dat ik graag had willen negeren. Ik ging overeind zitten, met een droge mond, stapte met een zwaai van mijn benen uit bed en liep naar de woonkamer, waar ik de kartonnen doos vanonder de bank haalde. Er zaten tientallen brieven in, sommige nog ongeopend. Dit kon heel lang gaan duren. Ik ging terug naar de slaapkamer en trok mijn oude, versleten joggingpak aan. Daarna schonk ik nog zo'n vies likeurtje in, stak een sigaret op en begon.

Ik hoefde de brieven alleen maar vluchtig door te kijken om zeker te zijn, hoewel ik aan het handschrift op de enveloppen al kon zien dat ze niet van hem waren. Mijn beste Zoë... mevrouw Haratounian... Ga terug naar je bordeel, slet... Heeft u Jezus gevonden?... Je glimlacht, maar je ogen staan droevig... Goed gedaan... Als u zo vriendelijk zou willen zijn om donateur van onze stichting te worden... Ik heb het gevoel dat we elkaar al eens hebben ontmoet... Als je SM wel ziet zitten... Ik schrijf dit vanuit de gevangenis... Ik zou u een wijze, door schade en schande geleerde raad willen geven...

En daar was-ie. Plotseling hoorde ik mijn hart bonken, veel te snel. Mijn keel werd te nauw om te kunnen ademen. Het handschrift, zwart schuinschrift. Ik pakte de envelop, die nog niet was opengemaakt. Er zat een postzegel op, mijn adres, postcode en alles. Ik nam een heftige slok van de mok, schoof mijn vinger onder het achterflapje en scheurde de envelop open. De brief was kort, maar zakelijk.

Beste Zoë, ik wil in je kijken en dan wil ik je vermoorden. Je kan niets doen om me tegen te houden. In ieder geval nu nog niet. Ik zal je weer schrijven.

Ik staarde naar de woorden tot ze voor mijn ogen vervaagden. Mijn adem kwam er in schorre horten uit. Regendruppels striemden tegen de ramen, trage, zware zomerregen. Ik sprong overeind en schoof de bank over de vloer tot hij tegen de voordeur stond. Ik pakte de telefoon en toetste Freds nummer met trillende, onhandige vingers. Hij ging maar over en over.

'Ja.' Zijn stem was dik van de slaap.

'Fred, Fred, met Zoë.'

'Zoë? Hoe laat is het, godverdomme?'

'Wat? Dat weet ik niet. Fred, ik heb weer een brief gekregen.'

'Jezus, Zoë, het is halfvier.'

'Hij zegt dat hij me gaat vermoorden.'

'Hoor nou 's...'

'Kan je komen? Ik ben bang. Ik weet niet wie ik het anders moet vragen.'

'Luister nou even, Zoë.' Ik hoorde dat hij een lucifer afstreek. 'Rustig nou maar.' Zijn stem was vriendelijk, maar indringend, alsof hij het tegen een klein kind had dat bang was in het donker. 'Er kan je niets gebeuren.' Het was even stil. 'Hé, als je echt zo bang bent, bel dan de politie.'

'Alsjeblieft, Fred. Alsjeblieft.'

'Ik sliep al, Zoë.' Zijn stem was nu kil. 'Ik denk dat je ook moet proberen te gaan slapen.'

Toen gaf ik het op.

'Oké.'

'Ik bel je.'

'Oké.'

Ik belde de politie. Ik kreeg een man aan de lijn die ik niet eerder had gesproken, die mijn hele verhaal keurig en traag noteerde. Ik spelde mijn achternaam twee keer. H van Hendrik en A van Abel. Elke keer dat ik een geluid hoorde, verstarde ik en begon mijn hart te bonken. Maar er kon natuurlijk niemand binnenkomen. Alles was afgesloten en vergrendeld.

'Een momentje, mevrouw.'

Ik wachtte, rookte nog een sigaret. Mijn mond voelde als de binnenkant van een asbak.

Uiteindelijk zei hij dat ik morgenochtend naar het bureau moest komen. Ik had vermoedelijk gewild dat er overal agenten rondrenden die me zouden beschermen en alles oplossen, maar meer zat er niet in voor me. Ik was wel gerustgesteld door de duffe, routineuze toon in zijn stem, dat was tenminste iets. Er gebeurden de hele tijd van zulke dingen.

Op een gegeven moment viel ik in slaap. Toen ik wakker werd, was het bijna zeven uur. Ik keek uit het raam. Het had die nacht zwaar geregend en de regen had de weg schoongespoeld. De bladeren aan de paar platanen zagen er minder verbleekt en verschrompeld uit en de lucht was zelfs blauw. Ik was het blauw vergeten.

7

Deze keer kreeg ik belangrijker politieagenten te spreken, dus dat was in ieder geval iets. Als de agenten in uniform die bij me thuis waren geweest, eruitzagen als leden van het schoolrugbyteam, dan zag de inspecteur die op het bureau met me sprak er meer uit als een aardrijkskundeleraar. Misschien iets chiquer gekleed dan de doorsnee-aardrijkskundeleraar die ik op school had gehad, in een marineblauw kostuum en een nette das. Hij was groot en zwaargebouwd. Bijna dik, bedoel ik. Zijn bruine haar was kort en keurig. Hij stelde zich voor als inspecteur Aldham.

Ik werd niet naar een verhoorkamer gebracht of zoiets formeels. Hij ontving me in de algemene ruimte en daarna toetste hij een paar cijfers in, waardoor er een deur openging naar het echte politiebureau erachter. De eerste keer maakte hij een fout, zodat hij de cijfers nog eens moest intoetsen, langzamer, binnensmonds vloekend. Hij ging me voor naar zijn bureau en wees op een stoel waar ik moest gaan zitten, waardoor ik me nog meer een verlegen leerling voelde die moet nablijven. Of vóórblijven, in dit geval. Ik had Pauline moeten bellen om te zeggen dat ik later zou komen, en dat viel niet in goede aarde. Het kwam niet goed uit, zei ze tegen me.

Aldham las de twee brieven heel langzaam door, met een geconcentreerde frons op zijn gezicht. Ik zat vijf minuten te wiebelen en om me heen te kijken naar mensen die binnenkwamen en aan de telefoon zaten. Een paar agenten zaten aan het eind van de kantoortuin te lachen om iets wat ik niet kon verstaan. Hij keek op.

'Wilt u een kopje thee?'

'Nee, dank u.'

'Ik haal er voor mezelf ook een.'

'Nou, goed dan.'

'Koekje?'

'Nee, dank u.'
'Ik neem er wel een.'
'Het is nog wat vroeg.'
Het duurde vrij lang voordat hij onhandig terug kwam lopen; de plastic bekertjes waren haast te heet om vast te houden. Hij doopte een biscuitje in zijn thee en beet het natte topje zorgvuldig af.
'Dus wat denkt u ervan?'
'Wat ík ervan denk? Tja, maar ik... dat is toch uw werk?'
'Dat weet ik niet. Wat stond er in de andere brief?'
'Die was zo afschuwelijk dat ik hem heb weggegooid. Er stonden rare dingen in over mijn eetgewoonten. En iets over bang zijn voor de dood. Het klonk alsof die persoon me had bespied.'
'Of iemand die u kent?'
'Die mij kent?'
'Misschien is het een grap. Denkt u niet dat het misschien een vriend zou kunnen zijn, die een grap met u uithaalt?'
Ik kon bijna geen woord uitbrengen.
'Iemand dreigt dat hij me gaat vermoorden. Daar zie ik de grap niet van in.'
Aldham verschoof ongemakkelijk in zijn stoel.
'Sommige mensen hebben een bizar gevoel voor humor,' zei hij. Het was even stil. Ik dacht wanhopig na. Had ik het misschien bij het verkeerde eind? Misschien was er niets om me druk over te maken. 'Wacht even,' zei hij na een tijdje. 'Ik moet even iemand spreken.'
Hij pakte een map uit zijn bureau en stopte de twee brieven erin. Met de map en zijn thee liep hij log de ruimte door en verdween uit het gezicht. Ik keek op mijn horloge. Hoe lang zou het nog duren? Had het zin om mijn eigen dossiers uit mijn tas te halen en wat te werken op het hoekje van Aldhams bureau? Ik was er niet zo voor in de stemming. Toen Aldham eindelijk terugkwam, had hij een man in pak bij zich. Het was een kleinere, tengerder man, grijzend, en hij leek me een iets hogere pief. Hij stelde zich voor als hoofdinspecteur Carthy.
'Ik heb uw brieven bekeken, mevrouw... eh...' Hij mompelde iets wat blijkbaar een poging was om mijn naam uit te spreken. 'Ik heb de brieven bekeken en inspecteur Aldham heeft me verder ingelicht over deze zaak. Het zijn inderdaad akelige dingen.' Hij keek

om zich heen en trok een stoel bij van een leeg bureau. 'De vraag is: wat is hier werkelijk aan de hand?'

'Wat er aan de hand is, is dat iemand me bedreigt en dat er ingebroken is in mijn flat.' Carthy trok een scheef gezicht. 'En ik word lastiggevallen. Dat is toch een vergrijp?'

'Onder bepaalde omstandigheden. We hebben begrip voor uw bezorgdheid,' zei hij. 'Maar het is moeilijk te bepalen hoe we dit precies moeten aanpakken.'

'Denkt u niet dat deze persoon gevaarlijk zou kunnen zijn?'

'Misschien. Misschien ook niet. Kijk, mevrouw, ik begrijp dat u nog meer van dergelijke brieven hebt gehad.'

Weer deed ik het relaas van mijn kortstondige beroemdheid en de twee inspecteurs wisselden een vluchtig glimlachje uit.

'Dat geval met de meloen?' zei Carthy. 'Dat was geweldig. We hebben hier ergens die foto uit de krant op een mededelingenbord hangen. Iedereen hier vindt u een heldin. Misschien kunt u de mensen even gedag zeggen voordat u weggaat. Maar wat die brieven betreft: ik denk dat het hoogstwaarschijnlijk nu eenmaal zo gaat als je beroemd wordt. Er lopen heel wat stakkers rond. En dit is hun manier om in contact te komen met mensen.'

Eindelijk was mijn geduld op.

'Het spijt me, maar ik vind gewoon niet dat u dit serieus genoeg neemt. Deze persoon heeft niet zomaar brieven geschreven. Hij is in mijn flat geweest.'

'Hij is *mogelijkerwijs* in uw flat geweest.' Carthy slaakte een vermoeide zucht. 'Goed dan. Laten we een paar dingen onder de loep nemen.' Het was heel even stil. 'Uw flat. Is het makkelijk om daar binnen te komen?'

Ik haalde mijn schouders op.

'Het is een gewoon pand met appartementen. Er is een gezamenlijke ingang aan Holloway Road. En de pub ernaast heeft een binnenplaats naast de achtertuin.'

Carthy schreef iets op in een grote blocnote dat op zijn schoot balanceerde. Ik kon niet zien of hij aantekeningen maakte of alleen maar zat te droedelen.

'Ontvangt u veel bezoek?'

'Hoe bedoelt u?'

'Eens per week? Twee keer per week? Gemiddeld.'

'Daar heb ik zo geen antwoord op. Ik heb vrienden. Een stel

kwam vorige week borrelen. Ik heb een nieuwe liefde. Die komt geregeld langs.' Meer gekrabbel op de blocnote. 'O, en de flat is al een halfjaar in de verkoop.'

Carthy trok een wenkbrauw op.

'En dat betekent dat er mensen bij u zijn komen kijken?' zei hij.

'Ja, natuurlijk.'

'Hoeveel?'

'Een heleboel. Het laatste halfjaar moeten het er wel zestig of zeventig zijn geweest, misschien meer.'

'Zijn er mensen meer dan één keer langs geweest?'

'Een paar. Ik wíl ook dat ze vaker langskomen.'

'Is u iets vreemds aan een van hen opgevallen?'

Ik lachte wat zuur.

'Aan driekwart van hen, ongeveer. Ik bedoel, het zijn volslagen vreemden die in mijn kasten snuffelen, laden opentrekken. Dat heb je als je je huis wilt verkopen.'

Carthy lachte niet terug.

'Er zijn verschillende motieven voor dit soort bedreigingen. De meest voorkomende ligt in de privé-sfeer.' Hij klonk verlegen. 'Mag ik u misschien enkele persoonlijke vragen stellen?'

'Alleen als ze ertoe doen.'

'U zei dat u een nieuwe vriend hebt. Hoe nieuw?'

'Twee of drie weken. Gloednieuw.'

'En hebt u ook net een relatie achter de rug?'

'Niet echt nee.'

'Hoe bedoelt u?'

'Ik bedoel nee. Ik had geen relatie.'

'Maar hebt u onlangs een persoonlijke, ik bedoel... eh... seksuele verhouding gehad?'

'Nou, niet onlangs.' Ik bloosde hulpeloos.

'Was het verbreken daarvan moeilijk?'

'Zo'n relatie was het niet,' zei ik. 'Ik ben met een paar mannen op verschillende momenten omgegaan.'

'Een paar?' Hij en Aldham keken elkaar veelbetekenend aan.

'Nee, dat ziet u verkeerd.' Ik werd zenuwachtig. Ik wist wat ze allebei dachten en alles wat ik zei kon het alleen maar erger maken. Wat er zo bespottelijk aan was, was dat ik vergeleken bij zo'n beetje iedereen die ik kende zo ontzettend kuis was: een onhandige, verlegen, hakkelende non. 'Ik heb het afgelopen jaar een verhouding gehad, ben gegaan met, hoe u het ook wilt noemen, met twee mannen.' Ze bleven me allebei aankijken, alsof ze helemaal niet overtuigd waren door dit lage aantal. 'De laatste was maanden geleden.'

'Ging u op een nare manier uit elkaar?'

Ik dacht eraan hoe ik tegenover Stuart in een café in de buurt van Camden Lock had gezeten. Ik lachte treurig.

'Het bloedde gewoon dood eigenlijk. Maar goed, het laatste wat ik van hem heb gehoord is dat hij door Australië aan het liften was. U kunt hem schrappen van de lijst met verdachten.'

Carthy klikte luid met zijn balpen en stond op.

'Inspecteur Aldham zal u helpen bij het invullen van een formulier en een korte verklaring opnemen.'

'Wat gaat u doen?'

'Dat heb ik u al gezegd.'

'Om hem te pakken, bedoel ik?'

'Als er nog iets gebeurt, belt u Aldham en dan gaan we verder. O, en doe een tijdje voorzichtig aan in uw privé-leven.'

'Ik heb een vriend, zei ik toch?'

Hij knikte kort en liep weg, terwijl hij iets mompelde wat ik niet kon verstaan.

8

Ik kwam laat op school, nog later dan ik had gezegd. Toen ik het politiebureau uit liep, voelde ik me zo moe dat ik dacht dat mijn benen het zouden begeven. Mijn huid was stoffig, groezelig onder mijn katoenen jurk. Mijn hoofdhuid jeukte. Mijn mond was asachtig. Mijn schouders zaten vol gemene knopen, stressknobbeltjes. Toen ik de felle zon in liep, begonnen mijn ogen, die toch al in hun kassen waren teruggeweken, leek het, pijnlijk te kloppen. Ik kneep ze dicht tegen de schittering en zocht in mijn tas naar mijn zonnebril. Verdomme. Die was ik vergeten. En mijn vitaminepillen. En ik had nog maar één sigaret. Heel even overwoog ik of ik terug naar huis zou gaan en een bad zou nemen, mijn tanden poetsen en mezelf vermannen, voordat ik naar school ging. Of misschien alleen naar een van de parken in de buurt gaan en bij de vijver op de vergelende stukjes gras gaan zitten en naar de eendjes kijken, en mijn ogen sluiten.

In plaats daarvan kocht ik twee pakjes sigaretten, een goedkope zonnebril bij een kraam langs de weg en glipte daarna schuldbewust een ordinaire eettent binnen. Ik bestelde twee kopjes zwarte koffie en een gepocheerd ei met geroosterd brood. Ik at langzaam en keek naar de voorbijgangers door het smoezelige raam. Een rasta met een gele muts, een tienerstel, arm in arm, die om de paar passen stilstonden om elkaar te zoenen, een groep Japanse toeristen met camera's en truien aan. Die waren zeker verdwaald. Een man met een baby in een draagdoek, ik kon nog net zijn donzige hoofdje zien. Een vrouw die steeds schreeuwde tegen een kind met een rood gezicht naast zich. Een Indiase vrouw in een vuurrode sari, die op fijne sandaaltjes door hondenpoep en afval liep. Een troep schoolkinderen met zwemtassen, opgejaagd over de lawaaiige, met uitlaatgassen verstikte straat door een afgematte jonge vrouw die me aan mezelf deed denken. Een fietser in een lichtgevende gele short, met zijn hoofd gebogen, die op dunne banden tussen de auto's door laveerde. Een vrouw met een breedgerande hoed, een enorme voorsteven en een piepklein poedeltje, die eruitzag alsof ze het verkeerde verhaal was binnengestapt.

Ik was het verkeerde verhaal binnengestapt. Hij zou op dit moment naar me kunnen kijken. Misschien kon ik hem ook zien, als ik maar wist waar ik moest kijken. Waar had ik dit aan verdiend? Ik stak een sigaret op, dronk mijn afkoelende, bittere koffie. Ik was nu zo laat dat een paar minuten ook niet meer uitmaakten.

Voordat ik bij de bushalte in Kingsland Road was, kwam ik langs een telefooncel en kreeg ineens een idiote opwelling om mijn moeder te bellen. Mijn moeder die al twaalf jaar dood was. Ik wilde gewoon van haar horen dat alles goed zou komen.

Pauline was beleefd, maar koeltjes tegen me toen ik op school kwam. Ze zei dat ene Fred had gebeld. Hij had gevraagd of ik hem overdag op zijn mobiele telefoon wilde bellen. Ze scheen het niet prettig te vinden om boodschappen aan te nemen van de geliefde van een leerkracht die er niet was. De invaljuf had de kinderen plastic schortjes voorgedaan, terwijl ze verf mengden met dikke kwasten. Dus droeg ik hun op om allemaal een zelfportret te maken, dat we aan de muur zouden hangen voor de ouderavond. Raj schilderde zichzelf met een bleekroze gezicht en bruin haar en benen die recht uit zijn kin staken. Eric, die nooit lacht, gaf zichzelf een rode mond die van oor tot oor reikte. Stacey morste water over Tara's probeersel, waarop Tara haar een klap in haar nek gaf. Damian begon te huilen, de tranen druppelden op het papier. Ik nam hem mee naar de zithoek en vroeg wat er aan de hand was, en toen vertelde hij me dat hij door iedereen werd gepest, dat ze hem watje noemden, hem omverduwden op het schoolplein en hem op het toilet opsloten. Ik keek naar hem: een bleek, snuffend mensje met kleren die te wijd om zijn magere lijf hingen en vuile oren.

Fred wilde dat ik die avond kwam kijken naar een vijf-tegen-vijf-voetbalwedstrijd, waar hij in meespeelde. Ze voetbalden iedere woensdag, zei hij, een echt mannengebeuren. Hij was vrolijk en ontspannen, alsof er gisternacht niets was gebeurd. Hij zei dat hij rozen snoeide in de buitenwijken, maar dat hij de hele tijd aan mijn lichaam moest denken.

Pauline zei dat ik het materiaal over mijn lees- en schrijflessen aan het eind van de week klaar moest hebben en of ik dacht dat dat zou lukken. Ja hoor, antwoordde ik zonder al te veel overtuiging, met bonkend hoofd. Meestal koop ik een broodje kaas met tomaat in de broodjeszaak onderweg naar school, maar vandaag was ik het vergeten, dus terwijl de andere leerkrachten gezonde broodjes en fruit aten, kreeg ik gekookte aardappelen en bonen van de dikke overblijfjuf, met als toetje krentenpudding met custard. Een bordje troost. Ik knapte ervan op.

Ik gaf de kinderen de opdracht om steeds de letter k te schrijven langs de stippellijntjes op hun werkbladen. De k van kat en koe en kop. 'En kut,' zei de vierjarige Barny, geboren in augustus en de jongste van de klas, tot grote hilariteit van zijn bewonderende vriendjes.

In het kringgesprek kwam pesten aan de orde. Ik keek niet naar Damian terwijl ik zei dat iedereen moest proberen aardig voor elkaar te zijn en alle kinderen me met hun wrede, onschuldige blikken aanstaarden. Hij zat dicht bij me en plukte draadjes uit het kleed, terwijl zijn ogen achter zijn dikke brillenglazen zwommen.

'Gaat het weer?' vroeg ik aan hem toen de school uitging.

'Mmm,' mompelde hij met gebogen hoofd. Ik zag dat zijn nek groezelig was, zijn nagels vuil. Ik werd plotseling geïrriteerd en kwaad op hem en had zin om zijn hulpeloosheid uit hem te schudden. Misschien gedroeg ik me ook zo, dacht ik. Misschien liet ik mezelf wel pesten.

Het is verbluffend hoeveel kabaal tien mannen kunnen maken. Niet alleen schreeuwen tegen elkaar, maar kreunen, gillen, janken, krijsen, met een smak op de grond vallen, zich op elkaar storten, tegen elkaars schenen trappen zodat ik de botten meende te horen kraken. Het verbaasde me dat ik geen bloed zag vloeien, lichamen op brancards, knokpartijen. Maar toen het uur voorbij was, zweetten ze, stonken ze en voelden ze zich geweldig. Ze klopten elkaar op de schouders. Ik voelde me een beetje dom, zoals ik aan de zijlijn stond en naar ze keek als deel van de fanclub. Er waren ook nog vier andere vrouwen, die elkaar duidelijk kenden en deel uitmaakten van een soort groepje dat iedere woensdagavond ging kijken hoe hun mannen tot moes werden getrapt. Clio, Annie en Laura en iemand van wie ik de naam nooit goed heb verstaan en die niet nóg eens wilde vragen. Ze vroegen me hoe ik Fred had leren kennen, en wat was het toch een charmeur, en ze waren vriendelijk maar afstandelijk, zodat ik ging denken dat er zowat elke week een ander meisje stond en dat zij daar niets mee te maken wilden hebben. Het was, denk ik, de bedoeling dat ik Fred aanmoedigde, terwijl hij als een warme schim langs me stormde, met glazige ogen, en iets schreeuwde, maar ik kon mezelf er niet echt toe zetten.

Naderhand kwam hij naar me toe, sloeg een arm om mijn schouder en gaf me een zoen.

'Je zweet.'

Ik vond het niet zo erg, maar tegelijk haalde ik er niet een wezenlijk groot genot uit in primitieve, hormonale zin.

'Mmm.' Hij wreef met zijn neus over mijn huid. 'En jij bent overal heerlijk koel.'

Na het werk was ik bij Louise in bad geweest en ze had me een grijze broek en een mouwloos truitje geleend. Ik had geen zin om naar huis terug te gaan.

'Ga je mee iets drinken?'

'Best.' Het laatste waar mijn lichaam behoefte aan had was drank, maar ik wilde niet alleen zijn. Zolang ik met anderen was, op een openbare plek, voelde ik me veilig. Alleen het idee al dat het weer donker zou worden en ik alleen in mijn flat zou zijn, benauwde me.

'Ik ga eerst even douchen.'

Eén drankje werden er meer, in een donkere pub waarvan de uitbater hen duidelijk stuk voor stuk goed kende.

'En ze krijgt allemaal van die gestoorde brieven,' ging Fred verder, alsof het één grote grap was. Zijn hand gleed langs mijn lichaam, tastte mijn ribben af. Ik ging nerveus verzitten, stak nog een sigaret op, gooide het laatste slokje pils achterover. 'Ook brieven waarin ze bedreigd wordt met de dood. Toch, Zoë?'

'Ja,' zei ik binnensmonds. Ik wilde er niet over praten.

'Wat zei de politie?' vroeg Fred.

'Niet veel,' zei ik. Ik probeerde luchtig te klinken. 'Maak je geen zorgen, Fred. Jij bent vast hun hoofdverdachte.'

'Ik kan het niet zijn,' zei hij opgewekt.

'Hoezo niet?'

'Nou... eh...'

'Je hebt me nooit zien slapen,' zei ik en had daar meteen spijt van, maar Fred keek alleen maar verbaasd. Het was een opluchting dat Morris me begon te vertellen dat ze vroeger altijd in deze pub kwamen voor de quiz op de televisie.

'Het is eigenlijk wreed,' zei hij. 'Het is gewoon te makkelijk, Je hebt het gevoel dat je hun geld van ze aftroggelt. We boffen dat ze ons niet gewoon naar buiten brengen en onze duimen breken.'

'*The Hustler*,' zei Graham.

'Wat?' zei ik.

'Verveel je je met die debiele broer van mij?'

'Doe niet zo gemeen,' zei ik.

'Nee, nee,' zei Morris. 'Dat is weer een verwijzing. Dat zei Herman Mankiewicz over Joseph Mankiewicz.' Hij grijnsde nu tegen zijn broer. 'Maar Joseph had uiteindelijk meer succes.'

'Sorry,' zei ik, 'maar ik weet niet wie dat zijn.'

Helaas gingen ze me dat toen vertellen. De interactie tussen deze oude vrienden en broers was een verwarrende mengeling van oude grappen, duistere verwijzingen en persoonlijke uitdrukkingen, dus leek het me de beste strategie om me koest te houden en te wachten tot er iets kwam wat ik wél begreep. Na een tijdje bedaarde hun razendsnelle, gevatte dialoog wat en raakte ik weer in gesprek met Morris.

'Heb jij iets met een van die...' vroeg ik zachtjes, terwijl ik discreet in de richting van de diverse jonge vrouwen om de tafel knikte.

Morris had een ontwijkende blik in zijn ogen.

'Nou ja, Laura en ik hebben een soort van...'

'Een soort van wat?' vroeg Laura aan de andere kant van de tafel. Ze was een grote vrouw met steil bruin haar dat in een knot naar achteren was gekamd.

'Ik zei tegen Zoë dat jij oren als een vleermuis hebt.'

Ik ging ervan uit dat Laura woedend zou worden op Morris. Ik zou dat in ieder geval wel zijn geworden. Maar het begon me te dagen dat de drie vrouwen aan de rand van de groep hingen en meestal onderling zaten te praten en alleen bij het algemene gesprek werden betrokken als dat nodig was, wat niet vaak het geval leek te zijn. De jongens, met hun frisse gezichten en schitterende ogen na het voetballen, zagen er meer dan ooit uit als kleine jongetjes. Waarom was ik in hun groepje opgenomen? Als publiek? Morris boog zich dicht naar me toe, zodat ik heel even het gevoel kreeg dat hij met zijn neus in mijn oor zou gaan wroeten. Maar nee, hij fluisterde er iets in.

'Het is voorbij,' zei hij.

'Wat?'

'Mijn relatie met Laura. Alleen weet zij het nog niet.'

Ik keek naar haar aan de tafel, zich niet bewust van het vonnis dat haar boven het hoofd hing.

'Waarom?' vroeg ik.

Hij haalde alleen maar zijn schouders op en ik voelde dat hij het niet kon verdragen om er verder op in te gaan.

'Hoe gaat het met je werk?' vroeg ik, bij gebrek aan iets beters.

Morris stak een sigaret op en gaf toen antwoord.

'We wachten allemaal af,' zei hij.

'Hoe bedoel je?'

Hij nam een diepe haal van zijn sigaret en nog een grotere slok bier.

'Moet je ons zien,' zei hij. 'Graham is assistent van een fotograaf, die zelf fotograaf wil worden. Duncan en ik zijn de hele tijd bezig om stomme secretaresses uit te leggen wat ze allemaal met hun software kunnen doen, terwijl ze dat in de handleiding hadden moeten lezen. We wachten allemaal af tot er een paar ideeën, zeg maar, tot wasdom komen. In deze tijden hoef je maar één halfbakken, aanvaardbaar idee te hebben en je bent meer waard dan British Airways.'

'En Fred?'

Morris kreeg een peinzende uitdrukking.

'Fred graaft en zaagt en probeert ondertussen te besluiten wie hij is.'

'Maar intussen heeft hij wel die bruine huid en die onderarmen,' zei Graham, die ons had afgeluisterd.

'Mmm,' zei ik.

We bleven lang zitten en dronken te veel, vooral de jongens. Morris ging later aan de andere kant zitten om dicht bij Laura te kunnen zijn, op haar verzoek, wat eerder als een bevel klonk, en Duncan ging naast mij zitten. Eerst praatte hij over zijn werk samen met Morris, dat ze iedere dag de hort op waren, dat ze voornamelijk apart werkten voor verschillende bedrijven, waar ze idioten met te veel geld en geen tijd leerden hoe ze hun eigen computers moesten bedienen. Daarna praatte hij over Fred, hoe lang ze elkaar al kenden en hoe lang ze al bevriend waren.

'Alleen is er één ding dat ik Fred nooit zal vergeven,' zei hij.

'Wat dan?'

'Jou,' zei hij. 'Het was een oneerlijke strijd.'

Ik dwong mezelf om te lachen. Hij staarde me aan.

'We vinden jou super.'

'Super wát?'

'Gewoon, super.'

'We?'

'De jongens.' Hij wees de tafel rond. 'Fred laat zijn vrouwen na een tijdje altijd stikken,' zei hij.

'O, nou, dat zien we dan wel weer, hè?'

'Mag ik jou dan?' vroeg hij.

'Wat?' zei ik.

'Nee, ik wil haar hebben,' zei Graham aan de andere kant van de tafel.

'En ik dan?' zei Morris.

'Ik was eerst,' zei Duncan.

Ergens voelde ik wel dat dit weer grappig bedoeld was en misschien had ik er op een ander moment om kunnen lachen en geprobeerd om het spelletje op een flirterige manier mee te spelen, maar dit was niet zo'n moment.

Fred duwde zijn lijf tegen me aan. Duwde zijn hand tegen mijn broek, Louises broek. Plotseling voelde ik me misselijk. De benauwde, lawaaiige sfeer van de pub stolde om me heen.

'Tijd om te gaan,' zei ik.

Hij gaf me een lift naar huis in zijn bestelwagen, en zette Morris en Laura onderweg af. Hij had kennelijk veel te veel gedronken.

'Vind je het vervelend als ze zo tegen me praten?'

'Ze zijn gewoon jaloers,' zei hij.

Ik vertelde hem dat de politie vragen had gesteld over mijn privé-leven.

'Ze wekten de indruk dat het mijn schuld was,' zei ik. 'Ze vroegen me naar mijn seksleven.'

'Een lang verhaal?' Er was een glinstering in zijn ogen.

'Een heel kort verhaal.'

'Zóveel?' Hij floot.

'Doe niet zo stom.'

'Dus ze denken dat het een van je exen is?'

'Wie weet.'

'Waren daar dan zulke mafketels bij?'

'Nee.' Ik aarzelde. 'Alleen, als je op die manier gaat nadenken, dan lijkt iedereen natuurlijk vreemd of een beetje ondoorgrondelijk. Niemand is toch helemaal normaal?'

'Zelfs ik niet?'

'Jij?' Ik keek naar hem terwijl hij reed, magere handen op het stuur. 'Zelfs jij niet.'

Dat leek hem wel te bevallen. Ik zag hem glimlachen.

Hij duwde me terug op mijn stoel en zoende me zo hard dat ik bloed op mijn lip proefde, en hij drukte een hand tegen mijn borst, maar hij vroeg niet of hij mee naar binnen mocht komen. Ik had echter gisteravond mijn lesje geleerd. Ik vroeg het hem ook niet. Ik zwaaide hem na, met een redelijk overtuigend vertoon van opgewektheid, maar ik ging niet naar binnen; ik liep over de nog steeds drukke straat naar de dichtstbijzijnde telefooncel. Ik belde Louise, misschien kon ik daar logeren. Maar de telefoon ging steeds over en er werd niet opgenomen. Ik stond in de cel met de hoorn tegen mijn gezicht, totdat een boze man met een uitpuilende aktetas op het glas bonsde. Ik kende verder niemand goed genoeg om het aan te vragen, ik kon nergens anders heen. Ik bleef een tijdje op straat staan treuzelen, en zei daarna bij mezelf dat ik niet zo stom moest doen. Ik liep terug naar de voordeur, deed hem open, raapte de reclamefolders, de gasrekening en de ansichtkaart van mijn tante op en liep naar boven. Er waren geen ongefrankeerde brieven bij. De ramen waren allemaal op slot. De pepermuntlikeur stond op tafel, met de dop eraf. Er was niemand.

9

'Ik denk echt dat hij geïnteresseerd is.'

'Wie? Fred?'

'Nee. Die man die nog een keer naar de flat komt kijken. God mag weten waarom, maar ik denk dat hij hem misschien wel mooi vindt. Ik wou dat het zo was. Ik haat het hier, Louise, wist je dat? Ik haat het echt. Ik ben 's avonds bang om naar huis te gaan. Als ik hier maar weg kon, dan zouden al die brieven misschien niet meer komen en zou hij verdwijnen.'

Louise keek de kamer rond.

'Hoe laat komt hij?'

'Een uur of negen. Vreemde tijd om een flat te bekijken, vind je niet?'

'Dan hebben we nog bijna twee uur.'

'Weet je zeker dat je je kostbare donderdagavond hieraan wilt opofferen, Louise?'

'Ik was alleen maar van plan om te gaan zitten en chocola te eten en te zappen. Je hebt me tegen mezelf in bescherming genomen. En trouwens, ik hou van uitdagingen.'

Ik keek met een grimmige blik om me heen.

'Het is zeker een uitdaging,' zei ik.

Louise rolde haar mouwen op en maakte de indruk, waar ik nogal van schrok, dat ze de vloer zou gaan boenen.

'Waar zullen we beginnen?'

Ik ben dol op Louise. Ze is rechtdoorzee en royaal. Ook al gedraagt ze zich schandelijk en roekeloos, toch weet ik dat ze met beide benen op de grond staat. Ze kan de slappe lach krijgen. Ze huilt om sentimentele films. Ze eet te veel gebakjes en volgt dan krankzinnige, hopeloze, volslagen onnodige diëten. Ze draagt rokken waar Paulines prachtig gevormde wenkbrauwen van omhooggaan, en schoenen met hoge plateauzolen, T-shirts met vreemde teksten erop, enorme oorbellen, een sierknopje in haar navel. Ze is klein, koppig, zeker van zichzelf, vasthoudend, met een scherpe, wilskrachtige kin en een wipneus. Ze lijkt zich door niets uit het veld te laten slaan. Ze is een soort werkpaard.

Toen ik op de Laurierschool ging werken, nam Louise me onder haar hoede, al werkte ze er zelf nog maar een jaar. Ze gaf me onderwijstips, waarschuwde me welke ouders lastig waren, deelde haar broodjes met me in de lunchpauze als ik ze zelf vergeten was, leende me tampons en aspirine. Ze was het enige vaste punt in die hele Londense brij. En nu bracht ze orde in mijn leven.

We begonnen in de keuken. We deden de afwas en zetten de boel netjes weg, schrobden het aanrecht, veegden de vloer, lapten het raampje dat uitkeek op de achtertuin van de pub. Louise wilde met alle geweld de potten en pannen weghalen die ik boven het fornuis had hangen.

'We moeten meer ruimte scheppen,' zei ze, terwijl ze met toegeknepen ogen om zich heen keek, alsof ze in een binnenhuisarchitect was veranderd die niet erg onder de indruk was van het geheel.

In de woonkamer van vier bij drie leegde ze de asbakken, schoof de tafel onder het raam, zodat het bladderende behang gedeeltelijk uit het zicht was, draaide de viezige bankkussens om, zoog het kleed, terwijl ik papieren en post op stapels legde en rommel weggooide.

'Zijn dat alle brieven?' vroeg Louise, terwijl ze op de kartonnen doos wees.

'Mmm.'

'Eng, hoor. Waarom gooi je ze niet weg?'

'Zal ik dat doen? Ik dacht dat de politie ze misschien nog nodig had.'

'Waarom? Je hebt de brieven van die engerd toch apart? Smijt ze weg. Zie het als rotzooi, want dat is het.'

Dus hield ze de bovenkant van een vuilniszak wijd open en ik schoof alle lavendelkleurige enveloppen, brieven in groene inkt, instructieboekjes over zelfverdediging en treurige biografieën erin. Ik werd er vrolijk van. Louise ging de deur uit om bloemen te kopen, terwijl ik het bad schoonmaakte met een oude handdoek. Ze kwam terug met gele rozen voor in de woonkamer en een plant met vlezige groene bladeren voor in de keuken.

'Je zou klassieke muziek aan moeten hebben als hij komt.'

'Ik heb geen installatie.'

'We kunnen op het laatste moment koffie zetten. Een taart bakken. Dat werkt vast goed.'

'Ik heb alleen oploskoffie, en ook al had ik alle ingrediënten, die ik niet heb, ik ga echt geen taart staan bakken, dank je wel.'

'Laat maar,' zei ze een beetje te opgewekt, terwijl ze de stelen van de rozen sneed. 'Doe dan wat parfum op. Mag ik deze kan als vaas gebruiken? Zo, is het nu niet gezelliger?'

Inderdaad. Het voelde ook gezelliger, omdat Louise er was, met haar gepunte wimpers, scharlakenrode mond, vermiljoenrode nagels, strakke groene jurk. Gewoon een doodnormale rotkamer die op een pub uitkeek, maar in ieder geval geen doodskist.

'Ik ben er echt over m'n toeren van geraakt,' zei ik.

Louise vulde de waterkoker. 'Hoe zet je dat ding in godsnaam aan? Er is geen stopcontact meer over. Dat heeft deze flat dus ook nodig: nieuwe bedrading. Van boven tot onder.' Ze trok met een zwaai een andere stekker eruit. 'Je mag altijd bij mij logeren, als je dat fijn vindt. Ik heb geen extra bed, maar wel extra vloer. Kom dit weekend maar, als je zin hebt.'

Ik moest mezelf bedwingen om haar niet met een snik antwoord te geven.

'Dat is lief van je,' wist ik uit te brengen.

De slaapkamer zag er redelijk uit, alleen moest het bed nog worden opgemaakt en was de wasmand bijna vol. We zetten de mand in de gangkast, schudden het kussen op het bed op. Louise sloeg een punt van het laken open, zoals mijn moeder ook altijd deed. Ze scharrelde rond totdat ze bleef staan om naar voorwerpen boven op mijn ladekast te kijken.

'Wat is dit nou weer voor vreemde verzameling?' vroeg ze.

'Dingen die ik met de post heb gekregen.'

'Wat? Samen met die brieven?'

'Ja. De politie wilde ze bekijken.'

'Godsamme,' zei ze, terwijl ze ze oppakte en bestudeerde.

Er was een fluitje bij, dat ik altijd om mijn nek moest dragen als alarm. Een piepklein zijden slipje. Een ronde, gladde steen die op een vogelei leek. Een bruin teddybeertje.

'Wat bezielt iemand om je zoiets te sturen?' vroeg Louise, terwijl ze een nogal groezelige roze kam omhooghield.

'Er zaten instructies bij. Je moet er iemand z'n neus mee kammen, nou, dat stukje tussen je neusgaten. Blijkbaar helpt dat goed tegen moordenaars.'

'Dan moeten ze wél stilzitten als je je kam te voorschijn haalt. Maar dit is echt mooi.' Ze keek naar een sierlijk zilveren medaillon aan een dun kettinkje. 'Dat zou wel eens waardevol kunnen zijn.'

'Als je het openmaakt, zit er een haarlok in.'

'Van wie heb je dit?'

'Geen idee. Het zat in een krantenartikel gewikkeld over volkshelden. Mooi, hè?'

'En deze zijn opwindend.' Ze keek naar een pakje pornografische speelkaarten. Ze bestudeerde de foto van een vrouw die met haar handen haar opgepompte borsten ondersteunde. 'Mannen,' zei ze.

Ik huiverde in de hitte.

Nick Shale kwam even na negenen; ik was inmiddels in bad geweest en had een spijkerbroek en een gele katoenen bloes aangetrokken. Ik wilde er netjes en schoon uitzien, net als mijn huis. Ik stak mijn haar op en depte parfum achter mijn oren.

Hij had een short aan en toen hij zijn canvas rugzak afdeed, zag ik dat er een donkere V van zweet langs de rug van zijn mannenhemd liep.

'Alsjeblieft, die zijn voor jou.' Hij gaf me een bruine papieren zak. 'Abrikozen van de kraam langs de weg. Ik kon ze niet weerstaan.'

Ik bloosde. Het voelde alsof hij me bloemen had gegeven. Ik vond dat potentiële kopers van een flat geen cadeautjes hoorden te geven aan de eigenaar. De abrikozen waren goud en donzig, bijna lichtgevend.

'Dank je,' zei ik verlegen.

'Mag ik er niet een?'

Dus we aten ze, staand in de smalle keuken, en hij zei dat hij de volgende keer aardbeien voor me mee zou brengen. Ik deed net alsof ik dat 'volgende keer' niet had gehoord.

'Wil je de flat niet nog een keer zien?'

'Ja, 'tuurlijk.'

Hij liep kamer in, kamer uit, staarde naar plafonds, alsof hij er boeiende patronen in zag. In de hoeken zweefde een aantal spinnenwebben die Louise en ik over het hoofd hadden gezien. In de slaapkamer deed hij de ingebouwde klerenkast open en staarde even naar mijn wasmand, met een vreemd glimlachje op zijn gezicht. Daarna trok hij zijn gezicht weer glad en keek me aan.

'Ik zou wel een glaasje wijn lusten.'

'Dat heb ik niet in huis.'

'Dan boffen we dat ik zelf een fles heb meegebracht.'

Hij bukte zich, deed de rugzak open en haalde er een slanke groene fles uit. Ik raakte die aan: hij was nog koud, er liepen straaltjes condens langs de hals.

'Heb je een kurkentrekker?'

Ik was hier niet bepaald gelukkig mee, maar ik gaf hem er een. Hij draaide zijn rug naar me toe om hem open te maken. Ik gaf hem een glas en een glazen beker en hij schonk langzaam, met vaste hand, de wijn in, zodat er geen druppel verloren ging. Hij zei dat hij in Norfolk woonde, maar een flat in Londen nodig had omdat hij er vaak door de week twee of drie nachten verbleef.

'Dus mijn flat wordt dan een pied-à-terre,' zei ik. 'Wat een eer.'

'Proost.'

'Ik moet nu weg,' zei ik, wat natuurlijk gelogen was. Mijn agenda voor het weekend was leeg.

'Is dat niet een beetje laat?' zei hij, terwijl hij zijn glas leegdronk.

Ik gaf geen antwoord. Ik zag niet in waarom ik me zou moeten verontschuldigen tegenover een man die ik niet kende.

'Neem je fles maar weer mee,' zei ik.

'Nee, hou jij 'm maar,' zei hij, terwijl hij aanstalten maakte om weg te gaan.

'Hoe zit 't met de flat?'

'Hij bevalt me,' zei hij. 'Ik bel nog wel.'

Ik hoorde de buitendeur dichtgaan. Ik vond hem best aardig. Ik vroeg me af wat voor handschrift hij had.

10

De volgende ochtend voelde ik me op school een soort robot. Ik speelde de rol van onderwijzeres, en deed het niet eens zo slecht. De robot gaf een klassikale schrijfles, terwijl ik in mijn achterhoofd over dingen aan het malen was. Ik moest de flat kwijt. Dat kwam steeds weer terug, als een liedje dat in je hoofd blijft zitten. Ik koesterde de verleidelijke gedachte dat als ik de deur van dat onvriendelijke stukje woonruimte, uitgehakt uit een onprettig huis aan een lawaaiige weg, achter me dicht kon doen, ik ook andere dingen achter me zou kunnen laten. Wat ik eigenlijk zou moeten doen was de flat veiliger maken, maar dat leek een verkeerd plan, alsof je een kapotte fles schoonspoelde. Dé manier om die flat beter en veiliger te maken was er weg te gaan. Er zat niets anders op. Vanaf volgend weekend zou ik serieus op huizenjacht gaan.

Ik was te jong geweest toen ik deze flat kocht. Het geld dat pap me had nagelaten, zag ik als een soort monopolygeld. Er was te veel van om waar te zijn. Hij had tegen me gezegd dat ik een huis moest kopen. Het was bijna een bevel van een stervende. Hij was iemand die dacht dat je veilig was als je een eigen huis had. De wereld kon je niet deren, wat er ook gebeurde. Dus ik gedroeg me als een brave dochter – al was ik natuurlijk helemaal geen dochter meer, aangezien ik geen ouders meer had. Ik was gewoon mezelf, dodelijk eenzaam en bang – en ik deed wat hij me had opgedragen. Razendsnel. Omdat ik van een rustig plaatsje naar Londen verhuisde, was mijn enige verlangen geweest om iets te kopen dat in het *centrum* lag, het hart van de stad, waar herrie, winkels, markten, mensen waren. Nou, die had ik gevonden ook.

‘Zoë?’

Ik werd wakker gemaakt uit wat ik als slaap ervoer, maar wat voor de buitenwacht op koortsachtige activiteit moet hebben geleken (ik was bijna verbaasd toen ik het krijtje in mijn hand zag en op het schoolbord een grote b en p zag staan, die ik nauwkeurig en onbewust had geschreven). Ik keek om. Het was Christine, een van onze remedial teachers, die zich bezighield met probleemkinderen. En er waren heel wat probleemkinderen op onze school. Christine zat vaak aan geïmproviseerde tafels in de gang met kinderen die om allerlei redenen niet goed konden meekomen: mishandeling, ondervoeding, kinderen die net uit een oorlogsgebied in Oost-Europa of Centraal-Afrika waren gekomen, dat soort dingen.

'Pauline wil je spreken,' zei ze. 'Het is dringend. Ik neem het hier wel over.'

'Waarom?'

'Er zit een moeder bij haar. Ik geloof dat ze heel erg overstuur van iets is.'

'O.'

Ik voelde een doffe pijn in mijn maag, zo'n dreigend voorgevoel dat er iets akeligs staat te gebeuren. Ik keek naar de klas. Wat zou het kunnen zijn? Het verloop in onze klas was gigantisch. Ouders haalden hun kinderen van school af, soms namen ze ze mee het land uit zonder dat even aan te kondigen. Andere probleemkinderen kwamen er snel voor in de plaats. We hadden kinderen die onder curatele waren gesteld of die bekend waren bij de kinderbescherming. Ik telde ze snel. Eenendertig. Zc waren er allemaal. Er was geen kleuter stiekem naar huis geslopen. Ik had geen medicijnen hoeven toedienen. Niemand stond het schuim op de lippen. Ik voelde me beter. Hoe erg kon het zijn?

Terwijl ik het korte stukje naar Paulines kantoor liep, dacht ik eraan dat ik in ieder geval dol was op de school, hoe vreselijk ik het thuis ook vond. In het halletje stond een vijver van bakstenen met grote, dikke vissen erin. Zoals altijd wanneer ik erlangs liep, stak ik mijn vingers erin, omdat het geluk bracht. De school stond vlak bij een van de grote verkeersaders van Londen. Het gebouw schudde de hele dag van de vrachtwagens die op weg gingen naar East Anglia in het noorden of de rivier overstaken, richting Kent en de zuidkust. Om bij een viezig parkje in de buurt te komen, moest je een slang van kinderen over de weg leiden, over twee gevaarlijke kruisingen. Maar dat vond ik er nou juist zo leuk aan. Het was iets uit een andere wereld, een soort klooster te midden van het lawaai en het stof. Ook wanneer de kinderen er gillend rondrenden, voelde het als een oase van rust.

Misschien kwam het door die stomme vissen dat ik dat zo ervoer, en waarschijnlijk had ik het toch al bij het verkeerde eind. Ik moest denken aan een boek met wetenswaardigheden dat ik als kind had gelezen, waarin stond dat water geluid beter geleidde dan lucht. Vermoedelijk klaagden de vissen hun hele leven over het verkeerslawaai en wensten ze dat ze op een betere plek waren. Ik probeerde me te herinneren hoe het was toen ik in bad lag en mijn haar uitspoelde. Hoorde ik de vrachtwagens buiten langsdenderen? Ik wist het niet meer.

Pauline stond bij de halfopen deur met een vrouw die ik herkende. Ze spraken niet en deden ook niets. Ze hadden kennelijk zwijgend staan wachten tot ik er was. Ik zag de vrouw elke dag als de school uitging, wanneer ze voor de deur van de klas stond. De moeder van Elinor. Ik knikte haar toe, maar ze keek me niet aan. Ik probeerde me Elinor die ochtend voor de geest te halen. Was ze van streek geweest? Ik dacht van niet. Ik probeerde me voor te stellen hoe het meisje in de klas was geweest waar ik net vandaan kwam. Ik kon niets ongewoons ontdekken.

'Doe de deur achter je dicht,' zei Pauline, terwijl ze me voorging naar binnen. De moeder bleef buiten. Ze gebaarde dat ik moest gaan zitten op een stoel voor haar bureau. 'Dat was Gillian Tite, de moeder van Elinor.'

'Ja, dat weet ik.'

Ik zag dat Pauline bleek was en trilde. Ze was erg van streek of zo kwaad dat ze zich nauwelijks kon beheersen.

'Heb je de klas vorige week huiswerk meegegeven?'

'Ja, al is huiswerk een groot woord.'

'Wat was het?'

'Het was voor de lol. We hadden over verhalen gepraat en ik had hun gevraagd om een tekening te maken van een van hun lievelingsverhalen in hun tekenschrift.'

'Wat heb je met het huiswerk gedaan?'

'Ik probeer ze eraan te wennen om op tijd hun huiswerk te doen en het in te leveren. Dus ik heb de schriften woensdag ingenomen. Ik denk dat het woensdag was. Ja, ik weet het bijna zeker. Ik heb ze meteen nagekeken.' Ik weet nog dat ik dat deed, ik zat dat te doen terwijl die vreemde man die de flat kwam bekijken in mijn la met ondergoed snuffelde. Het was de dag dat ik de brief op de deurmat vond. 'Ik heb er aardige opmerkingen bij geschreven en ze de volgende morgen teruggegeven. Ik weet niet of Elinors moeder verwachtte dat ik er een cijfer voor gaf. Ze zijn te jong voor dat soort huiswerk.'

Pauline ging daar niet op in.

'Weet je nog wat Elinor tekende?'

'Nee.'

'Dus je hebt de tekeningen niet bekeken?'

'Natuurlijk wel. Ik heb gekeken toen ze er in de klas aan begonnen en ik heb onder aan de bladzijde bij iedereen een titel geschreven. En toen ze klaar waren heb ik ze bekeken. Ik heb ze mee naar huis genomen. Niet dat ik uren aan elke tekening heb besteed, maar ik heb ze allemaal gezien en er iets op geschreven.'

'Elinors moeder kwam in tranen bij me,' zei Pauline. 'Dit is Elinors tekening. Moet je kijken.'

Ze schoof een bekend tekenschrift van groot formaat over haar bureau. Het lag open en ik herkende mijn handschrift onder aan de bladzijde. Doornroosje. Elinor had een tamelijk beroerde poging gedaan om de woorden zelf te schrijven. De s stond omgekeerd en de laatste letters dropen af, alsof hij geen energie meer had. Maar de tekening was anders. Het was geen kleutertekening. Er waren hier en daar wel sporen van Elinors krabbelige tekening, maar hij was verfraaid, overgetekend en groter gemaakt. De prinses lag nu in een nauwkeurig getekende kamer. Sterker nog, ik zag wat Pauline niet zag: het was míjn kamer, mijn *slaapkamer*. Gedeelten ervan, in ieder geval. Daar was het schilderij van de koe aan de muur dat ik al mijn hele leven had, en de spiegel waar een boodschappennetje aan hing. Ik had dat altijd willen opruimen, maar was er nog niet aan toegekomen.

Op het bed lag Doornroosje te slapen, maar het was Doornroosje niet. Ik was het. Ze had tenminste mijn bril op. Het bed leek meer op een snijtafel in een lijkenhuis. Er zaten namelijk grote, diepe sneeën in het lichaam, waar organen en darmen uit stulpten. Delen van het lichaam, vooral rond de vagina, míjn vagina, waren zo verminkt dat je ze niet meer kon herkennen. Ik voelde plotseling een golf van misselijkheid opkomen, bittere gal kwam in mijn mond, maar ik wist het in te houden, het door te slikken. Maar het brandde achter in mijn keel, zodat ik moest hoesten. Ik haalde een zakdoekje uit mijn zak en veegde mijn mond af. Ik schoof het schrift terug naar Pauline. Ze keek me ernstig aan.

'Als je hiermee een zeer bizarre grap hebt uitgehaald, kun je me dat maar beter meteen vertellen. Dus zeg het maar: heb jij dit gedaan?'

Ik zei niets. Ik kon niets zeggen. Pauline trommelde op het bureaublad alsof ze me wakker wilde maken.

'Zoë. Besef je in wat voor positie je je bevindt? Wat verwacht je dat ik zal doen?'

Mijn ogen brandden. Ik moest mezelf dwingen om niet te huilen. Ik moest sterk zijn en niet instorten.

'Bel de politie,' zei ik.

II

Pauline twijfelde en stribbelde in het begin tegen, maar ik hield voet bij stuk. Ik zou haar kantoor niet verlaten voordat er actie was ondernomen. Carthy had me zijn kaartje gegeven, maar mijn handen trilden zo hevig dat ik het met moeite uit mijn tasje kon pakken. Pauline keek zichtbaar verbaasd toen ik uitvoerig het nummer draaide terwijl ik steeds op het kaartje keek. Ze had waarschijnlijk gedacht dat ik hysterisch het alarmnummer zou draaien.

'Het is al eerder gebeurd,' probeerde ik haar uit te leggen. 'In zekere zin.'

Ik vroeg Carthy te spreken. Die was er niet. Dus werd ik doorverbonden met Aldham, waar ik het maar mee moest doen. Ik was heftig door de telefoon. Ik zei dat hij nu moest komen, stante pede, naar school, ogenblikkelijk. Aldham stribbelde tegen, maar ik zei dat als hij niet kwam, ik een officiële aanklacht zou indienen, en ik voegde er nog alle bedreigingen aan toe die ik maar kon verzinnen. Hij stemde toe en ik gaf hem het adres van de school en legde snel de hoorn neer. Ik stak een sigaret op. Pauline wilde iets zeggen over dat er niet gerookt mocht worden, behalve in de personeelskamer, maar ik zei dat het me erg speet en dat dit een noodsituatie was.

'Ga je naar de klas terug?' vroeg ze.

'Dit is niet het goede moment,' zei ik. 'Ik kan beter de politie te woord staan. Ik moet horen wat ze te zeggen hebben. Ik wacht hier wel op ze.'

Er viel een vrij lange stilte. Pauline staarde me aan alsof ik een onvoorspelbaar wild beest was, waar voorzichtig mee omgegaan diende te worden. Dat voelde ik tenminste zo. Ik had het gevoel dat ik bij de minste of geringste aanraking zou gaan steigeren. Uiteindelijk haalde ze haar schouders op.

'Ik ga met mevrouw Tite praten,' zei ze kalm.

'Mmm,' zei ik, maar ik hoorde haast niet wat ze zei.

Pauline bleef bij de deur staan.

'Bedoel je dat iemand anders dat heeft gedaan? Die tekening?'

Ik drukte mijn sigaret uit en stak er weer een aan.

'Mmm,' zei ik. 'Er is iets afschuwelijks gaande. Afschuwelijk. Ik moet het uitzoeken.'

Pauline wilde iets zeggen, maar slikte het in en liet me alleen in haar kantoor. Ik had nauwelijks besef van tijd. Ik rookte de ene sigaret na de andere. Ik pakte een krant van Paulines bureau, maar kon me niet op de tekst concentreren. Het moest een halfuur later zijn geweest toen ik buiten stemmen hoorde en Aldham binnenkwam, met Pauline naast zich. Ze had hem al alles wat ze wist verteld. Ik nam niet de moeite hen te begroeten.

'Kijk,' zei ik, terwijl ik op het tekenschrift wees, dat nog op dezelfde bladzijde openlag. 'Dat ben ik. Dat is godverdomme een exacte kopie van mijn slaapkamer. Dát kun je niet vanuit de pub zien, godverdomme.'

Misschien had Pauline hem al gewaarschuwd dat ik erg opgewonden was, want hij riep me niet tot de orde en viel ook niet tegen me uit. Hij keek alleen maar naar de tekening en daarna mompelde hij iets onverstaanbaars. Hij had een verbijsterde blik in zijn ogen.

'Waar is dit gemaakt?' zei hij, terwijl hij opkeek.

'Weet ik veel.' Ik had moeite om rustiger te worden, om goed bij de les te blijven. 'Hij zat in een stapel schoolschriften. De tekeningen waren vrijdag op school, toen ik ze ophaalde bij de kinderen.'

'Waar lagen ze?'

'In de klas. Ik heb ze afgelopen woensdag mee naar huis genomen en ze de volgende ochtend weer mee naar school gebracht.'

'Kon u ze de hele tijd zien?'

'Natuurlijk niet. Wat denkt u nou? Ik heb ze niet de hele nacht bewaakt. Sorry, sorry, sorry. Het is gewoon... jezus, sorry, hoor. Laat me even nadenken. Ja, ik ben met een paar vriendinnen naar de film geweest. Ik ben, denk ik, twee, bijna drie uur weg geweest. Die avond lag de brief op de mat. Daar weet u van. De eerste brief, dat dacht ik tenminste. Ik heb 'm weggegooid.'

Aldham trok zijn neus op en knikte.

'Juist,' zei hij. Hij had een verwarde, zenuwachtige uitdrukking op zijn gezicht. Hij meed mijn blik. 'Wanneer hebt u de schriften teruggebracht?'

'Dat heb ik toch al gezegd? De volgende ochtend. Ik heb ze alleen die avond in huis gehad. Ik weet het zeker. Heel zeker.'

'En het werd vandaag pas ontdekt?'

Pauline deed een stap naar voren.

'De moeder heeft er vanmorgen pas naar gekeken,' zei ze.

'Is er nog met andere schriften geknoeid?' vroeg Aldham.

'Dat weet ik niet,' zei ik. 'Ik geloof van niet. Maar ik ben er niet zeker van. Ik...'

'We zullen de andere schriften nakijken,' zei Pauline.

Ik stak weer een sigaret op. Ik voelde mijn hart bonken. Het leek overal te kloppen, in mijn gezicht, armen en benen.

'En, wat denkt u?' vroeg ik.

'Moment,' zei hij.

Hij haalde een mobiele telefoon uit zijn zak en ging in een hoek staan. Ik hoorde hem vragen of hoofdinspecteur Carthy er was en daarna begon hij zacht te praten. Er waren kennelijk verschillende graden van onbereikbaarheid. Ik hoorde flarden van één kant van het gesprek.

'Zullen we Stadler erbij halen? Oké, inspecteur Cameron Stadler. En Grace Schilling? Kun je haar een belletje geven? En stuur een agent met het dossier. Stuur Lynne maar, die is goed in dit soort dingen. We zien haar daar. Oké, tot straks.'

Aldham stopte de telefoon terug en wendde zich tot Pauline.

'Mag mevrouw Haratounian even met ons mee?'

'Natuurlijk,' zei Pauline. Ze keek me nu met andere ogen aan, bezorgd. 'Is er iets aan de hand?'

'Komt wel goed,' zei Aldham. 'We moeten alleen even een routineonderzoekje doen.' Hij pakte een zakdoek uit zijn zak en raapte er Elinors schrift mee op. 'Oké?' zei hij.

Het was een behoorlijk eind rijden, dwars door Londen. De permanente files waren op vrijdag nog erger. Een vrachtwagen was blijven steken op een oprit van een bouwput en Aldham nam een kortere weg, waardoor hij in een opstopping bij Ball's Pond Road terechtkwam.

'Gaan we naar het bureau?' vroeg ik.

'Later misschien,' zei hij, intussen vloekend tegen andere auto's. 'We gaan naar een vrouw die verstand heeft van dit soort psychopathische zaken.'

'Wat vond u van de tekening?'

'Sommige mensen...'

Maar het was niet duidelijk of hij het over de kunstenaar of over de oude vrouw had die tergend langzaam overstak. Ik ging er niet verder op door.

Na bijna een uur reden we een deftige straat in en kwamen bij een gebouw dat eruitzag als een school, maar waar een bord buiten hing waar WELBECK KLINIEK op stond. Een agente zat in de wachtkamer een dossier te lezen. Toen ze ons zag, klapte ze het dicht en liep naar ons toe. Ze gaf het dossier aan Aldham.

'Wacht u hier maar even,' zei hij tegen me. 'Agent Burnett blijft bij u.'

'Lynne,' zei ze met een geruststellende glimlach. Ze had een paarse moedervlek op haar wang en grote ogen. Op elke andere dag had ik haar aardig gevonden.

Ik wilde weer een sigaret opsteken, maar dat was daar echt verboden, dus gingen Lynne en ik buiten voor de deur staan en nam zij ook een sigaret. Ze zweeg verder, tot mijn grote opluchting. Na tien minuten kwam Aldham alweer te voorschijn. Hij had een lange vrouw bij zich in een lange, grijze jas. Ze had blond haar dat nonchalant was opgestoken. Ze droeg een leren aktetas en een kakikleurige canvas schoudertas. Ze leek niet zoveel ouder dan ik. Begin dertig of zo.

'Mevrouw Haratounian, dit is dokter Schilling,' zei Aldham.

We gaven elkaar een hand. Ze keek me met toegeknepen ogen aan, alsof ik een bijzonder monster was dat geanalyseerd moest worden.

'Het spijt me erg,' zei ze, 'maar ik had al op een vergadering moeten zijn. Toch wilde ik even horen hoe het zat.'

Ik kreeg plotseling het gevoel alsof er een blok beton op me was gevallen. Ik was heel Londen door gereden om met een vrouw te praten die zich langs me heen haastte op de stoep van een kliniek.

'Wat vindt u ervan?'

'Ik vind dat dit serieus moet worden genomen.' Ze keek scherp naar Aldham. 'Misschien had het iets sneller serieus moeten worden genomen.'

'Maar kan het dan geen grap zijn?'

'Het *ís* een grap,' zei ze met een bezorgde blik.

'Maar hij heeft niets gedaan. Ik bedoel, hij heeft me geen lichamelijk geweld aangedaan.' Geconfronteerd met haar ernstige aandacht, wilde ik de hele kwestie nu tot een stomme grap terugbrengen.

'Precies,' zei Aldham, een beetje te gretig.

'Het probleem met dat argument,' zei Schilling, meer tegen Aldham dan tegen mij, 'is dat...' Ze zweeg even en vermande zich. Wat had ze willen zeggen? Ze slikte. 'Het biedt niet veel bescherming voor mevrouw Haratounian.'

'Zeg maar Zoë,' zei ik. 'Dat is niet zo'n mondvol.'

'Zoë,' zei ze. 'Maandagmorgen wil ik je spreken om nader op deze zaak in te gaan. Ik wil je graag om negen uur hier zien.'

'Ik moet werken.'

'Dít is je werk,' zei ze. 'Voorlopig. Ik moet nu weg, maar... Die tekening, is dat echt je slaapkamer?'

'Dat heb ik al gezegd.'

Dokter Schilling stond van het ene been op het andere te wiebelen. Als ze een kind uit mijn klas was geweest, had ik haar naar de wc gestuurd.

'Je hebt toch een vriend, hè?'

'Ja. Fred.'

'Wonen jullie samen?'

Ik lachte een beetje zuur.

'Hij blijft nooit slapen.'

'Wat? Nooit?'

'Nee.'

'En jullie hebben wel een seksuele relatie?'

'Mmm, we hebben alles en alles gedaan, als u dat bedoelt.'

Ze keek naar Aldham.

'Praat met 'm.'

'Als u misschien denkt dat het Fred is,' zei ik, 'dan kunt u nu meteen ophouden. Nog afgezien van het feit dat hij het niet kan zijn, omdat, nou ja, gewoon daarom niet, hè?' Ze knikte, vriendelijk maar niet overtuigd. 'Hij was namelijk weg in de nacht dat het gebeurd moet zijn. Hij was in de Dales een tuin aan het graven met nog een aantal andere mensen. Hij kwam pas de volgende avond terug. Ik denk dat u hem zelfs op de Yorkshire tv zult kunnen zien, als bewijs.'

'Weet je dat heel zeker?'

'Mmm. Honderd procent.'

'Ga toch maar met 'm praten,' zei ze tegen Aldham. Daarna tegen mij: 'Ik zie je maandag, Zoë. Ik wil je geen paniek aanpraten, en misschien heeft het allemaal niets om het lijf. Maar ik denk dat het een goed idee is als je voorlopig niet alleen in je flat slaapt. Doug.' Dat moest Aldham zijn. 'Controleer haar sloten, oké? Dag, tot maandag.'

Aldham en ik liepen naar zijn auto terug.

'Dat was... eh... snel,' zei ik.

'Dat zit wel goed met haar,' zei Aldham. 'Voor tien procent is ze slap aan het ouwehoeren en voor negentig procent lult ze zich eruit.'

'Ze vindt dat u met Fred moet gaan praten. Maar dat wilt u toch niet?'

'We moeten ergens beginnen.'

'Nu?'

'Weet u waar hij is?'

'Hij werkt aan een tuin.'

'*In* een tuin, zult u bedoelen.'

'Nee, Fred zegt altijd dat hij *aan* een tuin werkt. Dat klinkt artistieker, denk ik. Waar zijn we nu?'

'Hampstead.'

'Ik geloof dat hij hier in de buurt zit. Noord-Londen, zei hij.'

'Mooi. Weet u ook waar?'

'Ik kan zijn mobieltje bellen. Maar moet dat nu?'

'Alstublieft,' zei Aldham, die me zijn telefoon aanreikte.

Het nummer stond in mijn agenda en ik begon het in te toetsen.

'Als u met hem gaat praten, mag ik hem dan eerst even spreken?'

Aldham keek onthutst.

'Hoezo?'

'Dat weet ik niet,' zei ik. 'Uit beleefdheid misschien.'

Ik zag Fred voordat hij mij zag. Hij was aan het andere eind van een lange achtertuin van een ongelooflijk chic huis. Hij liep langs een border met een grastrimmer die met riemen aan zijn schouders hing. Hij droeg een honkbalpetje met de klep naar achteren, een gescheurde spijkerbroek, een wit T-shirt en zware werklaarzen. Hij had ook oog- en oorbeschermers op, zodat ik alleen maar kenbaar kon maken dat ik er was door hem op zijn schouder te tikken. Hij schrok even, ook al had ik van tevoren gebeld dat ik eraan kwam. Hij zette de machine uit en klikte de riemen open. Hij deed de oog- en de oorbeschermers af. Hij leek versuft te zijn door het lawaai, ook al was dat nu opgehouden, en door het felle licht. We stonden in de felle zon bij een border lelies. Fred baadde in het zweet.

Hij deed een stap achteruit en staarde me verbaasd, ja zelfs kwaad aan. Hij is zo iemand, dacht ik, die alles gescheiden wil houden. Werk en relaties werden strikt gescheiden, net als seks en slaap. Ik had de boel in elkaar laten overlopen. En dat beviel hem niet.

'Hallo?' zei hij, terwijl hij van de begroeting een vraag maakte.

'Hallo,' zei ik en zoende hem vluchtig op zijn natte wang. 'Sorry, maar ze zeiden dat ze met je wilden praten. Ik heb ze gezegd dat dat niet nodig was.'

'Nu?' zei hij achterdochtig. 'We zitten midden in een klus. Ik kan niet zomaar ophouden.'

'Daar ga ik niet over,' zei ik. 'Ik wilde je alleen maar eerlijk zeggen dat het me spijt dat je hierin wordt meegesleept.'

Hij kreeg plotseling een onvermurwbare blik in zijn ogen.

'Wat is er allemaal aan de hand?'

Ik gaf hem een verkorte versie van wat er op school was gebeurd, maar het scheen niet tot hem door te dringen. Hij gedroeg zich als zo'n hufter die op feestjes steeds even over je schouder kijkt naar een knapper meisje bij de bar. In dit geval keek Fred steeds naar Aldham, die aan de andere kant van de tuin bij de voordeur van het huis stond te wachten.

'Dus ze zei dat ik de komende paar dagen niet in mijn huis moet gaan slapen.'

Het was even stil en ik keek Fred aan. Ik wachtte tot hij iets zou zeggen, iets meelevends, dat ik natuurlijk bij hém kon logeren tot dit allemaal uitgezocht was, als ik dat wilde. Ik wachtte tot hij zijn armen om me heen zou slaan en zou zeggen dat het allemaal goed kwam en dat hij er voor me was. Zijn gezicht was een masker onder het glinsterende zweet. Ik wist op geen enkele manier wat hij dacht.

Toen ging zijn blik omlaag naar mijn borsten. Ik voelde dat ik begon te blozen van vernedering en voelde een wilde woede in me opborrelen.

'Ik...' begon hij, en daarna zweeg hij en keek om zich heen. 'Oké, ik zal even met ze praten. Maar ik heb niets te melden.'

'En dan nog iets,' zei ik, zonder ook maar te beseffen dat ik dat zou gaan doen. 'Ik denk dat we elkaar maar beter niet meer kunnen zien.'

Daardoor bleef zijn dwalende, licht wellustige blik steken, daardoor veranderde zijn vage, onbetrokken houding. Hij staarde me aan. Ik zag een ader op zijn slaap kloppen, de spieren van zijn kaak spannen en ontspannen.

'En waarom, Zoë?' vroeg hij uiteindelijk. Zijn stem was ijzig.

'Misschien is het geen goed moment,' zei ik.

Hij deed de enorme trimmer af en legde hem op het gras.

'Maak je het uit?'

'Ja.'

Zijn knappe gezicht werd rood. Zijn ogen waren volslagen kil. Hij monsterde me, alsof ik uitgestald lag in een etalage en hij erover nadacht of hij me zou kopen of niet. Daarna liet hij zijn mond vertrekken tot een snierend glimlachje.

'Wie denk je godverdomme wel dat je bent?' zei hij.

Ik keek naar hem, naar zijn bezwete gezicht en uitpuilende ogen.

'Ik ben bang,' antwoordde ik. 'En ik heb hulp nodig. En die zal ik van jou niet krijgen, toch?'

'Kutwijf,' zei hij. 'Arrogant kutwijf.'

Ik draaide me om en liep weg. Ik wilde alleen maar daar weg, ik wilde ergens zijn waar het veilig was.

Haar haar hangt los op haar schouders. Het moet gewassen worden. De scheiding is donker, een beetje vet. Ze is ouder geworden in de afgelopen week. Er lopen lijnen van haar neusvleugels tot haar mondhoeken, ze heeft donkere kringen onder haar ogen, een flauwe plooi in haar voorhoofd, alsof ze urenlang heeft gefronst. Haar huid ziet er een beetje ongezond uit, bleek en nogal vaal onder het bruin. Geen oorbellen vandaag. Ze draagt een oude katoenen broek, haverkleur, denk ik, en een witte bloes met korte mouwen. De broek zit te wijd en moet geperst worden. Er mist een knoop aan de bloes. Ze kauwt op de zijkant van de middelvinger van haar rechterhand, zonder dat ze dat weet. Ze kijkt vaak om zich heen, haar blik blijft nooit langer dan een tel op iemand rusten. Soms knippert ze met haar ogen, alsof het haar moeite kost om scherp te zien. Ze rookt de hele tijd, ze steekt de ene sigaret met de andere aan.

Het gevoel in mij wordt sterker. Als ik er klaar voor ben, weet ik het. Ik weet wanneer zij er klaar voor is. Het is net als met liefde: dat wéét je gewoon. Niets is zekerder. Ik raak vervuld van zekerheid, ik word er sterk en doelbewust van. Zij wordt steeds zwakker en kleiner. Als ik naar haar kijk, denk ik bij mezelf: dat heb ik gedaan.

12

Ik bonsde op de deur. Waarom kwam ze niet? O, alsjeblieft, kom snel. Ik had geen adem. Ik wist dat ik moest ademen, iedereen moest ademen, maar als ik het probeerde ging het niet, niet zoals het hoorde, hoewel een ondraaglijke druk zich in mijn borst opbouwde. Ik hapte een paar keer naar lucht, wat klonk alsof ik een wanhopige huilbui had gehad. Er zat een strakke band van pijn om mijn hoofd en alles was onscherp. Help me alsjeblieft, kon ik niet zeggen, niet schreeuwen. Er zat een kei in mijn keel, in mijn longen, waardoor ik geen adem kon halen. Ik kon niet meer staan, alles werd vaag en grijszwart. Dus zakte ik op mijn knieën voor de deur.

'Zoë? Zoë! Jezus, Zoë, wat is er gebeurd?' Louise zat op haar knieën naast me, met een handdoek om zich heen en natte haren. Ze had haar ene arm om mijn schouder, zodat de handdoek weggleed, maar dat vond ze niet erg, die lieve Louise, en ze vond het niet erg dat voorbijgangers ons heel vreemd aankeken en waarschijnlijk de straat overstaken om ons niet te hoeven zien. Ik probeerde iets te zeggen, maar ik kon niets uitbrengen, alleen een vreemd gestotter.

Ze nam me in haar armen en wiegde me heen en weer. Dat had niemand meer met me gedaan sinds mama doodging. Ik was weer een klein meisje en eindelijk zorgde er weer iemand voor me. O, wat had ik dat gemist, wat had ik een moeder gemist. Ze fluisterde dingen tegen me die nergens op sloegen en zei dat het allemaal goed kwam, dat het echt allemaal goed kwam, zo, zo, ssst, rustig maar. Ze zei dat ik in en uit moest ademen, rustig. In en uit. Langzamerhand begon ik weer de kunst te verstaan om te ademen. Maar ik kon nog niet praten. Alleen maar jammeren, als een baby. Ik voelde hete tranen onder mijn gesloten oogleden opwellen en over mijn hete wangen glijden. Ik wilde nooit meer bewegen, nooit meer. Mijn armen en benen waren zwaar, te zwaar om te bewegen. Ik zou nu kunnen slapen.

Louise hielp me overeind, terwijl ze de handdoek met één hand om zich heen hield. Ze bracht me de trap op naar haar huis, zette me op de bank neer en ging naast me zitten.

'Je had een paniekaanval,' zei ze. 'Dat is alles, Zoë.'

De paniek was verdwenen, maar de angst was er nog. Het leek alsof ik in een kille schaduw zat, zei ik tegen Louise. Het was net alsof ik over de rand van een hoog gebouw keek, zo hoog dat ik de grond niet kon zien.

Ik had zin om me op te rollen en te slapen, tot alles voorbij was. Ik wilde dat iemand anders de leiding nam en alles weer in orde maakte. Ik wilde mijn handen over mijn oren leggen en mijn ogen sluiten, en dan zou alles verdwijnen.

Over een tijdje, zei Louise, in een poging om me gerust te stellen, kijk je hierop terug en dan is het iets afschuwelijks dat gebeurd is, maar dat is overgegaan. Dan zul je het tot een eigen verhaal hebben kunnen maken, dat je aan mensen vertelt. Ik geloofde haar niet, ik geloofde niet dat het ooit zou verdwijnen. De wereld was er anders uit gaan zien voor mij.

Ik logeerde bij Louise in haar flat in Dalston, bij de markt. Ik kon nergens anders heen. Ze was mijn vriendin en ik vertrouwde haar en in haar nabijheid, klein, vastberaden en lief als ze was, voelde ik me minder angstig. Er zou me niets gebeuren als Louise bij me was.

Eerst ging ik in bad, veel beter dan de badkamer in mijn flat. Ik lag in het warme water en Louise zat op de wc-bril en dronk thee en waste mijn rug. Ze vertelde me over haar jeugd in Swansea, haar alleenstaande moeder en haar grootmoeder, die nog leefde. Regen, grijze leisteen, dichte wolken, heuvels. Ze had altijd geweten dat ze in Londen zou gaan wonen, zei ze.

En ik vertelde haar over het plaatsje waar ik vandaan kwam, dat eerder uit een paar verspreide huizen bestond met een postkantoor. Over mijn vader, die 's nachts in een taxi reed en overdag sliep, die kalm en bescheiden doodging en nooit de aandacht op zich wilde vestigen. En daarna vertelde ik haar dat mijn moeder stierf toen ik twaalf was. Dat ze twee jaar voor haar dood steeds verder van me af was geraakt, in haar eigen wereld van pijn en angst. Ik stond dan bij haar bed en hield haar koude, magere hand vast en voelde dat ze een vreemde voor me was geworden. Ik vertelde haar wat ik die dag had gedaan of ik gaf boodschappen door van vrienden, maar ik wilde de hele tijd naar buiten met mijn eigen vriendinnen of lezen en naar muziek luisteren in mijn eigen kamer, of ergens anders, zolang het maar niet daar was, in die ziekenkamer die zo vreemd rook, met die vrouw wier schedel door haar huid stak en die me met starende ogen aankeek. Maar zodra ik haar had verlaten, voelde ik me schuldig, vreemd en gedesoriënteerd. En toen ze doodging, wilde ik alleen maar naar haar slaapkamer terug, haar magere hand vasthouden en haar vertellen wat ik die dag had gedaan. Soms, zei ik, kon ik nog steeds niet geloven dat ik haar nooit meer zou zien.

Daarna, zei ik, wist ik eigenlijk niet meer wat ik wilde of waar ik wilde zijn. Alles werd vaag, doelloos. Ik was uiteindelijk maar onderwijzeres in Hackney geworden. Maar ooit zou ik weggaan en iets anders gaan doen. Ooit zou ik zelf kinderen krijgen.

Louise bestelde een pizza. Ik leende haar felrode ochtendjas en we gingen op de bank zitten en aten druipende stukken pizza, dronken goedkope rode wijn en keken naar een video van *Groundhog Day*. We hadden hem natuurlijk allebei al gezien, maar het leek ons een veilige keus.

De telefoon ging een paar keer en als ze opnam sprak ze zachtjes, hand over de hoorn, terwijl ze zo nu en dan naar me keek. Eén keer was het voor mij: inspecteur Aldham. Heel even schoot de idiote gedachte door me heen dat hij zou zeggen dat ze hem gepakt hadden. Valse hoop. Hij wilde gewoon even weten waar ik was. Hij zei nogmaals dat ik niet alleen naar de flat moest teruggaan, dat ik niet alleen moest zijn met een man die ik niet goed kende en dat ze maandag weer met me wilden praten, met dokter Schilling erbij. Uitvoerige gesprekken, zei hij.

'Wees op uw hoede, mevrouw Haratounian,' zei hij, en het feit dat hij mijn naam goed wist uit te spreken boezemde me bijna evenveel angst in als zijn ernstige, respectvolle toon. Ik had gewild dat ze me serieus namen. En nu deden ze dat ook.

Louise stond erop dat ik in haar bed sliep, terwijl zij zich op de bank in een laken wikkelde. Ik dacht dat ik niet zou kunnen slapen, en ik lag inderdaad een tijdje wakker terwijl gedachten in mijn hoofd rondfladderden als vleermuizen die hun radar kwijt waren. Het was een broeierig hete nacht en ik kon geen koel plekje op het kussen vinden. De flat van Louise lag in een rustige straat.

Er vochten twee katten, het deksel van een vuilnisbak kletterde, een eenzame man zong 'Oh Little Town of Bethlehem' op straat. Maar ik moest heel snel in slaap zijn gevallen, want het volgende dat ik me herinner was de geur van verbrand brood en het daglicht dat door de blauwgestreepte gordijnen naar binnen stroomde, stofdeeltjes die in de lichtbundels opdwarrelden. De telefoon ging in de woonkamer en daarna stak Louise haar hoofd om de deur van de slaapkamer.

'Thee of koffie?'

'Koffie, graag.'

'Geroosterd brood of geroosterd brood?'

'Niets.'

'Geroosterd brood dus.'

Ze verdween en ik kwam met moeite uit bed. Ik voelde me niet eens zo slecht. Ik had niets om aan te trekken behalve de kleren die ik de avond ervoor had uitgetrokken, dus deed ik die aan, wat me een beetje een vies gevoel gaf.

Nadat ik geroosterd brood had gegeten en koffie had gedronken, belde ik Guy om te horen hoe het met de flat ging. Hij klonk verlegen en voorzichtig bezorgd, helemaal niet als de opgewekte, innemende persoon die hij altijd was.

'Ik begrijp dat je het zwaar hebt,' zei hij. Ach ja, de politie had hem natuurlijk ook al ondervraagd.

'Het gaat niet zo best, nee. Is er nog nieuws over de verkoop?'

'Meneer Shale wil het huis nog een keer zien. Absoluut een serieuze kandidaat. Ik geloof dat we beethebben. Nu moeten we hem alleen nog binnenhalen.'

'Wat bedoel je?' vroeg ik vermoeid.

'Ik denk dat hij elk moment een bod kan doen,' zei Guy. 'Het punt is alleen dat hij zich afvraagt of vandaag, om twaalf uur, jou zou schikken.'

'Kun je hem zelf niet rondleiden?'

Weer dat irriterende lachje.

'Dat zou kunnen, maar er zijn wat vragen. Ik kom ook.'

'Ja. Geen vreemde mannen meer.'

Dus spraken we om twaalf uur bij het makelaarskantoor af, Guy, ik en Nick Shale. In een groep is het veiliger. Daarna konden we met z'n drieën naar mijn flat lopen, erdoorheen vliegen en binnen een paar minuten weer weg zijn. Louise stond erop dat ik een taxi zou nemen, dus zat ik een halfuur vast in het verkeer, vloekend over de hitte, en kwam ik te laat. De twee mannen wachtten op me, Guy in een dun blauw pak en Nick in een wit T-shirt en een spijkerbroek. We schudden elkaar formeel de hand.

Toen we bij de flat waren, deed Guy de deur open met zijn sleutelbos en ging het eerst naar binnen. Nick stapte opzij om me door te laten. Er hing een vreemde geur. Zoetig, maar met iets ongezonds erdoorheen. Nick trok zijn neus op en keek me vragend aan.

'Ik moet iets hebben laten staan,' zei ik. 'Ik ben hier al een tijdje niet geweest.'

De lucht kwam uit de keuken. Ik duwde de deur open. De geur was nu sterker, maar ik kon nog steeds niet bedenken wat het was. Ik keek op het aanrecht. Niets. Ik keek in de vuilnisbak, maar die was leeg. Ik deed de ijskast open.

'O, god,' zei ik.

Het lichtje ging niet aan. Hij was warm. Maar de schade viel mee. De melk was zuur, verder was er niets aan de hand. Maar ik wist waar de ramp zat. Ik deed het kleine vriesvak boven in de ijskast open. Ik kon alleen maar kreunen. Het leek alsof de hele boel overhoop was gehaald. Een pak koffieijs lag op zijn kant en had zijn inhoud over een geopend pak garnalen gemorst. De stank en aanblik van oude garnalen en gesmolten ijs in mijn warme keuken deden me bijna kokhalzen.

'Godskolere,' zei ik.

'Zoë.' Guy legde zijn hand zachtjes op mijn schouder, maar ik sprong van hem weg. 'Het was gewoon een stom ongeluk, Zoë.'

'Wacht even,' zei ik. 'Ik moet de politie bellen.'

'Wat?' vroeg hij met een niet-begrijpende, bijna opgelaten uitdrukking op zijn gezicht.

Ik viel tegen hem uit.

'Hou je bek. Gewoon je kop houden. Kom niet aan me, blijf bij me uit de buurt.'

'Zoë...'

'Kop dicht.'

Ik schreeuwde zowat tegen hem. Hij wilde iets zeggen, maar hief toen zijn handen op als teken van overgave.

'Oké, oké.'

Hij keek vluchtig naar Nick met de angstige blik van een man die een bod tussen de vloerplanken ziet wegsijpelen. Het maakte niet uit. Het enige wat me bezighield was in leven blijven. Ik kende het nummer uit mijn hoofd. Ik belde en vroeg Carthy te spreken en deze keer kwam hij aan de lijn. Geen geknoei meer. Hij zei dat hij meteen zou komen. En hij was er in minder dan tien minuten, met Aldham en nog een man, die een grote leren tas bij zich had en dunne handschoenen aantrok zodra hij binnen was. Ze staarden naar de rotzooi, mompelden tegen elkaar in de hoek. Carthy stelde me vragen, maar ik scheen ze maar niet te begrijpen. Hij zei iets over politiebescherming. De andere twee waren in de keuken. Guy zei dat ze moesten gaan, maar Carthy zei nee, konden ze niet op de trap wachten?

'Hij is weer binnen geweest, het is onverdraaglijk.'

Aldham kwam in de kamer terug en keek bezorgd naar me.

'Dus wat gaan jullie eraan doen?' vroeg ik.

Aldham liep naar Carthy en mompelde iets in zijn oor. Hij zag er een beetje onthutst uit. Daarna liep hij naar mij en begon heel kalm en rustig tegen me te praten.

'Zoë,' zei hij. 'Er lag geen briefje, hè?'

'Dat weet ik niet. Ik heb er geen gezien, maar ik heb ook niet gezocht.'

'Wij hebben wel gezocht. We hebben geen briefje gevonden.'

'Nou en?'

'We hebben de ijskast bekeken. De stekker was uit het stopcontact gehaald en de waterkoker zat in het stopcontact.'

'Waarom zou hij dat doen?'

'Ik denk dat het een vergissing was. Dat kan gebeuren.'

'Maar ik zou nooit...' En toen zweeg ik, want ik herinnerde me dat Louise thee voor me had gezet en een stekker uit het stopcontact had gehaald om die van de waterkoker erin te doen. O, kut. Ik voelde dat ik rood werd.

Er viel een stilte. Aldham keek naar het kleed, Carthy keek naar mij. Ik staarde terug.

'Ik moest op mijn hoede zijn,' zei ik na een tijdje.

'Natuurlijk,' zei Aldham vriendelijk.

'Voor u is het allemaal makkelijk,' zei ik. 'Ik denk steeds dat ik doodga.'

'Dat begrijp ik,' zei Aldham, die nu bijna fluisterde. Hij legde voorzichtig zijn hand op mijn schouder. 'Ik vraag me af of we u niet te veel in paniek brengen. Het spijt me.'

Ik schudde zijn hand van me af.

'U... u...'

Maar ik kon niets bedenken dat grof genoeg was. Ik draaide me om en rende naar buiten, en terwijl ik dat deed was ik me er op een bizarre manier van bewust dat ik ze allemaal in mijn flat achterliet.

13

Louise zat op me te wachten toen ik terugkwam in haar flat. Ze had een gezichtsmasker op, wat haar doodsbleek maakte, op een naakte roze cirkel om beide ogen na, waardoor ze een verbaasde blik kreeg. Terwijl ik haar vertelde wat er gebeurd was, besefte ik dat ik ervan uitging dat ik bij haar mocht blijven logeren. Maar ze maakte het me gemakkelijk.

'Blijf maar zolang je wilt.'

'Maar dan slaap ik op de bank.'

'Zie maar.'

'En ik betaal huur.'

Ze trok haar wenkbrauwen op, zodat het masker barstte door de rimpels op haar voorhoofd.

'Als je daar gelukkig van wordt. Maar het hoeft niet. Geef de planten maar water, dat vergeet ik altijd.'

Ik voelde me beter. De beklemmende angst van gisteren verloor zijn greep. Ik hoefde nooit meer in mijn flat te slapen, hoefde Guy nooit meer te zien of vreemde mannen in mijn kamers rond te leiden, ze in mijn laden laten snuffelen en naar mijn borsten laten staren. Ik hoefde nooit meer daar in het donker te liggen, te luisteren, te wachten, te proberen normaal te ademen. Ik hoefde Fred ook nooit meer te zien, of zijn toffe maten. Ik had het gevoel alsof ik een vuile, verstikkende huid had afgeworpen. Ik zou bij Louise wonen, we zouden 's avonds samen voor de televisie eten, elkaars teennagels lakken. Maandag had ik een afspraak met dokter Schilling. Zij zou wel weten wat er gedaan moest worden. Zij was een deskundige.

Louise hield vol dat ze geen plannen had voor het weekend en hoewel ik vermoedde dat ze in werkelijkheid al haar afspraken voor mij had afgezegd, was ik veel te opgelucht om ook maar het zwakste protest te laten horen. We kochten Frans stokbrood, gevuld met kaas en tomaat, en liepen naar het park in de buurt, waar we op het dorre, vergeelde gras gingen zitten. De zon brandde, het was heet en drukkend, en het was vol in het park. Groepjes tieners die frisbeeden of lagen te vrijen in de schaduw van de bomen, gezinnen met picknickmanden en ballen en springtouwen, meisjes in haltertopjes die bakten in de zon, mensen met blikjes bier, honden, camera's, vliegers, fietsen, brood voor de eenden. Ze hadden allemaal felgekleurde, luchtige kleren aan en een glimlach op hun gezicht.

Louise stopte haar T-shirt onder haar beha en ging op haar rug liggen met haar armen onder haar hoofd. Ik ging naast haar zitten en rookte de ene sigaret na de andere, terwijl ik de massa's mensen observeerde die voorbijkwamen. Ik wachtte op een glimp van een bekend gezicht, of een gezicht dat me aankeek alsof het me kende. Maar ik zag niet zo iemand.

'Weet je wat?' zei ik.

'Wat?' zei ze dromerig.

'Ik ben te passief geweest,' zei ik.

'Welnee.'

'Wel waar,' zei ik. 'Ik wilde dat andere mensen dit voor me uitzochten. Ik heb geen enkele moeite gedaan.'

'Doe niet zo raar, Zoë.'

'Het is waar. Ik denk dat het komt doordat ik in Londen ben. Ik wilde zoekraken. Ik wilde niet dat iemand me zag. Ik moet naar mezelf kijken. Dat is mijn taak. Ik moet naar mezelf kijken en bedenken waarom iemand mij uitkiest. Wie dat zou doen.'

'Morgen,' zei Louise. 'Ga morgen maar aan zelfbeschouwing doen. En vandaag ga je aan zelfverwenning doen.'

Ik liet de zon in mijn huid zinken, onder mijn vieze kleren. Ik was moe. Zo moe was ik nog nooit geweest, met prikkende, pijnlijke ogen, armen en benen die te zwaar waren om te bewegen. Ik wilde in een vol bad liggen, uren slapen op schone lakens, gezond eten, rauwe wortels, groene appels, sinaasappelsap en kruidenthee drinken. Ik kon me niet voorstellen dat ik ooit nog naar een club zou willen gaan, dronken of stoned worden, aangeraakt worden door een man. Het hete, zweterige, opgefokte leven dat ik in Londen had geleid vervulde me met vage, alomtegenwoordige doodsangst. Al dat lawaai en al die inspanning. Misschien zou ik zelfs stoppen met roken, dacht ik. Nog niet.

We kwamen langs een vrolijke winkel met kinderkleding, kleurige tuinbroeken en gestreepte truitjes, pilotenjacks in rood, roze en geel, en Louise sleurde me mee naar binnen.

'Jij hebt een kindermaatje,' zei ze, terwijl ze naar me keek. 'Je bent te veel afgevallen. We moeten je weer vetmesten. Maar intussen gaan we een paar dingen voor je kopen.'

Dus terwijl de verkoopster nogal afkeurend toekeek, koos ik een paar stukken van het rek en nam ze mee naar de paskamer. Ik trok de geribbelde grijze hemdjurk voor een dertienjarige over mijn hoofd en bekeek mezelf in de spiegel. Prima. Ik zag er plat en seksloos in uit. Echt iets voor mij. Daarna trok ik hem weer uit en deed een mooi wit T-shirt aan, versierd met piepkleine geborduurde bloemetjes.

'Laat 's kijken,' schreeuwde Louise. 'Kom op, je kan niet met een vriendin gaan shoppen als je er geen modeshow van maakt.'

Ik schoof de gordijnen open, giechelend, en draaide me om en om. 'Wat vind je?'

'Kopen,' beval ze me.

'Is-ie niet te klein?'

'Dat wordt-ie wel als je een paar dagen bij me logeert en mijn slonzige gewoontes overneemt. Maar nu, nee hoor, hij staat je prachtig.' Ze legde haar hand op mijn schouder. 'Als een bloem, schat.'

Later reden Louise en ik in haar rammelkast naar de supermarkt om in te slaan. Ik leefde al lange tijd van dag tot dag, een patatje hier, een reep chocola daar, belegde broodjes in de rokerige personeelskamer. Het was in ieder geval al weken, en waarschijnlijk al maanden, geleden dat ik serieus had gekookt, volgens een recept en met echte ingrediënten die je bij elkaar moest doen.

'Ik ga vanavond koken,' zei ik dapper. Ik had het gevoel dat ik voor huisvrouw speelde. Ik legde verse pasta in ons karretje, rode uien, grote bollen knoflook en pomodori, een potje gedroogde gemengde kruiden, slaharten, komkommer, mango's en aardbeien. Een kuipje slagroom, een fles chianti. Ik kocht een voordeelpak onderbroeken, deodorant, een washand, een tandenborstel en tandpasta. Ik had sinds gisterochtend mijn tanden niet meer gepoetst. Ik moest spullen uit mijn flat halen.

'Morgen,' zei Louise beslist. 'Laat nu maar even. We gaan er morgenochtend samen heen, in mijn auto. Voorlopig moet je het met je kinderkleren doen.'

Ik pakte in cellofaan verpakte gele rozen die bij de kassa lagen en legde ze bij de rest van de boodschappen.

'Ik weet niet hoe ik je moet bedanken, Louise.'

'Doe 't dan maar niet.'

Een vriendin van Louise, ene Cathy, kwam 's avonds eten. Ze was bijzonder lang en dun, met een scherpe neus en piepkleine oortjes. Louise had haar duidelijk verteld hoe het met mij zat, want ze deed heel voorzichtig, heel vriendelijk tegen me, alsof ik een invalide was. Ik kookte de pasta te gaar, maar de tomatensaus was heerlijk en iedereen kan mango's en aardbeien in stukjes snijden en die in een schaal door elkaar husselen. Louise stak kaarsen aan en smolt ze vast op oude schoteltjes. Ik zat aan de keukentafel in mijn nieuwe grijze hemdjurk, licht in het hoofd, onwezenlijk. Ik had een hol gevoel in mijn maag, maar ik kon niet veel eten. Ik kon evenmin veel praten. Het was voldoende om daar te zitten en naar hen te luisteren, terwijl woorden zachtjes over de bovenkant van mijn hersens zoemden. We dronken chianti en daarna bijna de hele fles witte wijn die Cathy had meegebracht, en keken naar een oude film op de tv. Een soort thriller, maar ik kon de plot niet helemaal volgen. Mijn gedachten dwaalden af in de ene scène, zodat ik in de volgende scène al niet meer begreep waarom de held inbrak in dat pakhuis, wat hij van plan was of wat hij hoopte te vinden. Buiten begon het te regenen en de druppels kletterden op het dak en striemden tegen de ramen. Ik ging naar bed toen Cathy er nog was. Terwijl ik opgerold op de bank in de piepkleine woonkamer lag, hoorde ik hen in de keuken praten, het geruststellende gebrom van mensenstemmen, zo nu en dan een schaterlach, en ik zeilde in slaap met een veilig gevoel.

De volgende morgen gingen we na het ontbijt naar mijn flat om een paar kleren te halen. Ik zou nog niet alle spullen inpakken, hoewel ik niet van plan was om ooit nog in die flat te wonen, maar pakte alleen een paar noodzakelijke dingen. Het regende nog steeds hard. Louise kon bij de flat geen parkeerplaats vinden, dus ging ze een paar meter van de voordeur op een dubbele gele streep staan en ik zei dat ik wel naar boven zou rennen.

'Ik ben over een paar minuten terug,' zei ik.

'Wil je echt niet dat ik meekom?'

Ik schudde mijn hoofd en glimlachte.

'Ik ga alleen even afscheid nemen.'

Het hele huis ademde een sfeer van vervuiling en verwaarlozing, hoewel ik er alleen maar één dag niet was geweest, alsof de flat wist dat niemand er zich meer om bekommerde. Ik ging naar mijn slaapkamer en haalde een paar jurken uit de kast. Twee broeken, vier T-shirts, een aantal onderbroeken, beha's en sokken. Een paar joggingbroeken. Dat was voorlopig wel genoeg. Ik stopte alles in een grote weekendtas. Daarna liep ik naar de badkamer, trok de vuile kleren uit die ik aanhad en gooide ze in een hoek. Ik zou later de was ophalen. Andere keer.

Ik hoorde een klik, alsof er een kastdeur dichtging. Niets aan de hand, zei ik bij mezelf. De verbeelding haalt slinkse streken uit. Weer in de slaapkamer vond ik schoon ondergoed. Ik deed de gordijnen dicht en ging voor de spiegel staan om het aan te trekken. Ik zag de reflectie van mijn gezicht, vegen onder mijn ogen. Mijn naakte lichaam, bruine armen en benen, witte buik. Ik deed mijn onderbroek aan en pakte mijn nieuwe T-shirt, waarvan Louise had gezegd dat ik er als een bloem in uitzag, uit de tas die ik had meegenomen en trok het over mijn hoofd. Het was idioot, maar ik kon er niet zo goed tegen om iets te dragen dat naar de flat rook, naar mijn oude leven. Ik had behoefte aan schoon en nieuw.

Terwijl ik het T-shirt over mijn borsten trok, voelde ik totaal onverwachts handen om mijn nek, om mijn lijf en een gewicht op mijn rug, iemand op me. Ik verloor mijn evenwicht en smakte op de grond met het gewicht op me, dat mijn bedekte gezicht hard in het kleed drukte. Ik was totaal overrompeld, had pijn. Ik voelde de hand door het T-shirt op mijn mond, een warme hand die naar zeep rook, appelzeep uit de badkamer. Een arm om mijn ribbenkast, vlak onder mijn borsten.

'Trut, vuile trut.'

Ik probeerde me los te wurmen, kronkelde met mijn armen en benen, wilde gillen, brullen. Ik had nergens houvast, mijn armen werden vastgehouden, ik kon niets doen. Hij maakte geen geluid meer, ademde alleen met zijn hete zachte adem in mijn oor. Na een tijdje gaf ik mijn verzet op. Buiten schreeuwde iemand, het geloei van een sirene kwam naderbij, stierf daarna weg. Ging ergens anders heen.

De greep op mijn nek verslapte, ik probeerde me te bewegen en te gillen, maar toen was de hand op mijn keel. Ik kon helemaal niets doen. Kon niet bewegen. Kon niet vechten. Kon niet gillen. Ik dacht aan Louise, die buiten in de auto op me zat te wachten, hoewel ze nu niet dicht bij me was, ze leek heel ver weg. Ze zou me misschien al snel komen halen. Niet snel genoeg. Wat een domme manier om dood te gaan, voordat ik nog maar was begonnen. Voordat ik echt had geleefd. Wat ontzettend dom.

Heel langzaam kwam de vloer op me af. Ik voelde mijn hoofd op de planken smakken, mijn voeten over het hout glijden. Ik hoorde de regen op het raam, een zacht gespetter. Ik kon niet praten, er was niets meer te zeggen, geen tijd om iets te zeggen, maar ergens diep vanbinnen zei een stem: nee, alsjeblieft, nee. Alsjeblieft.

DEEL TWEE

Jennifer

I

Het leek wel alsof alles tegelijk gebeurde, maar ons huis had rond het ontbijt toch al tamelijk veel weg van een middeleeuws kasteel compleet met ezels en varkens en een horde lijfeigenen, die bij het eerste spoortje onraad beschutting kwamen zoeken. In de eerste weken na onze verhuizing was het zo mogelijk nog chaotischer geworden, aangezien nu een aannemer pal in het middeleeuwse kasteel zijn tenten had opgeslagen.

Clive was al om zes uur de deur uit gegaan, nog vroeger dan anders, omdat hij momenteel druk is met een of andere monstrueuze overnamepoging. Vlak voor achten sleurt Lena de twee oudste jongens de Espace in voor een dolle rit naar school. Lena is ons kindermeisje schuine streep au pair-gevalletje, snoezig kind om te zien, Zweeds, onacceptabel blond, slank en jeugdig, al heeft ze zo'n ding door haar neus waar ik iedere keer van gruw als ik het zie. De hemel mag weten hoe zoiets voelt als ze haar neus moet snuiten.

Toen meldden de anderen zich. Mary natuurlijk, onze onvervangbare schoonmaakster, die we hebben meegenomen van Primrose Hill. Zij is echt een juweel, al kost het me zoveel tijd om bij haar te staan en uit te leggen wat ze moet doen, en dan te controleren of ze het ook gedaan heeft, dat ik laatst tegen Clive zei dat ik net zo goed zelf kan gaan lopen schoonmaken. En dan heb je nog al die andere mensen die geacht worden het huis op te knappen, maar er desondanks een krot vol stuivend cement van hebben weten te maken. Eind vorige week waren de elektricien en loodgieter eindelijk klaar, en het aardigste wat je op dat moment van het huis kon zeggen, was dat het van nu af alleen nog maar beter kon worden.

Maar toch was ik wel tevreden, ondanks alles. Dit had ik altijd gewild, dit had Clive me al die jaren beloofd. Een bouwwerk. Het huis was teruggebracht tot kale vloeren en wanden, bijna tot de balken en dakspanten. En nu ging ik er een huis van maken waar we trots op konden zijn. Ik weet dat je geacht wordt op slag verliefd te worden op een huis, maar dit huis zou die verliefdheid zeker niet eerder dan over een halfjaar verdienen. Er hadden daarvoor twee oude tantes in gewoond, en het zag eruit als een tweedehandsboekwinkel die sinds de jaren vijftig al geen klanten meer had gekend. Het probleem was niet wat je moest aanpassen, maar wat je in vredesnaam nog intact moest laten.

Ik heb vier maanden met onze slimme architect Jeremy over de tekeningen gebogen gezeten, met kopjes espresso als zijn voornaamste brandstof. Het was een kwestie van hou het eenvoudig. Trek gewoon alles eruit. Zet er een nieuw dak op. Dan een keuken en eetkamer in het souterrain, woonkamers op de begane grond, Clives studeerkamer eenhoog aan de achterkant, en de rest naar boven toe allemaal slaapkamers. Zolder verbouwen voor kindermeisje om uit te spoken wat kindermeisjes zoal uitspoken terwijl het maantje lacht. Wc's in alle mogelijke hoeken. Slaapkamer en suite voor Clive en mij. Krachtige douche voor de jongens in de hoop dat ze zich toch eens af en toe gaan wassen.

Dus die ochtend kwam Jeremy om ongeveer halfnegen binnen met Mick, om een probleem met een boog of een balk of wat ook te bekijken. Op de voet gevolgd door Francis, die we hebben meegenomen om wat doorgaat voor een tuin te doen – en dan bedoel ik eerder overdoen. Veertig meter, wat niet slecht is voor Londen, maar het lag erbij als een verlengde kippenren tot Francis er de schop in zette. De meute elektriciens en loodgieters is inmiddels godzijdank weg, maar nu komt Mick met zijn discipelen. Iedereen thee en koffie, uiteraard, zodra Lena terug is om het te zetten. Ergens daartussenin zet ik Christo – hij is vier – af bij zijn kinderdagverblijftoestand waar hij op zit sinds we dit huis hebben. Ik had er een beetje m'n twijfels over: geen echt uniform, alleen maar blauwe sweaters, met zandbakken en vingerverf kamerbreed. Maar het was niet de moeite om de hele boel nog om te gooien. Hij zou in september toch al naar de onderbouw van Lascelles gaan, en dan dus ook niet meer aan mijn rokken hangen, wat toch wel een opluchting zou zijn.

Vervolgens weer terug naar huis en eindelijk even zitten, koffie en een minimale blik op de krant en de post voor ik aan het werk ga – oftewel rondlopen om te zorgen dat die mensen niet de verkeerde muur slopen, en een beetje netwerken. Mijn trouwe klusjesman Leo zou nog langskomen, en ik had al zitten zweten op een lijst met dingen die ik gedaan wou hebben. En ik moest het eens ernstig met Jeremy over de keuken hebben. Dat was echt het lastigste onderdeel van onze planning geweest. Als je namelijk in elk ander deel van het huis iets verkeerd aanpakt, dan leer je daarmee te leven. Maar als je de deur van de koelkast opendoet en daarmee de servieskast blokkeert, dan ga je je daar vijfentwintig keer per dag aan ergeren tot je oud en grijs bent. Echt het allerbeste zou zijn om de keuken te laten installeren, er een halfjaar in te leven en het nog een keertje over te doen, en dan goed. Maar zelfs Clive is daar niet rijk genoeg voor. Of althans niet geduldig genoeg.

Lena kwam binnendwarrelen, en ik gaf haar een paar opdrachten. Toen ze eenmaal echt aan de gang was, kon ik een slok koffie nemen en kwam ik eindelijk toe aan de krant en de post. De ijzeren wet bij mij is nooit meer dan vijf minuten voor de krant, liefst minder. Er staat trouwens toch niets in. Dan de post. Doorgaans is negentig procent van de post voor Clive. De overige tien procent splitst zich op tussen de kinderen, de dieren en mijzelf. Niet dat we op dit moment dieren hebben, overigens. Ons totaalsaldo aan huisdieren bedroeg in 1999 één poes, vermist en vermoedelijk overleden, of beter onder de pannen bij iemand anders ergens in Battersea. Eén hamster, rustend in een naamloos graf aan de rand van een tuin te Battersea. Ik liep er toen over te denken om een hond te nemen. Ik had altijd beweerd dat Londen geen plek is voor honden, maar nu we op twee minuten lopen van Primrose Hill woonden, kon ik soms betrapt worden op een blik van verlangen als ik erover nadacht. Heb het er nog niet met Clive over gehad, overigens.

Vandaar dat de post snel was afgewerkt. Onmiddellijk een stapel van alles gericht aan Clive of variaties daarop. Alle rekeningen idem dito. Ik ruik een rekening op vijftien meter afstand, gewoonlijk hoef ik de envelop niet eens open te maken. Alles geadresseerd aan de heer en mevrouw Hintlesham idem dito. Zoals gebruikelijk maakte ik een stapeltje van deze brieven, droeg dat naar boven en legde het op het bureau in Clives heiligdom, zodat hij het kon doornemen als hij thuiskwam, of in het weekend, wat waarschijnlijker was.

Bleven over twee brieven aan Josh en Harry, circulaires van Lascelles over hun sportdag, allerlei reclame en andere verlokkingen, die ik direct in de prullenmand mikte. En toen ik dat allemaal gehad had bleef er één brief over, aan mij gericht. Maar als er een brief komt met mijn naam erop, blijkt het vrijwel altijd een rekening te zijn van een postorderbedrijf, die dan direct naar Clives stapeltje verhuist. Is het dat niet, dan is het een folder van een postorderbedrijf dat mijn adres heeft overgenomen van een ander postorderbedrijf.

Maar deze was anders. Naam en adres waren heel precies met de hand geschreven. En ik herkende het handschrift niet. Het was niet van mammie of een vriendin of familie. Dit was interessant, en ik wou er eigenlijk wel speciaal van genieten. Ik schonk nog een kop koffie in, nam een slokje en maakte toen pas de envelop open. Er zat een gevouwen velletje papier in dat veel te klein was voor die envelop, en ik zag meteen dat er niet veel op geschreven stond. Ik streek het glad op de tafel:

> *Lieve Jenny,*
> *Hopelijk vind je het niet vervelend dat ik je met Jenny aanspreek. Maar weet je, ik vind je zo mooi. Je ruikt erg lekker, Jenny, en je hebt een prachtige huid. En ik ga je vermoorden.*

Wat was dat een malle vertoning. Ik trachtte me voor te stellen of iemand een stunt met me probeerde uit te halen. Clives vrinden hebben soms een vreselijk gevoel voor humor. Ik bedoel maar, hij was een keertje naar een vrijgezellenavond van een vrindje, Seb was dat, en dat was werkelijk affreus, met twee stripdames en iedereen z'n kraag onder de lippenstift. Maar goed, Jeremy kwam toen naar beneden en we kregen het over de problemen die we met de keuken hadden. Het was de laatste dagen zo gruwelijk heet geweest dat ik me zorgen maakte over het fornuis, dus wou ik weten of de daklichten erboven openslaand konden worden gemaakt. Ik had heel grappige raamsluitingen zien staan in *House & Garden*, die je kon openmaken met een koord. Ik liet Jeremy de afbeelding zien maar hij was niet onder de indruk. Dat is hij nooit als hij het niet zelf bedacht heeft. Dus dat liep weer hoog op tussen ons. Hij kan daar werkelijk heel raar over doen. En enorm koppig. Toen moest ik aan die brief denken, en liet hem aan hem zien.

Hij moest niet lachen. Hij vond het helemaal niet komisch.

‘Weet je wie dit kan hebben gestuurd?’ zei hij.

‘Nee,’ zei ik.

‘Ik zou de politie maar bellen,’ zei hij.

‘Ach, doe niet zo raar,’ zei ik. ‘Iemand haalt gewoon een grapje uit. Ik maak mezelf alleen maar belachelijk.’

‘Maakt niet uit. En het maakt ook niet uit of hier iemand een grap uithaalt. Je moet de politie bellen.’

‘Ik laat hem wel aan Clive zien.’

‘Nee,’ zei Jeremy met nadruk. ‘Bel nu de politie. Als je je schaamt, zal ik het wel voor je doen.’

‘Jeremy...’

Hij gedroeg zich werkelijk als een bulldozer. Hij belde zelf naar inlichtingen, kreeg het nummer van een of ander politiebureau in de buurt, en alsof het nog niet genoeg was draaide hij zelf het nummer en gaf me toen de hoorn, alsof ik een kleutertje was dat met haar oma mocht praten.

‘Alsjeblieft,’ zei hij. De telefoon ging erg lang over. Ik stak m’n tong uit tegen Jeremy.

‘Er is zeker niemand thuis... O, hallo? Moet u luisteren, dit klinkt waarschijnlijk vreselijk dom, maar ik heb net een vreemde brief gekregen.’

2

Ik sprak een paar minuten met een meisje dat klonk als een van die mensen die je opbellen en een prijsopgave aan je kwijt willen voor van die ordinaire stalen kozijnen. Ik vertelde alles aarzelend en zij klonk verveeld en zei dat ze ging regelen dat er iemand langskwam maar dat dat wel even zou kunnen duren, en ik zei dat me dat niets uitmaakte, sloot het gesprek af en dacht er verder niet meer aan.

Ik ging terug naar Jeremy, die zichzelf nog wat koffie stond in te schenken afkomstig uit de zelfbedieningskantine van Hintlesham, zoals Clive de commune had gedoopt waarin we op dit moment zijn neergestreken. De oude tantes hadden waar je maar kon kijken muren doorgebroken, alle paneeldeuren vervangen, elke stookplaats eruit gehakt en alle nog overgebleven kroonlijsten de dood in gejaagd. Ik weet wel dat iedereen dat deed in de jaren zestig, maar het leek wel alsof ze speelden dat ze een goedkope huurflat hadden boven in een woontoren in plaats van een twee-onder-één-kap aan het eind van een rij huizen in vroeg-Victoriaanse stijl.

De grootste opgave was het huis terugbrengen naar een uiterlijk dat paste bij zijn historie. De enige plek waar ik dat niet toestond was in de keuken. De Victoriaanse keuken was het domicilie van afwashulpjes en de kokkin, en wij hoopten daar enigszins bovenuit te stijgen, maar toch hechtte ik aan een authentieke sfeer. De kwestie was om niet te eindigen met de stijl die Jeremy omschreef als Ikea op de Boerderij. Ik had Jeremy de tekeningen acht keer laten overdoen. We stuitten ook nog op een lastige pilaar waar we omheen moesten bouwen. Ik wou het vermaledijde ding gewoon weghalen, maar volgens Jeremy zou dan het achterdeel van het huis instorten.

We zaten net midden in een bespreking van zijn laatste listige inval toen er werd aangebeld. Ik liet zoals gewoonlijk Lena opendoen omdat de enige mensen die het huis binnenkwamen rondliepen met potten verf of radiatoren of wonderlijke koperen pijpen.

Ik hoorde haar boven aan de trap mijn naam roepen. In mijn eigen huis toegeschreeuwd worden is een ervaring die ik net zo waardeer als het kauwen op aluminiumfolie. Ik liep omhoog naar de begane grond. Lena stond bij de open voordeur.

'Als je me iets te melden hebt, wil je me dat dan komen zeggen?'

'Dat heb ik ook gedaan,' zei ze op een onschuldige toon.

Ik gaf het maar op en liep naar haar toe. Nu zag ik dat er twee geüniformeerde agenten op de drempel stonden. Ze zagen er jong en onzeker uit, als twee padvinders die kwamen vragen of ze de auto mochten wassen en niet wisten hoe dat zou vallen. De moed zonk me in de schoenen.

'Mevrouw Hintlesham?'

'Ja, ja, het is heel vriendelijk van u dat u gekomen bent. Maar het lijkt me werkelijk niet nodig.' Nu keken ze nog bedremmelder. 'Maar komt u binnen. U bent er nu toch.'

Ze veegden beiden met eindeloze zorg hun voeten op de mat alvorens achter mij aan naar binnen te komen, de trap af naar de overblijfselen van onze keuken. Jeremy trok een gezicht naar me dat voornamelijk wou zeggen: moet ik verdwijnen? Ik schudde mijn hoofd.

'Dit hoeft niet lang te duren,' zei ik. Ik wees naar de brief, die nog steeds bij de kachel lag. 'U zult wel zien dat het gewoon iets onnozels is. Het is echt al deze commotie niet waard. Kan ik thee voor u halen of iets dergelijks?'

Een van de twee zei: 'Nee, mevrouw', en ze bekeken tezamen het briefje terwijl ik weer aan de slag ging met Jeremy. Een paar minuten later keek ik op, en zag dat een van de agenten net buiten de openslaande deuren in de tuin was gaan staan om in zijn portofoon te praten. De andere keek in het rond.

'Nieuwe keuken?' zei hij.

'Ja,' zei ik en keerde me nadrukkelijk weer naar Jeremy. Ik was niet in de stemming voor een conversatie over binnenhuisarchitectuur met een piepjong agentje. De andere kwam weer naar binnen. Ik weet niet of het door hun uniform kwam, of hun zwarte laarzen, of omdat ze hun pet hadden afgezet, maar door hen voelde dit toch echt flink ruime souterrain klein en benauwd aan. 'Bent u klaar inmiddels?' vroeg ik.

'Nee, mevrouw Hintlesham. Ik heb net overlegd met iemand van het bureau. Er komt nog iemand anders deze kant op.'

'Waarom?'

'Hij wil uw brief even bekijken.'

'Ik heb plannen om later vanochtend de deur uit te gaan.'

'Het hoeft maar even te duren.' Ik slaakte een soort geïrriteerde zucht.

'Nou ja!' zei ik op verwijtende toon. 'Is dit niet een beetje tijdverspilling, voor ons allemaal?' Hun enige antwoord was een suf schouderophalen waar je moeilijk op kon reageren. 'Wacht u dan hier?'

'Nee, mevrouw. We blijven buiten in de auto tot de rechercheur er is.'

'O, goed dan.'

Ze stommelden met een verlegen blik naar buiten. Ik ging naar boven met Jeremy, wat goed uitkwam omdat er een blik verf van de National Trust was bezorgd waarvan de kleur volslagen mis was. Een van mijn belangrijkste ontdekkingen tijdens dit hele onzalige project was dat het meer dan een complete dagtaak was om te controleren dat de dingen die je werkelijk hebt besteld ook werkelijk worden afgeleverd, en vervolgens dat de opdracht die je er werkelijk mee wou laten uitvoeren ook werkelijk wordt uitgevoerd. Terwijl ik aan de telefoon hing om deze kwestie te regelen met een zwakzinnig vrouwspersoon aan de andere kant van de lijn, hoorde ik de deurbel, en ik stond nog te praten toen er een man met het voorkomen van een rat en met een grijs pak aan de kamer werd binnengelaten. Ik gebaarde naar hem terwijl ik probeerde iets verstandigs te ontlokken aan de vrouw met wie ik telefoneerde, of preciezer uitgedrukt háár iets aan het verstand te brengen. Maar het is gênant om ruzie te maken met iemand die je niet kent terwijl iemand anders die je niet kent pal naast je staat met een verwachtingsvolle blik. Dus wikkelde ik mijn gesprek snel af. Hij stelde zich voor als rechercheur Aldham, en ik nam hem mee naar het souterrain.

Hij wierp ook een blik op de brief en ik hoorde hem binnensmonds vloeken, en hij bracht hem heel dicht bij zijn gezicht, alsof hij ernstig bijziend was. Ten slotte stiet hij een grom uit en keek op.

'Hebt u de envelop nog?'

'Wat? Eh, nee, tja, die zal ik wel in de afvalbak gegooid hebben.'

'Waar staat die?'

'Daar achter dat kastdeurtje, onder het aanrecht.' Ik kon mijn ogen niet geloven, maar hij liep erheen en trok de afvalbak naar buiten, deed het deksel omhoog en begon erin te wroeten als een soort vagebond.

'Sorry hoor, maar er zit ook oude thee en koffie tussen.'

Hij bracht een verfrommelde envelop omhoog die er een beetje nattig en bruin uitzag en in het algemeen minder toonbaar. Hij hield hem heel omzichtig vast, aan een hoekpuntje, en legde hem op zijn kant naast de brief.

'Ik moet even bellen,' zei hij, en pakte zijn mobiel. Ik liep naar de andere kant van de keuken en zette wat water op. Ik hoorde flarden van zijn gesprek: 'Ja, absoluut', en: 'Ik denk van wel', en: 'Ik heb haar nog niet gesproken.' Zo te zien hing de vlag er vanaf dat punt slecht bij voor rechercheur Aldham. Van zijn kant van het gesprek bleven namelijk alleen nog maar pieperige vragen over: 'Wat?' 'Weet je dat zeker?' Hij slaakte ten slotte een machteloze zucht en stopte zijn GSM weer in zijn zak. Zijn gezicht was rood aangelopen en hij ademde zwaar, alsof hij hiernaartoe was komen joggen. Hij was een tijdje stil.

'Er komen nog twee rechercheurs deze kant op,' zei hij norsig. 'Ze willen u graag spreken, als dat kan.' Aldham mompelde inmiddels. Hij zag er ellendig uit, als een hond die een schop heeft gekregen.

'Wat is er in vredesnaam aan de hand?' zei ik op hoge toon. 'Het is maar een onbenullig briefje. Het is toch net zoiets als een hijger, niet?'

Aldham spitste eventjes zijn oren.

'Heeft iemand u gebeld?'

'Een hijger bedoelt u? Nee.'

'Is er iets wat u met deze brief in verband zou kunnen brengen? Misschien andere brieven, of iemand die u kent, wat dan ook.'

'Nee, natuurlijk niet. Het zal wel een stomme grap zijn.'

'Kent u iemand die zo'n grap zou willen uithalen?' Ik was even de kluts kwijt.

'Grappen zijn niet mijn sterkste kant,' zei ik. 'Dat is meer Clive z'n afdeling.'

'Clive?'

'Mijn man.'

'Is hij op zijn werk?'

'Ja.'

Daarna werd de toestand een beetje moeizaam. Aldham bleef rondhangen en keek ongemakkelijk. Ik probeerde nog wat op te schieten, maar zijn sombere en saaie aanblik benam me de lust. Het was echt een opluchting dat er werd aangebeld, niet veel langer dan een kwartier nadat Aldham was gearriveerd. Ik ging opendoen en Aldham drentelde op een beetje mallotige manier achter me aan. Ditmaal was het zonder meer druk bij de voordeur. Vooraan stonden twee rechercheurs die zo te zien wel iets meer voorstelden, en ze hadden nog een paar agenten in uniform bij zich, en achter hen kwamen nog twee mensen de trap op, een ervan was een vrouw. Ik zag twee politiewagens in de straat staan en daarnaast nog twee andere auto's, allemaal dubbelgeparkeerd.

De oudste man werd kaal, zijn grijze haar was erg kort geknipt.

'Mevrouw Hintlesham?' zei hij met een geruststellende glimlach. 'Ik ben hoofdinspecteur Links. Stuart Links.' We gaven elkaar een hand. 'En dit is inspecteur Stadler.'

Stadler zag er helemaal niet uit als een politieman. Hij leek eerder op een politicus, of een van Clives collega's. Hij droeg een modieus gesneden donker pak, een discrete das. Hij zag er nogal indrukwekkend uit, zou je kunnen zeggen. Een tikkeltje Spaans, misschien. Hij was lang, goed gebouwd en had erg donker haar dat tegen het zwart aan zat, achterovergekamd. Hij gaf me ook een hand. Zijn handdruk was wonderlijk zacht, en hij drukte mijn handpalm met zijn vingers alsof hij er iets over te weten wou komen. Ik raakte er een beetje confuus van. Nog even, dacht ik, en hij brengt mijn vingers naar zijn lippen en drukt er een trage kus op.

'U komt wel met een grote delegatie,' zei ik.

'Mijn excuses,' zei Links. 'Dit is dokter Marsh. Hij is van ons laboratorium. En hij heeft zijn assistente meegenomen, Gill eh...'

'Gill Carlson,' zei de vrouw enthousiast. Ze was een knap ding, zonder make-up, maar toch. Dokter Marsh zag eruit als een morsige onderwijzer.

'U zult zich wel afvragen waarom we met zovelen zijn,' zei Links.

'Nou...'

'Een brief zoals u die hebt ontvangen, is een vorm van bedreiging. We moeten zien vast te stellen hoe ernstig die is. Intussen moeten we zorgen dat u niets overkomt.'

Links had me voortdurend recht aangekeken. Maar bij die laatste woorden verplaatste hij zijn blik langzaam naar Aldham, wiens ongemakkelijke uitdrukking nog miserabeler werd.

'Wij nemen het verder wel over,' zei hij zachtjes.

Aldham mompelde iets in mijn richting. Volgens mij nam hij afscheid. Toen schoof hij omzichtig langs ons heen en was verdwenen.

'Waarom was hij hier?' vroeg ik.

'Een misverstand,' zei Links. Hij keek om zich heen. 'U bent hier net komen wonen?'

'In mei.'

'We zullen proberen om niet te veel overhoop te halen, mevrouw Hintlesham. Ik zou graag de brief willen zien, en daarna wil ik u graag een paar vragen stellen, en dat zal dan hopelijk alles zijn.'

'Beneden,' zei ik zwakjes.

'Prachtig huis,' zei hij.

'Dat moet het worden,' zei ik.

'Moet een lieve duit gekost hebben.'

'Tja...' zei ik om een gesprek over de prijs van onroerend goed te vermijden.

En zo zat ik dan een paar minuten later aan mijn tafel met twee rechercheurs midden in een halfafgebouwde keuken. Om redenen die ik in de verste verte niet kon bevatten, zwierven de twee geüniformeerde agenten door het huis en de tuin. De brief was door iedereen gelezen, en vervolgens met een pincet opgepakt en in een doorzichtige plastic map gestopt. De verkreukelde drijfnatte envelop werd in een kunststof zakje gedaan. Voor elke jonge onderzoeker was er één voorwerp, en ze vertrokken met hun bezit stevig in handen.

Voordat ze mij aanspraken, fluisterden de twee mannen iets tegen elkaar, wat ik enigszins irritant vond. Toen wendden ze zich tot mij.

'Luister,' zei ik. 'Mag ik even zeggen dat ik met alle goeie wil niets kan verzinnen om u te vertellen? Het is een vreselijk stom briefje, en meer is er niet over te zeggen. Ik weet er helemaal niets van.'

De twee mannen keken bedachtzaam.

'Ja,' zei Links. 'We zullen u alleen een paar routinevragen stellen. U bent hier net komen wonen. Hebt u vroeger ook in deze buurt gewoond?'

'Nee. Hiervoor woonden we kilometers verderop, aan de zuidkant van de rivier, in Battersea.'

'Kent u de Laurierschool?'

'Hoezo?'

Links ging achteroverzitten.

'Wat we onder andere proberen is een verband leggen met andere bedreigingen die zich hebben voorgedaan. Hebt u kinderen?'

'Ja. Drie jongens.'

'De Laurierschool is een openbare basisschool aan een zijstraat van Kingsland Road in Hackney. Hebt u die ooit op het oog gehad voor uw kinderen?'

Ik kon een glimlach niet onderdrukken.

'Een openbare basisschool in Hackney? Meent u dat werkelijk?'

De twee mannen wisselden een blik uit.

'Of misschien kent u een van de leerkrachten. Een vrouw die Zoë Haratounian heet, bijvoorbeeld.'

'Nee. Wat heeft die school dan te maken met deze brief?'

'Er hebben zich... eh, incidenten voorgedaan in relatie met die school. Er zou een connectie kunnen zijn.'

'Wat voor incidenten?'

'Net zulke brieven als u hebt gekregen. Maar kunnen we doorgaan met onze vragen? Komt deze brief totaal onverwacht voor u? U kunt geen verband leggen met iets anders, of iemand anders, hoe vergezocht misschien ook?'

'Nee.'

'Ik zou graag willen vaststellen hoeveel mensen toegang hebben tot dit huis. Ik zie dat u werkzaamheden laat uitvoeren.'

'Dat klopt. Het is hier net een metrostation in de spits.'

Hij glimlachte.

'Welke makelaar hebt u?'

'Ons huis is verkocht door Frank Dickens. Stelletje bloedzuigers.'

'Hebt u ooit met Clarke's gewerkt?'

Ik haalde mijn schouders op.

'Wie weet,' zei ik. 'Ik heb ik weet niet hoe lang lopen zoeken. Ik zal bij zowat iedere makelaar in Londen in het adresbestand staan.'

Ze keken elkaar weer even aan.

'Ik zoek dat wel uit,' zei Stadler.

Een van de agentes kwam de trap af. Bij haar was weer een andere vrouw. Lang, met blond haar, voor een deel hoog opgestoken, het zag eruit alsof het door een blinde in een verduisterde kamer was vastgespeld. Ze droeg een mantelpak dat zo te zien wel een strijkbeurt kon gebruiken. Ze had een koffertje bij zich en een regenjas over haar arm. Ze zag er afgemat en buiten adem uit. Beide rechercheurs keken om en knikten naar haar.

'Hallo Grace,' zei Links. 'Bedankt dat je zo vlug kon komen.' Hij keerde zich weer naar mij. 'Dit moet vreemd op u overkomen. Iemand heeft u uitgekozen. We weten niet waarom. We weten niet wie deze persoon is, we hebben geen feiten over hem. Maar u hebben we wel. We kunnen niet naar zijn leven kijken, maar wel naar dat van ú.'

Plotseling voelde ik me ongerust en geïrriteerd. Dit begon tamelijk ergerlijk te worden.

'Wat bedoelt u daarmee: naar mijn leven kijken?'

'Dit is dokter Grace Schilling. Ze is een zeer gerenommeerde psychologe en is gespecialiseerd in de mentale toestand van, nou ja, van mensen die dit soort dingen doen. Ik zou het zeer op prijs stellen als u met haar wilt praten.'

Ik keek naar dokter Schilling. Ik verwachtte dat ze zou blozen of glimlachen na de vleiende woorden van Links. Dat deed ze niet. Ze keek naar mij met samengeknepen ogen. Ik voelde me als iets wat met een speld op een stuk karton was geprikt.

'Mevrouw Hintlesham,' zei ze. 'Kunnen we een rustiger plekje opzoeken?

Ik keek om me heen.

'Ik weet niet of het ergens wel rustig ís,' zei ik met een gedwongen lachje.

3

'Let niet op de rommel,' zei ik, en we liepen op onze tenen door de kamer tussen verhuisdozen door naar de bank. 'Dit wordt de salon over een jaar of twintig.'

Ze deed haar verkreukelde linnen jasje uit en ging zitten op de ongemakkelijke oude rotan stoel. Ze was groot en slank, had blond haar en lange dunne vingers. Geen ringen.

'Bedankt dat u wat tijd voor me vrijmaakt, mevrouw Hintlesham.' Ze zette een bril op, zo een zonder montuur. Ze haalde een schrijfboekje en een balpen uit haar tas en schreef iets boven aan de bladzij. Zette er een streep onder.

'Om eerlijk te zijn kan ik niet zo heel veel tijd vrijmaken. Ik heb het erg druk, dat merkt u wel. Ik moet nog een heleboel dingen afmaken voor de jongens terugkomen.' Ik ging zitten en streek mijn rok glad over mijn knieën.

'Wilt u koffie of thee of zo?'

'Nee, bedankt. Ik zal het proberen kort te houden. Ik wou alleen maar even kennismaken.'

Ik voelde me gespannen. Ik kon niet precies bevatten wat er gaande was, waarom ze zo ernstig leek.

'Eerlijk hoor, ik geloof dat de politie hier een beetje overspannen op reageert, niet dan? Ik bedoel, het is gewoon een stompzinnig briefje. Ik wou ze überhaupt niet bellen, en dan is het hier plotseling de zoete inval.'

Ze keek peinzend. Zo peinzend dat ze nauwelijks behoorlijk aandacht leek te schenken aan wat ik zei.

'Nee,' zei ze. 'U hebt gedaan wat nodig was.'

'Het spijt me geweldig, maar ik heb uw naam niet onthouden, ik heb een geheugen als een vergiet. Vroegtijdige aftakeling, neem ik aan.'

'Grace. Grace Schilling. Dit moet allemaal heel vreemd op u overkomen.'

'Nee hoor, geen sprake van. Ik heb de politie gezegd dat ik het puur als een grap beschouw.'

Dokter Schilling was degene met het mantelpak en het schrijfboekje. Zij was de dokter. Toch schoof ze ongemakkelijk in haar stoel heen en weer, alsof ze niet exact wist wat ze moest zeggen. Nou zou iedereen zich in die akelige stoel slecht op zijn gemak voelen, maar ik wist nog steeds niet waar ze eigenlijk heen wou.

'Ik kom u geen lesje psychologie geven. Ik wil alleen maar doen wat ik kan om u te helpen.' Ze stopte even alsof ze een beslissing probeerde te nemen. 'Luister, u weet dat er mannen bestaan die vrouwen gewoon willekeurig molesteren. De brief die u hebt gekregen is overduidelijk van een andere orde.'

'Dat heb ik ook door,' zei ik.

'Hij heeft u gezien. U uitgekozen. Ik vraag me af of deze persoon in uw nabijheid heeft verkeerd. Hij zegt dat u prettig ruikt. Dat u een prachtige huid hebt. Hoe voelt u zich daaronder?'

Ik lachte een beetje verlegen. Maar zij niet. Ze leunde dichter mijn kant op en keek me aan.

'U hebt inderdaad een prachtige huid,' zei ze. Ze zei het niet als een complimentje, maar simpelweg als een interessante objectieve waarneming.

'Ach, ik doe genoeg mijn best voor mijn huid, mijn hemel. Ik heb er een heel bijzondere crème voor.'

'Realiseert u zich vaak dat mensen u aantrekkelijk vinden?'

'Wat een vraag. Ik zie niet in hoe u daar iets mee opschiet. Eens kijken. Clive heeft een paar vrindjes die altijd lopen te flirten. Er zullen heus wel mannen naar me kijken, u weet wel hoe mannen dat kunnen doen.' Grace Schilling zei niets, keek me alleen maar aan met die kalme en licht bezorgde uitdrukking op haar gezicht. 'Ik ben bijna veertig, hou nou toch op,' zei ik om de stilte te verbreken. Mijn stem klonk harder dan ik van plan was geweest.

'Heb je een baan, Jenny?'

'Niet het soort baan dat jij bedoelt,' zei ik bijna op een ruzietoon. 'Ik heb geen baan zoals jij die hebt. Ik heb kinderen, en dit huis.' Pak aan, zei ik tegen mezelf met enige voldoening. 'Ik heb geen baan gehad sinds ik zwanger was van Josh, dat is nu vijftien jaar geleden, Clive en ik waren het er vanaf het begin over eens dat ik ermee zou stoppen. Ik was vroeger fotomodel. Niet zoals jij je dat waarschijnlijk voorstelt. Ik deed handen.'

Ze keek verbluft.

'Handen?'

'Je weet wel, op posters voor nagellak en dat soort dingen, waarop niets anders staat dan een gigantische hand. Begin en midden jaren tachtig waren die handen heel vaak van mij.'

We keken samen naar mijn handen, die in mijn schoot lagen. Ik probeer ze in vorm te houden, ik ga wekelijks naar de manicure om mijn nagelriemen te laten doen, en ik smeer ze in met een peperdure lotion die ik al jaren gebruik, en ik was nooit iets af zonder handschoenen aan. Maar ze zijn niet meer wat ze geweest zijn. Om te beginnen zijn ze molliger geworden. Ik kan mijn trouw- en verlovingsring niet meer afdoen, zelfs niet als ik er boter op smeer. Dokter Schilling glimlachte voor het eerst.

'Het lijkt een beetje op wat er gebeurt als iemand verliefd op je wordt,' zei ze toen. 'Op afstand. Net als in een verhaal. Of iemand in je buurt. Het kan iemand zijn die je nog nooit gezien hebt, of iemand die je elke dag tegenkomt. Het kan nuttig zijn om na te denken over mannen die je tegenkomt, of er een bij zit die vreemd doet in jouw aanwezigheid, buitenissig.'

Ik kreunde even.

'De jongens, in ieder geval,' zei ik.

'Probeer je leven eens voor me te schetsen.'

'O nee, bedoel je een dag uit het leven van?'

'Ik wil een indruk krijgen van de dingen die voor jou belangrijk zijn.'

'Dat is belachelijk. Je krijgt niet iemand te pakken door uit te zoeken hoe ik over mijn leven denk.' Ze bleef wachten, maar dit keer pakte ik haar met haar eigen wapens. Ik staarde gewoon terug. Van een afstand hoorde ik een enorme dreun, alsof iemand iets zwaars liet vallen. Zal wel zo'n oen van een agent zijn geweest.

'Besteed je veel tijd aan je zoons?'

'Ik ben toch hun moeder? Al voel ik me soms meer hun onbezoldigde chauffeur.'

'En je man?'

'Clive heeft het onwaarschijnlijk druk. Hij gaat...' En toen onderbrak ik mezelf. Ik zag geen reden om deze vrouw gedetailleerde uitleg te geven van iets dat ik zelf niet eens begreep.

'Ik zie hem momenteel nauwelijks.'

'Hoe lang zijn jullie nu getrouwd? Vijftien jaar?'

'Ja. Zestien deze herfst.' Mijn god, zo lang al? Ik moest onwillekeurig zuchten. 'Ik was nog heel jong.'

'En zou je het een gelukkig huwelijk willen noemen, veel genegenheid?'

'Tegenover jou noem ik het helemaal niets.'

'Jenny.' Ze ging vooroverzitten in haar stoel, en één vreselijk ogenblik dacht ik dat ze mijn handen zou pakken op zo'n poezelige manier waar ik van over mijn nek zou gaan. 'Er loopt ergens een man rond die zegt dat hij jou wil vermoorden. Hoe belachelijk dat ook mag klinken, we moeten het wel serieus nemen.'

Ik haalde mijn schouders op.

'We zijn getrouwd,' zei ik. 'Ik weet niet wat je wilt horen. We hebben onze ups en downs, onze onbenullige ruzietjes, net als iedereen.'

'Heb je je man verteld van die brief?'

'Dat had die rechercheur gevraagd. Ik heb een boodschap doorgegeven op zijn werk. Hij belt me straks wel terug.'

Ze keek me aan alsof ze dwars door me heen zag. Ik werd er ongemakkelijk van. Het bleef lange tijd stil.

'Jenny,' zei ze ten slotte. 'Ik weet dat je je onder andere geschonden voelt, of zult voelen. En nog erger is dat enkele dingen die wij doen om je te helpen ook als een schending kunnen overkomen. Ik moet een paar dingen echt weten.' Ze keek in het rond naar de chaos in huis en kwam weer met haar begrijpende glimlach. 'Beschouw me maar als je taxateur die het huis nakijkt op plekken waar er water kan binnendringen.'

'Je moest 's weten,' zei ik gespeeld gekweld.

Ze ging weer vooroverzitten.

'Is je man wel eens vreemdgegaan, Jenny?'

'Wat!'

Ze herhaalde de vraag, alsof er niets bijzonders mee was. Ik keek haar vernietigend aan en voelde mijn gezicht rood aanlopen. Ik begon pijn in mijn hoofd te krijgen.

'Dat kun je beter aan hem vragen,' zei ik zo onbewogen als ik maar kon. Ze noteerde iets op haar schrijfblokje.

'En jij?'

'Ik?' snoof ik. 'Doe niet zo stom. Hoe zou ik in vredesnaam tijd kunnen vinden voor een slippertje, zelfs als ik dat wou, of het moest met de tuinman zijn, of de klusjesman of de tennisleraar. Ik spreek verder nauwelijks iemand. Luister, jij zegt dat je gewoon je werk doet en dat je dit soort dingen moet vragen, maar dat heb je nu echt wel gedaan, en nu wil ik graag nog iets van deze dag maken, voor zover er tenminste nog iets van over is.'

'Vind je dit soort vragen opdringerig?'

'Ja, natuurlijk. Het zal wel een ouderwetse houding zijn, maar ik hou privé-dingen erg graag privé.'

Eindelijk kwam ze overeind, maar ze was nog niet helemaal klaar om te vertrekken.

'Jenny,' zei ze. Het irriteerde me dat ze me telkens bij mijn voornaam noemde. Ik had niet gezegd dat dat mocht. Ze leek wel een colporteur met zijn voet tussen de deur. 'Ik wil niets liever, en dat willen we allemaal, dan dit laten ophouden en uit je leven verdwijnen. Als je iets te binnen schiet dat op een of andere manier van belang lijkt, geef dat dan door aan de politie of aan mijzelf. Wij maken wel uit wat belangrijk is of niet. Geneer je niet om dingen aan ons door te geven, goed?'

Het leek wel of ze me smeekte. Daardoor voelde ik me beter, meer aan de leiding.

'Goed,' zei ik. 'Ik zal mijn denkhoed opzetten.'

'Doe dat.' Ze draaide zich al om. 'En, Jenny?

'Ja?'

Ze aarzelde, en besloot toen maar van niet. 'Niets. Pas goed op jezelf.'

Even later gingen ze allemaal weg, behalve die Stadler, degene met de zwoele blik. Hij vertelde me dat ze 's ochtends mijn post zouden openmaken, om het zekere voor het onzekere te nemen.

'Voor u geen nare schokken meer,' zei hij en zond me een glimlach die akelig dicht bij een wellustige grijns in de buurt kwam. Werkelijk! Ik zond hem een vuile blik terug. 'En,' voegde hij eraan toe, alsof hij er nu pas op kwam, 'we zorgen dat een paar agenten buiten het huis in de gaten houden.'

'Dit is geen flauwe grap meer,' zei ik.

'Alleen maar voorzorg,' zei hij op een kalmerend toontje, alsof ik een paard was. 'En overdag komt er een vrouwelijke agent die bijna de hele tijd bij u zal zijn.' Hij lachte me toe. 'We zorgen voor continuïteit.'

Ik deed mijn mond open om iets te zeggen, maar er schoot me

niets te binnen dat niet obsceen was, dus keek ik maar weer vernietigend.

'Daar is ze al. Een ogenblikje, graag.' Hij beende naar de deur en riep: 'Lynne! Lynne, kun je eventjes hier komen? Mevrouw Hintlesham, dit is agente Burnett. Lynne, mevrouw Hintlesham.'

Deze vrouw was bijna net zo klein als ik, maar veel jonger, haast jong genoeg om mijn dochter te zijn, met lichtbruin haar, blonde wimpers en een wijnvlek op haar linkerwang, waardoor ze eruitzag alsof ze een lel in haar gezicht had gekregen vlak voordat ze de kamer binnenstapte. Ze glimlachte tegen me maar ik lachte niet terug.

'Ik zal proberen u niet voor de voeten te lopen,' zei ze.

'Graag,' blafte ik. Ik draaide veelbetekenend mijn rug naar haar en Stadler toe tot ze beiden de kamer uit waren, en ik godzijgeloofd weer eens alleen was. De keuken stond vol met lege koffiekoppen, en bij de achterdeur lagen een paar sigarettenpeuken. Je zou toch denken dat ze in ieder geval hun troep achter hun kont konden opruimen. Ik belde Clive nog een keer, maar ik kreeg hem nog steeds niet aan de lijn.

Lena bracht Christo en Josh terug. Harry zou door een moeder van school worden thuisgebracht na de voetbaltraining. Ik vertelde Josh, in vage en geruststellende bewoordingen, iets over een stom briefje en dat er buiten agenten stonden. Ik had verwacht dat hij een beetje bang zou zijn, of onder de indruk. Maar hij leunde alleen maar tegen de keukendeur, beet op zijn onderlip en haalde zijn schouders op, voordat hij met grote stappen naar zijn kamer snelde met twee boterhammen met pindakaas en een beker melk. Ik weet niet waar al dat eten blijft.

Ik durf er niet aan te denken wat hij allemaal uitspookt in die kamer van hem. Hij trekt de gordijnen dicht en dan hoor je keiharde muziek, en bliepjes en gekrijs van die afschuwelijke computerspelletjes van hem, en wierook, waarschijnlijk om de sigaretten te camoufleren die hij binnensmokkelt. Ik zorg ervoor dat Mary altijd degene is die daar opruimt en zijn lakens verschoont. Ik ga zijn kamer niet binnen, ik brul alleen maar door de deur dat hij zijn huiswerk moet maken, saxofoon moet studeren, die herrie zachter moet zetten en zijn vuile was naar beneden moet brengen. Hij is plotseling heel groot geworden. Hij heeft de baard in zijn keel, hij heeft kleine puistjes op zijn voorhoofd en zachte haartjes op zijn bovenlip. En hij is zo lang. Veel langer dan ik. En er hangt ook zo'n wonderlijke mannelijke lucht om hem heen, onder al die watertjes en gels die hij en zijn vrinden tegenwoordig kennelijk opdoen. Wel anders dan in onze jeugd.

Christo is natuurlijk nog te klein om dit allemaal te volgen. Ik heb niks tegen hem gezegd, alleen maar zijn mollige lijfje geknuffeld. Hij is mijn kleine schat.

Daarna reed ik naar de kringloopwinkel, maar die was net dicht dus kon ik mijn haken niet meer krijgen, en dat was echt de druppel.

Clive belde dat hij pas laat thuis zou zijn, dus toen Harry eenmaal binnen was, en ik Christo met een verhaaltje in bed had gestopt, heb ik gegeten met Josh en Harry. Lasagne, die ik al eerder uit de vriezer had gehaald, doppertjes, en als toetje ijs met chocoladesaus. We zeiden geen van allen erg veel. Ik keek toe hoe ze het eten in hun keel propten alsof het turbinebrandstof was. Ik at zelf maar weinig. Het was veel te warm.

De jongens verdwenen weer naar hun eigen kamer, dus schonk ik mezelf een glas witte wijn in en ging beneden zitten met de tv aan, en bladerde door wat tijdschriften. We hadden echt een eettafel nodig. Ik wist precies welke ik wou, iets van gevlamd donker hout, lang en simpel, een soort kloostertafel. Ik had er niet zo lang geleden eentje gezien die me erg beviel, van boven ingelegd met kleine mozaïekjes van hout in andere kleuren, zoals bij een dienblad. Jeremy zei dat ik eerst de volmaakte stoelen moest zien te vinden, die zijn altijd lastiger. Hij vertelde me over een klant die acht jaar had moeten wachten op de ideale stoelen. Ik antwoordde hem dat ik daar het geduld niet voor had.

Clive was nog steeds niet thuis. Uit Josh z'n kamer kwam de dreunende bastoon van die afschuwelijke elektronische muziek die hij graag draait. Ik trok de gordijnen dicht, en terwijl ik dat deed zag ik de twee agenten in hun wagen zitten. We moesten een etentje geven zodra we die tafel hadden gekocht, dacht ik. Dan kon ik mijn zwarte jurk aan en de diamanten hanger die ik van Clive had gekregen voor ons vijftienjarig huwelijksfeest. Ik pakte een kookboek en bladerde door de recepten voor de zomer. Om te beginnen champagne. Dan ijskoude kervelsoep met komkommer, tonijn met verse koriander, een abrikozensorbet, koele witte wijn, en op tafel die perzikkleurige rozen uit de tuin die Francis had geplant toen we hier introkken. Ik legde het glas tegen mijn voorhoofd. Zo warm.

Ik hoorde de sleutel in de voordeur. Clive gaf me een kus op mijn wang. Hij zag grauw van vermoeidheid.

'Jezus, wat een dag,' zei hij.

'Er is lasagne als je trek hebt.'

'Nee, ik heb met een stel klanten gegeten.'

Ik keek naar hem: duur pak in antracietgrijs, zwarte schoenen, goed gepoetst, de lila-grijze das die ik hem met Kerstmis had gegeven, klein buikje onder zijn perfect gestreken witte overhemd, hier en daar een toefje grijs in zijn donkere haar, een nauwelijks zichtbare dubbele onderkin, denkrimpels die net zichtbaar werden in zijn hoge voorhoofd. Een man van aanzien. Ik vond altijd dat hij er op een merkwaardige manier op zijn best uitzag als hij uitgeput was, laat in de avond, als hij net de deur binnen was. Vroeg in de ochtend was hij druk, lastig, afwezig, voor hij zijn advocatenmasker opzette en naar zijn werk ging. Hij deed zijn jasje uit en hing dat zorgvuldig over de rug van een stoel, en liet zich toen met een zucht op de bank zakken. Er zaten zweetplekken onder zijn oksels. Ik liep naar de keuken en kwam terug met twee glazen witte wijn, lekker koud uit de koelkast. Mijn hoofd deed nog steeds zeer.

'Ik heb een heel wonderlijke dag gehad,' begon ik.

'O ja?' Hij schopte zijn schoenen uit, maakte zijn das wat losser en zapte naar een andere zender met een korte druk op de afstandsbediening. 'Vertel eens.'

Volgens mij vertelde ik het heel klunzig. Ik kon niet goed overbrengen hoe eigenaardig ik me had gevoeld, hoe ernstig de politie het allemaal had opgevat. Toen ik klaar was, nam hij een slokje wijn en maakte zijn blik los van de televisie.

'Nou, het is fijn dat iemand oog heeft voor je prachtige huid, Jens.' En daarna: 'Het is vast een of andere malloot. Ik heb geen zin in horden agenten door het hele huis.'

'Nee. Idioot allemaal, hè?'

4

Ik ga nooit naar beneden voor ik mijn make-up heb opgedaan, zelfs niet in het weekend. Dat zou voelen alsof ik zonder kleren aan beneden kwam. Zodra ik Clives morgens hoor weggaan en de deur achter hem in het slot klikt, stap ik uit bed en neem een douche. Ik schuier mijn lichaam af met een luffaspons om de dode huid kwijt te raken. Ik ga zitten aan mijn kaptafeltje, dat volgens Clive sterk doet denken aan iets uit de trailer van een filmsterretje. Om de hele spiegel heen zitten meedogenloze lampen, en ik kijk kritisch naar mezelf. Gisteren vond ik een paar grijze haartjes in mijn wenkbrauwen. Er zijn rimpels die ik vorig jaar nog niet had, van die nare kleintjes net boven mijn bovenlip, rimpels die omlaaglopen naar mijn mondhoeken en mijn gezicht een hangende, neerslachtige uitdrukking geven als ik moe ben, lichte wallen onder mijn ogen. Soms doen mijn ogen zeer, dat zal wel komen door al het stof in huis. Ik was niet van plan om nu al een bril te nemen.

Mijn huid heeft niet meer die jeugdige allure, wat die stomme kerel ook in zijn brief schreef. Ik had vroeger een prachtige huid. Toen Clive me voor het eerst ontmoette, zei hij dat ik een perzikhuidje had. Maar dat was heel lang geleden. Dat soort dingen zegt hij niet meer. Soms denk ik dat het belangrijker is om die dingen te zeggen als ze niet waar zijn. Als ik in de spiegel kijk, vind ik nu soms dat mijn huid eerder iets weg heeft van een grapefruit. Toen ik laatst mijn groene jurk aandeed om naar een feestavond van school te gaan, zei hij dat ik iets moest kiezen dat de kinderen niet raar zouden vinden.

Ik zorg ervoor dat er geen onnodige haartjes tussen mijn wenkbrauwen blijven zitten, of – stel je voor – op mijn kin, en dan begin ik met mijn foundation, die ik meng met vochtinbrengende crème zodat het er gemakkelijk op gaat. Dan breng ik mijn geweldige antirimpelcrème aan rond mijn neus en onder mijn ogen. Mijn vriendin Caro heeft me die aangeraden. Hij is ongelooflijk duur. Soms probeer ik te berekenen hoeveel geld ik op mijn gezicht heb zitten. Overdag moet alles onzichtbaar zijn. Een klein veegje beige oogschaduw, een piepklein spoortje eyeliner, mascara die de wimpers niet laat klonteren, eventueel wat lipgloss. Dan voel ik me beter. Het gezicht dat me tegemoet staart bevalt me, klein, ovaal en expressief, klaar om de wereld aan te kunnen.

Het ontbijt was zoals gewoonlijk vreselijk. Midden in de chaos werd er op de deur geklopt. Agente Lynne Burnett, alleen had ze vandaag haar burgermanskleren aan. Ze droeg een grijze rok, een blauwe bloes en een wollen truitje. Ze zag er behoorlijk chic uit, op een wat verlopen manier, maar om een of andere reden stoorde de gedachte me dat ze dit had aangetrokken om met mevrouw Hintlesham de dag door te brengen. Om samen te vallen met de achtergrond, neem ik aan. 'Zeg maar Lynne,' zei ze. Dat doen ze allemaal. Ze willen allemaal je kameraadje wezen. Ik wou dat ze gewoon hun werk deden. Ze zei dat ze als eerste opdracht mijn post moest controleren als die werd bezorgd.

'Ga je mijn eten ook voorproeven?' vroeg ik sarcastisch. Ze bloosde zodat haar wijnvlek verbleekte. De telefoon ging en het was Clive, die al op zijn werk was. Ik begon aan een verslag van wat er allemaal gebeurde, maar hij onderbrak me om te zeggen dat Sebastian zaterdag zou komen eten met zijn vrouw.

'Maar we hebben niet eens een eettafel,' protesteerde ik. 'En we hebben maar een halve keuken.'

'Jens, de documentatie die we aan het opstellen zijn voor de fusie van volgende maand beslaat ruim tweeduizend pagina's. Als ik dat kan coördineren, moet jij toch wel een etentje voor een cliënt in elkaar kunnen draaien.'

'Natuurlijk, dat lukt ook wel, ik bedoelde alleen maar...'

Mary kwam binnen met een dweil en begon zeer nadrukkelijk rond mijn voeten de vloer schoon te maken. Tegen de tijd dat ik weer verder kon praten, had Clive al opgehangen. Toen ik de hoorn neerlegde en om me heen keek, was Lynne er uiteraard nog steeds. Nou ja, dat spreekt vanzelf, maar niettemin was het toch een beetje teleurstellend. Ergens in mijn achterhoofd had ik gehoopt dat ze verdwenen zou zijn, net als hoofdpijn soms. Maar nu, na dat telefoontje, had ik hoofdpijn en had ik Lynne ook.

'Ik ga naar buiten om met mijn tuinman te overleggen,' zei ik ijzig. 'Je zult wel willen meekomen om hem te leren kennen.'

'Ja,' zei ze.

Met dat lange gevlochten haar dat op zijn rug hangt ziet Francis er misschien uit als iemand die in een woonwagen richting Stonehenge hoort te hobbelen, maar hij is hoe dan ook een groot genie. Zijn vader was trouwens iets hoogs in de marine, en hij heeft in Marlborough op kostschool gezeten. Als je met samengeknepen ogen naar hem kijkt, kun je je hem wel in een chique baan voorstellen, net als Clive, ware het niet dat hij behalve zijn haar van een meter lang, ook nog onrustbarend bruin verbrand is en van die sterke pezige armen heeft die je krijgt als je de hele dag met zware dingen rondzeult. Sommige mensen zouden hem vast wel knap noemen. Ik hoef niets van zijn privé-leven te weten, dat volgens de berichten nogal druk bezet schijnt te zijn, maar hij is een van de weinigen die ik volkomen vertrouw.

Ik stelde hem voor aan Lynne, die moest blozen. Maar die bloost kennelijk bij alles.

'Lynne is hier omdat iemand me een krankjorume brief heeft geschreven,' zei ik. Francis keek niet-begrijpend, en terecht. 'En Francis zal hier zeker nog een volle maand fulltime aan het werk zijn,' zei ik.

'Waar ben je mee bezig?' vroeg Lynne.

Francis keek naar mij. Ik knikte en hij haalde zijn schouders op.

'Eerst hebben we al het beton en afval in een container gestort,' zei hij. 'We hebben nieuwe aarde laten komen. Nu geven we de tuin een beetje vorm en leggen de paden aan.'

'Doe je dit allemaal in je eentje?' vroeg Lynne.

Francis glimlachte.

'Natuurlijk niet,' zei ik. 'Francis heeft een collectie losgeslagen jongens die voor hem komen werken als hij ze nodig heeft. Er zwerft een complete subcultuur aan tuinlieden door Londen. Net zoiets als de duiven en de vossen.'

Ik wierp een nerveuze blik op Francis. Misschien was ik nu te ver gegaan. Mensen kunnen zo lichtgeraakt zijn. Lynne haalde echt haar schrijfblokje te voorschijn en wou van alles weten over de werktijden en vuurde vragen af over de omheining en de toegang tot het huis. Ze noteerde de naam van alle losse arbeiders die hij soms inhuurde.

Al met al was het een opluchting om het huis uit te gaan, hoe laat het ook was geworden. Dat dacht ik althans, tot Lynne me zei dat ze met me meeging.

'Dat meen je toch niet?'

'Sorry, Jenny.' Ja, ze noemt me Jenny, al heb ik haar daar geen toestemming voor gegeven. 'Ik weet niet zeker hoeveel ondersteuning we jou precies gaan bieden, maar vandaag moet ik vlak bij je in de buurt blijven.'

Ik wou net kwaad worden toen er aangebeld werd. Dat was Stadler, dus protesteerde ik maar tegen hem. Hij reageerde alleen met een glimlach.

'Het is voor uw eigen veiligheid, mevrouw Hintlesham. Ik ben alleen maar gekomen om even voeling te houden en een paar routinecontroles uit te voeren. Hebt u er bezwaar tegen als we uw telefoongesprekken in de gaten houden?'

'Wat houdt dat precies in?'

'Niets om u druk over te maken. U zult er niet eens iets van merken.'

'Vooruit dan maar,' zei ik mokkend.

'We willen een bestand aanleggen van alle mensen met wie u te maken hebt. Dus ik zou graag willen dat u in de loop van de komende dag er even met Lynne voor gaat zitten en dingen als uw adresboekje, dagboek en dergelijke doorneemt. Is dat afgesproken?'

'Moet dat nou werkelijk?'

'Hoe slagvaardiger we nu optreden, hoe sneller we hier allemaal een punt achter kunnen zetten.'

Ik was bijna vergeten om kwaad te zijn. Ik voelde alleen nog een lichte weerzin.

Mijn eerste adres was de kringloopwinkel voor die messing haken. Ik had bijna een rond glas-in-loodraam gekocht dat uit een oude kerk kwam, maar ik bedacht me op het laatste moment. Gelukkig ging Lynne niet mee de winkel in.

Maar in Hampstead ging ze wel mee naar binnen, of ze stond tenminste vlak bij de deur buiten wezenloos in een etalage vol dameskleding te staren. God mag weten wat het winkelpersoneel van haar moet hebben gedacht. Ik deed net of ik haar niet zag. Ik had iets nodig voor zaterdag. Ik nam een hele arm vol kleren mee naar de paskamer, maar toen ik eruit kwam met een roze truitje vol kraaltjes en mezelf wou bekijken in de grote spiegel, viel mijn blik ineens op Lynnes gezicht, dat me aanstaarde door de winkelruit. Ik ging met lege handen de deur uit.

'Gevonden wat je zocht?' zei ze toen we wegliepen. Alsof we vriendinnen waren die samen de stad in waren.

'Ik zocht niks bijzonders,' siste ik.

Ik liep de slager binnen om de worstjes te kopen waar de jongens zo dol op zijn, en kwam toen terecht in de antiekwinkel daarnaast. Ik had plannen met een spiegel die ze daar hadden, met een vergulde lijst. Hij moest 375 pond kosten, maar volgens mij kon ik hem wel goedkoper krijgen. Hij zou perfect hangen in de hal, als die eenmaal geschilderd was.

Ik had afgesproken om met Laura te lunchen, dus nadat ik de etiketjes met Christophers naam erop had afgehaald, bestemd voor alle kleren die hij op Lascelles ging dragen, reed ik de heuvel af, met Lynnes auto in mijn achteruitkijkspiegel. Laura zat al te wachten. Het had leuk moeten zijn, maar dat was het niet. Lynne zat buiten in haar auto een sandwich te eten. Ik zag haar zitten terwijl ik knoeide met mijn salade van zeeraket en geroosterde rode paprika. Ze las een pocket. Als er nu een lustmoordenaar het restaurant binnenstapte, zou ze waarschijnlijk niet eens opkijken. Laura zei van alles tegen me, maar ik kon mijn gedachten er niet goed bij houden. Ik hield de lunch kort en zei dat ik echt vliegende haast had.

Volgende adres was Tony in Primrose Hill. Normaal gesproken vind ik het heerlijk om mijn haar te laten doen. Ik voel me altijd vertroeteld in zo'n kleine zaak vol spiegels en staal, karretjes vol kleurige lotions, de geur van stoom en parfum, het zalig knisperende geluid van een schaar die door een haarlok knipt.

Maar vandaag kwam er niets van terecht. Ik voelde me verhit, nijdig, uit mijn humeur. Mijn hoofd klopte en mijn kleren kleefden aan mijn lijf. Het beviel me helemaal niet hoe ik eruitzag na het knippen. De nieuwe vorm van mijn haar had een merkwaardig optisch effect, waardoor mijn neus te groot werd en mijn gezicht te benig. In het verkeer op weg naar huis werd ik bevangen door een soort wegpiraterij, zodat ik bij elk stoplicht ongeduldig gas ging zitten geven. Lynne bleef geduldig achter me hangen. Soms kwam ze zo dichtbij dat ik haar sproeten in het spiegeltje zag. Ik stak mijn tong uit tegen het spiegeltje, terwijl ik wist dat ze het toch niet kon zien.

De rest van de dag volgde ze me als een trouwe hond – van het soort dat je graag wilt schoppen. Ze kwam met me mee toen ik Christo naar een vriendje verderop in de straat bracht om te spelen, een schriel kereltje genaamd Todd. Wat voor een moeder noemt haar kind zo? Vervolgens moest ik de jongens ophalen, want Lena had die avond vrij. De woensdagen zijn altijd een nachtmerrie. Josh zit op de naschoolse computerclub, die altijd wordt gehouden in een noodlokaaltje dat stinkt naar jongens en hun zweetvoeten. Als ik hem kom halen, werkt hij meestal samen met een andere jongen die Scorpion of Spyder heet, of wat voor een stomme bijnaam ze ook hebben genomen. Josh noemde zichzelf altijd Ganymedes, maar vorige week vond hij dat ineens te verwijfd, en toen werd het Eclips. Dat is zijn wachtwoord. Zijn beste vriendje heet Freak, maar dan gespeld met ph: Phreek. Ze nemen dat allemaal idioot serieus.

Maar die avond zat Josh weggezakt in een stoel, en de best lieve jongeman die ze elke week les kwam geven zat naast hem gehurkt aandachtig met hem te praten. Ik weet nog dat hij tegen me zei, toen ik hem een paar weken terug voor het eerst ontmoette, dat iedereen in de club hem Hacker noemde. Ik denk dat ik een vreemd gezicht trok, en hij zei dat hij niet echt zo heette en dat ik hem Hack mocht noemen. 'Heet u dan zó?' vroeg ik, maar hij lachte alleen maar.

Alle jongens hadden hun schooluniform nog aan, maar Hack droeg een antieke spijkerbroek met scheuren en een T-shirt met allemaal Japanse tekens erop. Hij was zelf nog vrij jong, met lang krullend donker haar. Hij had bijna bij de zesdeklassers kunnen horen. Eerst dacht ik dat Josh zeker een ongeluk had gehad of een bloedneus, maar toen ik dichterbij kwam keken ze allebei op en zag ik dat hij gehuild had. Zijn ogen waren rood. Daar schrok ik van. Ik kon me niet meer herinneren wanneer ik Josh voor het laatst echt had zien huilen. Hij zag er veel jonger door uit, en kwetsbaarder. Wat was hij mager en bleek, dacht ik bij mezelf, met zijn bobbelige voorhoofd en zijn vooruitstekende adamsappel.

'Josh! Wat heb je? Wat is er aan de hand?'

'Niets.' Hij klonk eerder boos dan ontdaan. Hij stond plotseling op.

'Ik zie je wel als de school weer begint. *See you in September*, Hack.'

Hack. Werkelijk. Geen wonder dat het zo slecht ging met Josh.

'*Or lose you, to a summer love*,' zei Hack.

'Wat?' zei ik.

'Dat is een liedje,' zei hij.

'Is alles goed hier?'

'Wat, met hem?' zei hij, met een gebaar naar Josh. 'Niks aan de hand, mevrouw Hintlesham.'

'Jenny,' verbeterde ik hem, net als iedere week. 'Zeg maar Jenny.'

'Sorry, Jenny.'

'Hij leek nogal van streek.'

Hack keek niet erg bezorgd.

'Dat zal wel door school komen, de zomer, al dat gedoe. Plus dat hij net van het scherm is geveegd.'

'Misschien een lage bloedsuikerspiegel.'

'Ja, precies. Geef hem maar wat suiker, Jenny.'

Ik keek Hack aan. Ik kon niet goed zien of hij me stond uit te lachen of niet.

Harry was in de andere vleugel van de school, in de enorme tochtige hal die eens per jaar een nevenfunctie kreeg als theater voor het schooltoneel. Toen Josh en ik daar naar binnen liepen, stond hij naast het podium met een gele jurk over zijn broek en een veren boa om zijn nek. Zijn gezicht was vuurrood. Dit tafereel leek Josh aanmerkelijk op te vrolijken. Op het podium liep een allegaartje aan jongens rond, van wie er een paar ook een jurk aanhadden.

'Harry,' riep een man met een dun snorretje en een hoofd als een geweerkogel, met radicaal kortgeknipt haar. Homo waarschijnlijk. 'Harry Hintlesham, dat is je claus. Kom op! "Onwelkom bij maanlicht, trotse Titania." Je hoort op te komen zodra Roley dat zegt.'

Harry klauterde het podium op, struikelend over zijn jurk. 'Wat, jaloerse Oberon,' mompelde hij toonloos, en zijn haar leek te plakken van het zweet. 'Elfjes, wegwezen, ik heb lange tijd...'

'"Weg van hier,"' brulde snorremans. 'Niet wezen, knul, van hier, en praat in vredesnaam 's wat harder. De repetitie is trouwens afgelopen, de ouders laat ik er in dit stadium nog niks van zien. Het is pas klaar met Kerstmis. En over ouders gesproken, jouw allercharmantste moeder is ter plaatse, Titania. Weg van hier. Goeienavond, mevrouw Hintlesham. U brengt een licht binnen in onze mistroostige speelplek.'

'Jenny. Goeienavond.'

'Zorg er alsjeblieft voor dat je zoon zijn tekst leert.'

'Ik doe mijn best.'

'En laat hem ook wat deodorant opdoen, goed?'

Zij is dood. Natuurlijk. Dat wou ik ook. Natuurlijk. En het voelt alsof ze me ontstolen is. Natuurlijk. Vergeet dat nou. Nog eentje. Eentje zoals zij. Ze heeft te veel make-up op. Het lijkt wel een masker, glad over haar gezicht getrokken. Alles aan haar gezicht is gestroomlijnd en verzorgd – glanzende lippen, donkere wimpers, crème op haar huid, mooi geknipt gezond haar. Ze is een plaatje dat voortdurend wordt geretoucheerd en opgepoetst. Een imago dat de wereld wordt voorgehouden. Ze kan zich voor mij niet verstoppen. Ik stel me haar gezicht schoongeveegd voor. Dan zitten er rimpels rond haar ogen, haar neusvleugels, haar mond. Haar lippen zijn dan bleek, zacht, zenuwachtig. Als ze op straat loopt, kijkt ze de hele tijd naar haar spiegelbeeld in de etalageruit, om te zien of alles nog op zijn plaats zit. En dat is altijd zo. Haar kleren zijn gestreken, haar haren passen als een helm om haar hoofd. Haar nagels zijn gemanicuurd en zachtroze gelakt. Haar teennagels zijn ook roze, in haar peperdure sandalen. Haar benen zijn glad. Ze heeft een kaarsrechte houding, schouders naar achteren en kin omhoog. Ze is brandschoon, keurig, bruisend van energie en doelgericht. Maar ik heb haar in de gaten gehouden. Ik zie voorbij haar glimlach die geen echte glimlach is, en haar lachen dat, als je goed luistert, echt heel goed, geforceerd en breekbaar klinkt. Ze is als een snaar van een viool die is opgedraaid tot zo'n snerpende toon. Ze is niet gelukkig. Als ze gelukkig was, of wild van angst, of van verlangen, dan zou ze mooi worden. Dan zou ze uit haar schulp kunnen losbreken en contact leggen met haar ware zelf. Ze heeft niet door dat ze niet gelukkig is. Dat besef ik alleen. Alleen ik kan in haar kijken en haar bevrijden. Ze wacht op mij, ingesloten binnen zichzelf, nooit door de wereld aangeraakt. Het lot lacht me toe. Dat zie ik nu duidelijk. In het begin begreep ik niet dat ik onzichtbaar was geworden. Niemand kan mij zien. Ik kan altijd maar doorgaan.

5

Het is erg laat, bijna middernacht, maar het is nog steeds bijna onfatsoenlijk heet. Ook al heb ik de ramen op de bovenverdieping opengedaan, de wind die binnenwaait is net zo goed warm, alsof hij over een woestijn komt aanwaaien. Clive is nog niet terug. Jan, zijn secretaresse, belde op en zei tegen Lena dat hij pas erg laat zou thuiskomen, en nu is het erg laat en is hij inderdaad nog niet thuis. Ik heb zoals gewoonlijk een paar sandwiches voor hem in de koelkast gelegd, en heb er zelf ook eentje gegeten, dus dat is in orde.

Het huis is nu in rust. Lena is de deur uit, en is bezig met god mag weten wat tot god mag weten hoe laat. De jongens slapen. Even na elf uur heb ik een rondje gemaakt en hun licht uitgedaan. Zelfs Josh lag te slapen, uitgeput na de inspanningen van een hele avond aan de telefoon. Alles is gedaan. Ik ben al begonnen met inpakken voor Josh en Harry, die morgen op het vliegtuig stappen. Het zal de komende paar weken stil worden in huis, om een aantal verschillende redenen.

Ik ben over het algemeen niet uitgesproken dol op alcohol. Clive is verschrikkelijk goed op de hoogte van wijn, maar ik zou me daar nooit druk over maken als het alleen om mezelf ging. Maar die avond was het zo ongelooflijk drukkend, en ik voelde me een tikje onrustig, dus de gedachte aan een gin-tonic kwam bij me op alsof het een advertentie in een tijdschrift was. Ik fantaseerde over een prachtige sensuele vrouw, donker gebruind, op een exotische locatie met een glas dat zo koud was dat het glinsterde omdat het besloeg. Ze zou op een sexy manier bezweet zijn, en tussen de slokjes door zou ze het koele glas tegen haar voorhoofd drukken. Ze zou daar in haar eentje zitten, maar je wist toch dat ze wachtte tot er een behoorlijk indrukwekkende man zou langskomen.

Dus ik moest er eentje hebben, uiteraard. Verbijsterend genoeg was er geen citroen in huis behalve een tamelijk uitgedroogd schijfje in de deur van de koelkast dat er nog net mee door kon. Ik schonk het glas in, en voelde ineens behoefte aan iets te knabbelen. Het enige wat ik kon vinden was een zakje kaasbolletjes die ik Christo altijd meegaf voor zijn lunch op school. Dus ging ik zitten en kauwde het hele zakje weg, wat in een minuutje gebeurd was, en ik was bijna geschokt toen ik merkte dat het glas al leeg was. Ik had er maar heel weinig gin in gedaan, dus ik dacht dat ik er nog wel eentje aankon, boven in bad.

Ik was niet bekoorlijk en sexy bezweet zoals het meisje in mijn tijdschriftadvertentie. Mijn bloes was nat aan de achterkant. Mijn beha was klam, er zaten donkere vochtplekken rond de randen van mijn slipje. Mijn huid was overal plakkerig. Ik kon mezelf ruiken. Ik had het gevoel dat ik ging rotten.

Het bad was warm, schuimend en nevelig. Tegen de tijd dat ik halverwege mijn tweede glas was, leek niets er meer zoveel toe te doen als eerder op de dag. Zo waste ik bijvoorbeeld ook mijn haar en spoelde het uit in het bad zonder zelfs maar apart te douchen, hoewel ik nogal sterk ruikend badschuim in het water had gedaan. Zo doe ik dat normaal gesproken nooit. Had ik al vermeld dat er een tweede briefje was bezorgd?

Vandaag werd er na de lunch het een na het andere afgeleverd: de goede kleur verf, kachels die er al een maand geleden hadden moeten zijn. Het leek wel of er een rugbyteam heen en weer marcheerde, en toen het allemaal voorbij was vond Lena een envelop op de deurmat met mijn naam erop. Ze kwam hem aan mij brengen. Ik wist onmiddellijk wat het was, maar maakte hem toch open.

Lieve Jenny,
Je bent een mooie vrouw. Maar niet als er iemand bij je is. Als je gewoon alleen bent, op straat loopt. Je bijt soms op je bovenlip als je moet nadenken. Je zingt zachtjes voor jezelf.
Je kijkt naar jezelf en ik kijk naar jou. Dat delen we met elkaar. Maar op een dag kijk ik naar je en dan ben je dood.

Ik kreeg er natuurlijk wel een tikkeltje kippenvel van, maar ik was voornamelijk kwaad. Nee, niet kwaad: laaiend. Ik had nu dagenlang, twee dagen al, Lynne om me heen hangen, best wel aardig, zoals een riviermonding heel aardig kan zijn, maar wel altijd om me heen hangen, altijd net een beetje irritant, een beetje te liefjes, een beetje te vastbesloten om niet beledigd te wezen als ik tegen haar uitviel. En dan die politieauto die buiten geparkeerd stond. Voortdurend mensen die me bespiedden, mij de hele dag in de gaten hielden. En dit was dan het fraaie resultaat. Dus toen ik het briefje had gelezen ging ik haar zoeken. Ze zat aan de telefoon. Ik ging recht voor haar staan wachten tot ze zich ongemakkelijk voelde en ophing.

'Ik heb iets wat je wel zal willen zien,' zei ik, en reikte haar de brief aan. Die sloeg bij haar in als een kanonskogel. Nog geen tien minuten later zat Stadler in mijn keuken en staarde me aan over tafel.

'Op de mat, zei u?' vroeg hij op een soort van mompeltoon.

'Daar heeft Lena hem gevonden,' zei ik bits. 'Hij regelt zijn postbezorging klaarblijkelijk zelf. Om eerlijk te zijn begin ik me af te vragen wat al dit gedoe voor nut heeft als hij nog steeds naar het huis komt lopen om een brief te brengen.'

'Dat valt me tegen,' zei Stadler, en haalde zijn handen door zijn haar. Knap – en dat weet hij ook, zei mijn grootmoeder dan om aan haar afkeuring van zulke mannen lucht te geven. 'Hebt u iemand het huis zien naderen?'

'Er zijn de hele dag mensen het huis genaderd, ze marcheren hier in en uit.'

'Is er nog iets anders bezorgd?'

'Ja, van alles.'

'Kunt u de mensen beschrijven die wat kwamen brengen?'

'Ik heb niet met ze gepraat. Daar moet u het maar met Lena over hebben.'

Ik liep druk de keuken rond, Stadler zat aan de keukentafel sip te kijken, de stakker.

'Vertel nou eens wat u hier allemaal echt aan doet?' vroeg ik.

'Wat ik doe?' herhaalde hij, alsof mijn vraag nergens op sloeg.

'Ja, u weet wel, sorry dat ik zo dom ben, maar zet het nou eens precies op een rijtje, ja?'

Hij legde zijn hand op die van mij, en ik liet hem daar liggen, warm en zwaar. 'Mevrouw Hintlesham, Jenny, we doen echt wat we kunnen. We onderzoeken alle brieven in het laboratorium, we proberen na te gaan waar het papier vandaan komt, we zoeken naar vingerafdrukken hier bij je in huis voor het geval dat hij heeft ingebroken. Zoals je weet,' hij deed een poging tot een meewarige glimlach, maar die stond hem niet, 'controleren we al je vrienden, kennissen, iedereen waar je mee omgaat, mensen die voor je werken of gewerkt hebben, om wat verband dan ook te leggen tussen jou en de, eh, andere mensen die het doelwit zijn van de schrijver van deze brieven. En uiteraard zorgen we er ook heel goed voor, totdat hij gepakt wordt, dat jij veilig beschermd blijft.'

Ik haalde mijn hand weg.

'Heeft het werkelijk zin om met dit alles door te gaan?' vroeg ik.

'Met wat?' zei Stadler.

'Al dit belachelijke gehannes met brieven openmaken en rondhangen hier in huis.'

Er volgde een vrij lange stilte. Het leek erop dat Stadler moeilijk kon besluiten wat hij nu moest zeggen. Toen keek hij naar me op met zijn bijzonder donkere ogen, bijna te donker.

'Dit is heel ernstig,' zei hij. 'Je hebt de brieven gelezen. Deze man dreigt je te doden.'

'Tja, ze zijn behoorlijk akelig,' gaf ik toe. 'Maar het is toch iets waar je rekening mee moet houden als je in Londen woont, net als obscene telefoontjes en het verkeer en viezigheid van honden op straat en ga zo maar door.'

'Dat kan zijn,' zei Stadler. 'Maar we moeten het wel serieus nemen. Ik ga zo direct contact opnemen met hoofdinspecteur Links, maar wat ik hem ga voorstellen – en ik weet zeker dat hij het met me eens zal zijn – is dat we de beveiliging van deze omgeving zullen moeten opvoeren.'

'Hoe bedoel je dat?'

'Al het werk dat hier gaande is moet worden stilgelegd. Voorlopig althans.'

'Ben je gek geworden?' Ik was verbijsterd. 'Onze aannemer heeft een wachtlijst van zes maanden. Jeremy gaat volgende week naar Duitsland. Begin volgende week komt de stukadoor. Wil je mijn bouwplannen zien? Dit kan ik niet zomaar stoppen en weer opstarten wanneer het jou goed uitkomt.'

'Het spijt me, mevrouw Hintlesham. Maar dit is cruciaal.'

'Cruciaal voor wie? Maakt het de dingen makkelijker voor je omdat je je werk niet goed doet?'

Stadler stond op.

'Sorry,' zei hij. 'Het spijt me dat we deze gek nog niet gepakt hebben. Maar dat is lastig. Normaal werken we een vaste procedure af, kloppen we bij mensen aan, zoeken we getuigen. Maar als een gestoord type een willekeurig iemand op de korrel neemt, dan is er geen standaardprocedure. Je moet gewoon maar hopen op een meevallertje.'

Ik moest bijna lachen, maar ik bleef ijzig zwijgen. Deze bespottelijke man zocht mijn medeleven. Hij wou dat ik 'Kom, kom' zou zeggen omdat het leven bij de politie zo zwaar was. Ik had erg veel zin om hem de deur uit te gooien, hem en de rest van het zooitje.

'We moeten goed onder ogen zien,' ging hij verder, 'dat hij uw leven op een serieuze manier bedreigd heeft. We willen hem pakken, maar onze voornaamste prioriteit is uw veiligheid. Ik vind niet dat we daar nog enig risico mee kunnen nemen. Het alternatief zou zijn dat u dit huis verlaat en naar een beter beveiligde plek gaat.'

Ik voelde me toen alsof er diep onder in mijn maag een vulkaan op uitbarsten stond. Het tweede vooruitzicht was nog erger, dus stemde ik maar toe, in een soort van kille razernij. Ik vroeg wanneer hij wou dat ze weggingen, en hij zei 'Nu direct', terwijl hij zelf nog binnen was. Dus banjerde ik rond als de portier van een nachtclub en gooide iedereen zonder pardon naar buiten. Toen volgde een zeer onaangenaam uurtje met telefoontjes en een halfslachtige uitleg aan niet-begrijpende mensen, en pogingen om vage afspraken voor later te maken.

Ik dronk mijn gin-tonic op, stapte uit bad en wikkelde mezelf van top tot teen in een heel grote, zachte handdoek. In de badkamer was het zo heet en vol stoom dat mijn huid klam bleef, hoe hard ik ook wreef, dus liep ik door naar de slaapkamer. Op de deuren van de ingebouwde klerenkasten zaten manshoge spiegels. Die hadden er eigenlijk volgende week uit gesloopt moeten worden. Ik ging voor een ervan staan en keek naar mezelf, terwijl ik mijn haar droogde en daarna mijn lichaam. Zelfs toen voelde ik me nog nattig in de avondwarmte, dus liet ik de handdoek op het tapijt vallen en bleef staan om naar mezelf te kijken. Ik deed zoiets vrijwel nooit, niet naakt, zonder make-up.

Ik probeerde me voor te stellen hoe het zou zijn om niet vertrouwd te zijn met dit lichaam, om het voor het eerst te zien en het verleidelijk te vinden. Ik kneep mijn ogen toe en liet mijn hoofd opzij zakken, maar het leek bijna een te zware opgave. Het zal volgens mij alle stellen wel overkomen na jaren samen en kinderen en hard werken etcetera, dat je bij het meubilair gaat horen, iets wat je nauwelijks opmerkt totdat er dingen fout gaan. Misschien dat daarom andere dingen – ik bedoel andere mensen – dan spannender kunnen lijken. Ik probeerde me voor te stellen hoe het was geweest toen Clive en ik elkaar voor het eerst zagen in, nou ja, in die omstandigheden, en het gekke was dat me dat absoluut niet lukte. Ik kon me onze eerste keer herinneren. In zijn eerste appartement, in Clapham. Ik wist er elk detail nog van. Ik wist nog welk stuk we daarvoor waren gaan zien, wat we na afloop hadden gegeten, ik wist zelfs nog wat voor kleren ik toen aanhad, die hij toen had uitgedaan, maar hoe het had aangevoeld om elkaars naakte vlees voor het eerst te zien, dat wist ik niet meer.

Ik had daarvoor pas één serieus vriendje gehad. Nou ja, tamelijk serieus, voor mij in ieder geval. Hij was fotograaf, en heette Jon Jones. Hij is nu redelijk beroemd. Je ziet zijn naam staan in *Harper's* en *Vogue*. Hij wou mijn handen bij een opdracht voor nagellak, en van het een kwam het ander. Ik was best wel zenuwachtig, over seks bedoel ik, dat soort dingen. Ik wist niet precies wat ik moest doen. Ik was eigenlijk vooral gehoorzaam, meer dan wat ook. Ik weet niet zeker of het technisch gesproken erg opwindend was, maar het idee zelf – van hem – was zeker opwindend.

Ik was bijna verloren in een droom, en toen drong het tot me door dat ik naakt in mijn kamer stond met het licht aan. De gordijnen waren open. De ramen stonden open. Ik liep gauw naar het raam om de gordijnen dicht te trekken, maar toen bleef ik staan. Wat kon het me eigenlijk schelen, als ze naar me keken? Was dat zo vreselijk? Ik bleef zo een ogenblik staan. De wind blies zwoel naar binnen. Ik kreeg het gevoel dat ik alles over zou hebben voor even een koel briesje. Het was te warm om het raam dicht te doen, maar ik draaide me om en deed het licht uit. Dat kwam op hetzelfde neer.

Ik ging op bed liggen, op mijn rug, zonder iets over me heen. Zelfs een laken was al een kwelling geweest. Ik raakte mijn voorhoofd aan en mijn borsten. Ik was alweer aan het zweten. Ik liet mijn vingers omlaagglijden over mijn buik en tussen mijn benen. Ik voelde warm en vochtig. Ik raakte mezelf zachtjes aan en keek omhoog naar het plafond. Hoe zou het zijn om voor het eerst te worden bekeken? Hoe zou het zijn om begeerd te worden? Dat iemand lust voor je voelt? Bekeken worden. Begeerd worden.

6

Ik kan goed inpakken. Ik pak altijd in voor Clive als hij een paar dagen weg moet. Mannen zijn klunzen als het gaat om overhemden goed opvouwen. Maar goed, nu pakte ik in voor de jongens, die naar de bossen van Vermont gingen voor hun zomerkamp. Daar hadden we jaren geleden al van gehoord via een vriend van een vriend van een vriend op Clive z'n werk. Drie weken lang abseilen en windsurfen en om het kampvuur zitten, en wat Josh betreft waarschijnlijk loeren naar bekoorlijke meisjes met minuscule broekjes aan. Ik opperde zoiets in zijn richting terwijl ik met zorg zijn T-shirts, gymbroeken, zwemspullen en gewone broeken in zijn koffer legde. Hij keek alleen maar stuurs.

'Je wilt ons gewoon hier weg hebben,' sputterde hij.

Alles wat hij nu zegt vindt plaats in gesputter, dat ik niet helemaal goed kan verstaan. Het geeft me het gevoel dat ik doof word.

'Toe nou, Josh, je vond het heerlijk vorig jaar, weet je nog? Harry vindt het helemaal niet te lang.'

'Ik heet geen Harry.'

'Je gaat me toch niet vertellen dat je me gaat missen daar,' zei ik plagerig.

Hij staarde me aan. Hij heeft levensgrote donkerbruine ogen, en die kan hij gebruiken om aandoenlijk verwijtend te kijken, als een soort donzige ezel. Het viel me op hoe vermagerd en bleek hij was geworden. Zijn sleutelbeenderen staken naar buiten als deurknoppen. Zijn polsen waren een bundel pezen. Toen hij zijn hemd uitdeed om schone kleren voor de vlucht aan te trekken, was zijn ribbenkast als twee ladders waarmee je langs zijn tengere lijf naar boven kon klimmen.

'Jij kunt wel wat buitenlucht gebruiken. Deze kamer ook, trouwens. Doe je het raam ooit wel eens open?'

Hij gaf geen antwoord en staarde alleen maar humeurig naar de straat beneden. Ik klapte in mijn handen om hem wakker te maken.

'Ik heb haast. Jullie vader brengt jullie over pakweg een uur naar het vliegveld.'

'Jij vindt altijd dat je haast hebt.'

'Ik ga geen ruzie met je maken vlak voordat je op vakantie gaat.'

Hij draaide zich om en keek me aan. 'Waarom zoek jij geen normale baan?'

'Waar is je deodorant? Ik heb al een baan. Ik ben je moeder. Jij zou onmiddellijk komen klagen als ik je niet met de auto naar je feestjes en je clubs kon brengen, en je niet te eten zou geven en je kleren niet zou wassen.'

'En wat doe jij dan als Lena jouw werk doet?'

'En ik ben dit huis aan het opknappen. Waar jij zo te zien niks tegen hebt. Oké, wat ga je doen in het beetje tijd dat je nog hebt voor je weggaat? Ga anders Christo nog even opzoeken, die gaat je erg missen.'

Josh sputterde iets en ging voor zijn computer zitten.

'Ja, straks. Ik moet even dit nieuwe spel proberen. Dat is net binnengekomen.'

'Daarom is het maar goed dat je weggaat. Anders zou je twee weken in het donker voor dat scherm blijven zitten. En nou je hier toch bent, kun je net zo goed even je lakens afhalen en ze buiten leggen voor Mary.' Stilte. Ik wou de kamer uit lopen, en bleef toen staan. 'Josh?' Stilte. 'Zul je me missen? Josh, godverdorie.' Ik schreeuwde inmiddels.

Hij draaide zich onwillig om. 'Wat is er?'

'O, niks.'

Ik liep bij hem vandaan terwijl hij verwikkeld was in een vorm van oosterse vechtsport, waarbij elke slag klonk als de dreun van een vallende boom.

Ik gaf Harry een knuffel, ook al meent hij te weten dat elf veel te oud is om geknuffeld te worden, en stond hij stokstijf in mijn armen. Hij is een gretig jongetje, niet die norsigheid van Josh, godzijdank. Hij lijkt op mij, geen talent voor gepieker. Dat zie je zo bij hem, met zijn bruine krulhaar en zijn stompe neusje en zijn korte, stevige benen. Josh stak spichtig bij hem af, met zijn dunne nek die uit zijn nieuwe, te grote hemd stak. Ik gaf hem een kus op zijn wang.

'Heb het heerlijk, Josh, dat zal vast wel lukken.'

'Mam...'

'Lieverds, jullie moeten echt gaan, Clive zit al in de auto. Lief zijn, en geen toestanden maken. Ik zie jullie over drie weken. Dag schatten van me. Dag.' Ik zwaaide naar ze tot ze uit het zicht waren.

'Kom op, Christo, nu zijn we drie weken met z'n tweetjes.'

'En Lena dan?'

'Ja, natuurlijk, ook met Lena. Trouwens, Lena neemt je heel gauw mee naar de dierentuin, en dan gaan jullie picknicken. Mammie heeft het heel druk vandaag.'

Heel druk met koken voor het ellendige etentje dat Clive me had opgedrongen. Ik kon me de laatste keer niet meer herinneren dat ik alleen in huis was geweest. Het was wonderlijk stil, er hing een soort echo. Geen Josh en Harry, geen Christo en Lena, geen Clive, geen Mary of Jeremy of Leo of Francis. Geen gebonk van hamers, gefluit van werklui die verf op het stucwerk smeerden. Geen klingelende deurbel omdat er grind of onderlaag voor het behang of elektrische kabel werd afgeleverd. Nou ja, bijna alleen. Lynne was altijd wel ergens in de buurt, als een hommel die af en toe de kamer in zoemde en dan weer naar buiten vloog.

Dit huis was tot voor kort een werkplaats, wat al erg genoeg was. Nu is het een geëvacueerde werkplaats: het logeerkamertje was half behangen, de vloerdelen lagen klaar om te worden gelegd in wat op een dag onze eetkamer zal zijn, oude lakens in de salon, kant-en-klaar voor het schilderwerk dat nu niet gedaan gaat worden, de tuin vol onkruid en gaten. De politie is kennelijk niet in staat om de persoon te vinden die mij lastigvalt, maar ze hebben wel mijn plannen vakkundig gedwarsboomd. En dat mens van Schilling was flink nijdig op me geworden.

Ze kwam weer langs. Alweer dat irritant ernstige en oplettende gezicht, dat ze vast oefent als ze voor de spiegel zit. En maar doorwroeten, in mijn leven, over Clive, mannen in het algemeen, en maar graven, graven. Volgens haar is het een standaardelement in het onderzoek. Soms heb ik het idee dat ze zich helemaal niet druk maakt om die crimineel. Ze is er in werkelijkheid op uit om mijn andere problemen op te lossen. Om me in iets anders te veranderen. Waarin? In haar, waarschijnlijk. Ik wil haar de hele tijd maar uitleggen dat ik niet een deur ben die op een dag zal openzwaaien naar een of andere betoverde tuin die diep in mij verborgen ligt. Sorry. Dit ben ik namelijk: Jenny Hintlesham, Clives echtgenote, moeder van Josh, Harry en Christo. Graag of helemaal niet. En dan liever helemaal niet, laat me met rust, ik wil weer verder met mijn leven.

Ik vind koken op zich niet zo leuk, maar ik vind het wel heerlijk om een etentje te organiseren, als ik er tenminste veel tijd voor heb. Vandaag had ik tijd in overvloed. Lena zou pas tegen vieren terug zijn, en Clive ging gelijk van het vliegveld naar de golfbaan. Ik had al mijn kookboeken doorgenomen, die nog steeds onder de trap in een kartonnen doos zitten. Vanwege de hitte had ik besloten om te mikken op een echt zomermenu: fris, knapperig, zuiver, met zalig veel goede witte wijn. De sneetjes toast met wilde paddestoelen zou ik op het laatste moment moeten doen, de gazpacho had ik gisteravond laat al gemaakt, toen Clive in de voorkamer voor de tv zat. Het hoofdgerecht – zeebarbeel in een saus van tomaten en saffraan, ijskoud opgediend – zou ik nu kunnen doen. Eerst maakte ik de saus, gewoon een stevige Italiaanse prut van olijfolie, uien, kruiden uit de tuin (gelukkig had Francis de kruidentuin al klaar voor alles stil werd gelegd), veel knoflook, en pomodori zonder zaadjes en vel. En als het lekker dik is geworden, voeg je rode wijn toe, een scheutje balsamico-azijn en een paar draadjes saffraan. Ik ben dol op saffraan. Ik legde de zes barbelen op een langwerpige schaal en goot de saus eroverheen. Ze moesten alleen nog een halfuur de oven in op gemiddelde temperatuur, en dan kon ik ze in de provisiekast zetten.

Als dessert maakte ik een enorme abrikozentaart. Die ziet er altijd spectaculair uit, en de abrikozen zijn verrukkelijk in deze tijd van het jaar. Ik rolde het bladerdeeg uit (dat had ik kant-en-klaar gekocht: er zijn tenslotte grenzen) en legde het op een schaal. Daarna maakte ik de frangipane met gemalen amandelen en glazuur en boter en eieren, en goot die uit over het deeg. Ten slotte sneed ik de abrikozen in tweeën en plakte die erbovenop. Klaar. Alleen nog vijfentwintig minuten in de hete oven. Volmaakt met een flinke dot room eroverheen. De wijn en champagne lagen al in de koelkast. De boter was in kleine blokjes gesneden. De bruine broodjes ging ik vanmiddag halen. De groene salade zou ik doen net voordat we aan tafel gingen.

We zouden in de keuken moeten eten, jammer van Clive z'n belangrijke cliënt, maar ik haalde het Chinese kamerscherm te voorschijn zodat de ruimte in tweeën was gedeeld. En ik dekte de tafel met ons kleed van wit kant, dat ik van mijn nichtje had gekregen als huwelijkscadeau. Met ons zilveren bestek en een enorme bos oranje en gele rozen in een glazen vaas was het een fantastische improvisatie.

Ik had Emma en Jonathan Barton ook maar uitgenodigd. God mocht weten hoe die Sebastian en zijn vrouw zouden uitpakken. Ik zag iets voor me van een dik zakelijk type, met een buikje en blauwe aderen in zijn neus, en een bikkelharde, ambitieuze, strak geklede vrouw, blond uit een potje en zwaar rond de heupen. Ik benijd zulke vrouwen niet, ook al kijken ze soms een beetje neer op mensen zoals ik.

Ik wou er die avond goed uitzien. Emma Barton heeft ronde heupen, grote borsten en volle lippen, die ze helderrood kleurt, zelfs 's morgens vroeg als ze naar school rijdt. Ze komt een beetje ordi op me over, maar de mannen lijken haar zeker wel te mogen. Het probleem is dat ze toch wel een dagje ouder begint te worden. Ze is waarschijnlijk ongeveer van mijn leeftijd, misschien ietsje ouder. En een pruimenmondje en met je lijf draaien is allemaal prima als je twintig bent, of dertig, maar het gaat er nogal absurd uitzien als je veertig bent, en op je vijftigste staat het zonder meer sneu. We kennen de Bartonnetjes al eeuwen. Tien jaar geleden liet hij haar geen moment met rust, gruwelijk bezitterig, maar nu zie ik zijn ogen wel eens afdwalen naar vrouwen die er net zo uitzien als Emma destijds.

Om zes uur nam ik een langdurig bad en waste mijn haar. Ik hoorde beneden de deur opengaan, en Lena kwam binnen met Christo. Ik trok een kamerjas aan en ging voor mijn spiegel zitten. Veel make-up vanavond. Niet alleen foundation, maar rouge op mijn jukbeenderen, grijsgroene oogschaduw, donkergrijze eyeliner, mijn geliefde rimpelbestrijder, pruimkleurige lippenstift, achter mijn oren en op mijn polsen mijn lievelingsparfum – later zou ik nog wel meer opdoen. Meestal ga ik tussen de gangen door even naar mijn slaapkamer om mijn gezicht op te knappen en parfum bij te doen. Dat geeft me weer moed.

Ik deed een lange zwarte jurk aan met spaghettibandjes, en daaroverheen een delicaat vestje van kastanjebruine kant met zwart fluweel rond de hals en de manchetten, dat ik vorig jaar voor een klein fortuin in Italië had gekocht. Schoenen met hoge hakken. Mijn diamanten halsketting, mijn diamanten oorbellen. Ik bekeek mezelf kritisch in de passpiegel en draaide langzaam rond zodat ik mezelf aan alle kanten kon zien. Niemand zou denken dat ik bijna veertig was. Er gaat een hoop werk in zitten om jong te blijven.

Ik hoorde Clive binnenkomen. Ik moest Christo welterusten zeggen, zorgen dat hij fatsoenlijk in bed lag voor iedereen arriveerde. Had ik eraan gedacht om chocolaatjes op het dressoir te leggen? Christo was verbrand door de zon en erg kribbig. Hij mocht van mij nog even luisteren naar een bandje met een verhaal van Roald Dahl met zijn nachtlampje aan, en ik bad in stilte dat hij geen heibel zou schoppen tijdens het eten. Clive stond onder de douche. Beneden deed ik een gigantisch keukenschort over mijn chique spullen, schepte de wilde paddestoelen met een grote lepel over de toast en scheurde de sla in de kom: alleen maar een groene salade bij de vis. In de eenvoud toont zich de elegantie. De lucht buiten het keukenraam had de kleur van frambozen. Avondrood, water in de sloot. Josh en Harry zouden inmiddels wel in hun kamp zijn, Amerikaanse tijd.

'Hallo,' zei Clive. Hij zag er gebronsd en stralend uit in zijn pak. Er hing een glans van de geslaagde man om hem heen.

'Je ziet er chic uit. Maar die das heb ik nog nooit gezien,' zei ik. Ik wou dat hij tegen me zei hoe stijlvol ik er vanavond uitzag. Hij frunnikte aan de knoop van zijn das.

'Nee, die is nieuw.'

Er werd aangebeld.

Sebastian en zijn vrouw Gloria waren totaal niet wat ik ervan verwacht had. Sebastian was lang, met een verrassend kaal hoofd. Hij had er nogal gedistingeerd uitgezien op een sinistere, Hollywood-achtige manier, als hij niet zo overduidelijk gespannen was geweest. In de manier waarop Clive met hem omging zat een lichte ondertoon van dédain, een vleugje spierballengedrag. In een plotselinge vlaag van helderheid besefte ik dat Clive bezig was om Sebastian een hak te zetten bij deze overnamepoging, en dat dit etentje een harteloze persiflage van vriendschap was. Gloria, de headhunter van het Londense zakenleven, was veel jonger dan haar man – eind twintig, zou ik zo zeggen. En haar blonde, bijna zilverkleurige haar kwam absoluut niet uit een potje. Ze had lichtblauwe ogen, bruine slanke armen, ranke enkels met een dun zilveren kettinkje om een ervan, en ze droeg een heerlijk eenvoudig gevalletje van wit linnen en had heel weinig make-up op. Ze gaf mij het gevoel dat ik er opzichtig bij liep. Naast haar leek Emma slonzig.

Alle drie de mannen hadden veel aandacht voor haar. Ze draaiden hun lichaam eventjes naar haar toe toen we op het half afgemaakte terras champagne stonden te drinken. En ze wist goed hoe aantrekkelijk ze was. Ze deed telkens haar wimpers omlaag en schonk ze heimelijke glimlachjes. Haar lach was een kleine zilveren tinkel, als een teer belletje.

'Mooie das,' zei ze tegen Clive, en schonk hem haar glimlach. Ik had meteen zin om wijn op haar jurk te morsen. Ze hadden elkaar duidelijk eerder ontmoet, maar dat moest ook wel, gezien de baan die ze hadden. Zij en Sebastian en Clive en Jonathan stonden in een groepje bij elkaar en praatten over de Footsie en de optiemarkt, terwijl Emma en ik erbij stonden als het vijfde wiel aan de wagen.

'Ik heb de Footsie-index altijd zo'n komische naam gevonden,' zei ik flink hard, vastbesloten om niet genegeerd te worden.

Gloria keerde zich beleefd mijn kant op.

'Zit jij ook in het zakenleven?' vroeg ze, hoewel ik wist dat zij wist dat dit niet zo was.

'Ik? Mijn hemel, nee.' Ik lachte voluit en nam een flinke slok champagne. 'Ik kan nog niet eens tellen bij het bridgen. Nee, Clive en ik hebben besloten dat als we kinderen zouden krijgen ik zou stoppen met buiten de deur werken. Heb jij kinderen?'

'Nee. Wat heb je hiervoor gedaan?'

'Ik was model.'

'Ze deed handen,' zei Emma. Fijne vriendin, Emma.

'Het zijn mooie handen,' zei Sebastian nogal stijfjes.

Ik liet ze voor iedereens neus wapperen. 'Hier heb ik mijn fortuin mee gemaakt,' zei ik. 'Ik droeg de hele dag handschoenen, zelfs onder het eten. Soms hield ik ze zelfs in bed aan. Mal van me, hè?' Jonathan schonk nog wat champagne in onze glazen. Gloria zei gedempt iets tegen Clive, die omlaagkeek en naar haar glimlachte. Boven begon Christo te huilen. Ik goot de champagne in mijn keel.

'Sorry, mensen. Ga gewoon door. De plicht roept. Je hoort wel van me als het eten klaar is. Neem alsjeblieft wat toast.'

Ik draaide voor Christo het bandje om, gaf hem een kus en zei dat ik boos zou worden als hij nog een keer zou roepen. Toen liep ik naar onze slaapkamer. Ik deed nog wat lippenstift op, borstelde mijn haar en sprenkelde flink wat parfum in mijn decolleté. Ik voelde me een miniem klein beetje teut. Ik wou dat ik lekker in bed lag, tussen schone, gestreken lakens. Alleen, als het niet te veel gevraagd was.

Bij de soep dronk ik bubbeltjeswater, maar daarna nam ik wat zalige chardonnay bij de vis, een glas bordeaux bij de brie, een lang niet slechte dessertwijn bij de abrikozentaart, en de koffie was een soort klein vonkje van helderheid in dat hele alcoholische waas.

'Wat een manipulatief meisje is dat,' zei ik tegen Clive, na afloop, toen ik mijn make-up wegveegde met een wattenschijfje en hij zijn tanden stond te poetsen.

Hij spoelde met zorg zijn mond. Hij keek naar me, met mijn ene oog nog in kleur en het andere kaal. 'Je bent dronken,' zei hij.

Plotseling had ik een uitermate verontrustende fantasie dat ik hem een mep zou geven en dan mijn nagelschaartje in zijn maagstreek zou priemen. 'Onzin,' lachte ik. 'Ik ben alleen een beetje teut, schat. Volgens mij ging het allemaal heel aardig, vind je niet?'

7

Catalogi zijn mijn grootste zwakheid, postorderbedrijven. Dat is een beetje getikt, want zo ben ik eigenlijk helemaal niet. Een van mijn ijzeren wetten is dat de spullen die je in huis haalt exact goed moeten zijn. Het idee dat wat je hebt bijna goed is, dat je het hebt genomen omdat het een beetje – of best veel – goedkoper was, en dat het dan jaren achter elkaar in de hoek van je kamer staat te staan, heel beschuldigend, nou ja, dat is voor mij een pure marteling. Je moet dingen aanraken voor je ze koopt, eromheen lopen, je een beeld vormen van hoe ze eruit gaan zien precies op de plek die jij in gedachten had.

Dus zou ik me niet moeten bezighouden met catalogi. De handdoeken die er heerlijk zacht uitzien op de foto kunnen synthetisch aanvoelen als ze bezorgd worden, en de kleur kan net voldoende afwijken om te vloeken met de houten lijst van de fantastische spiegel die je afgelopen zomer op de markt tegen het lijf liep. Het slabestek kan er heel zwaar uitzien maar prullerig licht aanvoelen als het ter plaatse is. En ik weet dat je het theoretisch kunt terugsturen om je geld terug te krijgen, maar op de een of andere manier komt het daar nooit van. Het is onvergeeflijk en Clive sniert er behoorlijk over als hij het toevallig merkt, maar hij heeft nou eenmaal zijn idiote wijncatalogi waar hij tot diep in de nacht in zit te turen.

Dus als de post catalogi brengt kan ik de verleiding niet weerstaan er even doorheen te bladeren, en er is altijd iets bij waar mijn oog op valt: gymschoenen of een honkbaljack voor de jongens, of een slimme pennenhouder of een bakspaan of een grappige wekker of een prullenbak die boven in het zolderkamertje goed zou staan. Het is geen uitzondering als die dingen op de rommelzolder eindigen of achter in een kast, maar soms is het een schot in de roos. Het is hoe dan ook enig als ze bezorgd worden, aangetekend verstuurd zodat je ervoor moet tekenen. Net een extra verjaardag. In sommige opzichten nog leuker ook. In een sarcastische bui zou ik kunnen stellen dat jongens je verjaardag wel eens vergeten – en sommige mannen die hier niet met name genoemd zullen worden – maar de firma Next verzuimt nooit om de schemerlamp te sturen die je besteld hebt, ook al ben je er niet zo dol op als je had verwacht.

Die postorderbedrijven spelen jouw naam dan een beetje ondeugend door naar andere bedrijven, vooral wanneer hun computers je ziekelijke neiging hebben geconstateerd om spullen te kopen die je niet echt nodig hebt. Het voelt een beetje alsof je het populairste meisje van de school bent. Iedereen wil vriendjes met je zijn, en jij wilt dat lang niet altijd. Want werkelijk, soms krijg ik reclamedrukwerk van de meest vreemde mensen. Zo kreeg ik vorige week een brochure van een bedrijf dat poncho's maakt van lamahaar. Per stuk 29,99 pond, en je kon er twee bestellen voor 39,99, alsof iemand die niet in de Andes woont er überhaupt eentje zou willen. Ik piekerde er geen seconde over.

Hetgeen allemaal maar een inleiding is op wat er maandag gebeurde, toen ik midden op de ochtend de trap af kwam en de gebruikelijke rommel op de deurmat zag liggen. Geen echte post uiteraard. Alleen de berg doorsneefolders in schreeuwerige kleuren met aanbiedingen, een pizza thuisbezorgd met gratis cola, glazenwassers, makelaars die je huis willen taxeren en aannemers die je originele raamkozijnen eruit halen en ruilen tegen metalen exemplaren met dubbel glas. Er zat er eentje tussen met 'Speciale aanbieding van Victoriaanse woninginrichting'. Dus die maakte ik open.

Ik durf te wedden dat niemand weet hoe je eigenlijk een brief openmaakt. Je doet het elke dag, maar je denkt er niet bij na. Ik weet het nu wel, want ik moest er langdurig bij stilstaan. Je pakt de brief beet en draait de voorkant, met het adres erop, van je af. Als hij stevig is dichtgeplakt, pulk je een hoekje van de plakstrook open en maakt daar een klein scheurtje in. Het idee is om genoeg ruimte te maken zodat je je wijsvinger erin kunt steken om die langs de vouw te halen, en hem helemaal open te scheuren. Dat deed ik dus, en het wonderlijke was dat ik helemaal geen pijn voelde. Ik deed de envelop open en zag metaal mat glimmen en dat de envelop hier en daar nat leek te zijn, nattig met rode vlekken.

Toen pas voelde ik niet zozeer pijn, maar eerder een doffe steek in mijn linkerhand. Ik keek omlaag en het duurde vreemd lang voor ik echt besefte wat ik daar zag. Het leek wel of er overal bloed zat, grote spetters op mijn reebruine broek, drup-druppel op de vloer, en mijn vingers helemaal nat. Ik begreep het nog steeds niet echt goed, dus tuurde ik dommig in de envelop, alsof daar warme rode verf uit stroomde op de grond. Ik zag het matte metaal. Platte stukjes die op een rijtje langs een strook karton waren bevestigd. Eerst zag ik niet goed wat het was, en toen moest ik plotseling aan mijn vader denken die op de rand van het bad zat toen ik als klein meisje naar hem keek, met wit schuim op zijn gezicht als de kerstman. Ouderwetse scheermesjes.

Ik keek naar mijn vingers. Een gestage stroom bloed vloeide omlaag op de kale houten vloer. Ik hief mijn hand op en controleerde die. In de wijsvinger zat een diepe grijsbleke snee. Ik voelde hoe het bloed erin klopte, dik opwelde. Toen begon het zeer te doen, en ik voelde me duizelig en tegelijk warm en koud. Ik schreeuwde niet en huilde ook niet. Ik werd niet misselijk. Het enige was dat mijn benen slap werden, ik zakte omlaag in de plas bloed en bleef daar half in liggen. Ik weet niet hoe lang ik daar zo heb gelegen. Waarschijnlijk maar een paar minuten, voordat Lena de trap af kwam en wegrende om hulp te halen, waarna Lynne verscheen met haar mond in de vorm van een volmaakt ronde O.

Ze draagt een crèmekleurige sportbroek en een kastanjebruin hemd. Haar hand zit in het verband en die laat ze af en toe in haar gezonde hand rusten, voorzichtig, alsof het een gewond vogeltje is. Haar haar is achter haar oren gebonden op een manier die haar gezicht nog mager- der doet uitkomen, haar jukbeenderen nog holler. Ze ziet er nu al ou- der uit. Ik voeg wel een paar jaartjes toe.

Geen oorbellen vandaag. Geen parfum. Roodachtige lippenstift, waardoor haar gezicht flets lijkt. Poeder veel te dik aangebracht, want ik zie er dotjes van op haar wangen, haar voorhoofd. Ze loopt rond alsof ze in een droom zit, haar voeten slepen over de vloer. Haar schou- ders zijn voorovergebogen. Af en toe fronst ze, alsof ze zich iets probeert te herinneren. Ze legt haar hand tegen haar hart. Ze wil voelen hoe het leven tegen haar handpalm klopt. Dat deed die andere ook voort- durend.

Ze hield zichzelf zo nauwgezet intact, en nu valt ze uit elkaar. Stukje bij beetje wordt haar pantser gekraakt. Ik kan haar zien. Die stukjes die ze van zichzelf aan niemand wou tonen. Mensen worden door angst binnenstebuiten gekeerd.

Soms moet ik echt lachen. Het loopt allemaal zo goed. Hier kan ik mijn hele leven mee vullen. Hier heb ik al die tijd op gewacht.

8

'Doet het pijn?'

Hoofdinspecteur Links boog zich naar me toe. Veel te dichtbij. Maar tegelijk leek hij heel ver weg.

'Daar hebben ze pillen voor gegeven.'

'Mooi. We moeten u een paar vragen stellen.'

'O, hou toch eens op.'

De politie is voor sommige dingen best handig. Ze zorgen ervoor dat je de wachtkamer mag overslaan bij de eerstehulp, ze geven je een lift naar het ziekenhuis en weer terug, en ze zetten thee. Maar de rest van het verhaal, dat is het probleem.

'Ik weet dat u het moeilijk hebt. We hebben uw hulp nodig.'

'Waarom? Ik ben uw gevraag helemaal zat. Het lijkt me eenvoudig genoeg. Er loopt ergens een man rond die telkens bij dit huis langs weet te komen. Dus waarom arresteert u hem niet als hij een envelop door de brievenbus duwt?'

'Zo simpel is het niet.'

'Waarom niet?'

Links haalde diep adem.

'Als iemand heel opzettelijk besluit om iets te gaan doen, dan...' Hij hield abrupt op.

'Wat dan?'

'We willen een stel namen met u doornemen.'

'Schiet maar op. Wilt u een kop thee? Ik heb het klaarstaan.'

'Nee, dank u wel.'

'Ik neem er zelf wel een, goed?' Ik schonk mezelf een kop in, maar toen zette ik per ongeluk de theepot neer op de rand van een bord. Hij kantelde heel langzaam, landde met een dreun op de plavuizenvloer en spatte uiteen. Kokend hete thee vloog alle kanten op.

'Sorry, dat komt zeker door mijn hand. Wat een stuntel ben ik.'

'Ik help wel even.' Links ging de brokstukken porselein oprapen. Lynne haalde een dweil over de vloer en was voor één keer eens nuttig. Toen gingen we weer aan de keukentafel zitten. Lynne gaf een dossier door aan Links, en hij sloeg het open. Er zaten lijsten in met namen, aan de meeste was een foto vastgemaakt. Er zaten leraren bij, een tuinman, een makelaar, een architect, allerlei soorten mensen, pakken, T-shirts, goed geschoren, baardstoppels. Ik voelde me traag en dromerig van de pijn, de pillen of de schok. Het was bijna komisch om te kijken naar die lijst van morsige mensen die ik nooit was tegengekomen.

'Wie zijn dit? Misdadigers?'

Links keek ongemakkelijk.

'Ik kan u niet alles vertellen,' zei hij. 'Uit juridische overwegingen. Maar ik kan wel zeggen dat we elk mogelijk verband proberen te leggen dat er zou kunnen bestaan tussen u en, eh...' Hij leek te zoeken naar het juiste woord. 'Plekken waar overeenkomstige problemen gemeld zijn. Alles wat u ook maar het kleinste lichtje doet opgaan kan van pas komen. Hoe obscuur het ook is. Ik bedoel, deze makelaar, Guy Brand. Om maar een voorbeeld te noemen. Ik wil niets suggereren, maar een makelaar heeft toegang tot talloze woningen. En u bent onlangs verhuisd nadat u op veel plekken in Londen hebt rondgekeken.'

'Ja, ik heb honderden makelaars gesproken. Maar ik heb echt een abominabel geheugen voor gezichten. Waarom vraagt u het hem zelf niet?'

'Hebben we gedaan,' zei Links. 'Ze konden u niet vinden in hun systeem. Maar hun administratie kwam nogal krakkemikkig op ons over.'

Ik keek nog een keer.

'Hij zou me bekend kunnen voorkomen. Maar die makelaars lijken allemaal een beetje op elkaar, vindt u niet?'

'Dus u zou hem gesproken kunnen hebben?'

'Dat weet ik nou ook weer niet,' zei ik. 'Ik wil alleen maar zeggen dat ik, als u kunt aantonen dat ik hem heb gesproken, niet zou zeggen dat het onmogelijk is.'

Links leek niet erg tevreden met dat antwoord.

'Ik kan de foto's hier achterlaten, als u dat wilt.'

Ik haalde mijn schouders op.

'Waarom zou hij dit allemaal doen?' vroeg ik. 'Zoveel moeite voor zoiets akeligs?'

Links ving mijn blik op, en voor het eerst zag hij er benauwd uit zonder het te kunnen verbergen.

'Dat weet ik niet.'

'Tja, dat hoef ik niet nog 's te horen, hè?' antwoordde ik bits. Op ditzelfde moment waren er wel een stuk of acht van hen in huis aan het rondscharrelen als mieren. Ze namen dingen mee in kleine doosjes en plastic zakjes, mompelden tegen elkaar in een hoek van de kamer, en keken naar mij alsof ik een gewond dier was. Ik kon geen stap doen of ik botste er tegen eentje aan. Ze waren uiterst beleefd, op hun manier, maar ik kon praktisch nergens heen om even op mezelf te zijn. Ik ging hard praten. 'Ik zou erg graag willen weten wat jullie met z'n allen uitspoken terwijl ik me loop uit te sloven en mijn hersens pijnig om jullie te helpen.'

'Ik kan u verzekeren dat wij ook allemaal erg hard aan het werk zijn,' zei hij terug. En hij zag er inderdaad een beetje afgemat uit, nu ik nog eens goed keek.

Toen ik naar boven liep, passeerde ik een agent die de trap af kwam met een stapel papieren. Ik ging de badkamer binnen, deed de deur op slot en leunde daar eventjes tegenaan. Ik gooide met één hand wat koud water in mijn gezicht. Door het gaas dat rond de andere gewikkeld was, begon bloed te lekken. Later ging ik aan mijn toilettafel zitten en bracht wat meer make-up aan met mijn knullige linkerhand. Ik zag er wel wat uitgeput uit, met al deze toestanden. Mijn haar kon een wasbeurt gebruiken. Met deze hitte moet je je haar bijna elke dag wassen. Ik wreef wat crème op de donkere vlekken onder mijn ogen en deed wat lipgloss op. Ik moest toegeven dat dit aan me begon te vreten. Ik wou maar dat Clive terugbelde, dan kon ik eens met iemand praten die niet bij de politie hoorde. Ik had hem al verteld over mijn hand, en hij had erg geschokt geklonken en eiste gelijk dat hij Stadler aan de telefoon kreeg. Hij blafte hem een paar vragen toe, maar kwam niet halsoverkop naar huis met een bos bloemen, zoals ik had gehoopt.

Toen wou inspecteur Stadler de details van mijn dagelijks leven met me doornemen. We moesten ons terugtrekken in de salon, omdat Mary de keukenvloer wou doen.

'Hoe gaat het met uw hand, mevrouw Hintlesham?' vroeg hij met die zachte, lage, vasthoudende stem die hij heeft.

Het was zo warm die dag dat hij zijn jasje had uitgedaan, en zijn mouwen waren tot vlak onder de ellebogen opgerold. Er parelde zweet op zijn voorhoofd. Als hij me een vraag stelde, keek hij me altijd recht in de ogen, wat mij het gevoel gaf dat hij me ergens op wou betrappen.

'Prima,' antwoordde ik, wat eigenlijk niet waar was. Ik had een stekende pijn. Een snee met een scheermes is altijd erg naar, dat zei de dokter toen ze me aan het verbinden was.

'Deze figuur,' zei hij, 'weet duidelijk dat u model bent geweest met uw handen.'

'Zou kunnen.'

Hij pakte twee boeken op, en ik zag voor het eerst dat het mijn dagboek en adresboekje waren.

'Kunnen we een paar dingen doornemen?'

Ik zuchtte.

'Als het per se moet. Ik heb al tegen die oudere agent van u gezegd dat ik het erg druk heb.'

Hij keek me onverstoorbaar aan op een manier waar ik het warm van kreeg.

'Dit is in uw eigen belang hoor, mevrouw Hintlesham.'

En zo zag ik mijn leven voor mijn ogen langstrekken. We begonnen met mijn dagboek. Hij bladerde door alle pagina's, en bleef maar vragen op me afvuren over namen, plekken, afspraken.

Dat was mijn kapper, zei ik, en dat was een controle van Harry bij de tandarts. Dat was een lunch met Laura, Laura Offen. Ik legde initialen uit, beschreef winkels, verklaarde afspraken met klusjesmannen, docenten Frans en tennisleraren, lunches, afspraakjes voor koffie 's morgens, notities om iets niet te vergeten. We gingen almaar verder terug, langs gebeurtenissen die ik inmiddels vergeten was, me zelfs niet meer herinnerde als hij ze weer voor me opnoemde: alle onderhandelingen over het huis, de makelaars en taxateurs, boomchirurgen en ambtenaren van ruimtelijke ordening. Het schooljaar. Mijn sociale leven. Alle details die mijn bestaan vullen. Hij bleef maar vragen waar Clive was toen dit gebeurde, en toen dat gebeurde.

Uiteindelijk waren we terug bij nieuwjaarsdag. Stadler deed het dagboek dicht en pakte mijn adresboekje. We gingen elke naam na, werkelijk waar. Ik gaf Stadler een rondleiding door de oude verwaarloosde rommelzolder van mijn sociale leven. Er waren er zoveel verhuisd of gestorven. Stellen die uit elkaar waren. En vriendinnen die ik gewoon uit het oog was verloren – of die mij uit het oog verloren. Het zette me aan het denken over wat voor een sociale parel ik de laatste jaren was geweest. Zou deze persoon werkelijk een van deze namen kunnen zijn?

En alsof dat nog niet genoeg was, kwam hij ook nog aanzetten met Clives papierwinkel over het huis. Ik probeerde hem duidelijk te maken dat ik me daar totaal niet mee bemoeide, dat Clive dat helemaal op zich nam, want ik heb geen hersens voor sommetjes. Maar dat leek niet tot hem door te dringen. Drieëntwintighonderd pond voor de gordijnen in de salon die we nog steeds niet hadden opgehangen. Negenhonderd pond voor de boomchirurg. Drieduizend pond voor de kroonluchter. Zesenzestig pond voor de klopper op de voordeur waar ik verliefd op werd op de rommelmarkt van Portobello Road. De cijfers gingen een beetje door elkaar lopen. Ik kon er geen chocola meer van maken. Ik wist echt niet meer dat de plavuizen zo duur waren geweest. Monsterlijk hoe dat allemaal op kan lopen.

Toen we klaar waren, keek hij me aan, en ik dacht: deze man weet meer van me dan wie ook ter wereld, op Clive na.

'Is dit allemaal van belang?' vroeg ik.

'Dat is nou net het probleem, mevrouw Hintlesham. Dat weten we niet. Op dit moment zijn we alleen maar op zoek naar informatie. Hoe meer hoe beter.'

Toen zei hij dat ik erg voorzichtig moest zijn, net als Links even tevoren. 'We willen niet dat er nog meer misgaat, of wel soms?'

Hij klonk er nog redelijk opgewekt onder.

Buiten hadden de bladeren een donkere, vuile kleur groen aangenomen. Ze hingen slap aan de takken en bewogen nauwelijks in het beetje futloze warme wind. De tuin lag erbij als een woestenij, de aarde was tot een korst verdroogd en overal gebarsten, als een oud stuk porselein. Een paar planten die Francis onlangs had geplant begonnen al te hangen. De nieuwe kleine magnolia zou het nooit overleven. Alles was gortdroog.

Ik belde Clive nog een keer. Zijn secretaresse zei dat hij even naar buiten was. Het spijt me, zei ze nog, maar er klonk helemaal geen spijt in door.

Dokter Schilling was anders. Zij kwam niet de kamer in marcheren met een waslijst namen om door te nemen en om vragen op me af te vuren. Ze inspecteerde mijn hand, rolde het verband eraf en hield mijn vingers even in die slanke koele van haar vast. Ze zei dat ze het vreselijk voor me vond, alsof ze zich er persoonlijk voor wou verontschuldigen. Tot mijn afschuw wou ik plotseling in huilen uitbarsten, maar dat ging ik echt niet doen waar zij bij was. Dat zou voor haar het absolute einde zijn.

'Ik wil je een paar dingen vragen, Jenny.'

'Wat voor dingen?'

'Kunnen we het even hebben over Clive en jou?'

'Volgens mij hebben we dat al besproken.'

'Ik wil nog een paar details weten. Vind je dat goed?'

'Vooruit dan maar.' Ik schoof onrustig heen en weer. 'Dit geeft me niet zo'n goed gevoel. Ik wil gewoon zeker weten dat die vragen van je bedoeld zijn om de man te pakken die hiermee bezig is. Je zult wel denken dat ik volkomen geschift ben en een vreselijk leven leid, maar mij bevalt het prima. Heb je dat begrepen? Ik heb het niet nodig om door jou geholpen te worden. En als ik het wel nodig heb, dan wil ik het nog niet.'

Dokter Schilling gaf me een bevangen glimlachje.

'Zoiets denk ik helemaal niet,' zei ze.

'Mooi zo,' zei ik. 'Ik wou het even duidelijk stellen.'

'Ja,' zei dokter Schilling. Ze keek in een aantekenboekje dat open op haar schoot lag.

'Je wou iets vragen over Clive en mij.'

'Vind je het vervelend dat hij zo vaak weg is?'

'Nee.' Ze wachtte even, maar ik zei verder niets. Ik had haar trucjes inmiddels door.

'Denk je dat hij vreemdgaat?'

'Dat heb je me al een keer gevraagd.'

'Maar je hebt me geen antwoord gegeven.'

Ik slaakte een misprijzende zucht.

'Aangezien inspecteur, of wat is-ie ook weer, Stadler inmiddels op de dag af weet wanneer ik ongesteld moet worden, kan ik je ook net zo goed alles over mijn seksleven vertellen. Als je het per se moet weten, heeft hij net na de geboorte van Harry een... een avontuurtje gehad.'

'Een avontuurtje?' Ze trok haar wenkbrauwen op.

'Ja.'

'Hoe lang duurde dat?'

'Dat weet ik niet precies. Een jaar, denk ik. Of anderhalf.'

'Dan was het meer dan een avontuurtje, niet? Dan was het wel ietsje serieuzer.'

'Hij was nooit van plan om bij me weg te gaan. Zij was gewoon iets extra's. Zijn mannen niet geweldige clichés? Ik was erg moe, ik was wat dikker geworden.' Ik raakte de huid onder mijn ogen aan. 'Ik werd iets ouder.'

'Jenny,' zei ze heel aardig, 'je was pas, 's even kijken, eind twintig toen Harry werd geboren.'

'Zou kunnen.'

'Wat gaf jou dat voor gevoel?'

'Daar wil ik het niet over hebben. Sorry.'

'Goed dan. Zijn er nog anderen geweest?'

Ik haalde mijn schouders op.

'Misschien wel.'

'Weet je dat niet?'

'Ik wil het niet weten, als je het niet erg vindt. Als hij zo nodig een stomme affaire moet hebben, heb ik liever dat hij het voor zichzelf houdt.'

'Denk je dat hij affaires heeft?'

'Dat zeg ik net: misschien wel, misschien niet.' Het onwelkome beeld van hoe Clive omlaagkeek naar Gloria kwam me in gedachten. Ik duwde het weg.

'En jij doet dat niet?'

'Dat heb ik je de vorige keer dat je het vroeg al gezegd: nee.'

'Nooit?'

'Nee.'

'Niets dat in de buurt kwam?'

'Hou nou 's op, verdorie.'

'Hebben jij en je man een bevredigend seksleven?'

Ik schudde mijn hoofd tegen haar.

'Sorry,' zei ik. 'Ik kan dit niet.'

'Geeft niet.' Opnieuw was ze onverwacht aardig. 'Denk je dat je man van je houdt?'

Ik knipperde even.

'Van me houdt?'

'Ja.'

'Dat is een groot woord.' Ze zei niets terug. Ik ademde diep in. 'Nee.'

'Vindt hij je aardig?'

Ik ging staan.

'Ik heb hier genoeg van,' zei ik. 'Jij loopt straks weg na dit gesprek, en legt alles vast in mooie concrete aantekeningetjes, maar ik moet ermee verderleven, en dat wil ik niet. Clive stuurt me geen scheermesjes, of wel soms, dus waarom moet je dit allemaal zo nodig weten?' Ik stond bij de deur. 'Is het ooit tot je doorgedrongen dat wat jij doet behoorlijk wreed is? En ik heb het momenteel nogal druk, dus moet je maar gaan.'

Dokter Schilling ging weg, en ik stond in mijn eentje in de salon. Ik had het gevoel dat ze me ondersteboven had gehouden en over de vloer had uitgestort.

9

Ik hoorde de wind buiten in de bomen ritselen. Ik wilde de ramen opendoen, de nachtwind door alle kamers laten waaien, maar ik kon het niet. Ik mocht het niet. Alles moest achter slot en grendel blijven. Ik moest me veilig voelen. Er hing een muffe, afgewerkte lucht in huis. Zware, warme, doodse lucht. Ik zat opgesloten in dit huis en de wereld was ervan buitengesloten, en ik voelde dat alles tot chaos en lelijkheid terugkeerde: behang dat van de muren bladderde, stucwerk dat plotseling ophield, vloerplanken die loshingen, zodat je de donkere, vuile gaten eronder kon zien. Het stof en vuil van jaren en jaren dat terug naar de oppervlakte kwam. Al dat onafgemaakte werk, al mijn dromen over volmaakte ruimtes: koelwit, citroengeel, leigrijs, erwtgroen, de gestippelde hal, een vuur in de open haard dat schaduwen werpt over het zachte, crèmekleurige tapijt, de vleugel met gladiolen op de klep, de ronde tafels voor drankjes in geslepen tuimelglazen, mijn prenten met lichtbakken erboven, vergezichten door de ramen op groene gazons en elegante struiken.

Ik zweette. Ik draaide mijn kussen om, om een koeler plekje te zoeken. Buiten ruisten de bomen. Het was niet helemaal donker. De straatlantaarns wierpen een vuil-oranje vlek in de kamer. Ik zag de vormen van de dingen om me heen, mijn toilettafel, de stoel, de massieve klerenkast, de fletsere vierkanten van de twee ramen. En ook zag ik dat Clive nog niet thuis was. Hoe laat was het? Ik ging overeind zitten en tuurde naar de verlichte cijfers van de wekker: 2.27 uur. Ik zag een 7 een 8 worden en daarna krimpen tot een 9.

Halfdrie en hij was nog niet thuis. Lena was tot de volgende ochtend weg, bij haar vriendje, dus alleen ik was thuis, ik en Christo, en al die lege, uiteenvallende kamers en buiten een politiewagen. Mijn vinger klopte, mijn keel schrijnde, mijn ogen brandden. Het was totaal onmogelijk om de slaap nog te vatten.

Ik stond op en zag een vage reflectie van mezelf in de lange spiegel, als een spook in mijn witte katoenen nachtjapon. Ik trippelde naar Christo's kamer. Hij sliep met één voet onder een knie en met zijn armen omhoog als een balletdanser. Het dekbed lag in een hoopje naast hem op de grond. Zijn haar kleefde op zijn voorhoofd. Zijn mond stond een beetje open. Misschien, dacht ik, moest ik hem naar papa en mama brengen in Hassocks. Misschien moest ik er zelf ook naartoe, weg van alle ellende. Ik zou gewoon de deur uit kunnen gaan, in de auto stappen en wegrijden. Waarom niet? Wat hield me in vredesnaam tegen en waarom had ik daar niet eerder aan gedacht?

Ik liep tot boven aan de trap en keek naar beneden. Het licht in de hal was aan, maar alle kamers waren donker. Ik slikte. Ik had plotseling moeite met ademhalen. Dom. Dit was dom, dom, dom. Ik was veilig, volkomen veilig. Buiten waren twee mannen, alle deuren en ramen waren op slot, met dubbele sloten. Er zaten lelijke ijzeren tralies voor de ramen beneden. Er was een inbrekersalarm. Een lamp die in de tuin aanging wanneer iemand erlangs liep.

Ik liep de kamer in die de logeerkamer zou worden, en deed het licht aan. Een halve muur was behangen, de rest had alleen een onderlaag. De rollen behang stonden in de hoek, naast de ladder en de schragentafel. Het koperen bed stond in delen op de grond. De kamer rook muf. Er zwol een hete bel van woede in mijn borst op. Als ik mijn mond opendeed, zou er een schreeuw uit komen. Een schreeuw die almaar door zou gaan, die de stille nacht uiteen zou scheuren en iedereen in Londen wakker zou maken, een waarschuwingskreet. Ik perste mijn lippen opeen. Ik moest mijn leven op orde krijgen. Niemand anders zou dat voor me doen, dat stond vast. Clive was er niet. Leo, Francis, Jeremy en alle anderen waren verdwenen, alsof ze er nooit geweest waren. Mary sloop om me heen alsof ik een besmettelijke ziekte had. Ik mocht mijn handen dichtknijpen als ze tegenwoordig de prullenmanden leegde. Morgen zou ik haar zeggen dat ik haar niet meer nodig had. De politiemensen waren onnozel en onbekwaam. Als ze bij mij in dienst waren, had ik ze allang ontslagen. Ik moest alleen maar op mezelf vertrouwen. Ik was nu helemaal alleen. Ik voelde een spiertje onder mijn rechteroog trekken. Toen ik mijn vinger erop legde, voelde ik het kloppen, als een insect onder mijn huid.

Ik pakte de emmer met behangplaksel en las de instructies. Een fluitje van een cent. Waarom maakte iedereen daar nou zo'n toestand van? Ik zou met deze kamer beginnen en dan zou ik door mijn leven heen gaan en het allemaal weer aan elkaar plakken, net zoals het vroeger was.

Clive kwam ongeveer een halfuur daarna thuis. Ik hoorde de sleutel in het slot en ik verstarde even, totdat ik hem zijn schoenen hoorde uitdoen en hem de keuken in hoorde drentelen, waar hij de kraan opendraaide. Ik ging gewoon door met waar ik mee bezig was. Het karwei zou voor de ochtend geklaard zijn.

'Jenny,' riep hij, toen hij onze slaapkamer in liep. 'Jens, waar ben je?'

Ik gaf geen antwoord. Ik kletste het plaksel op het papier. 'Jens,' schreeuwde hij, deze keer vanuit de badkamer, waar ooit Italiaanse tegels zouden worden gelegd. De zoom van mijn nachtjapon was papperig van het plaksel, maar dat gaf niets. Het verband om mijn hand was ook doorweekt en mijn vinger klopte nog heviger. Het moeilijkst was het om het papier strak te krijgen, zonder bobbels. Soms deed ik er te veel plaksel op, zodat je het door het papier heen kon zien. Maar dat zou wel drogen.

'Waar ben jij in godsnaam mee bezig?' Hij stond in de deuropening in zijn witte overhemd en rode boxershort en de sokken die hij vorig jaar van die zak van een kerstman had gekregen.

'Wat denk je?'

'Jens, het is midden in de nacht.'

'Nou en?' Hij zei niets, maar staarde alleen de kamer rond alsof hij niet precies wist waar hij was. 'Wat geeft het of het midden in de nacht is? Wat geeft het hoe laat het is? Als niemand anders het doet, dan doe ik het zelf wel. En je kunt je kop verwedden dat niemand anders het zal doen. Als ik één ding heb geleerd, dan is het wel dat als je iets gedaan wilt hebben, je het beter zelf kunt doen. Kijk uit waar je loopt, verdorie, zeg. Zo bederf je alles en dan moet ik het weer helemaal overdoen, en daar heb ik geen tijd voor. Lekker gewerkt? Lekker gewerkt tot drie uur 's nachts op kantoor, schat?'

'Jens.'

Ik klom de ladder op met het plakkerige papier in de hand, dat in elkaar kronkelde.

'Ik verwijt het mezelf,' zei ik. 'Ik heb alles naar de bliksem geholpen, verdorie. Ik had het eerst niet door, maar nu zie ik het helder. Een paar malle brieven en we laten het huis vervallen, vervuilen. Dom, zeg.'

'Jens, hou nou op. Het zit trouwens allemaal scheef. En je hebt plaksel in je haar. Kom van die ladder af.'

'De stem van de meester,' siste ik.

'Je gedraagt je onevenwichtig.'

'O ja? Hoe moet ik me dan gedragen? Dat zou ik graag willen weten. Haal je hand van m'n enkel.'

Hij deed een stap achteruit. Een hevige pijn schoot achter mijn ogen.

'Jenny, ik ga dokter Thomas bellen.'

Ik keek op hem neer.

'Iedereen praat op zo'n toon tegen me alsof er iets mis met mij is. Er is niets mis met mij. Ze moeten gewoon die vent pakken en dan is alles weer normaal. En jij,' ik zwaaide met mijn kleverige kwast naar hem, zodat er een druppel op zijn fronsende, omhoogkijkende gezicht viel, 'jij bent mijn echtgenoot, voor het geval je dat vergeten was, schat. In voor- en tegenspoed, en dit is tegenspoed.'

Ik probeerde het papier op de muur glad te strijken, waarbij ik me in een pijnlijke hoek vooroverboog terwijl mijn natte nachtjapon tegen mijn schenen kletste en stof en vuil op mijn voeten prikte, maar het kreukelde vreselijk.

'Het is geen doen,' zei ik, terwijl ik de kamer rond staarde. 'Het is absoluut geen doen.'

'Kom naar bed.'

'Ik ben niet in het minst moe, dank je.' En dat was ook zo. Ik bruiste van energie en woede. 'Maar als je iets wil doen, bel dan dokter Schilling en zeg dat het op z'n best saai is, dank u beleefd. Ze zal wel begrijpen wat ik bedoel. En die sokken zijn géén gezicht,' voegde ik er hatelijk aan toe.

'Goed, jij je zin.' Hij zei dat met een mengeling van onverschilligheid en minachting. 'Ik ga nu naar bed. Doe maar wat je wilt. Die strook zit trouwens verkeerd om.'

Om zes uur ging Clive naar zijn werk. Hij riep dag toen hij wegging, maar ik nam niet de moeite iets terug te zeggen. Christo stond die dag zelf op. Ik riep naar hem dat hij zelf zijn ontbijt moest maken. Hij bleef een paar minuten naar me staan kijken met een gezicht alsof hij op het punt stond in huilen uit te barsten. Alleen al zoals hij daar stond, in zijn blauwe pyjama met teddybeertjes erop, met dat treurige gezicht, duim in zijn mond, maakte me laaiend en ongeduldig. Toen hij zijn armen om me heen wilde slaan, maakte ik me van hem los en zei dat ik overal kleefde. Toen Lena arriveerde rende hij op haar af, alsof ik de boze stiefmoeder was. Een nieuwe handlangster en zogenaamd beste vriendin, een kleine vrouw met een gezicht als een vos, die zich aan me voorstelde als agente Page, marcheerde rond en inspecteerde alle ramen. Ze kwam de logeerkamer binnen en begroette me met een zachte stem, alsof ze pretendeerde het heel normaal te vinden dat ik in mijn nachtjapon aan het behangen was. Ik negeerde haar ook. Idioot mens. Ik had helemaal niets aan hen, had er geen enkel vertrouwen in.

Toen ik klaar was met de muren, nam ik een bad. Ik waste mijn haar drie keer, harste mijn benen, schoor mijn oksels, epileerde tussen mijn wenkbrauwen. Ik lakte mijn nagels opnieuw en deed meer make-up op dan gewoonlijk, een dikke laag foundation, omdat mijn huid er vreemd vlekkerig uitzag, een beetje rouge voor de kleur en eyeliner. Mijn gezicht was een masker. Maar ik kon mijn hand niet stilhouden. De lippenstift kwam steeds op mijn wang terecht, zodat ik wel een dronken oud lor leek. Uiteindelijk lukte het me: een bescheiden pruimenkleur, die je nauwelijks zag. Ik was er weer in de spiegel: de onberispelijke Jennifer Hintlesham.

Als kleding koos ik een dunne zwarte rok met zwarte muiltjes en een kraakwitte bloes. Ik moest er zakelijk, chic en koel uitzien. Maar de rok zwabberde om me heen. Ik was zeker afgevallen. Nou ja, achter de wolken schijnt de zon.

Ik droeg Lena op om Christo mee naar het aquarium te nemen en daar ergens met hem te gaan lunchen. Christo zei dat hij bij mij wilde blijven, maar ik blies hem een kushandje toe en zei dat hij niet zo mal moest doen en dat het een heerlijke dag zou worden. Ik betaalde Mary een week vooruit en zei dat ze niet hoefde terug te komen. Ik haalde mijn vinger over de bovenkant van de magnetron en liet haar zien hoeveel stof erop zat. Ze zette haar handen in de zij en zei dat ze sowieso niet meer terug wilde komen, want ze vond het werken hier doodgriezelig. Ik maakte een lijstje. Twee lijstjes. Het eerste bestond uit dingen die in het huis gedaan moesten worden, en dat was zo gebeurd. Het tweede was voor Links en Stadler en had meer voeten in de aarde, en ik dronk vier kopjes sterke koffie terwijl ik het opschreef. Ze hadden immers gezegd dat alles wat ik me herinnerde relevant zou kunnen zijn?

Dokter Schilling en Stadler arriveerden samen, met ernstige, geheimzinnige gezichten. Ik nodigde hen beiden uit in Clives werkkamer.

'Rustig maar,' zei ik. 'Kijk niet zo bezorgd. Ik heb besloten jullie alles te vertellen. Willen jullie koffie? Nee? Vinden jullie het dan vervelend als ik nog een kopje neem? O jee.'

Ik morste een plens op het bureau en veegde de plas droog met een document dat naast de computer lag en waar 'Afstand van recht' op stond.

'Jenny...'

'Momentje. Ik heb een lijstje gemaakt van dingen die jullie horen te weten. Ik heb namelijk die mevrouw Haratounian proberen te bellen.'

Grace keek naar Stadler, staarde hem aan alsof ze hem het bevel gaf om me iets te vertellen. Stadler fronste naar haar.

'Ik heb heel wat vreemde mannen ontmoet, als jullie dat willen weten,' zei ik. 'Eigenlijk zijn jullie allemaal vreemd, wat mij betreft. Maar niemand is uitzonderlijk vreemd, omdat iedereen wel vreemd is.' Ik lachte en nam nog een slokje koffie. 'Mijn eerste vrindje, mijn enige, trouwens, als je Clive niet meetelt, heette Jon Jones. Hij was fotograaf, dat is hij nog, misschien kennen jullie hem wel, hij maakt foto's van halfnaakte modellen, en ik ontmoette hem toen ik zelf model was, voor mijn handen dan, hè; dus ik hoefde mijn truitje niet uit te trekken, althans niet in het openbaar, maar privé heeft hij heel veel foto's van me gemaakt. Toen we de relatie verbraken – alleen voelde het niet als verbreken, het was gewoon net alsof hij heel geleidelijk zijn belangstelling verloor, zodat ik op een dag niet meer wist of we überhaupt nog wel een relatie hadden – maar goed, toen dat gebeurde, dat was ongeveer in de tijd dat ik Clive leerde kennen, vroeg ik de foto's terug, maar hij lachte en zei dat hij het copyright had, dus hij moet ze nog ergens hebben liggen.'

'Jenny,' onderbrak Grace me, 'wil je niet iets eten?'

'Geen honger,' zei ik, en ik nam een grote slok koffie. 'Mijn heupen werden toch al zwaarder, voor dit hele gedoe. Ik geloof niet dat ik een erg seksueel type ben, trouwens.' Ik leunde naar voren en siste: 'Voor mij beeft de aarde niet, hoor.'

Grace pakte het koffiekopje uit mijn hand. Ik zag dat ik een kring had gemaakt op Clives bureau. Nou ja. Ik zou er straks van die wonderpoets op doen en dan zou hij als bij toverslag verdwijnen. Ik zou ook alle ramen lappen, zodat de indruk zou worden gewekt dat er geen enkele barrière bestond tussen mij en de buitenwereld.

'Maar goed, daar wilde ik het niet over hebben, behalve dat ze steeds doorzaagt over mijn seksleven. Ik heb een lijst gemaakt van mannen van wie ik vind dat ze vreemd tegen me doen.' Ik hield hem omhoog. 'Hij is nogal lang, moet ik eerlijk bekennen. Maar ik heb sterretjes gezet bij de vreemdste, om jullie te helpen.' Ik tuurde naar de lijst. Mijn handschrift was vanmorgen nogal onevenwichtig, of misschien was ik te moe om uit mijn ogen te kijken, alleen voelde ik geen vermoeidheid.

Stadler nam de lijst van me aan.

'Mag ik een sigaret?' vroeg ik aan hem. 'Ik weet dat je rookt, ook al rook je nooit waar ik bij ben, maar ik heb je door het raam gezien. Ik kijk naar je, inspecteur Stadler. Ik kijk naar jou en jij kijkt naar mij.'

Hij haalde een pakje uit zijn zak, nam er twee sigaretten uit en stak ze allebei aan. Toen gaf hij er een aan mij. Het bezorgde me een vreemd intiem gevoel en ik deinsde giechelend achteruit.

'Clives vrinden zijn een vreemd stel,' zei ik, overdreven hoestend. De grond danste wanneer ik een trekje nam en mijn ogen waterden. 'Ze zien er respectabel uit, maar ik wed dat ze allemaal affaires hebben of willen hebben. Mannen zijn net beesten in de dierentuin. Ze moeten in kooien worden gestopt, anders worden ze wild. En vrouwen zijn de oppassers. Zo zit het huwelijk in elkaar, denken jullie niet? We proberen ze te temmen. Dus misschien is het eerder een circus, geen dierentuin. Nu ja, ik weet het niet, hoor.

Ik heb geprobeerd om na te gaan wie er allemaal hier binnen zijn geweest, ook de mensen die niet in mijn adresboekje of agenda staan. Ik wist niet waar ik moest beginnen. Je hebt natuurlijk al die werklui in de tuin en in huis. Iedereen weet hoe dat soort mensen zich gedragen. Maar om eerlijk te zijn, het is overal hetzelfde. Echt overal, hoor. Als ik de vaders bij Harry's kleuterschool zie, of als ik op de computerclub ben van Josh... Daar zitten vreemde snuiters bij. Maar... ik wilde nog iets anders zeggen.'

Grace legde haar hand op mijn schouder.

'Jenny, kom met me mee, dan maak ik ontbijt voor je,' zei ze.

'Is het nog steeds zo vroeg? Hemel. Nou ja, dan heb ik in elk geval ruim de tijd om de slaapkamers van de jongens schoon te maken. Maar ik heb de lijst nog niet doorgenomen.'

'Kom nou mee.'

'Ik heb Mary de laan uit gestuurd, wist je dat?'

'O ja?'

'Dus nu ben ik alleen nog over. Nou ja, ik en Christo en Clive dus. Maar die tellen niet mee.'

'Hoezo niet?'

'Omdat die me niet zullen helpen, toch? Dat doen mannen nooit. Dat is althans mijn ervaring.'

'Geroosterd brood?'

'Best. Maakt me niet uit. God, wat een bende is het hier in de keuken, hè? Het is één grote bende hier. Het hele huis. Hoe moet ik dat in vredesnaam allemaal in orde krijgen, zonder hulp?'

10

Daarna werd alles een tikkeltje vaag. Ik zei dat ik boodschappen wilde doen en ik geloof dat ik zelfs naar mijn jas begon te zoeken. Maar ik kon hem niet vinden en iedereen om me heen zei maar steeds dat ik het moest laten. Hun stemmen schenen van alle kanten op me af te komen en ook van binnenuit aan me te krabben, alsof er wespen in mijn schedel zaten die in mijn hersens rondkropen, wachtend tot ze konden steken. Ik begon tegen hen te schreeuwen dat ze moesten ophoepelen en me met rust moesten laten. De stemmen verstomden, maar ik voelde dat ze me bij mijn arm grepen. Ik was in mijn slaapkamer en dokter Schilling was zo dichtbij dat ik haar adem op mijn gezicht voelde. Ze zei iets wat ik niet verstond. Ik voelde pijn in mijn arm en toen vervaagde alles heel langzaam tot duisternis en stilte.

Het leek alsof ik op de bodem van een diepe, donkere put zat. Zo nu en dan kwam ik naar boven en zag gezichten die dingen zeiden die ik niet begreep, en dan zonk ik weer weg in het troostende duister. Toen ik wakker werd, was het andere koek. Grijs, koud en compleet ellendig. Een agente zat bij het bed. Ze keek naar me, stond op en verliet de kamer. Ik wilde weer slapen, me van niets bewust zijn, maar dat lukte me niet. Ik dacht aan wat ik had gedaan en daarna probeerde ik het uit mijn hoofd te zetten. Ik weet niet wat me bezielde, maar het had geen zin om er dieper op in te gaan.

Na een tijdje kwamen dokter Schilling en Stadler de kamer in. Ze zagen er een tikkeltje zenuwachtig uit, alsof ze bij de rectrix op het matje werden geroepen. Ik vond het wel grappig, totdat ik me herinnerde dat ze vermoedelijk gewoon dachten dat ik me idioot zou blijven gedragen. Ik moet wel een beetje zijn opgeknapt, want ik ergerde me op dat moment aan die mensen in mijn slaapkamer. Ik keek omlaag en zag dat ik mijn groene nachtjapon aanhad. Wie had me uitgekleed en me die aangetrokken? Wie was erbij toen dat gebeurde? Weer iets wat ik uit mijn hoofd moest proberen te zetten.

Stadler bleef bij de deur staan, maar dokter Schilling kwam naar me toe met een van mijn Franse aardewerken mokken in haar hand, die eigenlijk voor de kinderen bedoeld zijn. Wat waren mensen toch onnozel. Onze keuken was een gecompliceerde bedoening en niemand kon die overzien behalve ik. Joost mag weten wat er nog meer voor ellendigs daar beneden gebeurde.

'Ik heb koffie voor je,' zei ze. 'Zwart. Zoals je het lekker vindt.' Ik ging overeind zitten en pakte de warme mok in de kom van mijn handen. Dat ging een beetje moeilijk met het verband, maar daardoor voelde ik de warmte niet zo erg. 'Wil je je kamerjas aan?'

'Graag. Die zijden.'

Ik zette de koffie op het nachtkastje en deed de kamerjas met veel gewurm aan. Ik moest denken aan de tijd dat ik dertien was en me op het strand in mijn badpak wrong, met een handdoek strak om me heen. Ik gedroeg me nu net zo idioot als toen. Het kon niemand wat schelen of ze me bloot zagen of niet. Dokter Schilling trok een stoel bij het bed en Stadler liep naar het voeteneind. Ik was vastbesloten om niets te zeggen. Ik hoefde me nergens voor te verontschuldigen en ik wilde alleen maar dat ze weggingen. Maar ik heb nooit tegen stiltes gekund, dus deed ik mijn mond toch open.

'Het lijkt wel het bezoekuur in het ziekenhuis,' zei ik met meer dan een sarcastisch ondertoontje. Geen van beiden zei iets terug. Ze bleven me alleen aankijken met zo'n afschuwelijke uitdrukking van begrip en meelevendheid. Als ik érgens niet tegen kan, is het wel zielig gevonden te worden.

'Waar is Clive?'

'Hij heeft je 's avonds gezien. Het is nu dinsdag. Hij moest naar zijn werk, maar ik ga hem zo bellen om te vertellen hoe het met je gaat.'

'Je zult zo langzamerhand wel genoeg van me hebben,' zei ik tegen dokter Schilling.

'Dat is frappant,' zei ze, 'want ik heb precies hetzelfde gedacht. Maar dan andersom, dus. Ik denk dat je zo langzamerhand genoeg van mij zult hebben. We hebben het over je gehad.'

'Dat zal best,' zei ik.

'Niet in ongunstige zin, hoop ik. We hebben zitten ruziën over iets. Of liever zitten praten.' Toen ze dat zei, keek ze even vluchtig naar Stadler, maar hij frunnikte aan de knoop in zijn stropdas en scheen er niet met zijn hoofd bij te zijn. 'Ik vind, wij vinden dat we wellicht niet eerlijk genoeg tegen je zijn geweest en ik wil dat rechtzetten. Jenny...' Ze zweeg even. 'Jenny, ten eerste wil ik mijn excuses maken voor het feit dat je me opdringerig vindt. Je weet vermoedelijk dat ik normaal gesproken psychiater ben, die cliënten helpt. Maar in deze zaak is het mijn taak om de politie zo goed mogelijk bij te staan om deze gevaarlijke persoon te kunnen aanhouden.' Ze praatte nu heel vriendelijk tegen me, als een dokter die het tegen een kind met koorts heeft. 'Je bent het voorwerp van iemands obsessieve aandacht geworden. Eén manier om die persoon te pakken is erachter te komen waar die aandacht door geprikkeld wordt, en dat betekent soms dat ik zelf ook behoorlijk opdringerig moet worden. Ik wil alleen even zeggen dat ik weet dat je al een heel goede dokter hebt en dat ik die heus niet wil vervangen. En evenmin wil ik je vertellen hoe je je leven moet leiden.'

Ik wierp haar een soort sarcastische, fronsende blik toe, voorzover zoiets bestaat. Ik zag plotseling voor me hoe die twee besloten hadden om me op te zoeken en me tactvol en 'begripvol' te behandelen. Die malle Jenny Hintlesham, die met zachte handschoentjes moest worden aangepakt.

'Jullie zijn er vast achter gekomen dat ik van lotje getikt ben,' zei ik. Het was de bedoeling dat dit keihard zou overkomen, maar het pakte totaal verkeerd uit. Dokter Schilling bleef onbewogen.

'Heb je het over gisteren?' zei ze. Ik antwoordde niet. Ik had het voornemen om met geen woord te reppen over wat er met haar was gebeurd. 'Je staat onder zware druk. We zijn allemaal hier. We proberen je te helpen. Maar jij voelt die druk. Voor jou is het 't moeilijkst. Ik wil dat je weet dat we dat heel goed begrijpen.'

Ik hief mijn verbonden hand op en keek ernaar. Misschien was het slechts mijn domme verbeelding, maar het leek wel alsof hij meer pijn deed als ik ernaar keek.

'Dus je voelt mijn pijn?' vroeg ik een beetje bitter. 'Ik zit niet op jullie medeleven te wachten,' voegde ik er kalm aan toe. 'Ik wil dat jullie de zaak oplossen.'

Ik verwachtte dat dokter Schilling boos of nerveus zou worden, maar ze reageerde nauwelijks.

'Dat begrijp ik,' zei ze. 'Inspecteur Stadler zal het daarover hebben met je.'

Ze verschoof haar stoel een eindje, maar was nog steeds dichtbij. Stadler schuifelde naar voren. Hij keek als een minzame politieagent die op een basisschool de kleine hummels de verkeersregels komt uitleggen. Dat gezicht paste niet bij zijn vrijgevochten uitstraling. Hij trok een stoel bij.

'Gaat het, Jenny?'

Ik knikte braaf. Hij was heel dicht bij me. Voor het eerst merkte ik op dat hij een kuiltje in zijn kin had. Je zou bijna zin krijgen om er je vinger in te steken.

'Je vraagt je af waarom we deze man niet gewoon arresteren, en dat begrijp ik. Daar zijn we immers voor. Ik ga geen standaardlesje voor je opdreunen, maar het is een feit dat de meeste misdrijven doodgemakkelijk zijn op te lossen, omdat de meeste misdadigers niet zoveel moeite doen. Ze slaan iemand neer of ze stelen iets en iemand ziet ze dat doen en dat is dat. Dan volgt er een arrestatie. Maar de persoon die dit soort dingen doet, is anders. Hij is geen genie, maar dit is zijn hobby en daar besteedt hij veel aandacht aan. Hij had net zo goed een anorak kunnen dragen en treinenspotter kunnen worden. Maar hij heeft jou uitgekozen.'

'Dus jullie kunnen hem niet pakken?'

'Hij is niet op de normale manier te pakken.'

'Hij is binnengekomen. Waar jullie zo ongeveer bij stonden.'

'Heb geduld met ons,' zei Stadler met een verlegen glimlach.

'Maar dat is zeer belangrijk,' onderbrak dokter Schilling ons. 'Hij kan vrouwen aanvallen wanneer hij maar wil. Maar het gaat er bij hem om dat hij kan laten zien dat hij macht bezit en dat hij de touwtjes in handen heeft.'

'Ik ben niet geïnteresseerd in zijn psychologische profiel,' zei ik geërgerd.

'Ik wel,' zei dokter Schilling. 'Zijn psychologische gesteldheid is een van de voornaamste manieren om hem te pakken. We kunnen er gebruik van maken. En dat doen we vooral door naar jou te kijken zoals híj naar je kijkt. Dat is helaas geen pretje voor je.'

'We hebben je nodig,' zei Stadler. 'Dat legt een nog zwaardere druk op je, maar we willen graag dat je nadenkt over je eigen leven en ons laat weten of er iets abnormaals gebeurt.'

'Het gaat hier niet om een ordinaire gluurder,' zei dokter Schilling. 'Het kan iemand zijn die je vaker tegenkomt dan je denkt. Het kan een vriend zijn die plotseling iets meer aandacht aan je schenkt, of juist wat minder. Hij wil zijn macht tonen, dus moet je vooral goed kijken naar je omgeving, naar iets nieuws of onverwachts. Hij wil laten zien dat hij je dingen kan laten bezorgen.'

Ik snoof.

'Het is niet zozeer een kwestie van dat er nieuwe dingen bij komen,' zei ik, 'als wel dat er oude dingen verdwijnen.'

Stadler keek abrupt op.

'Hoe bedoel je?'

'Niet dat je er iets aan hebt, hoor. Ben je nooit verhuisd? We hadden twee grote verhuiswagens nodig om de boel te verplaatsen en ik ben ervan overtuigd dat ergens op de M25 een kleine bestelwagen rondrijdt met alle dingen die niet zijn meegekomen. Schoenen, onderdelen van blenders, mijn lievelingsbloes, noem maar op.'

'En dat is allemaal tijdens de verhuizing gebeurd?' vroeg Stadler.

'Denk even na,' zei ik. 'Die vent had dat nooit allemaal kunnen stelen als hij niet met een bestelwagen en vier maten was komen voorrijden. Zelfs jij had dat gemerkt.'

'Maar toch...' zei Stadler, die in gepeins verzonken leek. Hij boog zich naar dokter Schilling en fluisterde haar iets toe, alsof er ook maar iets van hun conversatie interessant genoeg was om geheim te houden. Daarna keek hij op. 'Jenny, kun je iets voor ons doen?'

Het zag eruit als een vlooienmarkt, die door een blinde gek was georganiseerd. Na eerst een telefoontje te hebben gepleegd hadden ze me naar het politiebureau gebracht, naar een speciale kamer waar voorwerpen uitgestald lagen, aldus Stadler. In de auto had dokter Schilling haar hand op die van mij gelegd, waardoor de rillingen over mijn rug liepen, en ze zei dat ik alleen maar naar de voorwerpen moest kijken en spontaan zeggen wat me voor de mond kwam. Het enige wat me voor de mond kwam was dat ik het allemaal maar een geheimzinnig gedoe vond.

De spullen op zich waren haast lachwekkend. Een kam, een nogal versleten roze slipje, een teddybeertje, een steen, een fluitje, een paar uitgesproken pornografische speelkaarten.

'Nou ja,' zei ik. 'Ik begrijp niet wat jullie willen, hoor.'

Maar op datzelfde moment kreeg ik het gevoel alsof iemand me een stomp in mijn maag had gegeven en me tegelijkertijd een elektrische schok had toegediend. Daar lag het. Dat malle, kleine medaillon. Er kwamen allerlei herinneringen bij me boven. Een dag en een nacht in Brighton toen we één jaar getrouwd waren. In de jaren erna gingen we naar chiquere plekken, maar daar was het 't leukst. We wandelden in van die snoezige winkelstraatjes achter de boulevard en lachten om de afschuwelijke souvenirwinkels, en toen zagen we allebei dat ding in een juwelierszaak en Clive was naar binnen gegaan en had het zomaar gekocht. En ik moest nog ergens anders aan denken, iets idioots. Die nacht, toen Clive me uitkleedde, liet hij het medaillon zitten. Het hing tussen mijn borsten. Hij had het gekust en daarna had hij mijn borsten gekust. Idioot dat zulke dingen je bijblijven. Ik merkte dat ik bloosde en bijna mijn tranen moest bedwingen. Ik pakte het op en voelde het vertrouwde gewicht in mijn handpalm.

'Mooi, hè?' zei Stadler.

'Het is van mij,' zei ik.

Hij kreeg een stupide uitdrukking op zijn gezicht. Het was bijna komisch.

'Wát?' zei hij, haast naar adem snakkend.

'Dit heb ik van Clive gekregen,' zei ik, als verdoofd. 'Het was zoek.'

'Maar...' zei Stadler. 'Weet je het zeker?'

'Uiteraard,' zei ik. 'Achterop zit een piepklein pinnetje waarmee je het openkrijgt. Er zit een haarlok van mij in. Kijk maar.'

Hij staarde.

'Ja,' zei hij. Dokter Schilling stond ook met open mond. Ze keken elkaar verbijsterd aan. 'Wacht,' zei hij. 'Wacht.'

En hij rende als een haas de kamer uit.

11

Ik begreep het niet. Ik begreep er niets van. Helemaal niets. Het was net alsof ik een van die ellendige computerspelletjes die Josh steeds met de post toegestuurd krijgt en waardoor zijn stuurse gezicht opklaart, in handen had en ernaar keek, zonder zelfs maar de taal te kennen of het alfabet waarin het was geschreven. Voor mij waren het slechts stipjes en streepjes en tekens en codes. Ik keek naar dokter Schilling, alsof ze me kon uitleggen wat er aan de hand was, maar ze wierp me weer zo'n wezenloze, geruststellende glimlach toe waar ik altijd de rillingen van krijg. Daarna keek ik weer naar het medaillon, dat daar tussen die merkwaardige verzameling spullen lag. Ik stak mijn hand uit en ging er even met mijn vinger overheen, heel zachtjes, alsof het elk moment in mijn gezicht kon afgaan.

'Ik wil naar huis,' zei ik, al meende ik dat niet echt, maar ik moest iets zeggen om de stilte te verbreken in dat armoedige kamertje.

'Straks,' zei dokter Schilling.

'Ik wil iets eten. Ik heb honger.'

Ze knikte, maar met een afwezige uitdrukking op haar gezicht. Ze fronste een beetje.

'Wanneer heb ik voor het laatst gegeten? Ik kan het me niet meer herinneren.' Ik probeerde me de laatste paar dagen voor de geest te halen, maar het was net alsof ik in een inktzwarte duisternis keek. 'Kan iemand mij vertellen hoe mijn medaillon hier is gekomen?'

'Ik weet zeker dat...'

Maar toen werd ze onderbroken door Stadler, die samen met Links de kamer weer binnenkwam. Ze keken beiden enorm ongerust toen ze tegenover me gingen zitten. Links pakte het medaillon bij de ketting op.

'U weet dus heel zeker dat dit van u is, mevrouw Hintlesham?'

'Natuurlijk weet ik dat zeker. Clive heeft er zelfs ergens een foto van liggen voor de verzekering.'

'Wanneer hebt u het verloren?'

Nu moest ik goed nadenken.

'Dat is moeilijk te zeggen. Ik herinner me nog dat ik het bij een concert heb gedragen. Dat was op 9 juni, de dag voor mijn moeders verjaardag. Een paar weken later wilde ik het dragen op een fuif van Clives kantoor, maar ik kon het niet vinden.'

'Wanneer was dat?'

'Hemel nog aan toe, u hebt mijn agenda toch? Maar het was ergens in juni, eind juni.'

Stadler keek naar het aantekenboekje op zijn schoot en knikte, alsof hij tevreden was.

'Wat is er zo belangrijk aan? Waar hebt u het gevonden?'

Stadler keek me strak aan en ik dwong mezelf om terug te kijken. Heel even dacht ik dat hij me iets wilde gaan zeggen, maar het moment ging voorbij, en hij keek weer naar zijn aantekenboekje met die geheimzinnige voldoening op zijn gezicht.

Er viel een korte, vreemde stilte in de kamer. Toen verhief ik mijn stem: 'Wil iemand mij vertellen wat er in vredesnaam aan de hand is?' Maar dat klonk niet erg overtuigend. Mijn kwaadheid was kennelijk helemaal weggeëbd. 'Ik begrijp het niet.'

'Mevrouw Hintlesham,' zei Links. 'Kunnen we nu even vaststellen...'

'Niet nu,' zei dokter Schilling plotseling. Ze stond op. 'Ik breng Jenny thuis. Ze heeft onder zware druk gestaan, ze is niet in orde geweest. Later.'

'Wat vaststellen?'

'Kom mee, Jenny.'

'Ik hou niet van geheimen. Ik hou er niet van als men dingen van mij weet die ik niet weet. Hebben jullie hem aangehouden? Is dat het?'

Dokter Schilling legde haar hand onder mijn elleboog en ik stond op. Waarom had ik in vredesnaam deze katoenen broek aan? Die had ik al jaren niet meer gedragen. Hij paste helemaal niet bij me.

Iedereen deed vreemd. Het huis ademde een nieuw soort energie uit, alsof de gordijnen opzij geschoven waren en de ramen opengegooid. Niemand vertelde me iets, uiteraard, maar dokter Schilling ging met me mee, met nog een verveeld kijkende agente. Links en Stadler kwamen spoedig daarna aanzetten. Ze wenkten elkaar, mompelden tegen elkaar, keken naar mij, en wanneer ik terugkeek, keken ze weer snel de andere kant op. Dokter Schilling maakte niet zo'n voldane indruk als de anderen.

'Zou u misschien uw man kunnen bellen, mevrouw Hintlesham?' vroeg Stadler, die achter me aan liep naar de keuken.

'Waarom kunt u hem zelf niet bellen?'

'We willen hem spreken. We dachten dat het misschien aardiger was als u dat vroeg.'

'Wanneer?'

'Nu meteen.'

'Waarom in vredesnaam?'

'We moeten een paar dingen helder krijgen.'

'We hebben vanavond een borrel. Een belangrijke.'

'Hoe sneller we hem kunnen spreken, des te sneller is hij van ons af.'

Ik pakte de telefoon op.

'Daar zal hij niet blij mee zijn.'

Hij was er helemaal niet blij mee.

De telefoon ging. Het waren Josh en Harry, die vanuit Amerika belden. Het was bij hen vroeg in de ochtend, hoewel ze klonken alsof ze net om de hoek waren en elk moment de deur konden binnenstormen. Harry vertelde me dat hij een snoekbaars had gevangen in het meer, hoe zo'n beest eruitziet mag Joost weten, en dat hij had leren surfen. Josh vroeg hoe het bij ons was. Zijn stem schoot heen en weer van een jongenspiepje tot een mannenbas, zoals altijd wanneer hij erg emotioneel is.

'Prima, schat.'

'Is de politie er nog?'

'Ik geloof dat ze vooruitgang boeken.'

Een vleugje hoop waaide door me heen.

'Moeten we hier nog twee weken blijven?'

'Doe niet zo mal, schat, je hebt het toch heerlijk? Heb je nog genoeg geld?'

'Ja, maar...'

'En had ik de goede kleren ingepakt? O, vergeet niet aan Harry te zeggen dat de reservebatterijen voor zijn walkman in jouw rugzak zitten.'

'Mmm.'

Ik legde neer met het gevoel dat het geen bevredigend gesprek was geweest. Christo drentelde langs, met een deken achter zich aan. Ik kreeg even een hevig schuldgevoel toen ik zijn opgeblazen, norse gezichtje zag.

'Hallo, Christo,' zei ik tegen hem. 'Mag mammie een knuffel?'

Hij draaide zich naar me om.

'Ik ben Christo niet,' zei hij. 'Ik ben Alexander. En jij bent mijn mammie niet.' Lena riep hem vanuit zijn kamer met haar zangerige Zweedse accent en hij hief zijn blonde hoofdje op. 'Kom eraan, mammie!' schreeuwde hij, en terwijl hij wegrende wierp hij me een triomfantelijke blik toe.

Ik kleedde me om in een gele zomerjurk met lage taille en stak oorbellen door mijn oorlellen. Ik keek in de spiegel. Ik had geen make-up op. Mijn gezicht was mager en bleek, mijn haar zat slordig, mijn ogen schitterden vreemd, alsof de huid eronder perkamentachtig en broos was, en er zat een lange, rode kras op mijn wang. Hoe was die daar gekomen? Ik herkende mezelf haast niet meer.

Dokter Schilling beval me de omelet op te eten die zij had gemaakt, met de kruiden die ik voor het eten had bedoeld na de borrel. Nou ja. Ik at hem met een paar happen op, haast zonder te kauwen, en na elke snelle hap stopte ik bruin, nogal oud brood in mijn mond. Ik had me niet gerealiseerd hoe uitgehongerd ik was. Ze keek naar me terwijl ik at, met een hand onder haar kin, en ze staarde naar me alsof ik een raadsel voor haar was. Binnenkort, dacht ik, zou ik het heft weer in handen hebben, het huis schoonmaken, de werklui terughalen, de tuinman, de schoonmaker, ik zou diep ademhalen en weer de energie terugvinden om opnieuw Jenny Hintlesham te worden. Morgen. Morgen zou ik weer beginnen. Maar voor deze ene keer had het iets heerlijk verdovends om zo in de watten gelegd te worden. Ik had niet meer het gevoel dat het mijn eigen huis was, maar slechts een kamer waar ik in zat en wachtte tot er iets gebeurde. Iedereen wachtte tot er iets gebeurde.

Mijn ogen klikten open. Een sleutel in het slot, een deur die werd dichtgesmeten, stampende voeten in de hal.

'Jenny. Jens, waar ben je?'

Grace Schilling kwam tegelijk met mij overeind. Stadler en Links waren ons voor. We kwamen allemaal samen bij de trap.

'Wat is hier aan de hand?' zei Clive kwaad. Zijn stem was luid en kortaf. Ik kreeg er hoofdpijn van. Op dat moment zag hij een doos met zijn kostbare documenten in de hal staan. Ik zag dat een ader op zijn voorhoofd nijdig klopte.

'Meneer Hintlesham,' zei Stadler. 'Fijn dat u er bent.' Hij was veel langer dan Clive, die er vierkant en bezweet bij stond.

'Ja?'

Hij sprak Stadler aan alsof hij een beambte was van wel zeer laag allooi.

'We zouden graag willen dat u met ons meekomt,' zei Links.

Clive staarde hen aan.

'Hoe bedoelt u?' zei hij. 'Waarom kan het niet hier?'

'We willen graag een verklaring opnemen. Dat lijkt ons beter.'

Clive keek op zijn horloge.

'In godsnaam dan maar,' zei hij. 'En het kan maar beter belangrijk zijn.'

'Alstublieft,' zei Stadler, terwijl hij de deur openhield voor Clive, die zich bij de deur naar me omdraaide.

'Bel Jan even en verzin maar een smoes,' beet hij me toe. 'Zolang we beiden maar niet voor schut staan. En Becky ook niet. Ga naar die borrel en doe alsjeblieft lollig, alsof er niets abnormaals aan de hand is, hoor je me?' Ik legde mijn hand op zijn arm, maar hij schudde die kwaad weg. 'Ik ben het zat,' zei hij. 'Helemaal zat.'

Grace Schilling ging ook weg. Ze knoopte haar lange jas doelbewust dicht, voordat ze met grote passen de deur uit liep.

Ik belde het kantoor van Clive en zei tegen Jan dat Clive last had van zijn rug. 'Alweer?' zei ze sarcastisch, wat ik helemaal niet begreep. Ik zei hetzelfde tegen Becky Richards, twee uur later, en zij lachte meelevend. 'Wat zijn mannen toch een hypochonders, hè?' grinnikte ze.

Ik keek om me heen, naar al die vrouwen in hun zwarte jurken en al die mannen in hun zwarte pakken. Gelukkig kende ik de meesten van gezicht, maar plotseling kon ik de energie niet opbrengen om met hen te praten. Ik had helemaal niets te melden. Ik voelde me helemaal leeg vanbinnen.

12

Clive kwam niet terug en ik voelde me steeds meer onthand, zoals ik daar met mijn glas in de hand stond te draaien en naar schilderijen keek waar mijn blik toevallig op rustte en van de ene kamer naar de andere liep, alsof ik een dringende afspraak had met iemand, ergens. Bijna met een schok besefte ik dat het voor mij een totaal onbekende ervaring was geworden om alleen op een fuif te verschijnen. Het voelde ook verkeerd. Soms zei ik schertsend tegen Clive dat als wij samen naar een fuifje gaan, ik weet dat het eigenlijk om hem gaat en dat ik er als mevrouw Clive sta.

Dus vond ik het eerder een opluchting dan een gênante toestand toen Becky me kwam vertellen dat er iemand bij de deur stond voor mij.

'Iemand van de politie,' zei ze, terwijl ze haar verwarring met onbeholpen tact probeerde te verbergen.

Want wij weten immers allemaal wat een politieagent op de stoep betekent voor gewone mensen zoals wij: een ongeluk, een sterfgeval, een verdwijning. Maar ik was niet meer zo gewoon als zij. Ik ging onbezorgd naar de deur. Stadler stond er met een agent in uniform die ik nog niet kende. Becky bleef even hangen, hulpvaardig en nieuwsgierig. De agent bleef zwijgen en ik draaide me om en keek Becky vragend aan.

'Als ik iets kan doen, ik ben binnen,' zei ze en liep schoorvoetend weg.

Ik keek de agent aan.

'Neem me niet kwalijk dat ik u lastigval,' zei hij. 'Ik moest u zeggen dat uw man niet komt. Meneer Hintlesham wordt nog ondervraagd.'

'O,' zei ik. 'Is er iets mis?'

'We proberen alleen enkele details op te helderen.'

We bleven op de stoep van Becky's huis staan en keken elkaar aan.

'Ik heb eigenlijk geen zin om naar dat feestje terug te gaan,' zei ik.

'Dan brengen we u thuis, als u dat wilt,' zei Stadler. Toen zei hij: 'Jenny', en ik begon hevig te blozen.

'Ik ga mijn jas halen.'

Niemand sprak tegen me tijdens de korte rit naar huis. Stadler en de agent mompelden een paar keer iets tegen elkaar. Voor het huis bracht Stadler me naar de deur. Toen ik de sleutel in het slot stak, kreeg ik even het idiote idee dat we samen een avondje uit waren geweest en nu afscheid van elkaar namen.

'Komt Clive vanavond nog terug?' vroeg ik dapper, alsof ik mezelf wilde laten merken hoe belachelijk dat klonk.

'Dat weet ik niet zeker,' zei Stadler.

'Wat bespreekt u allemaal met hem?'

'We hebben hem nodig om enkele details van het onderzoek te staven.' Stadler keek nonchalant om zich heen toen hij dat zei. 'O ja, en dan nog iets. Om het onderzoek wat te versnellen, zouden we morgen uw huis nog wat grondiger willen doorzoeken. Hebt u daar bezwaar tegen?'

'Nou, nee. Ik denk niet dat er nog iets te zoeken valt. Waar wilt u dat doen?'

Stadler keek weer heel nonchalant.

'Op verschillende plekken. Boven, onder andere. Misschien in de werkkamer van uw man.'

De werkkamer van Clive. Het was de eerste kamer in ons nieuwe huis die we bewoonbaar hadden gemaakt, een beetje bizar eigenlijk, omdat alleen Clive erin zat. Clive had daar altijd een punt van gemaakt in elk huis waar we woonden: een kamer die zijn eigen domein was, voor zijn eigen spullen. Toen we bij de indeling van de kamers bespraken welke zijn domein zou worden, weet ik nog dat ik lachend protesteerde dat ik géén heiligdom had, waarop hij zei dat dat niet erg was, omdat het hele huis mijn heiligdom was.

De kamer was niet hermetisch afgesloten, maar dat hoefde ook eigenlijk niet. De jongens mochten er absoluut niet komen, op straffe van de marteldood. Dat gold uiteraard niet helemaal voor mij. Soms kwam ik binnen als Clive de boekhouding deed of correspondentie afhandelde, en dan werd hij niet boos en zei evenmin dat ik weg moest gaan. Maar hij draaide zich dan om in zijn stoel, pakte de koffie aan of luisterde naar wat ik te zeggen had en daarna wachtte hij tot ik klaar was en aanstalten maakte om de kamer te verlaten. Hij zei altijd dat hij niet kon werken met mij erbij.

Daarom had ik een beetje een stiekem gevoel toen ik, nadat ik mijn inspectierondje door het huis had gedaan, me had uitgekleed en mijn nachtjapon en kamerjas had aangedaan, de werkkamer binnenging. Ik knipte het licht aan en voelde me meteen schuldig. Ik liep de kamer door en trok de gordijnen dicht, zodat ik me echt helemaal alleen waande. Het liep tegen middernacht.

De kamer was helemaal Clive. Netjes, opgeruimd, ordelijk, bijna kaal. Er hingen maar een paar schilderijen. Een kleine, wazige aquarel van een zeilboot, die hij van zijn moeder had geërfd. Een oude ets van zijn school, die hij als jongen had gekregen. Er hing een foto van Clive met een stel collega's op een diner, allemaal met sigaar en rode, glimmende gezichten en lege glazen, met de armen om elkaar heen. Clive stond er een tikkeltje gejaagd en onbeholpen bij. Hij was niet zo lichamelijk, vooral niet met andere mannen.

De werkkamer van mijn echtgenoot. Wat was hier te vinden dat van enig belang zou kunnen zijn? Ik ging uiteraard niet door zijn spullen snuffelen. Dat te doen, terwijl hij op het politiebureau vastzat, zou vreselijk onloyaal zijn geweest. Ik wilde alleen maar even rondkijken. Het zou belangrijk kunnen zijn als ik namens hem zou moeten spreken. Dat hield ik mezelf voor.

Er stonden twee archiefkasten in de werkkamer, een hoge, bruine, en een lagere van ruw grijs metaal. Ik deed ze beide open en bladerde snel door de mappen en papieren, maar het was allemaal ongelooflijk saai. Hypotheekakten, instructieboekjes, eindeloos veel facturen en rekeningen en garantiebewijzen, brieven van accountants. Er gloeide even een liefdevol gevoel op voor Clive. Dit regelde híj allemaal, zodat ik het niet hoefde te doen. Hij liet mij de interessante, creatieve dingen doen, en hij deed dit. En het was allemaal perfect in orde. Alles was afgehandeld, rekeningen waren betaald, brieven beantwoord. Wat zou ik zonder hem moeten beginnen? Ik bekeek de papieren niet afzonderlijk. Ik wilde alleen maar kijken of er een dossier was dat niet zulke saaie dingen bevatte.

Ik deed de tweede archiefkast dicht. Wat een idiote toestand. Er was hier niets te vinden wat ook maar enig belang had voor de politie, tenzij ze onze hypotheekakte wilden doorlezen. Nog meer verspilde moeite. Dat had ik ze allang kunnen vertellen, alleen werd me niets gevraagd.

Ik rolde de kap van zijn schijfbureau op. Het maakte een vreselijk kabaal en ik keek nerveus om me heen. Ik zorgde ervoor dat ik niet iets ondernam wat niet meteen weer ongedaan kon worden gemaakt, voor het geval er werd aangebeld. Niets belangrijks, maar dat wisten we al. Clive zei altijd dat het een van zijn strengste regels was om zijn bureau op te ruimen voordat hij erachter vandaan kwam. Er lag niets op het blad behalve pennen, potloden, gummetjes, een tamelijk dure elektrische puntenslijper, elastiekjes, paperclips, dat alles in een speciaal daarvoor bestemde houder of schaaltje. Er waren vakjes met enveloppen, briefpapier, kaarten, etiketten. De politiemensen zouden in ieder geval onder de indruk zijn.

Nu waren alleen de laden nog over. Ik ging op zijn stoel zitten. Boven mijn knieën was een smal laatje. Ansichtkaarten. Ik bekeek ze. Allemaal onbeschreven. Toen de laden aan weerskanten. Chequeboekjes, nieuwe en lege. Vakantiefolders voor de winter. Een enorme papiertroep van Matheson Jeffries, waar Clive werkt. Vreselijk oninteressant allemaal.

In de onderste rechterlade lagen een paar grote, uitpuilende enveloppen. Ik keek in de envelop die bovenop lag. Hij zat vol handgeschreven brieven. Steeds hetzelfde handschrift. Ik las het eind van een brief. Het was een lange brief van drie velletjes. Ondertekend met Gloria. Ik besefte dat een van de ergste dingen die je kunt doen is iemands persoonlijke correspondentie lezen zonder zijn toestemming. 'Iemand die afluistert, hoort nooit iets goeds over zichzelf' was een zin die bij me opkwam. Ik mocht ze niet lezen, en wat ik eigenlijk hoorde te doen was ze terugleggen en gaan slapen en het allemaal uit mijn hoofd zetten. Maar tegelijkertijd kwam de gedachte bij me op dat de politie de volgende morgen die brieven misschien wel zou gaan lezen, omdat zij daar zo hun redenen voor hadden. Moest ik dan niet een beetje weten waar ze over gingen?

Ik deed wat water bij de wijn door de brieven slechts vluchtig door te nemen, hier een zin en daar een woord. Het lijkt misschien lastig om op die manier de inhoud ervan te begrijpen, maar het leek wel alsof bepaalde woorden me van de bladzijde tegemoet sprongen: liefste... ik mis je vreselijk... ik moet steeds aan gisteravond denken... ik tel de uren. Vreemd genoeg was mijn eerste reactie geen kwaadheid op Clive, of zelfs op Gloria. Ik voelde alleen minachting, omdat haar brieven zo banaal waren. Moeten mensen die een geheime affaire hebben zich dan altijd bedienen van steeds diezelfde afgezaagde bewoordingen? Kon Clive niets beters verzinnen? Toen dacht ik aan de laatste keer dat ik haar had gezien, tijdens het etentje bij ons, hoe ze zich naar hem toe boog om iets in zijn oor te fluisteren, hoe ze over de tafel naar hem keek, en mijn wangen begonnen te gloeien. Ik stopte de brieven voorzichtig terug in de envelop. De laatste brief was van kortgeleden. Ik had ze niet moeten lezen, het zou alleen maar schade aanrichten, en nog meer verdriet, nog meer vernedering.

Nog één stukje. Eén alinea, in plaats van alleen een zin. Ik stond Gloria een alinea toe om zich te rechtvaardigen. Ik moest weten waar ik aan toe was.

'En nu moet ik ophouden, liefste. Ik schrijf dit op mijn werk en het is tijd om naar huis te gaan. Ik vind het onverdraaglijk dat ik je niet kan zien, maar in september gaan we naar Genève.' Genève. Een zakenreisje. Daar had hij nog niets van gezegd. 'Ik vind het afschuwelijk om toe te geven, maar soms haat ik haar ook, bijna net zoveel als jij.'

Ik legde de brief even neer en slikte heftig, maar ik kreeg de brok in mijn keel niet weg. Haatte me. Dus hij haatte me. Hield niet van me. Vond me niet eens aardig. Was niet eens onverschillig. Haatte. Ik begon weer te lezen. 'Maar dat moeten we niet doen. We komen er wel uit en dan zijn we samen. We vinden wel een manier, zei je, en daar vertrouw ik op. Heel veel liefs, Gloria.'

Ik vouwde de brief op en schoof hem zachtjes onder in de envelop, waar hij hoorde te liggen. Ik keek naar de andere uitpuilende enveloppen in de la en alleen de gedachte al aan wat erin zou staan vervulde me met een diepe wanhoop. Ik pakte de bovenste op en eronder lag een foto. Van een vrouw, maar het was niet Gloria. De foto was kennelijk op een feestje genomen. Ze had een glas in haar hand en dat hief ze vrolijk lachend naar de fotograaf. Ze zag er heel anders uit dan de vrouwen die ik ken. Een fuifnummer. Klein, slank en piepjong. Donkerblond haar, kort rokje, bizarre, uitbundige bloes. Maar alles ademde een soort nonchalance. In een mal moment dacht ik dat ze er aardig uitzag, dat ze een vriendin van me had kunnen zijn, maar toen werd ik kwaad en misselijk en kon er niet meer naar kijken. Ik stopte de foto onder de tweede envelop terug en duwde de lade dicht. Ik verliet de kamer en vergat niet het licht uit te doen.

13

Ik was in het duister. Dat duister was mijn leven. Alles wat altijd vanzelfsprekend was geweest hing nu als een duistere dreiging boven me. Ik had steeds gedacht dat er daar buiten iemand rondliep die mij iets wilde aandoen, en dat was al angstaanjagend genoeg geweest, maar nu drong het tot me door dat ik nergens veilig was. Niet daar buiten, niet hier binnen, niet bij degene met wie ik al vijftien jaar getrouwd was, niet in mijn eigen huis, mijn eigen kamer, mijn eigen bed. Nergens.

Josh en Harry zaten in Amerika, in een tent op een berg, ver van huis. Christo deed net alsof ik zijn moeder niet was. En Clive haatte me, dat had hij tegen Gloria gezegd. Toen ik die nacht in bed lag, testte ik dat woord uit, zoals je een batterij test door het tipje van je tong ertegenaan te drukken. Haatte. Haatte. Haatte. Het woord brandde in mijn hersens. Mijn man haatte me. Hoe lang haatte hij me al? vroeg ik me af. Sinds Gloria? Of al jaren en jaren? Altijd al?

Buiten hoorde ik een zuchtje wind in de slaphangende bladeren. Ik stelde me voor dat er daar buiten ogen waren die mijn raam beloerden.

Misschien wenste mijn man dat ik dood was.

Ik ging overeind zitten en deed het lampje naast het bed aan. Dat was belachelijk. Idioot, een idiote gedachte. Maar waarom hield de politie hem dan zo lang vast?

In de vroege ochtend, na een nacht vol onrustige dromen, ging ik naar Christo's kamer en ging naast hem zitten, terwijl hij nog sliep. De zon scheen door zijn vissengordijnen. Het zou weer een zinderende dag worden. Hij had het dekbed weggeduwd en zijn pyjamajasje losgeknoopt. De donzige dolfijn die hij in de dierentuin van Lena had gekregen had hij in zijn knuistje geklemd. Zijn mond stond een beetje open en zo nu en dan mompelde hij iets onverstaanbaars. Vandaag zou ik hem met Lena naar mijn ouders sturen, bedacht ik. Dat had ik allang moeten doen. Het was hier geen geschikte plek voor een kind.

De politie kwam vroeg, ze waren met z'n drieën en dreunden als een speciale eenheid Clives werkkamer binnen. Ik deed net alsof ze er niet waren.

Ik maakte een uitgebreid ontbijt voor Christo en Lena, hoewel Lena, die nooit iets at, slechts met haar vork in de gegrilde tomaat prikte en de rest op een hoopje probeerde te schuiven, zodat het leek alsof ze wel iets had gegeten. Christo, die de dooier van zijn gebakken ei over zijn bord smeerde, zei dat het allemaal gètver was en mocht hij chocoladecornflakes hebben? Wat zeggen we dan ook weer? vroeg ik als een robot. Alsjeblieft. Hoefde hij alsjeblieft dit poepeten niet op te eten?

De politie vertrok met dozen onder de arm. Het was nog maar een paar maanden geleden sinds die allemaal naar binnen waren gedragen en in willekeurige stapels waren neergezet door een stel chagrijnige, wrokkige verhuizers. Christo vroeg niet waar zijn vader was, omdat Clive toch al meestal vertrokken was als hij wakker werd. Vertrokken voordat hij uit bed kwam, terug als hij al in bed lag. Haatte. Mijn man haatte me.

Het was een bende in de keuken. Het hele huis was een bende sinds ik Mary had weggestuurd. Ik zou morgen gaan opruimen. Niet vandaag. Ik keek naar mijn blote benen. Die moesten nodig geharst worden, dacht ik, en mijn nagellak begon te schilferen.

'Alles goed met u, mevrouw Hintlesham?' vroeg Lena met haar zangerige stem. Wat was ze aantrekkelijk, zo blond en slank in haar zomerjurkje, met haar sierlijke, gebruinde armen. Misschien had Clive dat ook gevonden. Ik staarde haar aan, totdat haar gezicht voor mijn ogen zwom.

'Mevrouw Hintlesham?'

'Best.' Ik legde mijn vingers op mijn gezicht. Mijn huid voelde dun en oud aan. 'Ik heb slecht geslapen.' Mijn stem stierf weg.

'Ik wil tekenfilms kijken.'

'Nu niet, Christo.'

'Ik wil tekenfilms kijken!'

'Nee.'

'Jij bent een kut.'

'Christo!' Ik pakte hem bij zijn bovenarm en kneep er hard in. 'Wat zei je daar?'

'Niks.'

Ik liet zijn arm los en keek naar Lena, die er bedeesd bij zat.

'Het is vandaag allemaal een beetje ingewikkeld,' zei ik vaagjes. 'Misschien kan je met Christo naar het park gaan, picknicken, naar het springkasteel gaan.'

'Ik wil niet picknicken.'

'Alsjeblieft, Christo.'

'Ik wil bij jou blijven.'

'Vandaag niet, lieverd.'

'Kom, Chrissy, dan gaan we kijken wat je vandaag gaat aandoen.' Lena stond op. Geen wonder dat Christo dol op haar was. Ze werd nooit boos, ze zong alleen maar tegen hem met die grappige stem van haar.

Ik steunde mijn hoofd in mijn handen. Stof en vuil, overal. Een stapel strijkgoed. Geen hulp. Clive die op het politiebureau ondervraagd werd. Wat zouden ze hem vragen? Haat u uw vrouw, meneer Hintlesham? Hoe erg haat u haar? Genoeg om haar scheermesjes te sturen?

Ze gingen hand in hand weg. Christo had een rode korte broek aan en een gestreept T-shirt. Ik staarde naar het stollende eten op hun bord. Ik staarde naar het raam, dat gelapt moest worden. En er zat een spinnenweb op de lamp boven mijn hoofd. Waar was de spin? vroeg ik me af.

De bel ging en ik sprong verschrikt op. Het was Stadler, verkreukeld en bezweet, met stoppels op zijn kin. Hij had blijkbaar de hele nacht niet geslapen.

'Mag ik je even een paar dingen vragen, Jenny?' Hij zei nu steeds Jenny tegen me, alsof we vrienden of geliefden waren.

'Nog meer vragen?'

'Eén,' zei hij met een vermoeide glimlach.

We liepen naar beneden waar hij mijn aanbod om koffie en ontbijt te maken afsloeg. Hij keek om zich heen.

'Waar is Lynne?' vroeg hij.

'Die zit buiten in haar auto,' zei ik. 'Je moet langs haar zijn gekomen.'

'Juist,' zei hij dof. Hij was half in slaap, leek het wel.

'Dus je wilde iets vragen?'

'Ja,' zei hij. 'Het is maar een detail. Weet je nog waar je op zondag 18 juli was?'

Ik deed een zwakke poging om me dat te herinneren, maar gaf het op.

'Je hebt mijn agenda toch?'

'Ja. Er staat bij die dag alleen maar: "Vis ophalen."'

'O ja, nu weet ik het weer.'

'Wat was je aan het doen?'

'Ik was thuis. Aan het koken, dingen aan het voorbereiden.'

'Met je man.'

'Nee,' zei ik. Stadler schrok even zichtbaar, daarna kon hij een triomfantelijk glimlachje nauwelijks onderdrukken. 'Ik begrijp niet waarom je daar verbaasd over zou zijn. Zoals je weet is hij er bijna nooit.'

'Weet je ook waar hij was?'

'Hij moest weg, zei hij. Iets dringends.'

'Weet je dat zeker?'

'Ja, ik was aan het koken. Hij zei 's morgens dat hij weg moest.'

Die dag stond me nog helder voor de geest. Het was Lena's vrije dag. Harry en Josh hadden wat rondgehangen en geruzied, en daarna waren ze naar hun eigen vriendjes gegaan. Christo had het grootste deel van de dag voor de televisie gezeten en met zijn Lego gespeeld, en hij was vroeg naar bed gegaan, uitgeput van de hitte en boosheid, en ik had in de keuken gezeten met de bedorven dag achter me en mijn heerlijke maaltijd voor me op tafel, hoge wijnglazen en bloemen uit de tuin, en hij was niet teruggekomen.

'Dus hij bleef de hele dag weg?'

'Ja,' zei ik.

'Kun je precies de tijden aangeven?'

'Hij ging te vroeg weg om naar de visboer te gaan. Hij kwam om middernacht terug. Misschien nog later. Hij was er niet toen ik naar bed ging.'

'Ben je bereid om dit in een verklaring te herhalen?'

Ik haalde mijn schouders op.

'Als je wilt. Ik neem aan dat ik niet te horen krijg waarom dit zo belangrijk is?'

Stadler verraste me door mijn hand vast te pakken en die vast te houden.

'Jenny,' zei hij zachtjes, met een haast zalvende stem. 'Ik mag je alleen vertellen dat het snel voorbij zal zijn, als je daar wat aan hebt.'

Ik voelde dat ik bloosde.

'O,' was alles wat ik wist te antwoorden, als een of andere dorpsgek.

'Ik kom gauw terug,' zei hij.

Ik wilde niet dat hij wegging, maar dat kon ik uiteraard niet zeggen. Ik trok mijn hand terug.

'Goed,' zei ik.

Ik lag op bed in een poel zonlicht. Ik kon niet bewegen. Mijn armen en benen waren zwaar en mijn gedachten traag, alsof ik onder water was.

Ik lag in een koel bad, ik sloot mijn ogen en probeerde niet na te denken. Ik zwierf door alle kamers. Wat had ik ooit in dit huis gezien? Het was lelijk, kil, onbevredigend. Ik zou er weggaan, opnieuw beginnen.

Ik wilde dat Josh me zou bellen, ik wilde hem zeggen dat hij er niet hoefde te blijven wonen als hij het er zo vreselijk vond. Het was al die ellende niet waard, dat zag ik nu wel in.

Ik liep naar de jongenskamer en betastte de kleren in hun kasten, de trofeeën op hun planken. Wat waren we allemaal ver verwijderd van elkaar. Ik zag mezelf in de lange spiegel in de hal: een magere vrouw van middelbare leeftijd, met vettig haar en knokige knieën, die verloren rondliep in een huis dat te groot voor haar was.

Buiten was de lucht nevelig van de hitte en uitlaatgassen.

Misschien konden we naar buiten verhuizen, naar een kleine cottage met rozen langs de deur. We zouden een zwembad kunnen nemen en een beukenboom, waar de jongens in konden klimmen.

Ik deed de koelkast open en keek erin.

De bel ging.

Ik kon niets uitbrengen. Het was gewoon onmogelijk. Het kon niet waar zijn. Ik schudde alleen maar mijn hoofd, alsof ik daarmee de verwarring kon wegkrijgen. Links boog zich naar me toe, alsof ik niet alleen gek was, maar ook nog eens bijziend en doof.

'Hoorde u wat ik zei, mevrouw Hintlesham?'

'Wat?'

'Uw echtgenoot, Clive Hintlesham,' zei hij, alsof hij het woord voor woord voor me moest spellen. 'Een uur geleden hebben wij hem in staat van beschuldiging gesteld wegens de moord op Zoë Haratounian op de ochtend van 17 juli, 1999.'

'Ik begrijp het niet,' zei ik. 'Dit is idioot.'

'Mevrouw Hintlesham. Jenny...'

'Idioot,' zei ik nog eens. 'Idioot.'

'Zijn advocaat is volledig op de hoogte. Hij wordt morgenochtend voorgeleid. Dan zullen ze verzoeken om vrijlating tegen borgtocht. Maar dat verzoek zal geweigerd worden.'

'Wie is die vrouw, trouwens? Wat heeft zij met Clive te maken? Met mij en de brieven?'

Links keek ongemakkelijk. Hij haalde diep adem en begon langzaam en geduldig te spreken, met zachte stem, ook al was er niemand die meeluisterde.

'Ik kan hier niet in detail op ingaan,' zei hij. 'Maar vanwege de bijzondere omstandigheden vond ik dat ik u op het ergste moest voorbereiden. Uw man schijnt een verhouding met haar te hebben gehad. We denken dat hij haar uw medaillon heeft gegeven. Haar foto zat tussen zijn spullen.'

Ik dacht terug aan de foto die ik de avond ervoor had gezien: een enthousiast, lachend gezicht, een glas in haar hand, proostend op de toekomst die zij niet zou hebben. Ik slikte en een golf van misselijkheid spoelde over me heen.

'Dat wil toch niet zeggen dat hij haar ook vermoord heeft?'

'Mevrouw Haratounian kreeg dezelfde brieven als u. Geschreven door dezelfde persoon. Wij geloven dat uw man haar bedreigde en vervolgens vermoordde.'

Ik staarde hem aan. De stukjes van de puzzel begonnen op hun plaats te vallen, maar het plaatje dat te voorschijn kwam had geen duidelijke betekenis, het was slechts een bonte verzameling gewelddadige beelden. Een boze droom.

'Wilt u beweren dat Clive degene was die me die brieven heeft geschreven?'

'Het enige wat er op dit moment aan de orde is, is dat uw man de moord op mevrouw Haratounian ten laste is gelegd.'

'Zeg nou eens eerlijk wat u denkt.'

'Mevrouw Hintlesham...'

'Dat moet u me zeggen. De hele zaak is me volkomen duister.'

Links zweeg even, hij probeerde duidelijk een beslissing te nemen.

'Dit is zeer pijnlijk,' zei hij. 'Ik wou dat u dit bespaard kon blijven. Maar het is mogelijk dat hij deze vrouw uit de weg wilde hebben, om welke reden dan ook. Toen hij dat gedaan had, wist blijkbaar niemand dat hij haar had gekend. Dus als u... het doelwit was van de persoon die de moord pleegde, zou de verdenking nooit op hem vallen.' Weer zweeg hij. 'Dat is één theorie,' zei hij ongemakkelijk. 'Het spijt me.'

'Heeft hij dan zo'n hekel aan me?'

Links antwoordde niet.

'Heeft hij bekend?'

'Hij ontkent nog steeds dat hij mevrouw Haratounian ooit heeft ontmoet,' zei Links droog. 'Maar dat lijkt me nogal sterk.'

'Ik wil hem spreken.'

'Dat is uw goed recht. Weet u het zeker?'

'Ik wil hem spreken.'

'Dit geloof je toch niet, Jenny? Jens. Je denkt toch niet dat deze idiote beschuldiging ergens op slaat?' Ik hoorde een mengeling van kwaadheid en angst in zijn stem. Zijn gezicht was rood en ongewassen, zijn kleren smoezelig. Ik staarde hem aan. Mijn man. Geprononceerde jukbeenderen, een dik wordende nek, ogen die een beetje bloeddoorlopen waren.

'Jens,' zei hij.

'Waarom zou ik het niet geloven?'

'Jens, ik ben het, Clive, je echtgenoot. Ik besef heus wel dat het leven de laatste tijd een beetje rommelig was, maar ik ben het.'

'Rommelig,' herhaalde ik. 'Rommelig.'

'We zijn al vijftien jaar getrouwd, Jens. Je kent me toch? Zeg tegen ze dat het idioot is. Ik was die dag bij jou. Dat weet je toch wel, Jens?'

Er ging een vlieg op zijn wang zitten en hij mepte hem meteen weg.

'Vertel eens wat over Gloria,' zei ik. 'Is het waar?'

Hij bloosde en probeerde iets te zeggen, maar hield toen zijn mond.

Ik keek naar hem, naar de haren in zijn neusgaten, de vuile strepen in zijn nek, de schilferige huid bij zijn oren, roos in zijn haar. Hij zag er alleen maar goed uit als hij verzorgd was. Hij was niet zo'n type als Stadler bijvoorbeeld, die er eigenlijk beter uitziet als hij de hele nacht is opgebleven. Die er zonder slaap toch sexy uitziet.

'Ik geloof niet dat er nog iets te bespreken valt, toch?'

'Ja,' zei hij. 'Ik vind van wel.'

'Tot ziens.'

'Je komt er wel achter,' schreeuwde hij. 'Je komt er wel achter en dan heb je spijt. Je maakt de grootste fout van je hele stomme onbenullige leventje.' Zijn vuisten kwamen neer op de tafel tussen ons en de agent met het vollemaansgezicht bij de deur stond op. 'Ik zal je nog wel krijgen, let maar 's op.'

Er was nu nog maar één agent voor mijn huis, en hij lag in de auto halfslapend achter een krant. Het leek of er een inbreker in Clives werkkamer was geweest. Het huis was een bouwput, met halfvoltooide kamers. De tuin was een woestenij, distels groeiden in de borders die Francis had klaargemaakt voor de bloeiende, geurende heesters. Het gras was verdord.

Ik maakte een fles champagne open en dronk een glas, maar ik werd er doodziek van. Ik moest iets eten, maar dat leek onmogelijk. Ik wilde dat Grace Schilling binnenkwam en weer zo'n kruidenomelet voor me maakte, druipend en lekker. Ik wilde dat Josh belde dat hij naar huis kwam.

Ik zat alleen in de keuken, beschaamd, maar vrij.

14

Na een dag van hectische bedrijvigheid was ik gekalmeerd. Dat had ik juist nodig. Dan dacht ik verder niet zo na over dingen, het geschetter in mijn hoofd dat met geen pillen te dimmen was, werd minder. Het was een zonnige ochtend en het was nog niet zo ellendig heet en toen ik aan de keukentafel zat met Lynne, was ik haast kalm. Ze had haar uniform weer aan. Er heerste een sfeer van dingen die voorbij zijn, van afbouwen en afscheid nemen. We hadden samen bijna een hele pot koffie op en ik had wat brood geroosterd, waar we beiden van aten. Lynne vroeg of ze mocht roken, en niet alleen vond ik dat goed, maar ik vroeg zelf ook om een sigaret en ging een schoteltje halen dat we als asbak konden gebruiken.

Mijn eerste trekje gaf me een zondig gevoel, alsof ik veertien was, maar daarna voelde ik me getroost. Misschien zou ik in mijn nieuwe leven weer gaan roken.

'Ik rookte altijd om af te slanken,' zei ik. 'Het was in ieder geval een prettige bijkomstigheid. Ik stopte toen ik zwanger was van Josh. Mijn billen en dijen zijn nooit meer hetzelfde geweest.'

Lynne glimlachte en schudde haar hoofd.

'Ik wou dat ik uw figuur had,' zei ze.

Ik keek Lynne kritisch aan.

'Dat zou je niet bevallen,' zei ik. 'Jij hebt het niet gezien zoals ik het zie.'

We trokken beiden aan onze sigaret. Ik was het een beetje ontwend na al die jaren. Ik moest veel meer oefenen.

'Dus u hebt het druk gehad?' vroeg Lynne.

'Er waren enorm veel dingen uit te zoeken.'

'Wanneer vertrekt u?'

'Ik vlieg vanavond naar Boston.'

'Weten de jongens het al?'

Daar moest ik bijna om lachen.

'Het idee dat ik Josh door de telefoon zou zeggen dat zijn vader... Nou nee, dat leek me niet zo geschikt. Nee, ik weet zeker dat dokter Schilling me zou aanraden om dat onder vier ogen te bespreken.'

'Dat is waarschijnlijk beter, ja.'

'Ik heb ongeveer de hele middag aan de telefoon gezeten met mijn architect en allerlei aannemers en Francis, mijn briljante tuinman. We vliegen begin volgende week terug en dan gaan we met het huis aan de slag.'

Lynne stak nog een sigaret op, maar toen zag ze mijn gezicht en stak er ook een voor mij op.

'Dat zal best een vreemd gevoel zijn,' zei ze. 'Om weer opnieuw te beginnen.'

'Deze keer is het anders,' zei ik. 'Daarom zat ik zo lang aan de telefoon. Ze komen de boel opknappen, ze smeren wat witte verf op de muren, planten een paar struiken in de tuin. En dan zet ik het huis in de verkoop.'

Lynne sperde haar ogen open van verbazing.

'Echt?' zei ze.

'Ik zou het huis eigenlijk het liefst willen afbranden met alles erin en hard wegrennen. Maar ik zal het moeten verkopen.'

'U bent net verhuisd.'

'Ik kan het hier niet meer zíen. Ik ben hier doodongelukkig geweest. Dat kan het huis natuurlijk niet helpen, maar toch...'

'Hebt u dat met dokter Schilling besproken?'

'Waarom zou ik dat met haar bespreken?' zei ik een tikkeltje opstandig. 'Het was de taak van Grace Schilling om via haar professionele bekwaamheid de man te pakken die mij lastigviel. Nou, en dat is gebeurd.' Ik zweeg. 'Sorry, ik wilde niet zo boos zijn. Alweer.'

'Geeft niets.'

'Al met al lijkt me dit niet de leukste job die je ooit hebt gedaan.'

'Hoezo?'

'Proberen te zorgen voor een humeurige, ongelukkige vrouw.'

Lynne kreeg een serieuze uitdrukking op haar gezicht.

'Dat moet u niet zeggen. Het was afschuwelijk. We hadden allemaal vreselijk met u te doen. Nog steeds.'

'Nog steeds?'

'Kijk, we zijn blij dat we de dader gepakt hebben. Maar we vinden het rot dat het meneer Hintlesham was.'

Ik nam de tijd om antwoord te geven. Ik keek over Lynnes schouder naar de tuin. Het was moeilijk te geloven dat zelfs iemand als Francis daar binnen twee weken iets acceptabels van zou weten te maken. We zouden wel zien.

'Ik denk steeds na over bepaalde dingen uit ons huwelijk en vraag me dan af hoe het heeft kunnen gebeuren. We hadden weliswaar problemen, maar ik begrijp niet waarom hij me zo hartgrondig haatte. Wat had ik hem misdaan, wat had dat arme kind, die Zoë, hem misdaan, behalve dat ze met hem het bed in is gedoken?' Lynne keek me strak aan. Ze wendde haar blik niet af, dat moet ik haar nageven. Maar ze gaf geen antwoord. 'En ook al haatte hij me, zou hij me dan hebben willen vermoorden? En me laten lijden? Nou, had hij dat gekund? Zeg 's iets.'

Lynne keek een beetje ongemakkelijk.

'Ik moet op mijn woorden passen,' zei ze. 'Nu hij wordt voorgeleid en zo. Maar mensen doen nu eenmaal zulke dingen. Meneer Hintlesham had een andere vrouw. Hij wist dat u nooit in een scheiding zou toestemmen.' Ze haalde even haar schouders op. 'In de laatste moordzaak waarbij ik betrokken was, had een veertienjarige jongen zijn oma vermoord, omdat ze hem geen geld wilde lenen om een lotje te kopen. Zoals een van onze inspecteurs altijd zei: je hoeft geen papieren te hebben om iemand te vermoorden.'

'Dus hij had het wel kunnen doen. Denk je dat hij veroordeeld wordt?'

Lynne zweeg even en zei toen: 'Volgens de strafrechter moeten we ervan uitgaan dat er een kans van vijfenzeventig procent op veroordeling is, voordat we iemand van een misdrijf beschuldigen. Voor zover ik weet was er geen enkele twijfel bij uw man over de tenlastelegging. We hebben een duidelijke connectie met het vermoorde meisje Zoë, en zijn pogingen om daarover te liegen. Hij heeft geen alibi. Hij heeft u bedreigd, hij heeft een verhouding, hij heeft een motief. Het is een duidelijke zaak.'

'En als de moord apart wordt behandeld?' vroeg ik voorzichtig.

'Geen sprake van,' zei Lynne. 'Door de identieke brieven naar jullie beiden zijn die twee zaken niet te scheiden.'

'De helft van de tijd denk ik dat hij onschuldig is en veroordeeld wordt. En de andere helft denk ik dat hij schuldig is en vrijkomt. Hij is slim, hij is advocaat. Ik ben in de war.'

'Hij komt niet vrij,' zei Lynne vastberaden.

We dronken de koffie en rookten onze sigaretten.

'Hebt u al gepakt?' vroeg ze.

'Dat moet nog,' zei ik. 'Ik neem alleen een reistas mee.'

Ze keek op haar horloge.

'Ik ga maar 's,' zei ze.

'Wat een vreemd gevoel dat er niemand op me let,' zei ik.

'Nou, we letten nog wel een beetje op, hoor.'

Ik trok een licht sarcastisch gezicht.

'Betekent dat dat jullie niet helemaal zeker van jullie zaak zijn?'

'Gewoon om te kijken of het goed met u gaat.'

En toen was ze weg.

Ik lunchte niet. Geen tijd. Pakken was iets gecompliceerder dan ik Lynne had doen geloven. Normaal gesproken ben ik kampioen efficiënt pakken, maar ik voelde me een beetje vreemd en deed alles een beetje traag, alsof ik onder water was of op de maan. En ondanks het feit dat ik alles trager deed, moest ik harder nadenken.

De telefoon bleef maar rinkelen. Ik had een tamelijk lang gesprek met Clives advocaat. We draaiden een beetje om elkaar heen. Het was absoluut niet duidelijk of we aan dezelfde kant stonden, en aan het eind vroeg ik me af of ik niet zelf een advocaat moest hebben. Verscheidene mensen belden voor Josh: zijn vioolleraar, die Hack van de computerclub, die zei dat Josh hem had gevraagd of hij een spelletje kwam brengen, en Marcus, een vrindje van 'm. En een aantal van mijn vrinden, of Clives vrinden, belde; ze hadden vernomen dat er iets vreemds aan de hand was. Ik wimpelde iedereen af met een reeks excuses die geen grove leugens inhielden.

Vanwege mijn wankele toestand bedacht ik dat ik maar beter ruim op tijd op het vliegveld kon zijn, dus bestelde ik een taxi en rende als een bezetene door het huis om ramen dicht te doen en gordijnen halfdicht te schuiven. Ik had Mary gebeld. Ze zou 's avonds de lichten aandoen. Maar wat viel er trouwens te halen? Ze mochten het hebben, hoor. Nog één ding. Lange vlucht over de oceaan. Soepele schoenen. Ik had een paar mooie blauwe canvas instappers. Waar waren die? Had ik ze wel uitgepakt na de verhuizing? Nu wist ik het weer. In de kast in de slaapkamer. Bovenin. Ik rende de trap op. In de slaapkamer, ónze slaapkamer had ik vroeger gezegd, keek ik rond. Ik zag niets dat ik vergeten was.

Er werd op de deur geklopt. Niet de voordeur, bedoel ik. Een roffel op de slaapkamerdeur.

'Mevrouw Hintlesham?'

'Wat?' zei ik verschrikt.

Er stak een hoofd om de deur. Heel even was ik volkomen van mijn stuk gebracht. Je weet hoe dat gaat als je een gezicht ziet dat totaal buiten zijn normale context is. Een knappe jongeman met een spijkerbroek en een T-shirt en een zwart werkjasje. Lang donker haar. Wie was dat?

'Hack? Wat doe je...'

'Zo heet ik niet echt. Dat is alleen maar om indruk te maken op de jongens.'

'Hoe heet je dan echt?'

'Morris,' zei hij. 'Morris Burnside.'

'Nou, Morris Burnside, ik heb een beetje haast. Ik moet een vliegtuig halen.'

'Het spelletje,' zei hij, zwaaiend met een opzichtig pakje. 'Daar heb ik over gebeld, weet u nog? Sorry, maar de deur was open, dus ben ik maar naar binnen gegaan. Ik heb beneden staan roepen.'

'O, nou, dan bof je dat ik er nog ben. De taxi kan elk moment komen.'

Hij hijgde, alsof hij gerend had.

'Ja, daar ben ik echt blij om, want... het gaat namelijk niet alleen om dat spelletje. Ik zag de krant van vanavond en daar stond in dat uw man in hechtenis is genomen.'

'Wat? O god. Daar was ik al bang voor.'

'Ik vind 't ontzettend rot voor u, mevrouw Hintlesham. En wat zal dat moeilijk zijn voor Josh.'

'Ja, inderdaad. Wacht even, ik pak die schoenen even. Zo.'

'Daarom wilde ik meteen naar u toe komen. Ik heb er namelijk over na zitten denken en meneer Hintlesham kan het niet gedaan hebben.'

'Dat is erg aardig van je, eh, Morris, maar...'

Ik stapte in mijn schoenen. Het was bijna tijd om weg te gaan.

'Nee, dat is het niet alleen. Ik weet hoe uw man kan bewijzen dat hij onschuldig is.'

'Hoe bedoel je?'

'Er is geen speld tussen te krijgen. Als ze uw lijk vinden, weten ze zeker dat hij het niet gedaan kan hebben.'

'Wat?' vroeg ik dof en voelde een golf van paniek opkomen.

Hij stond dichtbij en plotseling bewoog er iets, er flitste iets boven mijn hoofd en er werd iets strak om mijn nek getrokken. Hij stond nu tegen me aan, zijn hete adem op mijn gezicht, en hij keek naar me.

'Je kunt niets zeggen,' zei hij bijna fluisterend. Zijn gezicht was zo dicht bij het mijne dat hij me had kunnen kussen. 'Je kunt bijna niet ademen. Eén ruk en je bent dood.' Zijn gezicht was rood geworden, verzadigd van bloed, zijn ogen staarden me aan, maar toen hij sprak, was zijn stem haast teder. 'Het maakt niet meer uit. Je kunt niets doen.'

Ik had mezelf niet meer in de hand. Het werd warm en nat tussen mijn benen. Ik liet mijn plas lopen. Ik hoorde het druppelen en spetteren op de vloerplanken. Ik dacht aan het breken van de vliezen. Dat was goed. Christo was er niet. Christo was bij mijn ouders. Josh en Harry waren ver weg. Dat was goed.

Zijn gezicht vertrok van walging.

'Kijk nou toch wat je hebt gedaan,' zei hij. 'Met kleren en al.'

Dit was het laatste wat ik ooit zou zien, zijn gezicht, en ik wilde vragen waarom, maar kon het niet.

'Jammer van die taxi,' zei hij. 'Ik dacht dat ik ruim de tijd had. Ik wilde de tijd hebben om mijn liefde voor jou te bewijzen, maar nu heb ik maar even.'

Hij trok het snoer strakker en hield het met zijn ene hand op zijn plek. Hij stopte zijn andere hand even weg en daarna verscheen die weer. Ik zag een lemmet.

'Ik hou van je, Jenny,' zei hij.

Ik verlangde slechts naar duisternis, ik wilde wegzinken in gevoelloosheid. Maar ik deed het niet. Ik kon het niet.

D E E L   D R I E

Nadia

I

Ik had haast. Nou ja, eigenlijk had ik helemaal geen haast. Maar als ik de indruk wekte dat ik haast had, dacht ik, zou ik mezelf misschien met een smoesje aan het werk kunnen krijgen. Op het moment dat ik mijn vergissing doorhad, zou het al te laat zijn. Dan had ik mijn leven weer in de klauw.

Ik vond een oude katoenen rok onder mijn bed en trok die aan met een zwart T-shirt zonder mouwen eroverheen, zodat je de chocoladevlek niet meer zag. Een wat al te enthousiast kind moest tegen me aan zijn gerend met een Mars of zoiets in zijn knuist. Ik keek even naar mezelf in de spiegel. Mijn haar leek wel een cartoon van een zwerm bijen en er zat nog steeds een veeg schmink op mijn wang.

Koffie. Dat was tenminste iets. Ik vond een kopje en spoelde het in de badkamer om, waar ik ook de waterkoker vulde. De gootsteen in de keuken was onbereikbaar: een toren van aangekoekte borden en pannen. Als ik mijn aangiftebiljet had ingevuld, zou ik de afwas doen. Alweer een goed idee. Die walgelijke, onhygiënische stapel vuile afwas zou een manier zijn om mezelf te dwingen om de boel op orde te brengen.

Ik nam de koffie mee naar mijn bureau, samen met een halve reep chocola. Voortaan zou ik ontbijten met muesli en vers gesneden fruit. Vier bordjes groente en zes bordjes fruit. Dat zou ik iedere dag moeten binnenkrijgen. Chocola kwam toch uit een boon?

Laat ik er nou maar eens aan beginnen. Het biljet van de belastingdienst lag boven op het toetsenbord van de computer. Ik had het al een aantal weken in huis, maar ik had het in de la gelegd bij al die andere ongeopende brieven en probeerde er niet aan te denken. Max zei altijd dat ik naar de psychiater moest, alleen al omdat ik geen post durfde open te maken. Soms liet ik het weken liggen. Ik weet niet waarom. Ik weet wel dat ik mezelf daarmee in de nesten werk. En het is niet zo dat het allemaal ongewenste post is, zoals rekeningen en boetes van de bibliotheek. Ik laat ook cheques liggen, brieven van vrienden, werkaanbiedingen, die ik op dit moment zeker goed kan gebruiken. Straks, zeg ik bij mezelf. Ik doe het straks wel. Als de la vol is.

Dit was het moment waarop straks was aangebroken. Ik veegde een pakje biscuitjes en een strohoed van de stoel en ging zitten, zette de computer aan en wachtte tot het scherm op groen ging. Ik klikte met de muis op INKOMSTEN en daarna op UITGAVEN. Zo ging-ie goed. Zo ging-ie beter. Ik werkte een uur. Ik rommelde op mijn bureau, achter mijn bureau, in jaszakken. Ik maakte enveloppen open. Ik streek verfrommelde oude kwitanties en facturen glad. Mijn leven begon vorm te krijgen. Ik besloot de boel uit te printen om rampen te voorkomen. Er verscheen een klein venster: ERROR 18. Wat betekende dat? Ik klikte weer, maar de cursor zat vast. Alles zat vast. Ik tikte woedend op de toetsen, heel hard, alsof ik ze in beweging kon krijgen door fysieke kracht. Mijn leven, mijn nieuwe, geordende leven was ergens achter dat scherm, maar ik kon er niet bij. Ik steunde mijn hoofd in mijn handen en vloekte en jammerde. Ik sloeg erop. Ik streelde het smekend.

'Alsjeblieft,' zei ik. 'Ik zal voortaan heel braaf zijn.'

Ik moest in de handleiding kijken, ik had geen handleiding. Ik had de computer van een vriend van Max gekregen. Toen herinnerde ik me het kaartje dat vorige week onder de ruitenwisser was geschoven. HULP BIJ UW COMPUTER. Op dat moment had ik erom gelachen en het weggegooid. Maar waar had ik het weggegooid?

Ik deed de bovenste la van mijn bureau open: tampons, kauwgum, lekkende pennen, plakband, inpakpapier, een reis-Scrabblespel, een handvol foto's die ik niet eens herkende. Ik leegde mijn schoudertas op tafel: een heleboel kleingeld, een verschrompelde bal papieren zakdoekjes, een oude sleutel, een pak speelkaarten, een paar knikkers, een oorbel, een paar elastiekjes, een lippenstift en een jongleerbal en een paar dopjes van balpens. Ik keek in mijn portefeuille, tussen de creditcards, de kwitanties, de buitenlandse bankbiljetten en het kiekje uit een automaat van Max. Ik gooide de foto weg. Geen kaartje.

Het lag ook niet onder de kussens van de bank of in de gebarsten theepot waar ik altijd van alles in bewaar, of in mijn sieradenla of in de papierstapel op de keukentafel. Ik had het waarschijnlijk als boekenlegger gebruikt. Ik liep de slaapkamer in en bladerde door de boeken die ik had gelezen of onlangs had bekeken. Ik vond een gedroogd klavertje vier in *Jane Eyre* en een folder van afhaalpizza's in een reisgids over Amsterdam.

Of had ik het zomaar in mijn zak gepropt? Wat had ik die dag aangehad? Ik begon mijn jasjes, broeken, shorts te doorzoeken, alle kleren die in mijn slaapkamer en badkamer rondslingerden, wachtend op de wasdag. Ik vond het in een suède laars onder een leunstoel. Het moest daar zijn neergekomen als een gevallen blad toen ik het weggooide. Ik streek het glad en las de tekst. 'Computerproblemen?' stond er vetgedrukt. 'Grote of kleine, bel me en ik kom u helpen.' Kleiner gedrukt stond er een telefoonnummer, dat ik meteen belde.

'Hallo?'

'Spreek ik met dat computergedoe?'

'Ja.'

Hij klonk jong, aardig, hoogst intelligent.

'Godzijdank. Mijn computer is verlamd. Alles zit erin, mijn hele leven.'

'Waar woon je?'

Ik voelde me ineens heel opgewekt. Fantastisch. Ik zag mezelf al met dat ding dwars door Londen zeulen.

'Camden, vlak bij het metrostation.'

'Komt vanavond je uit?'

'Komt nu meteen jou uit? Alsjeblieft. Vertrouw me. Ik zou het niet vragen als het geen noodgeval was.'

Hij lachte, een leuke, jongensachtige lach. Geruststellend. Als een dokter.

'Ik zal m'n best doen. Ben je overdag thuis?'

'Altijd. Dat zou fantastisch zijn.' Ik gaf hem snel mijn adres en telefoonnummer voordat hij een smoes kon verzinnen. Toen zei ik nog: 'Trouwens, het is een ontzettende rotzooi in mijn flat.' Ik keek om me heen. 'Echt een vreselijke troep. En ik heet Nadia, Nadia Blake.'

'Tot straks.'

2

Binnen een halfuur klopte hij aan. Het was bijna idioot handig. Het was zo'n klusjesman waar mijn vader altijd over doorzaagt, die je nog had in de goede oude tijd van lantaarnopstekers en schoorsteenvegers. Hij was het soort man dat meteen bij je langskomt en iets repareert. Beter nog, want hij stamde niet echt uit de goede oude tijd. Hij was niet zo'n middelbare man in uniform, die 'mevrouw' tegen je zegt en een klembord en een bestelwagen met zijn naam aan de zijkant erop heeft en je aan het eind een factuur geeft met een bedrag erop waarvan je beseft dat je goedkoper uit was geweest met het vernieuwen van de hele wc dan die te laten ontstoppen.

Hij was gewoon zoals wij, alleen een beetje jonger. Een beetje jonger dan ik, dan. Hij was lang en was nonchalant gekleed in sportschoenen, grijze broek, T-shirt en een versleten jack dat erg warm moest zijn bij deze tropische temperaturen. Hij had een bleke huid, lang zwart haar tot op zijn schouders. Hij zag er goed uit en was helemaal niet zo'n hark, zoals alle computernerds zouden moeten zijn.

'Hallo,' zei hij en stak zijn hand uit. 'Ik ben Morris Burnside. De klusjesman.'

'Fantastisch,' zei ik. 'Fantastisch. Ik ben Nadia.'

Ik liet hem binnen.

'Inbrekers?' zei hij, toen hij rondkeek.

'Nee, ik zei al door de telefoon dat het een troep was. Schoonmaken staat boven aan mijn lijstje.'

'Kun je niet tegen een grapje? Ik vind het een leuk huis. Mooie grote deuren naar de tuin.'

'Ja, een toonbeeld van hovenierskunst. De tuin staat ook op het lijstje. Een beetje lager.'

'Waar is de zieke?'

'Daarzo.' Het ergerlijke apparaat stond in mijn slaapkamer. Je moet feitelijk op bed gaan zitten om het te bedienen. 'Wil je thee?'

'Koffie. Melk, geen suiker.'

Maar ik bleef in de buurt en wachtte op zijn reactie op mijn probleem. Het was op een kronkelige manier net zoiets als dat je naar de dokter ging met een kleinigheidje. Als het iets redelijk ernstigs blijkt te zijn, ben je heel trots, alsof je de dokter iets hebt gegeven dat zijn aandacht waard is. Aan de andere kant schaam je je een beetje als je niets bijzonders blijkt te hebben. Ik wilde een gezonde computer hebben en tegelijkertijd wilde ik dat hem iets mankeerde waar Morris de Nerd een kluif aan zou hebben, zodat hij niet voor niets was gekomen. Maar dat was niet het geval.

Hij deed zijn jack uit en gooide het op bed. Ik was verbaasd. Ik verwachtte magere, schriele armen, maar deze waren gespierd en sterk. Hij had een brede borst. Dit was iemand die trainde. Met mijn een meter tweeënvijftig en algehele spichtigheid voelde ik me een schriel kippetje bij hem vergeleken.

'Space Buddy,' zei ik.

'Wat?' zei hij, en toen keek hij omlaag en glimlachte. 'Mijn shirt? Ik weet niet wie die slogans verzint. Ik denk dat het een computer in Japan is die door iemand verkeerd is aangesloten.'

'Nou,' zei ik. 'Hij zit dus helemaal vast. Meestal tik ik een toets in en dan gebeurt er uiteindelijk wel iets, maar ik heb me sufgebeukt en niets helpt.' Hij ging op bed zitten en keek naar het scherm. 'Hij zegt dat er een fout type 18 is, alsof iemand weet wat dat is. Ik vroeg me af of het niet het beste is om de stekker eruit te halen en hem opnieuw op te starten. Maar misschien is dat slecht voor 'm.'

Morris leunde langzaam naar voren. Met zijn linkerhand hield hij een aantal toetsen links op het toetsenbord ingedrukt en daarna drukte hij met zijn rechterhand op Delete. Het scherm werd zwart en daarna startte de computer zichzelf op.

'Is dat alles?' vroeg ik.

Hij stond op en pakte zijn jack.

'Als het weer gebeurt, hou je deze twee toetsen tegelijk ingedrukt en daarna druk je op Delete. Als dat niet werkt: er zit een gaatje achter in dit apparaat.' Hij pakte de computer op en blies wat stof weg. 'Hier. Prik hier met een paperclip in. Dat helpt bijna altijd. Als dat ook niet lukt, trek je de stekker eruit.'

'Sorry, hoor,' zei ik ademloos. 'Ik ben gewoon een kruk in dit soort dingen, ik vind het allemaal stomvervelend. Ik zal het ooit nog wel eens leren. Ik ga een cursus doen.'

'Doe geen moeite,' zei hij. 'Vrouwen horen geen verstand van computers te hebben. Daar zijn mannen voor uitgevonden.'

Ik had een beetje haast omdat ik dingen moest afmaken, maar ik vond niet dat ik hem zomaar de deur uit kon zetten.

'Ik haal koffie voor je,' zei ik. 'Als ik die kan vinden.'

'Mag ik van je toilet gebruikmaken?'

'Ja, daarzo. Mag ik er nu al mijn excuses voor maken?'

'Hoeveel krijg je van me?' vroeg ik.

'Laat maar zitten,' zei Morris. 'Ik hoef geen geld voor dat akkefietje.'

'Dat is belachelijk, je rekent toch wel voorrijkosten?'

Hij glimlachte.

'Met koffie ben ik tevreden.'

'Hoe kom je aan de kost als je alles gratis doet? Ben je een heilige of zo?'

'Nee, nee, ik doe een heleboel met computers, software, scholen, dat soort dingen. Dit is gewoon een hobby.' Het was even stil. 'En wat doe jij?'

De moed zonk me altijd in de schoenen als ik tekst en uitleg moest geven.

'Het is niet echt een baan, en ik zou het niet als een carrière bestempelen. Maar op het moment ben ik een soort entertainer. Kinderfeestjes.'

'Wat?'

'Dat dus. Ik en mijn partner, Zach, mijn compagnon dus, gaan naar feestjes en doen trucjes, ze mogen een gerbil aaien, we maken figuren van ballonnen, we doen een poppenkast.'

'Ongelooflijk,' zei Morris.

'Het is niet bepaald raketwetenschap, maar we kunnen er min of meer van leven. Vandaar de noodzaak om de boekhouding te doen enzovoort. Maar ik vind het echt vervelend, Morris, om je tijd in beslag te nemen. Ik verwacht niet dat je mijn imitatie van een hulpeloos vrouwtje leuk vindt.'

'Kon je vriend 'm niet voor je repareren?'

'Wat brengt jou op het idee dat ik een vriend heb?' vroeg ik met een beetje een sluwe uitdrukking.

Morris werd rood.

'Ik bedoel er niks mee,' zei hij. 'Ik zag alleen scheercrème staan in de badkamer. En een extra tandenborstel en zo.'

'O, die. Max, dat is degene met wie ik omging, heeft een paar dingen laten staan toen hij 'm een paar weken geleden gesmeerd is. Als ik aan de grote schoonmaak begin, gaat dat regelrecht de vuilnisbak in.'

'Sorry,' zei hij.

Ik had geen zin om het daarover te hebben.

'Dus mijn computer doet het weer,' zei ik opgewekt, terwijl ik mijn mok koffie leegdronk.

'Hoe oud is dat ding? Drie jaar?' vroeg hij.

'Dat weet ik niet. Hij was van een vriend van een vriend.'

'Ik snap niet hoe je op zo'n ding kunt werken. Is het niet net alsof je in watten gewikkeld door een moeras loopt?' vroeg Morris. Hij keek ernaar met toegeknepen ogen. 'Je hebt meer geheugen nodig. Snellere hamsters. Daar gaat het allemaal om.'

'Pardon? Snellere hamsters? Wat zijn dat?'

Hij grijnsde. 'Sorry. Een uitdrukking.'

'Ik had een hamster als klein meisje. En die was helemaal niet snel.'

'Ik wil maar zeggen dat jouw apparaat uit het stenen tijdperk stamt.'

'Dat klinkt niet zo best.'

'Voor duizend pond heb je een machine met duizend keer meer vermogen. Dan kun je gaan internetten. Je eigen website maken. Er zit een spreadsheet in waarop je je hele boekhouding kunt zetten. Ik kan dat wel voor je installeren, als je wilt. Dan kun je me als een volwassen computerdokter aan de slag zien.'

Ik begon me een beetje duizelig te voelen.

'Dat is ontzettend aardig van je, Morris, maar ik denk dat je me verwart met een vrouw die de wereld aankan.'

'Nee, Nadia, dat zie je verkeerd. Een goed systeem maakt juist alles makkelijker voor je. Jij bent dan de baas.'

'Hou op,' zei ik vastberaden. 'Ik wil geen computer die meer kan, ik wil er een die mínder kan. Ik wil geen website. Ik heb nog een halfjaar strijkwerk liggen.'

Morris keek teleurgesteld. Hij zette zijn koffiemok op tafel.

'Als je je bedenkt,' zei hij, 'dan heb je mijn kaartje.'

'Zeker weten.'

'En misschien kunnen we... eh... misschien kunnen we een keer wat gaan drinken.'

Er werd aangebeld. Zach. Godzijdank. Het is een statistisch gegeven dat negenenzeventig procent van de mannen die ik tegenkom me mee uit vraagt. Waarom maak ik geen sterkere indruk op mannen? Ik keek naar hem. Er speelden geen violen op de achtergrond. Nee.

'Dat is mijn compagnon,' zei ik. 'We moeten helaas snel weg. En...' Ik laste een gevoelige pauze in. 'Ik voel me op dit moment een beetje wiebelig. Ik ben er nog niet klaar voor. Sorry.'

'Natuurlijk,' zei Morris, die me niet aankeek. 'Daar kan ik helemaal in komen.'

Dat was aardig van hem. Hij liep achter me aan naar de deur. Ik stelde Morris aan Zach voor, terwijl ze elkaar in de deur kruisten.

'Deze meneer,' zei ik, 'komt je computer gratis repareren.'

'Echt?' zei Zach belangstellend. 'Ik snap geen moer van die van mij. Zou je een keer kunnen komen kijken?'

'Sorry,' zei Morris. 'Dit was een eenmalige aanbieding. Komt nooit meer terug.'

'Dat heb ik nou altijd,' zei Zach somber.

Morris knikte me vriendelijk toe en was verdwenen.

Ik heb haar gevonden. Mijn volmaakte derde. Ze is klein, net als de anderen, maar sterk, vol energie. Ze gloeit ervan. Huid als honing, glanzend kastanjebruin haar, maar in een grote verwarde bos, bruingroene ogen, walnootkleurig, koperen sproeten verspreid over haar neus en wangen. Herfstkleuren voor het eind van de zomer. Vastberaden kin. Witte tanden. Ze glimlacht vaak, doet haar hoofd een eindje achterover als ze lacht, gebruikt haar handen als ze praat. Niet verlegen, dit exemplaar, maar tevreden met zichzelf. Als een kat bij de haard. Haar huid ziet er warm uit. Haar hand was warm en droog toen ik die schudde. Zodra ik haar zag, wist ik dat zij de ware voor me was. Mijn uitdaging. Mijn lief. Nadia.

3

'We zouden nog een andere truc moeten hebben.' Zach fronste tegen me boven zijn schuimende roze milkshake. 'Iets nieuws, in ieder geval.'

'Waarom?'

'Als we voor een tweede keer bij iemand thuis worden uitgenodigd.'

Ik ken twee goocheltrucs (drie, als je het stokje meerekent dat in stukjes uiteenvalt wanneer ik een hendeltje aan de onderkant omlaagdruk, waar elk kind onder de vier verbluft van is). De eerste gaat zo: ik stop een witte zijden sjaal in een lege zak – de kinderen weten dat die leeg is, omdat een aantal van hen er met hun groezelige handjes in rondgewoeld heeft voordat ik begin – en dan, hopla, als ik de sjaal er weer uit haal, is hij roze en paars geverfd volgens de tie-and-dye-methode. Bij de tweede truc laat ik in een flits ballen verdwijnen en weer tevoorschijn komen. Dat zijn eenvoudige trucs. Heel eenvoudig. Voor beginners. Maar ik heb ze met de jaren geperfectioneerd. Het gaat erom dat je het publiek de verkeerde kant op laat kijken. En als ze hun adem inhouden van verbazing, weersta dan de verleiding om de truc te herhalen. En vertel niemand, zelfs niet aan nieuwsgierige ouders, hoe je ze doet. Ik heb het een keer aan Max verteld. Ik deed de ballentruc en hij stond versteld. En was nieuwsgierig. Hoe doe je dat? Hoe doe je dat? Hij hield maar niet op. Dus liet ik het aan hem zien en zag zijn gezicht teleurgesteld betrekken. Was dat alles? Wat verwachtte hij dan? schreeuwde ik tegen hem. Het is gewoon een stom trucje.

Ik kan ook jongleren. Alleen met drie ballen, zoals iedereen. Geen kunst aan. Maar ik doe het niet alleen met veelkleurige zakjes met bonen, ik kan jongleren met bananen en schoenen en mokken en teddyberen en paraplu's. Kinderen worden wild als er eieren kapotvallen tijdens het jongleren. Ze gaan ervan uit dat ik dat expres doe, dat ik gewoon aan het dollen ben.

Zach is een veel betere poppenkastspeler dan ik. Ik kan maar twee verschillende stemmetjes doen en dan nog klinken ze precies hetzelfde. Soms gaan we koken op feestjes. Je brengt alle ingrediënten mee en leert een groep kinderen hoe ze feesttaarten en kleverig glazuur moeten maken, hoe ze hamburgers moeten bakken en hoe ze ronde boterhammen met ham moeten snijden met deegmesjes. Daarna eten ze alles op, terwijl jij de rommel opruimt. En als je geluk hebt, krijg je een kopje thee van de moeder.

Ik ben de clown, de pias, lawaaierig, vrolijk en chaotisch, en ik struikel de hele tijd over mijn voeten. Zach is de norse, serieuze aangever. We waren net naar een feestje voor een vijfjarige geweest die Tamsin heette – een kamer vol tirannieke meisjes met jurkjes die op schuimsnoepjes leken – en ik was zweterig en doodmoe na al dat energieke gekrijs. Ik wilde naar huis, een dutje doen, een krant lezen in bad.

'Insecten,' zei Zach ineens. 'Ik hoorde van een man die torren en reptielen naar kinderpartijtjes meebrengt en de kinderen mogen die dan aanraken. Dat is alles.'

'Ik ga geen insecten en reptielen in huis houden.'

Hij slurpte van zijn milkshake en keek droefgeestig.

'We zouden een insect kunnen zoeken dat de kinderen bijt. Nee, dat wordt niks. Dan worden we vervolgd. Je kunt er beter eentje hebben die een ernstige ziekte op de kinderen overbrengt, zodat ze doodziek worden, alleen veel later.'

'Klinkt goed.'

'Vind jij "Lang zal ze leven" ook zo vreselijk?' vroeg hij.

'Vreselijk.'

We grijnsden elkaar toe.

'En dat gejongleer van jou leek vandaag nergens naar.'

'Weet ik. Ik ben 't verleerd. We worden nooit teruggevraagd. Maar dat is best, want Tamsins papa ging klef tegen me doen.' Ik stond op. 'Zullen we samen een taxi nemen?'

'Nee, laat maar.'

We gaven elkaar een zoen en gingen ieder ons weegs.

Sinds Max is weggegaan, is thuiskomen de afgelopen weken een vreemde ervaring geweest. Ik was er net aan gewend geraakt dat hij er was: de wc-bril omhoog in plaats van naar beneden, de klerenkast vol pakken en overhemden, vers geperst sinaasappelsap en bacon in de ijskast, een ander lijf in bed, dat me 's nachts zei dat ik mooi was en 's morgens dat ik godverdomme m'n nest uit moest komen, omdat ik weer te laat was, iemand om voor te koken, iemand die voor mij kookte en mijn rug masseerde en me beval om mijn ontbijt op te eten. Iemand om plannen mee te maken en mijn leven voor te veranderen. Soms zat het me niet lekker dat mijn vrijheid beperkt werd. Hij zeurde tegen me dat ik netter moest worden, dat ik mijn leven meer op orde moest krijgen. Hij vond me een slons. Hij vond me een dromer. De dingen die hij eerst zo charmant aan me vond, waren hem gaan ergeren. Maar nu merkte ik dat ik het miste om mijn leven met iemand te delen. Ik moest leren om weer alleen te leven. De geneugten van egoïsme: ik kon weer chocola in bed eten en havermoutpap maken voor het avondeten en naar de video van *The Sound of Music* kijken en briefjes met Buddies op de muur plakken en chagrijnig zijn zonder dat erg te vinden. Ik kon een nieuwe minnaar tegenkomen en weer met dezelfde dronken makende, zalige, demotiverende rondedans beginnen.

Al mijn vrienden leidden zo langzamerhand een regelmatig leven. Ze hadden banen waar ze voor waren opgeleid, met pensioenen en vooruitzichten. Ze hadden hypotheken, wasmachines, kantooruren. Veel waren getrouwd, een aantal had zelfs kinderen. Misschien waren Max en ik daarom wel uit elkaar gegaan. Het was zonneklaar dat we geen gezamenlijke bankrekening zouden openen en geen kinderen zouden krijgen met zijn haar en mijn ogen.

Ik begon kronkelige, beangstigende berekeningen te maken over hoeveel van mijn leven al voorbij was en hoeveel tijd ik nog over had, wat ik gedaan heb en nog wil doen. Ik ben achtentwintig. Ik rook niet of nauwelijks en ik eet veel fruit en groente. Ik neem de trap in plaats van de lift en heb tijden gekend dat ik hardliep. Ik denk dat ik nog minstens vijftig jaar, misschien zestig, voor de boeg heb. Dat is voldoende tijd om te leren hoe ik mijn eigen films moet ontwikkelen, om wildwatertochten te maken en het noorderlicht te zien, en de man van mijn dromen tegen te komen. Of liever, de mannen van mijn dromen. Vorige week las ik in een krantenartikel dat vrouwen eerdaags baby's kunnen krijgen als ze in de zestig zijn, en ik betrapte mezelf erop dat ik een opgelucht gevoel kreeg.

Waarschijnlijk, dacht ik, zou Max ook op het feest zijn waar ik vanavond heen ging. Terwijl ik door het verstopte verkeer naar huis reed, sprak ik met mezelf af dat ik me heel mooi zou maken. Ik zou mijn haar wassen en mijn rode jurk aantrekken en lachen en flirten en dansen, zodat hij zag wat hij in de steek had gelaten en dat het me geen moer kon schelen. Ik ben niet eenzaam zonder hem.

Ik waste dus mijn haar. Ik streek mijn jurk. Ik lag in een bad vol oliën, met kaarsen langs de rand, hoewel het nog licht was. Daarna at ik twee geroosterde boterhammen met Marmite en dronk een glas koel, glanzend vruchtensap.

Max bleek er helemaal niet te zijn en na een tijdje keek ik niet meer op wanneer een nieuwe gast binnenkwam. Ik ontmoette ene Robert, een advocaat met dikke wenkbrauwen, en ene Terence, die strontvervelend was. Ik danste nogal wild met mijn oude vriend Gordon, die me al die maanden geleden aan Max had voorgesteld. Ik praatte een tijdje met Lucy, die het feest gaf omdat ze dertig was geworden, en met haar nieuwe vriend, die ongeveer twee meter tien was en geblondeerd haar had. Hij moest zich helemaal naar me toe buigen, zodat ik me een soort dwerg of een klein meisje voelde. Om halftwaalf ging ik weg om met mijn oude vrienden Cathy en Mel wat te eten in een Chinees restaurant, en ik werd een beetje dronken, maar zo gezellig mogelijk. Spareribs en slijmerige noedels en goedkope rode wijn, totdat ik het koud kreeg in mijn dunne rode jurk. Koud en moe, en plotseling wilde ik naar huis, naar mijn grote bed.

Het was na enen toen ik thuiskwam. Camden Town komt na middernacht tot leven. Het krioelde op straat van de vreemde lui, sommigen apathisch en anderen behoorlijk opgefokt. Een man met een groene paardenstaart probeerde me vast te pakken, maar toen ik hem zei dat hij moest opdonderen, haalde hij grijnzend zijn schouders op. Een mooi meisje, met bijna niets aan, draaide vlak bij mijn huis rondjes, als een tol. Niemand scheen enige aandacht aan haar te schenken.

Ik stommelde naar binnen en deed het ganglicht aan. Er lag een brief op de mat. Ik raapte hem op en keek naar het handschrift. Keurig zwart schuinschrift: Mejuffrouw Nadia Blake. Ik schoof mijn vinger onder de plakrand en pakte de brief eruit.

4

'Heeft-ie de flat ook overhoopgehaald?'

'Hoezo?'

Links gebaarde naar de rommel, de kussens op de vloer, de stapels papieren op het kleed.

'Nee,' zei ik. 'Dat ben ik alleen maar. Ik heb het een beetje druk gehad, maar het komt wel goed.'

De inspecteur kreeg even een wezenloze uitdrukking op zijn gezicht, alsof hij net wakker was geworden en niet precies wist waar hij was.

'Eh... mevrouw eh...'

'Blake.'

'Ja, mevrouw Blake. Vindt u het goed dat ik rook?'

'Ga uw gang.'

Ik scharrelde rond op zoek naar een asbak en vond er een die toevallig in de vorm van het eiland Ibiza was uitgesneden. Ik werd ineens bang dat die misschien iets met drugs te maken had, maar hoofdinspecteur Links had blijkbaar dringender zaken aan zijn hoofd. Hij zag er niet gezond uit. Ik heb een oom die drie hartaanvallen heeft gehad en nog steeds rookt, ook al heeft hij niet genoeg zuigkracht om de sigaret brandend te houden. En een vriend van Max is herstellende van een enorme zenuwinzinking, waarvoor hij moest worden opgenomen. Dat was een jaar geleden, maar hij spreekt nog steeds met een beverige stem, alsof hij probeert om niet te huilen. Links deed me aan hen allebei denken. Hem een sigaret te zien aansteken was een oefening in het opbouwen van spanning. Zijn vingers trilden zo hevig dat hij de lucifer haast niet bij het eind van de sigaret kon houden, en dan nog maar een onbeholpen microseconde. Het leek wel alsof hij hem probeerde aan te steken in het kraaiennest van een trawler op de Noordzee in plaats van in mijn redelijk tochtvrije woonkamer.

‘Voelt u zich wel goed?’ vroeg ik. ‘Wilt u iets drinken? Thee misschien?’

Links wilde iets zeggen, maar kreeg een rochelende hoestaanval, die erg pijnlijk klonk. Hij kon alleen maar nee schudden.

‘Honing met citroen dan?’

Hij bleef maar trillen. Hij haalde een vies uitziende zakdoek uit zijn broekzak en veegde zijn ogen af. Hij begon heel zachtjes te spreken, zodat ik me naar voren moest buigen om hem te verstaan.

‘Het gaat om...’ Hij zweeg even. Hij raakte steeds de draad van zijn betoog kwijt. ‘Om het verkrijgen van toegang. Wie er toegang heeft, dus.’

‘Ja,’ zei ik vermoeid. ‘Dat hebt u al gezegd. Het lijkt me nogal veel gevraagd voor één morbide brief. Het wordt een heel gedoe. Er komen heel vaak mensen logeren. Mijn vriend was hier heel vaak. Er lopen de hele tijd mensen in en uit. Ik ben net een paar maanden weg geweest en toen heeft hier een vriendin van mij gewoond. Het was ongeveer de zoete inval toen zij hier was.’

‘Waar is zij nu?’ vroeg Links met een beklagenswaardig gehijg.

‘Ik geloof dat ze in Praag zit. Ze had daar een klus, voordat ze terugging naar Perth.’

Links draaide zich om naar zijn collega. De andere politieman, inspecteur Stadler, zag er minder als een risicogeval uit dan Links. Een beetje verlopen misschien, maar op een vreemd aantrekkelijke manier. Hij zat er gewoon volkomen onbewogen bij. Hij had steil, achterovergekamd haar, uitstekende jukbeenderen en donkere ogen, die hij steeds op mij richtte, alsof ik ontzettend interessant was, maar op een beetje een bizarre manier. Hij bekeek me eerder als een auto-ongeluk dan als een vrouw.

Nu sprak hij voor het eerst: ‘Hebt u enig idee van wie de brief afkomstig is? Hebt u al eerder zoiets bij de hand gehad? Bedreigende telefoontjes? Vreemde ontmoetingen met mensen?’

‘O, talloze vreemde ontmoetingen,’ zei ik. Links ging overeind zitten, waardoor hij iets minder op een zombie leek. ‘Ik kom vanwege mijn werk elke week in verschillende huizen. Ik moet daarbij uitleggen dat ik geen inbreker ben.’ Er kon geen glimlachje bij hen af. Geen sprankje. ‘Ik en mijn compagnon, we vermaken kinderen op partijtjes. De mensen die je tegenkomt, echt waar, dat geloof je niet. Als de vader van de vijfjarige waar jij net een voorstelling voor hebt gegeven, je probeert te versieren terwijl de moeder in de keuken de kaarsjes aansteekt op de taart, nou, dan krijg je geen hoge dunk van de menselijke aard.'

Links drukte zijn sigaret uit, die hij maar voor de helft had opgerookt, en stak een nieuwe op.

'Mevrouw, eh...' Hij keek in zijn aantekenboekje. 'Mevrouw, eh...' Hij scheen moeite te hebben om zijn aantekeningen te kunnen lezen. 'Eh... Blake. We hebben, eh, reden om aan te nemen dat er momenteel, of in de afgelopen, eh, maanden, eh, andere vrouwen ook het doelwit zijn geweest van deze persoon.' Hij wierp steeds vluchtige blikken naar Stadler, alsof hij morele steun bij hem zocht. 'Dus het doel van ons onderzoek is onder andere vast te stellen, of liever, pogen vast te stellen of er verband tussen hen bestaat.'

'Wie zijn dat?'

Links hoestte weer. Stadler deed geen poging om het in zijn plaats uit te leggen. Hij zat maar naar me te staren.

'Wel,' zei hij ten slotte. 'Het is wellicht niet juist om in dit stadium van het onderzoek, eh, in detail op de zaak in te gaan. Het kan aspecten van het onderzoek belemmeren.'

'Bent u bang dat ik misschien contact met hen zal zoeken?'

Links haalde zijn zakdoek te voorschijn en snoot zijn neus. Ik keek naar Stadler. Voor het eerst keek hij niet terug. Hij leek iets heel belangrijks in een aantekenboekje te lezen.

'We houden u zoveel mogelijk op de hoogte van onze vorderingen,' zei Links.

'Onderzoek?' zei ik. 'Het is maar een brief.'

'Het is belangrijk om deze zaken serieus te nemen. Tevens beschikken wij over een psychologe, dokter Grace Schilling, die een deskundige is op het gebied van, eh... Ze komt hier...' Hij keek op zijn horloge. 'Ze kan hier elk moment zijn.'

Er viel een stilte.

'Hé,' zei ik. 'Ik ben niet dom. Er is ongeveer een jaar geleden ingebroken, maar er is niets gestolen. Ik denk dat ik ze gestoord heb. Maar de politie kwam pas een dag later en ze hebben er geen moer aan gedaan. Maar nu krijg ik één vervelend briefje en is het ineens een groot onderzoek. Wat is er aan de hand? Moeten jullie geen echte volwassen misdaden gaan oplossen?'

Stadler klapte zijn aantekenboekje dicht en stopte het in zijn zak.

'We zijn ervan beschuldigd dat we niet genoeg aandacht besteden aan vergrijpen gericht tegen vrouwen,' zei hij. 'We nemen bedreigingen als deze zeer serieus.'

'Nou ja,' zei ik. 'Dat zal dan wel goed zijn.'

Dokter Schilling was het soort vrouw dat ik nogal benijd. Ze had het duidelijk heel goed gedaan op school, had fantastische cijfers gehaald en zag er nog steeds tamelijk intelligent uit. Ze kleedde zich ook behoorlijk chic, maar ook dat op een intelligente manier. Ze had van dat lange, blonde haar dat geweldig zat, maar dat ze kennelijk in ongeveer drieëneenhalve seconde had opgestoken om te laten zien dat ze het allemaal niet vreselijk serieus nam. Ze was in ieder geval niet zo iemand die je op haar hoofd ziet staan voor een groep krijsende peuters. Als ik had geweten dat ze kwam, had ik het huis echt opgeruimd. Het enige wat me irriteerde was dat ze me met zo'n ontzettend serieuze, bijna treurige bezorgdheid aansprak, alsof ze een religieus tv-programma presenteerde.

'Ik begrijp dat je net een relatie hebt verbroken,' zei ze.

'Ik weet zeker dat die brief niet van Max is. Om allerlei redenen, onder andere dat hij nog niet eens een behoorlijk briefje aan de melkboer kan schrijven. Trouwens, hij heeft míj laten zitten.'

'Toch zou dat kunnen betekenen dat je kwetsbaar was.'

'Nou, misschien wel pisnijdig.'

'Hoe lang ben je, Nadia?'

'Krijgen we dat weer. Ik probeer er niet bij na te denken. Een meter tweeënvijftig en nog wat. Een emotioneel kwetsbare dwerg. Probeert u me dat duidelijk te maken? Daar hebt u zeker geen last van?'

Ze glimlachte niet eens.

'Moet ik me zorgen maken?' vroeg ik.

Nu viel er een heel lange stilte. Toen dokter Schilling begon te praten, woog ze haar woorden heel precies af.

'Ik denk niet dat je er iets mee opschiet als je in paniek raakt. Maar ik denk wel dat je je zou moeten gedragen alsof je je zorgen maakte, alleen maar om geen risico's te lopen. Je bent bedreigd. Je zou je moeten gedragen alsof die bedreiging ook reëel is.'

'Denkt u echt dat iemand me zomaar wil vermoorden?'

Ze keek peinzend.

'Zomaar?' zei ze. 'Misschien. Er zijn een heleboel mannen die vinden dat ze heel goeie redenen hebben om vrouwen aan te vallen of te vermoorden. Dat zijn misschien redenen waar jij of ik geen been in zien. Maar dat is een schrale troost, toch?'

'Voor mij is het dat in ieder geval wel,' zei ik.

'Ja,' zei dokter Schilling, bijna onhoorbaar, alsof ze tegen iemand anders praatte, iemand die ik niet kon zien.

5

Ze waren niet weg te krijgen. Na een paar uur kreeg Links een telefoontje en slofte weg, maar Stadler en dokter Schilling bleven zitten. Terwijl Schilling met me praatte, ging Stadler de deur uit en kwam terug met broodjes, pakjes frisdrank, melk, fruit. En toen hij met me het huis door liep om te kijken hoe het met de veiligheid zat (die aanzienlijk verbeterd moest worden), liep zij naar de keukenhoek en zette thee. Ik hoorde zelfs het gerammel en gerinkel en gespetter van afwas die werd gedaan. Ze kwam terug met mokken tegen haar borst. Stadler deed zijn jasje uit en rolde zijn mouwen op.

'Er is tonijn met komkommer, zalm met komkommer, kipsalade en ham met mosterd,' kondigde hij aan.

Ik nam de ham, dokter Schilling de tonijn, waardoor ik het idee kreeg dat tonijn ontzettend veel gezonder was en dat er iets smerigs en frivools aan mijn keus kleefde.

'Bent u medisch agente of zo?' vroeg ik.

Ze had haar mond vol, dus kon ze alleen maar haar hoofd schudden, terwijl ze erg haar best deed om de hap door te slikken. Ik voelde een kortstondige triomf. Ik had haar betrapt op een moment van onwaardigheid.

'Nee, nee,' zei ze, alsof ik haar had beledigd. 'Ik ben adviseur van de politie,' zei ze.

'Waar bestaat uw werk dan uit?'

'Ik werk bij de Welbeck-Kliniek,' zei ze.

'Als wat?'

'Grace is veel te bescheiden,' zei Stadler. 'Ze is briljant op haar gebied. Je boft dat je haar naast je hebt.'

Schilling draaide zich met een ruk naar hem om en bloosde, eerder uit boosheid of gekwetstheid, dacht ik, dan uit verlegenheid. Al die blikken en gefluisterde terzijdes. Ik voelde me een soort indringer in een groepje oude vrienden die samen speciale uitdrukkingen bezigden, een eigen taaltje hadden, die samen een gelukkige tijd van samenwerking deelden.

'Wat ik eigenlijk bedoel,' zei ik, 'is dat ik kinderen vermaak op feestjes. Dus door de week, als iedereen op kantoor zit, heb ik 't nooit zo druk. Maar u, dokter Schilling...'

'Zeg alsjeblieft Grace, Nadia,' zei ze zacht.

'Goed, Grace dan. Ik weet dat dokters het ongelooflijk druk hebben, van de keren dat ik er eentje wou spreken. Ik geef ruiterlijk toe dat we hier heel gezellig zitten te kletsen, en ik ben volkomen bereid om mijn hele leven voor je op tafel te leggen. Maar ik zat net te denken waarom een briljant psychiater als jij hier op de grond zit in een armoedig eenkamerwoninkje in Camden Town en een broodje tonijn eet. Je kijkt niet op je horloge, je wordt niet gebeld op je mobiele telefoon. Dat vind ik vreemd.'

'Zo vreemd is dat niet,' zei Stadler, die zijn mond afveegde. Hij had de zalm genomen. Ik wed dat het broodje ham het goedkoopst was en ook het ongezondst. 'We willen een plan opstellen over hoe we dit gaan aanpakken. We willen je informele bescherming geven, en het doel van deze bijeenkomst is te besluiten welk soort bescherming. En wat dokter Schilling betreft, zij is een deskundige in bedreigingen van deze aard en ze heeft twee doelstellingen. De belangrijkste is uiteraard om ons de persoon te helpen vinden die jou deze dreigbrief heeft gestuurd. Daarvoor moet ze jou bekijken en hoe je leeft, om een idee te krijgen wat deze gek zo in jou aantrekt.'

'Het is mijn pakkie-an, hè?' zei ik. 'Ik heb hem ertoe aangezet.'

'Het is op geen enkele manier jouw pakkie-an,' zei Grace nadrukkelijk. 'Maar hij heeft jou uitgekozen.'

'Ik vind jullie maar maf,' zei ik. 'We hebben hier te maken met een man die het lekker vindt om dreigbrieven naar vrouwen te sturen, omdat hij bang voor ze is. Wat is daar zo erg aan?'

'Dat zie je verkeerd,' zei Grace. 'Zo'n brief is een geweldsdaad. Een man die zo'n brief stuurt is een grens overgegaan, of zou dat kunnen doen. Die moet als gevaarlijk bestempeld worden.'

Ik keek haar niet-begrijpend aan.

'Vind je dat ik niet bang genoeg ben?'

Ze dronk haar mok thee leeg. Het leek wel alsof ze expres de boel aan het rekken was.

'Ik kan je raad geven over wat je moet doen,' zei ze. 'Maar ik vind niet dat ik zeggenschap heb over wat je zou moeten voelen. Kom, geef me je mok. Ik haal nog wat thee.'

Onderwerp gesloten. Stadler hoestte even.

'Wat ik zou willen doen,' zei hij, 'als je dat goedvindt, is een beetje verder praten over je leven, wie je vrienden zijn, het soort mensen dat je ontmoet, je gewoontes, dat soort dingen.'

'Je ziet er niet als een politieman uit,' zei ik.

Hij schrok even. Toen glimlachte hij.

'Hoe ziet een politieman er dan uit, volgens jou?' vroeg hij.

Hij liet zich niet makkelijk van zijn stuk brengen, door mij in ieder geval niet. Ik had nog nooit iemand ontmoet die me zo indringend aankeek, alsof hij ver naar binnen probeerde te kijken. Wat probeerde hij te zien?

'Dat weet ik niet,' zei ik. 'Je hebt gewoon geen politie-uitstraling. Je ziet er, eh...'

En toen hield ik abrupt mijn mond, omdat ik zo'n beetje wilde zeggen dat hij te knap was voor een politieman, wat niet alleen een oliedomme opmerking was, maar ook totaal ongepast in deze situatie. Gelukkig was Grace Schilling net met de thee binnengekomen.

'...normaal uit,' zei ik, om mijn zin toch nog af te maken.

'Is dat alles?' zei hij. 'Ik dacht dat je iets aardigers zou gaan zeggen.'

Ik trok een gezicht.

'Ik vind 't leuk als iemand er niet als een politieman uitziet.'

'Hangt ervan af hoe jij je een politieman voorstelt.'

'Stoor ik?' vroeg Grace op een licht ironisch toontje.

Toen ging de telefoon. Het was Janet. Ze wilde weten of onze afspraak nog doorging. Ik legde mijn hand op de hoorn.

'Dat is een van mijn beste vriendinnen,' zei ik, overdreven fluisterend. 'Ik zou vroeg op de avond wat met haar gaan drinken. Zij heeft trouwens die brief echt niet geschreven.'

'Vandaag niet,' zei Stadler.

'Meen je dat nou?'

'Doe nou maar wat we zeggen.'

Ik trok weer een gezicht en zei tegen Janet dat het me speet. Ze was een en al begrip natuurlijk. Ze wilde nog even kletsen, maar ik hield het af. Grace en Stadler leken een beetje al te geïnteresseerd in wat ik zei.

'Is dit een grap of zo?' vroeg ik.

'Hoe bedoel je?'

'Ik krijg het gevoel alsof ik vervolgd word,' zei ik. 'Maar niet door die zielige zakkenwasser die die brief heeft geschreven. Ik voel me net een beestje dat op een kaartje ligt met een speld door zich heen. Ik kronkel nog wat rond, terwijl iemand door een microscoop naar me kijkt.'

'Is dat wat je voelt?' zei Grace ernstig.

'O, hou alsjeblieft op,' zei ik nijdig. 'Ga me in godsnaam niet vertellen dat dat iets betekent.'

Het was trouwens maar de helft van wat ik voelde. We bleven de hele middag zitten en ik zette thee en daarna koffie en vond koekjes in een trommel. En ik dook de losse papiertjes op die ik agenda noem en ik ging door mijn adresboekje en weidde uit over mijn leven. Zo nu en dan stelde een van hen een vraag. Het begon voor het eerst sinds dagen te regenen en plotseling voelde ik me geen zeldzaam insect meer dat voordat het ontleed wordt eerst wordt onderzocht, maar als iemand die de tijd doorbrengt met twee nogal vreemde nieuwe vrienden. Zoals we daar zaten, met de regen in stromen langs de ramen, gaf me een heel geruststellend gevoel.

'Kun je echt jongleren?' vroeg Stadler op een gegeven moment.

'Of ik kan jongleren?' zei ik strijdlustig. 'Let maar 's op.' Ik keek om me heen. Er lag wat fruit in de schaal.

Toen ik twee gerimpelde appels en een mandarijn pakte, vloog er een wolkje piepkleine vliegjes vanaf. Er was daar binnen iets aan het ontploffen.

'Dat komt straks wel,' zei ik. 'Let op.'

Ik begon met het fruit te jongleren en liep toen tamelijk voorzichtig de kamer op en neer. Ik struikelde over een kussen en alles viel op de grond.

'Nu hebben jullie een beetje een idee,' zei ik.

'Kun je nog meer?' vroeg hij.

Ik maakte een schamper geluid.

'Jongleren met vier ballen is dodelijk saai,' zei ik. 'Je houdt er gewoon twee in elke hand en je gooit ze op en neer zonder ze af te wisselen.'

'En met vijf?'

Ik maakte weer een schamper geluid.

'Vijf is voor gestoorden. Om met vijf ballen te kunnen jongleren moet je je drie maanden afzonderen in een kamer en alleen maar dat doen. Ik bewaar vijf ballen voor als ik de gevangenis in moet of het klooster in ga of op een onbewoond eiland terechtkom. Het zijn maar peuters, en bovendien is het maar een fase in mijn leven, en intussen ben ik aan het bedenken hoe ik de rest ervan moet inrichten.'

'Dat is geen excuus,' zei Stadler. 'Wij willen vijf ballen zien, toch?'

'Op z'n minst,' zei Grace.

'Koppen dicht,' zei ik. 'Of anders laat ik jullie mijn goocheltrucs zien.'

6

Ik kan niet uitleggen wat er daarna gebeurde. Of ik kan het in ieder geval niet zo uitleggen dat het ergens op slaat.

Grace Schilling ging weg. Ze legde haar handen op mijn schouders toen ze gedag zei en staarde me even aan, alsof ze me ging zoenen, of ging huilen. Of iets heel serieus ging zeggen. Toen zei Stadler tegen me dat ze agent Burnett, een vrouw, hadden opgedragen om een oogje in het zeil te houden.

'Ze komt toch niet logeren, hè?'

'Nee, dat wilde ik je uitleggen. Lynne Burnett heeft als speciale opdracht om jou te beschermen. 's Nachts zal zij, of vaker andere agenten, voor de deur van je huis posten, meestal in een auto. Geen politiewagen. Overdag is ze misschien in je huis, maar dat moeten jullie onderling bespreken.'

''s Nachts?' vroeg ik.

'Het is maar tijdelijk.'

'En jij?' vroeg ik. 'Ben jij ook in de buurt?'

Hij keek me net iets te lang aan, zodat ik bijna iets anders wilde gaan zeggen, maar toen ging de bel. Ik schrok op, knipperde met mijn ogen en wierp hem een wazige glimlach toe.

'Dat zal Lynne zijn,' zei hij.

'Ga je niet opendoen?'

'Het is jouw huis.'

'Het is vast voor jou.'

Hij draaide zich om en deed open. Ze was jonger dan ik, hoewel niet veel, en vrij knap. Ze had een grote paarse wijnvlek op haar wang. Ze was niet gekleed als een agent. Ze had een spijkerbroek en een T-shirt aan en een lichtblauw jasje in haar hand.

'Ik ben Nadia Blake,' zei ik, terwijl ik mijn hand uitstak. 'Let maar niet op de rommel. Ik verwachtte geen bezoek.'

Ze glimlachte en bloosde.

'Ik laat je zoveel mogelijk op jezelf, tenzij je me ergens voor nodig hebt,' zei ze. 'Maar ik ben tamelijk goed in opruimen. Als je tenminste wílt opruimen,' voegde ze er haastig aan toe.

'Het is allemaal een beetje uit de klauwen gelopen,' zei ik. Ik keek even naar Stadler en glimlachte, maar hij glimlachte niet terug en keek me alleen peinzend aan. Ik liep naar mijn slaapkamer en ging op bed zitten wachten tot hij wegging. Ik voelde me moe en raar. Wat was er aan de hand? Wat moest ik de hele avond doen met Lynne om me heen? Ik kon niet eens lekker naar bed gaan met een kaasboterham.

Het had erger kunnen zijn. We aten gebakken eieren en witte bonen in tomatensaus als avondeten en Lynne vertelde me over haar zeven broers en zusters en haar moeder die kapster was. Ze ruimde wat op, alsof ze iets om handen wilde hebben. Daarna ging ze weg. Niet echt, natuurlijk. Ze ging buiten in de auto zitten. Na vanavond, zei ze, zouden er andere agenten in haar plaats komen. Ze moest per slot van rekening kunnen slapen. Ik zat lang in bad, totdat mijn vingertoppen verschrompeld waren, en toen ik eruit kwam, keek ik door de kier in de gordijnen. Ik zag haar silhouet in de auto. Zat ze te lezen of naar de radio te luisteren? Ik kon het niet zien. Waarschijnlijk mocht ze zich niet laten afleiden. Ik vroeg me af of ik haar soep of koffie moest gaan brengen. Maar ik ging naar bed.

De volgende dag ging Lynne met me mee boodschappen doen. Ze zat bij me toen ik brieven schreef. Er was even een ongemakkelijk moment toen Zach belde en met me afsprak om langs te komen om de agenda door te nemen. Ik legde de telefoon neer, draaide me naar haar om en zei: 'Eh...'

Ze reageerde meteen. 'Ik wacht buiten wel.'

'Het is alleen maar...'

'Geen probleem.'

Vroeg in de avond werd er aangebeld en zij deed open. Het was Stadler. Hij had een zeer serieuze aktetas bij zich, zag ik, en droeg een donker pak.

'Hallo, inspecteur,' zei ik liefjes.

'Ik neem het even van Lynne over.' Er viel niets af te lezen van zijn gezicht. Geen glimlach. 'Alles goed?'

'Prima, dank je.'

'Ik wou wat vragen stellen.'

Hij ging op de bank zitten en ik ging tegenover hem in de leunstoel zitten.

'Wat hebt u dan te vragen, inspecteur?' Hij had mooie handen. Lang, met gladde nagels.

Hij deed zijn aktetas open en rommelde door papieren.

'Ik wilde je over je vorige geliefden vragen,' zei hij.

'Dat heb je al gedaan.'

'Dat weet ik, maar...'

'Weet je? Ik geloof dat ik liever met Grace Schilling over mijn vorige relaties praat.'

Hij haalde diep adem. Hij leek zich niet op zijn gemak te voelen. Daar zat ik niet mee.

'Misschien vind je het nuttig...' begon hij, maar ik onderbrak hem.

'Ik heb echt geen zin om je nog meer over mijn seksleven te vertellen.'

Toen staarde hij me aan en keek niet meer naar zijn aantekeningen. Ik stond op en draaide me om.

'Ik neem een glaasje wijn. Wil jij er ook een? En zeg niet dat je niet drinkt onder diensttijd.'

'Een kleintje dan.'

Ik schonk voor ons allebei een glas witte wijn in. Geen van beide was klein. We liepen naar buiten de tuin in, of wat daarvoor door moest gaan. Mijn tuin komt uit op een industrieterrein waar containers opgeslagen liggen. Maar het was een verademing om niet de hele tijd binnen opgesloten te zitten. De regen van gisteren en vandaag was opgehouden en zo fris was het in weken niet geweest. De bladeren van de perenboom glinsterden.

'Ik ga hier veel werk van maken,' zei ik, toen we tussen de doorgeschoten planten stonden. 'Het lijkt wel alsof de Triffids hier hebben huisgehouden. Het onkruid tiert welig.'

'Maar het is wel afgesloten. Niemand kan naar binnen kijken.'

'Dat is waar.'

Ik nam een slokje wijn. Hij wist veel van me. Hij wist dingen over mijn werk, mijn familie, mijn vrienden en geliefden, mijn examenresultaten en mijn verhoudingen. De dingen waarnaar ik verlangde, zoals een sportwagen met open dak en een betere zangstem en meer waardigheid, en de dingen waar ik bang voor was, zoals liften en hoogten en slangen en kanker. Ik had met hem, en met Grace, gepraat zoals je met een minnaar praat, liggend in bed na het vrijen, met het kalme donker buiten, terwijl je elkaar geheimen en intieme onbenulligheden toevertrouwt. Maar ik wist niets van hem, helemaal niets. Ik werd er duizelig van.

We helden naar elkaar toe. Daar ga ik, dacht ik. Daar komt weer een grote vergissing aan. Maar toen ik zo vooroverhelde, bleef mijn voet aan een dikke doorntak haken en ik struikelde. Ik liet mijn glas vallen en kwam op mijn knieën in het lange, natte gras terecht. Hij knielde naast me neer en legde een hand onder mijn elleboog.

'Kom, opstaan,' zei hij hees. 'Kom, Nadia.'

Ik sloeg mijn armen om zijn nek. Hij draaide zijn hoofd niet weg. Ik wist niet wat hij dacht, wat hij wilde. Ik zoende hem vol en stevig op zijn mond. Zijn lippen waren koel, zijn huid was warm. Hij duwde me niet weg, maar hij zoende me niet meteen terug. Hij zat op zijn knieën en liet me begaan. Ik zag de lijnen in zijn gezicht, de rimpels om zijn ogen en de groeven om zijn mond.

'Help me dan overeind,' zei ik.

Hij trok me overeind en daar stonden we, in de wilde tuin. Hij was veel groter dan ik, breed en lang, en verduisterde de lage zon.

Ik streelde met mijn duim over zijn onderlip. Ik hield zijn zware hand in mijn handen. Weer zoende ik hem, heftiger, langer. Ik voelde me zwaar aangeschoten, alsof ik niet een half glas, maar zes glazen wijn op had. Ik legde mijn handen op zijn rug, onder zijn overhemd en drukte me tegen hem aan. Hij voelde stevig en enorm aan. Zijn armen hingen slap langs zijn lichaam. Ik pakte een van zijn handen, legde die tegen mijn hete wang, en daarna leidde ik hem naar binnen, door de openslaande deuren, naar de woonkamer.

Hij ging in een stoel zitten en keek naar me. Ik deed mijn bloes open en ging toen schrijlings op hem zitten.

'Stadler,' zei ik.

'Cameron,' zei hij. 'Ik mag dit eigenlijk niet doen.' Hij begroef zijn hoofd tussen mijn borsten en ik woelde door zijn haar. 'Dit kan eigenlijk niet.' Eindelijk sloot hij zijn ogen. Toen lag hij boven op me, op de grond, en er lag een schoen onder mijn rug en een oude haarborstel prikte in mijn linkervoet, en overal was stof, en hij schoof mijn rok omhoog en kwam in me, daar op de vieze oude vloer. Geen van ons zei iets.

Naderhand rolde hij van me af en lag op zijn rug naast me, met zijn armen onder zijn hoofd. We bleven zo wel tien minuten liggen, naast elkaar, en staarden naar het plafond en zeiden niets.

Toen Lynne terugkwam was Cameron aan het telefoneren, heel zakelijk, en ik zat een tijdschrift te lezen. We namen heel formeel afscheid, maar toen mompelde hij tegen Lynne dat hij vergeten was ergens naar te kijken en liep achter me aan naar de slaapkamer met zijn dossier onder de arm, en hij deed de deur dicht en legde me op bed en zoende me weer, duwde met zijn hoofd tegen mijn hals om zijn gekreun te smoren en zei tegen me dat hij zo snel mogelijk zou terugkomen.

De rest van de avond lag ik op bed, tintelend, en ik deed net alsof ik las, maar ik sloeg geen bladzijde om en las geen letter.

7

‘Wat zijn de plannen?’ vroeg ik bij het ontbijt aan Lynne.

Ik beschouw mezelf als een vrouw die zich enigszins kan redden, maar hier kon ik met mijn verstand niet bij. De vorige dag had ik gevreeën met een man die ik nauwelijks kende. Nu zat ik niet met die man te ontbijten, maar met een vrouw die ik nauwelijks kende.

Die ochtend was ik uit een onrustige droom wakker geworden, die ik meteen weer kwijt was, maar toen herinnerde ik me wat er de dag ervoor en daarvoor was gebeurd. Het leek ongelooflijk, een gewelddadig stripverhaal over de werkelijkheid, maar toen ik naar buiten keek, zat Lynne op de voorbank wezenloos voor zich uit te kijken. Wat een baan. Vergeleken daarbij leek mijn leven een intellectuele inspanning. Ik waste me, kleedde me aan, borstelde mijn haar en poetste mijn tanden in ongeveer twee minuten en daarna liep ik naar buiten en klopte op het raampje van de auto, waardoor ze schrok. Wat nou, bescherming.

Ik zei dat ik iets voor het ontbijt ging halen en zij zei dat ze met me meeging. Daar stond ze op. We kochten croissants bij de bakker. Ze betaalde de helft. De gedachte speelde in mijn hoofd dat ze alles moest betalen, omdat ik nooit ontbijt, behalve bij speciale gelegenheden.

Toen we terugkwamen, zette ik koffie en vond een potje met nog ongeveer een millimeter aardbeienjam erin en we gingen zitten om te ontbijten. En toen vroeg ik wat de plannen waren.

‘We houden ons met je bescherming bezig,’ zei ze, alsof ze een lesje opdreunde.

Ik nam een grote hap van mijn croissant en spoelde die weg met een grote slok koffie. Als ik eenmaal van de regel ben afgeweken dat ik niet ontbijt, dan zorg ik ook dat ik daar goed van afwijk. Er was een lange stilte, niet om na te denken maar om te eten. Ik was net een python die een hert opslokt. Eindelijk kreeg ik alles door mijn keel.

'Maar toch,' zei ik. 'Vind je dit hele gedoe niet ontzettend overdreven?'

'Het is voor je eigen bestwil,' zei ze.

'Ik heb een brief gekregen,' zei ik. 'Gaan jullie me dan de rest van mijn leven bewaken?'

'We willen de persoon die die brieven stuurt oppakken,' zei ze.

'En als dat niet lukt? Jullie kunnen niet zo doorgaan.'

'Dat zien we dan wel,' zei ze. 'Als het zover is.'

Geconfronteerd met zoveel onzin, viel er niets meer over dit onderwerp te zeggen.

'Ik voel me ook voor schut staan,' zei ik. 'Mijn leven is al lachwekkend genoeg met alleen mij erin. Je lijkt me ontzettend aardig, Lynne, en ik heb geen kritiek op je, maar het idee dat ik mijn leven leid terwijl een agente me zit aan te staren, vind ik niet aantrekkelijk.'

'Daar gaan we het over hebben,' zei Lynne met een ernstige uitdrukking, alsof ik een belangrijke beleidskwestie had aangesneden. Maar we werden gestoord door de bel. Ik liep naar de deur, terwijl Lynne op de achtergrond bleef. Het was Cameron. Hij keek over mijn schouder en knikte naar Lynne.

'Goedemorgen, mevrouw Blake,' zei hij.

'Zeg alsjeblieft Nadia, inspecteur,' zei ik. 'We gaan hier heel familiair met elkaar om.'

'Nadia,' zei hij met een soort zwak gemompel. 'Ik kom Lynne een paar uurtjes aflossen.'

'Prima,' zei ik, terwijl ik opgewekt en nonchalant probeerde te doen.

'En plannen maken voor vandaag,' ging hij verder. 'Ik weet niet of je afspraken hebt?'

'Ja,' zei ik. 'Om halfvijf moeten Zach en ik op een kinderpartijtje zijn in Muswell Hill. En we hebben er nog twee in het weekend. Misschien meer, als er nog iemand belt.'

'Dat is geen probleem,' zei Cameron. 'Lynne kan dan mee.'

'Dat is misschien een beetje opdringerig,' zei ik.

'Ik blijf buiten,' zei Lynne. 'Ik kan je een lift geven.'

'Het wordt steeds beter.'

Lynne had nog een halve kop koffie en een halve croissant staan.

'Haast je niet,' zei Cameron onnodig.

Er bleek inderdaad geen enkele haast bij te zijn. Lynne nam kleine slokjes koffie en knabbelde alleen wat aan haar croissant. Ze was een huis aan het kopen en begon me vragen te stellen over mijn ervaringen met het kopen van mijn flat. Had ik wel eens een flat verkocht voordat ik deze kocht? Het was een vrij lang verhaal, en hoe korter ik het probeerde te maken, hoe langer het werd. Intussen liep Stadler de kamer rond en onderzocht die op een zogenaamd deskundige en onbetrokken manier, pakte dingen op, trok laden open. Ik kon me niet aan het idee onttrekken dat hij onderwijl naar me keek en meer dingen van me te weten kwam die ik voor mezelf wilde houden. Na een tijdje waren Lynne en ik uitgepraat. Lynne wendde zich tot Cameron.

'Nadia maakt zich zorgen om onze plannen.'

'Daar zal ik het met haar over hebben,' zei Cameron kortaf en liep weg, zonder het gesprek voort te zetten.

Ze had nog steeds haar koffiekopje in haar hand. Had deze vrouw niet genoeg van me? Had ze verder niets te doen?

'Dus ik zie je om een uur of een terug?' zei Cameron.

'Gaan jullie naar buiten?' vroeg ze.

'Wat we ook gaan doen, we zijn om een uur terug.'

Ze knikte.

'Goed. Tot straks, Nadia.'

'Tot straks, Lynne.'

Ze was de deur uit. Ik zag haar benen het trapje op gaan en de stoep op lopen. De benen wandelden weg. Veilig. Ik draaide me om naar Cameron.

'Over gisteren, hè...'

Maar hij was op me, hield me vast alsof ik ongelooflijk kostbaar was, zijn handen gleden over mijn gezicht, streelden mijn haar. Ik duwde hem een eindje opzij en keek hem aan.

'Ik...' stamelde ik. 'Ik ben niet...'

'Ik kan 't niet,' murmelde hij en zoende me weer.

Ik voelde zijn handen achter me, op mijn rug, daarna onder mijn T-shirt, ze graaiden naar mijn beha en ontdekten dat die er niet was.

'Wil je dat ik ophou?'

'Ik weet 't niet. Nee.'

Hij pakte me bij de hand en leidde me de slaapkamer in. Het was anders dan de dag ervoor: meer ontspannen, vastberadener, langzamer. Ik ging op bed zitten. Hij liep naar het raam en trok de jaloezie naar beneden. Toen deed hij de slaapkamerdeur dicht. Hij trok zijn jasje uit, deed zijn das los en schoof hem over zijn hoofd. Het schoot door me heen dat vrijen met een man die een pak met das moest uitdoen bijna een unieke ervaring was.

'Ik kan je niet uit mijn hoofd zetten,' zei hij, alsof het een ziekte was. 'Ik zie je als ik mijn ogen dichtdoe. Wat moeten we doen?'

'Je kleren uittrekken,' zei ik.

'Wat?' Hij keek omlaag, alsof hij verbaasd was dat hij nog aangekleed was.

Hij kleedde zich uit als in een droom, hij gooide zijn broek slordig op een stoel, terwijl hij me de hele tijd aankeek. Ik stak mijn armen naar hem uit.

'Wacht,' zei hij. 'Wacht. Laat mij. Nadia.'

Ik lag in een nevel van genot, en toen was hij eindelijk in me, en daarna, toen het voorbij was en we ineengestrengeld lagen, keek hij me nog steeds aan, streelde mijn haar, sprak mijn naam alsof het een soort toverformule was. Na een tijdje schoven we uit elkaar en ik ging tegen een opgepropt kussen zitten.

'Dat was heerlijk,' zei ik.

'Nadia,' zei hij. 'Nadia.'

'En ik ben in de war,' zei ik.

De betovering was verbroken. Hij schoof een eindje opzij, er trok een schaduw over zijn gezicht, hij beet op zijn lip.

'Mag ik eerlijk tegen je zijn?' zei hij.

Ik voelde een huivering opkomen.

'Graag,' zei ik.

'Dit werk is mijn leven,' zei hij. 'En dit...'

'Je bedoelt dít?' zei ik, terwijl ik op het bed wees.

Hij knikte.

'Het is zo ontzettend tegen de regels,' zei hij. 'Het is godverdomme zo ontzettend tegen de regels.'

'Ik zal het aan niemand verklappen,' zei ik. 'Gaat 't daarom?'

'Nee,' zei hij droefgeestig.

'Wat dan?' vroeg ik. Hij gaf geen antwoord. 'Wat is er dan, verdomme?'

'Ik ben getrouwd,' zei hij. 'Het spijt me, het spijt me zo vreselijk.'

En hij begon te huilen. Daar lag ik, met een blote huilende inspecteur in mijn bed. We hadden nog geen etmaal een relatie, en we waren al van de eerste geilheid in het stadium van huilen en verwijten beland. Ik voelde me zuur vanbinnen. Ik zei niets. Ik klopte hem niet troostend op zijn schouder, ik streelde hem niet en zei niet dat het allemaal goed kwam, rustig maar, rustig maar. Na een tijdje slaakte hij een diepe zucht als teken dat hij zichzelf weer in de hand had.

'Nadia?'

'Ja?'

'Zeg 's wat.'

'Wat wil je horen?'

'Ben je woedend op me?'

'O, Cameron,' zei ik. 'Rot toch een eind op. Je vrouw begrijpt je zeker niet?'

'Nee, nee, dat weet ik niet. Ik weet alleen dat ik gek op je ben. Ik sol niet met je, Nadia, dat beloof ik je. Ik ben zo vreselijk gek op je. Het doet me zoveel dat ik me geen raad weet. Is dat goed? Wat vind jij? Zeg wat je vindt, Nadia.'

Ik draaide me om en keek op de klok in de vorm van een kikker op het nachtkastje. Toen boog ik me voorover en zoende Cameron op zijn borst.

'Wat ik vind? Het is een van mijn principes om niet met getrouwde kerels te slapen. Daar word ik ongelukkig van. Ik moet dan steeds aan hun vrouw denken. Maar ik vind vooral dat het jouw probleem is en niet dat van mij. En ik denk dat Lynne over ongeveer zeven minuten terugkomt.'

De snelheid waarmee we ons aankleedden was bijna om te lachen. Het schiep een band.

'Zal ik een andere broek aantrekken?' zei ik. 'Om Lynnes speurderstalent te testen?'

'Nee, nee,' zei Cameron met een verschrikte blik.

'Dan niet,' zei ik.

En we zoenden elkaar en glimlachten naar elkaar tijdens het zoenen. Getrouwd. Waarom was hij nou weer getrouwd?

Dat was woensdag. Op donderdag had hij alleen maar tijd om me te bellen terwijl Lynne in de kamer was, een vreemd gesprek met heftige verklaringen aan zijn kant en neutrale uitspraken aan mijn kant: ja, ja, natuurlijk. Ja, dat vind ik ook. Oké. Op vrijdagmorgen kwam er een ploeg mannen in mijn huis, die nieuwe sloten op de deuren zetten en tralies voor de ramen. En na de lunch kwam hij en moest Lynne verslag uitbrengen op het bureau. We hadden tijd om in bad te gaan.

'Ik wil je voorstelling zien,' zei hij. 'Ik wil je zien optreden.'

'Ga morgen mee,' zei ik. 'We doen een voorstelling voor een groepje vierjarigen een eindje verderop in Primrose Hill.'

'Dan kan ik niet,' zei hij, terwijl hij zijn blik afwendde.

'O,' zei ik nuffig, en ik haatte mezelf. 'Familiezaken?'

'Ik kan er niet onderuit,' zei hij. 'Ik zou het doen als ik kon.'

'Dat geeft niks,' zei ik. Daarom sliep ik niet met getrouwde mannen: vanwege de schaamte en het verdriet en de schuldgevoelens.

'Ben je nou boos?'

'Helemaal niet.'

'Echt niet?'

'Wil je soms dat ik boos ben?'

Hij pakte mijn hand en hield hem tegen zijn wang. 'Ik ben verliefd op je, Nadia. Ik ben verliefd op je geworden.'

'Niet zeggen. Daar word ik bang van. Dan ben ik veel te gelukkig.'

Ze denkt dat ze niet te zien zijn. Maar ik zie ze wel. Ze zoenen. Mijn meisje en die agent zoenen elkaar. Vallen op de vloer. Als hij bij het raam staat om de jaloezieën neer te laten, zie ik de verdwaasde, stompzinnige blik van een verliefde man op zijn gezicht.

Ik hou nog meer van haar. Niemand kan zoveel van haar houden als ik. Ze zoeken allemaal in de verkeerde richting. Ze zoeken naar haat. Liefde: dat is de oplossing.

8

Vijf- en zesjarige meisjes zijn het beste publiek. Ze zijn lief en vol bewondering en zitten in sierlijke rijen in hun zijdeachtige, pastelkleurige jurkjes, met vlechtjes in hun haar en hun voetjes in laklederen schoentjes gestoken. Wanneer ik er eentje naar voren haal om me te helpen, stopt ze haar vinger in haar mond en praat op fluistertoon. Acht- en negenjarige jongens zijn een ramp. Ze joelen naar ons en schreeuwen dat ze weten dat het verdwenen voorwerp in mijn zak zit en ze duwen elkaar en stormen naar voren om mijn trukendoos te bekijken. Ze grinniken als ik een bal laat vallen. De poppenkast is voor watjes, zeggen ze. Ze zingen 'Lang zal hij leven' op een sarcastische, schreeuwerige toon. Ze laten alle ballonnen knappen.

Zach en ik hebben één regel waar niet aan te tornen valt: geen kinderen van boven de tien.

Dit partijtje was voor vijfjarige jongens, waar een paar meisjes bij hingen. Het was in een groot, mooi huis in Primrose Hill, met een stenen trap voor de deur, een entree waar je verscheidene kruiwagens in kon keren voordat je aan de andere kant was, een keuken zo groot als mijn flat, een ruime woonkamer vol kinderen die via een pastelkleurig, hoogpolig tapijt uitkwam op openslaande tuindeuren. De tuin was diep en goed onderhouden, met een patio, een goudvissenvijver, een rij boogvormige pergola's, gesnoeide bukshagen, witte rozen.

'Godsamme,' siste ik tegen Zach.

'Als je maar niks breekt,' fluisterde hij terug.

De jarige heette Oliver en was klein en mollig. Er zaten vlekken op zijn wangen van de opwinding. Zijn vriendjes raasden om hem heen als op hol geslagen atomen, terwijl hij papier van cadeautjes scheurde. Zijn moeder heette mevrouw Wyndham en ze zag er heel lang en heel dun en heel rijk uit en leek al dodelijk geïrriteerd door het partijtje, dat nog maar net was begonnen. Ze keek weifelend naar mij en Zach.

'Er zijn vierentwintig kinderen,' zei ze. 'Een tamelijk onstuimig stel. U weet hoe jongens zijn.'

'Inderdaad,' zei Zach neerslachtig.

'Geen probleem,' zei ik. 'Als de kinderen even de tuin in gaan, zetten wij ons boeltje op in de woonkamer.' Ik liep de woonkamer in en klapte in mijn handen. 'Oké, jongens, naar buiten. We roepen jullie wel als de voorstelling begint.'

Ze stampten door de openslaande deuren naar buiten. Mevrouw Wyndham rende achter hen aan en jammerde iets over haar camelia's.

Zach en ik hadden de poppenkast zelf gemaakt. We hadden gezaagd en gespijkerd. Op een canvas doek hadden we blauwe bergen geschilderd, een groen bos, het interieur van een huisje. We hadden zelfs een van onze poppen gemaakt, van papier-maché. Het was een geklieder, het duurde eeuwen, en het ziet eruit als een klomp gedroogde klei met een knobbelige, asymmetrische kop, waarop een krakkemikkig smoelwerk is geschilderd. De rest kochten we bij een feestwinkel. We hebben een paar korte toneelstukken, door Zach geschreven. Hij is tenslotte schrijver. Wanneer hem gevraagd wordt wat hij doet, antwoordt hij steevast: 'Ik schrijf romans', en misschien zegt hij er dan bij dat hij zijn schrijfsels subsidieert met ander werk, zoals kinderen vermaken op partijtjes.

Zijn poppenkastvoorstellingen zijn kort en ingewikkeld, en er zijn te veel stemmetjes. Die van vandaag had een jongetje, een meisje, een tovenaar, een vogel, een vlinder, een clown en een vos. Het zweet staat erna altijd in mijn handen.

Zach wist natuurlijk al van de brief en van de politie en alle voorzorgsmaatregelen die ze troffen. Hij had vandaag Lynne ontmoet, want we hadden hem een lift naar Primrose Hill gegeven. Hij zat samen met haar voorin en voerde een gesprek over de chaostheorie en dat de bevolking van India bijna de miljard was gepasseerd, terwijl zij door het verkeer manoeuvreerde met een glazige uitdrukking in haar ogen.

Terwijl we de poppenkast in elkaar zetten, vroeg hij of ik bang was door het hele gedoe.

'Nee.' Ik aarzelde even terwijl ik de gordijntjes voor het piepkleine toneeltje hing. Maar ik moest het aan iemand kwijt. 'Ik vind 't eerder spannend, eigenlijk.'

'Dat klinkt een beetje pervers.'

'Het punt is... kun je een geheim bewaren, Zach?' Ik wachtte niet tot hij antwoordde. Ik wist dat hij dat niet kon. Hij is een beruchte flapuit. 'Ik heb iets met een van de politiemannen.'

'Wat?'

'Ik besef dat het een beetje raar is, maar...'

'Nadia.' Hij pakte me bij mijn schouders, zodat ik mijn werk moest stoppen. 'Ben je helemaal betoeterd? Dat kan toch niet?'

'Kan het niet?'

Zach wapperde wild met zijn handen, alsof hij niet alleen met woorden kon uitdrukken hoe verkeerd ik bezig was.

'Zoiets doe je gewoon niet. Het is verkeerd. Alsof je een relatie met je dokter hebt. Hij gebruikt je, hij maakt gebruik van je kwetsbaarheid. Snap je dat dan niet? Je ziet het vast als iets prachtigs en zuivers en belangrijks, hè, maar je bent net bij Max weg en dan duik je het bed in met iemand die jou zogenaamd moet beschermen!'

'Hou je kop, Zach.'

'Een vaderfiguur. Je moet ermee nokken, Nadia.'

'Hij is getrouwd,' zei ik verdrietig. Toen ik dat zei, voelde ik meteen een pijn in mijn hart.

Zach snoof sarcastisch.

'Dat zat erin.'

'Hij is heel aantrekkelijk. Ik had namelijk nooit gedacht...' Ik huiverde toen ik terugdacht aan vanmorgen, nog maar een paar uur geleden, toen hij Lynne een uurtje had afgelost en we gevreeën hadden in de badkamer, tegen de tegels, trekkend aan elkaars kleren, wanhopig.

'Nadia,' zei Zach nadrukkelijk. 'O, godver, daar heb je ze.'

De jongens waren terug uit de tuin.

Na de voorstelling mocht Oliver me helpen bij mijn armzalige goocheltruc, en steeds wanneer hij het toverstokje aanraakte, zakte het in elkaar en alle kinderen riepen zo hard ze konden: 'Abracadabra!', waarbij mevrouw Wyndham ineenkromp in de deuropening. Daarna vroeg ik hem of hij me vreemde voorwerpen wilde geven waarmee ik kon jongleren. Eén ettertje, dat Carver heette, gaf me een kaasschaaf, die hij in de keuken had gevonden, maar ik dacht dat mevrouw Wyndham geen zin had in bloed op het kleed. Ik koos een meloen, een servetring en een drumstokje en liet niets vallen. Zach blies lange ballonnen op en draaide er dieren van. Daarna stormden de kinderen naar de keuken om worstjes op prikkertjes te eten en met jam gevulde koekjes en een verjaardagstaart in de vorm van een trein. En toen was het voorbij. Zach snakte naar een sigaret, dus duwde ik hem naar buiten.

'Vind je het erg om op te ruimen?' vroeg hij.

'Nee, ga jij maar lekker je snor drukken.'

'Vergeet niet wat ik heb gezegd, Nadia.'

'Nee, nee. Smeer 'm, jongen.'

'Je gaat ermee door, hè?'

Ik sloot even mijn ogen en voelde in mijn verbeelding zijn mond tegen mijn hals.

'Dat weet ik niet. Ik heb geen idee.'

Ouders en oppassen druppelden binnen – ik zie het verschil tussen die twee van een kilometer afstand. Ik brak de poppenkast af en deed hem in de kist. Er kwam een mooie jonge vrouw naar me toe met een kopje thee.

'Ik moest u dit brengen van mevrouw Wyndham.' Ze had zilverblond haar en een vreemd, zangerig accent.

Ik pakte de thee dankbaar aan.

'Ben je de oppas van Oliver?'

'Nee, ik kwam Chris halen. Die woont hier een eindje verderop.' Ze pakte een pop op en keek er nauwkeurig naar, terwijl ze hem op haar hand deed. 'Lijkt me moeilijk, dat werk.'

'Niet zo moeilijk als dat van jou. Heb je maar één kind?'

'Er zijn nog twee oudere jongens, Josh en Harry, maar die zitten op school. Moet deze in die tas?'

'Ja, graag.' Ik nam een grote slok thee en begon met inladen. Ik was daar heel bedreven in geworden. Ze bleef naar me staan kijken. 'Waar kom je vandaan? Je Engels is fantastisch.'

'Zweden. Ik zou teruggaan, maar dat ging niet zo makkelijk.'

'O,' zei ik vaag. Waar was dat toverstokje? Wedden dat Oliver het had meegenomen om te zien hoe het kon buigen? 'Nou, bedankt eh...'

'Lena.'

'Lena.'

Ze verdween in de keuken, waar de andere oppassen zich om hun vrachtjes verzameld hadden en toekeken hoe ze zich volpropten met stukken chocoladetrein, terwijl ze over vriendjes en uitgaan praatten. Er gingen al kinderen weg. 'Dank je wel zeggen,' hoorde ik, en: 'Waar is mijn feestzakje?' en: 'Harvey heeft een blauwe, ik wil ook een blauwe.'

Ik pakte al mijn spullen bij elkaar. Gelukkig stond Lynne buiten met haar auto. Het had voordelen om gevolgd te worden door een blozende, koppige agente. Een blond jongetje botste tegen me op in de gang. Hij had paarse vegen onder zijn ogen en een chocoladeveeg om zijn mond.

'Hoi,' zei ik vrolijk, vastbesloten om me snel uit de voeten te maken.

'Mijn mama is dood,' zei hij, terwijl hij me met zijn schitterogen strak aankeek.

'Tja,' zei ik, en keek om me heen. De moeder was waarschijnlijk ergens in de keuken.

'Mmm. Mama is dood. Papa zegt dat ze in de hemel is.'

'Echt?' zei ik.

'Nee,' zei hij, terwijl hij aan zijn lolly likte. 'Ik denk niet dat ze zó ver is.'

'Tja,' zei ik.

'Een man heeft haar doodgemaakt.'

'Dat meen je niet.'

'Echt waar gebeurd,' hield hij vol.

Lena kwam terug met zijn jasje onder de arm. 'Kom, Chris, naar huis,' zei ze.

Hij pakte haar hand.

'Ik wil eerst mijn feestzakje.'

'Hij zegt dat zijn moeder vermoord is,' zei ik.

'Ja,' zei ze simpelweg.

'Wat? Echt waar?'

Ik zette de kist neer en boog me weer naar Chris. 'Dat vind ik heel erg,' zei ik onhandig. Ik wist niet wat ik moest zeggen.

'Mag ik m'n feestzakje nou?' Hij rukte ongeduldig aan Lena's hand.

'Wanneer is dat gebeurd?' vroeg ik aan Lena.

'Twee weken geleden,' zei ze. 'Afschuwelijke toestand.'

'Jezus.' Ik keek gefascineerd naar haar. Ik was nog nooit bij iemand in de buurt geweest die bij iemand in de buurt was geweest die was vermoord. 'Hoe is dat gebeurd?'

'Dat weet niemand.' Ze schudde haar hoofd heen en weer, zodat haar zilveren haar golfde. 'Ze is in haar eigen huis vermoord.'

Ik gaapte haar ontzet aan.

'Wat afschuwelijk. Wat afschuwelijk voor dat gezin.'

Mevrouw Wyndham kwam het feestzakje voor Chris brengen. Het zag er drie keer zo groot uit als dat van de anderen.

'Alsjeblieft, schat,' zei ze en gaf hem een zoen op zijn kruin. 'Als ik iets kan doen...' zuchtte ze, alsof het haar pijn deed om hem alleen al te zien. 'Arm schaap.' Ze keek even naar mij. 'Ik zal u betalen, mevrouw Blake. Ik ben zo terug, het ligt al klaar.'

'Ik heb twee zakjes snoep en Thomas maar één,' zei Chris triomfantelijk. 'En ik heb een toverbal.'

'Hier is uw geld, mevrouw Blake.'

Uit haar resolute toon maakte ik op dat we niet meer teruggevraagd zouden worden.

'Dank u wel.' Ik hees mijn spullen op mijn rug en draaide me om om weg te gaan.

'Sterkte,' zei ik tegen de jonge oppas.

'Dank je.'

We bleven staan treuzelen in de gang. Ik kon nog niet weggaan. Zach ging alleen naar huis. Ik moest afscheid nemen.

'Was het een roofmoord?'

'Nee,' zei ze.

'Hij schreef brieven,' zei Chris opgewekt.

'Wát?'

Lena knikte en zuchtte.

'Ja,' zei ze. 'Vreselijk. Brieven waarin werd gedreigd dat hij haar zou vermoorden. Een soort liefdesbrieven.'

'Een soort liefdesbrieven,' herhaalde ik dof.

'Ja.' Ze tilde het jongetje op en hij klemde zijn benen om haar middel. 'Kom mee, Chris.'

'Wacht. Wacht even. Had ze de politie erbij gehaald?'

'O ja, er was veel politie.'

'En toch ging ze dood?' vroeg ik, terwijl ik ijskoud werd.

'Ja.'

'Hoe heetten ze?'

'Wat?'

'Die agenten. Hoe heetten ze?'

'Waarom wil je dat weten?'

'Weet je hun namen nog?'

'Of ik die nog weet? Ik zie ze elke dag. Je hebt Links, en Stadler. En een psychologe: dokter Schilling. Maar hoezo? Wat is er dan?'

'O, niks bijzonders.' Ik glimlachte tegen haar, terwijl mijn ingewanden brandden. 'Ik dacht dat ik ze misschien zou kennen.'

9

'Alles goed, Nadia?'

'Wat?'

Ik keek verschrikt om en wist nauwelijks meer waar ik was. Ik zat naast Lynne in de auto. Ze boog zich naar me toe met de bezorgde blik van een vriendin op haar gezicht.

'Je ziet bleek,' zei ze.

'Ik heb ineens een barstende koppijn,' zei ik. 'Is het goed als we even niet praten?'

'Wil je iets hebben?'

Ik schudde mijn hoofd en ging achterover in de stoel zitten met mijn ogen dicht. Ik wilde niet naar haar kijken. Ik kon niet voor mezelf instaan als ik iets zei. Lynne startte de auto en reed weg. Het leek alsof mijn schedel vol zat met kokend vocht en ik hem stevig in mijn handen moest houden, omdat hij anders zou barsten. Ik herinnerde me opeens dat ik Zach geen gedag had gezegd. Ik had hem op de puinhopen achtergelaten. Nou ja, jammer dan.

Ik was in een nieuwe wereld terechtgekomen, een afschuwelijke, donkere wereld, en ik moest erachter komen waar ik was, maar eerst moest ik wachten tot dat borrelende gezoem in mijn hoofd minder werd. En ik moest er vooral tijdens die korte autorit naar huis op letten dat ik niet overgaf in Lynnes mooie, nieuwe politieauto. Ik dacht aan het moment dat je kokend water op je hand morst. Je voelt geen pijn, maar je weet dat je meteen daarna te maken zult krijgen met een brandende pijnscheut die door je hand en arm zal trekken. Ik besefte dat ik rustig moest worden en goed tot me moest laten doordringen wat ik zojuist had gehoord. Op dit moment sprak er alleen maar heel ver weg, ergens diep in mijn gedachten, een stemmetje dat me telkens weer vertelde dat een andere vrouw ook brieven had gekregen en dat ze dood was, vermoord. Er was een vrouw die dezelfde ellende had meegemaakt als ik, en aan het eind was ze vermoord. En nog maar een paar weken geleden. Toen ik mijn laatste ruzie met Max uitvocht, leefde ze nog en maakte zich zorgen over de bedreigingen en vroeg zich af wanneer het zou ophouden, en nu hadden haar kinderen geen moeder meer.

De auto stopte. Ik was diep aan het ademhalen.

'We zijn er,' zei een stem in mijn oor. 'Heb je hulp nodig?'

'Ik ga maar eens even een tijdje liggen.'

'Wil je dat ik buiten in de auto blijf?'

Ik kreeg plotseling het gevoel alsof mijn gezicht in ijskoud water was gedompeld. Ik zag alles helder. Van nu af aan zou ik net doen alsof ik ziek was.

'Nee, nee, absoluut niet. Ik wil dat je je binnen nuttig maakt.'

'Wil je dat echt?'

'Ik ben alleen niet zo gezellig. Ik heb misschien migraine.'

'Moet je geen pijnstiller?'

'Ik moet alleen maar liggen in een donkere kamer.'

We gingen naar binnen en ik liet haar alleen en trok me terug in mijn slaapkamer. Ik deed de deur dicht. En ik keek of het raam goed dichtzat. Ik trok de jaloezie naar beneden. Net als Cameron. Net als inspecteur Cameron Stadler, die klootzak. Ik ging op bed liggen, met mijn gezicht naar beneden. Ik voelde me net een kind van vijf. Ik wilde in bed kruipen, de dekens over mijn hoofd trekken, zodat ik veilig was, zodat niemand me kon vinden. Alleen was ik niet veilig. Hij kon me vinden. Voor het eerst in mijn leven voelde ik me niet veilig in bed. Ik moest kunnen zien. Ik propte het kussen tegen het hoofdeinde zodat ik ertegen kon leunen. Ik kon de hele kamer overzien. Maar wat had ik daaraan? Misschien was het maar beter om me te laten vermoorden en hem niet te zien.

Ik probeerde me het gesprek met Lena te herinneren. Het kostte me moeite om het terug te halen. Een paar koortsachtige minuten probeerde ik er een optimistische versie van te geven. Misschien was ze gek. Maar zelfs in mijn koortsachtige toestand kon ik mezelf daar niet van overtuigen. Ze had Links genoemd, Grace Schilling, Cameron. Ze had hier toch in de buurt gewoond? Dat was misschien een aanwijzing.

Elke vrijdag krijg ik een vreemd, gratis buurtkrantje in de bus. Ik kijk er niet eens naar. Ik ben niet geïnteresseerd in een nieuw eenrichtingssysteem of een onderzoek naar de sociale dienst, dus ik leg het meteen in de gootsteenkast om er later proppen van te kunnen maken, die ik in natte schoenen stop. Mijn schoenen waren al een tijd niet nat geworden, dus zouden er nog krantjes van de laatste paar maanden in de stapel liggen. Ik liep de slaapkamer uit en zei tegen Lynne dat ik me een beetje beter voelde. Ik zou thee voor ons zetten. Ik vulde de waterkoker en zette hem aan. Nu kon ik een paar minuten ongestoord mijn gang gaan.

Ik begon bij het krantje van vijf dagen geleden. Er stond niets bijzonders in, en ook niet in het volgende. Alleen een inval van de narcoticabrigade op de markt, een brand in een pakhuis en artikelen waar SPECIALE AANBIEDINGEN boven stond. Maar in het daaropvolgende, van ruim twee weken geleden, stond een klein stukje op een binnenpagina, en mijn handen begonnen zo hevig te trillen dat ik dacht dat Lynnes aandacht getrokken zou worden door het geritsel.

De kop zei: 'Moord in Primrose Hill.' Snel scheurde ik de pagina eruit. Het water kookte. Ik schonk het over de theezakjes.

'Koekje, Lynne?'

'Nee, dank je.'

Ik had nog een paar minuten. Ik streek het papier glad op het werkblad: 'Een moeder van drie kinderen werd vorige week vermoord aangetroffen in haar villa in Primrose Hill. De politie verklaarde dat Jennifer Hintlesham, 38 jaar oud, op 3 augustus is gevonden. Men vermoedt dat ze laat in de middag een insluiper heeft betrapt. "Een tragedie," zei hoofdinspecteur Stuart Links, terwijl hij aankondigde dat er deze week met het onderzoek zal worden begonnen. "Als iemand enige informatie heeft, wil diegene zich dan melden op het bureau van Stretton Green?"'

Dat was het. Ik las het en las het nog een keer, alsof ik door middel van pure wanhoop er meer informatie uit zou kunnen wringen. Er werd niet over brieven gerept. Weer probeerde ik een versie in elkaar te flansen waarin de oppas en ik langs elkaar heen hadden gepraat. Maar toen drong de waarheid tot mij door met een naargeestigheid die ik bijna kon proeven – droog, metaalachtig. Lena was spontaan met het verhaal gekomen. Ik had haar niets verteld. De politiemensen waren hetzelfde.

Ik pakte de twee mokken thee op, maar mijn linkerhand trilde onbedwingbaar. Ik morste kokendhete thee over mijn hand. Ik moest de mokken neerzetten en de ene mok bijvullen. Ik bracht

Lynne een mok en ging terug om de andere te halen, met een koekje erbij. Ik ging bij Lynne zitten en keek haar aan. Hadden ze haar de opdracht gegeven om mij te beschermen omdat ze de vorige vrouw niet had gekend, of juist wel? Had ze ook zo gezeten met die Jennifer Hintlesham, samen thee gedronken, net gedaan alsof ze haar vriendin was, gezegd dat het allemaal wel goed zou komen, dat haar niets kon gebeuren? Ik nam een slokje thee. Hij was te heet en ik brandde mijn tong en begon te hoesten. Toen ik was uitgehoest, doopte ik het koekje in de thee en beet het warme, zachte stukje af. Toen ik begon te spreken, probeerde ik een vrouw te spelen die een praatje wilde maken.

'Ik vind het nog steeds raar,' zei ik. 'Ik krijg één brief, en dan komt er dagenlang een politieagente bij me. Doe je dit altijd als iemand een dreigbrief krijgt?'

Lynne keek opgelaten. Of misschien leek het, voor mij althans, dat Lynnes ondoorgrondelijke gezichtsuitdrukking een dekmantel was.

'Ik volg gewoon de gebruikelijke procedure,' zei ze.

'Dus als er iemand in huis kwam om me kwaad te doen, dan ga jij me beschermen?' zei ik met een glimlach. 'Is dat de bedoeling?'

'Dat gebeurt heus niet,' zei ze, en heel even haatte ik Lynne zoals ik nog nooit iemand in mijn leven had gehaat. Ik wilde als een dolle op haar afstormen en haar gezicht tot bloedens toe openrijten. Wiens gevoelens probeerde ze hier te beschermen? Maar de haat vervlakte tot niet meer dan een doffe pijn. Ik gooide de hete thee zo snel mogelijk achterover. Ik had tijd nodig om de dingen op een rijtje te zetten. De telefoon ging, het was Zach. Ik zei dat ik migraine had.

'Migraine?' zei hij. 'Hoe weet je dat?'

'Omdat het zo voelt. Ik moet liggen.'

Ik ging ook liggen. Ik probeerde me alles wat er de afgelopen dagen was gebeurd en wat ik zo luchtig had opgevat te herinneren. Elke herinnering was een voorwerp in een huis waar ik in rondzwierf. Ik pakte het voorwerp op, keek er goed naar en daarna zag het er anders uit. Ik dacht vooral aan Cameron. Cameron, die in de hoek naar me zat te kijken met een haast hongerige blik. Cameron, die mijn kleren uittrok alsof ik een kostbare schat was die zou kunnen breken. Cameron, die me met oneindige zorg en precisie teder streelde. Cameron, met zijn hoofd tussen mijn borsten. Wat had hij ook weer gezegd? Ik moet eerlijk tegen je zijn, ja. Eerlijk.

’s Avonds ging ik met Lynne naar buiten en we kochten gebakken vis en patat. Ik at met lange tanden, dronk een flesje bier en zei bijna niets. Lynne keek me steeds schichtig aan. Vermoedde ze dat ik iets vermoedde? Daarna ging ik naar bed, hoewel het nog vroeg was. Het was nog licht. Ik lag te luisteren naar de geluiden op straat, zaterdagavond in Camden Town. Ik dacht diep na, en hoe dieper ik nadacht, hoe banger ik werd, als vocht dat in een huis optrekt en het verzwakt en ondermijnt. Eindelijk viel ik in slaap en had onrustige dromen.

Als ik wakker word, vergeet ik mijn dromen meteen. Ik vergeet ze totaal, maar nu was ik ook blij dat ik ze vergeten was, alsof ik ergens wist waar ze over gingen en ze expres kwijt wilde. De telefoon ging. Ik kroop uit bed en nam op. Het was Cameron. Hij fluisterde.

‘Ik heb even tijd,’ zei hij. ‘Ik mis je vreselijk.’

‘Mooi zo,’ zei ik.

‘Ik móet je zien,’ siste hij. ‘Ik kan niet zonder je. Ik heb geregeld dat ik laat in de middag weg kan. Mag ik om een uur of vier bij je komen?’

‘Ja, hoor,’ zei ik.

Ik bracht de dag door in een dof waas. Lynne en ik gingen een paar uur wandelen op de markt van Camden Lock, maar dat deden we alleen maar omdat het dan makkelijker was om te zwijgen of in ieder geval over onbelangrijke dingen te praten en geen leugens meer te hoeven aanhoren. Cameron kwam precies om vier uur. Hij had een spijkerbroek en een wijd blauw overhemd aan. Hij had zich niet geschoren. Hij zag er slordiger uit dan normaal. Ik zag dat hij nog aantrekkelijker was dan ooit, minder stijfjes. Hij zei tegen Lynne dat hij haar een paar uur zou aflossen. Hij wilde een paar dingen voor de komende week met me bespreken. Lynne bleef treuzelen, zoals altijd. Vermoedde ze iets? Vast wel. Maar nu vond ik dat getreuzel bijna niet uit te houden. Ik had het gevoel dat ik mezelf nauwelijks kon inhouden, dat ik mezelf wat zou aandoen. Eindelijk tikten haar schoenen op de trap naar de stoep en verdwenen. Cameron deed de deur zachtjes achter haar dicht en draaide zich naar me om.

‘O, Nadia,’ zei hij.

Ik liep naar hem toe. De hele dag al, sinds ik hem door de telefoon had gesproken, had ik me op dit moment voorbereid. Hij stak zijn armen naar me uit. Ik balde mijn vuist, zo stevig mogelijk. Toen hij vlak bij me was, keek ik hem recht in zijn ogen en toen gaf ik hem uit alle macht een stomp in zijn gezicht.

10

Hij bracht zijn handen naar zijn gezicht. Deed hij dat om zich te beschermen of om terug te slaan? Ik bleef met mijn hoofd fier rechtop staan, alsof ik hem uitdaagde. Maar toen bracht hij zijn handen weer naar beneden en deed een stap achteruit.

'Godverdomme.' Hij zei het niet hard, maar wel kil. Zijn ogen waren kil. Zijn knappe gezicht zag er zwaar, dom en gemeen uit. Met voldoening zag ik dat er bloed uit zijn neusgat druppelde, waar mijn ring hem had geraakt.

'Ik weet het, inspecteur Stadler.'

'Wat?'

'Ik weet alles.'

'Waar heb je het over?'

'Werd je er geil van?'

'Wat?' zei hij weer. 'Wat?' Hij veegde het bloed van zijn neus en keek naar zijn vingers.

'Ja, hè? Je werd er geil van, het idee dat je met een vrouw neukte die dood zou gaan.'

'Je bent hysterisch,' zei hij, zijn stem vlak van minachting.

Ik prikte mijn wijsvinger in zijn borst.

'Jennifer Hintlesham. Komt die naam je bekend voor?'

Zijn uitdrukking veranderde, er begon hem iets te dagen.

'Nadia,' zei hij. Hij deed een stap in mijn richting en stak zijn hand uit, alsof ik een wild beest was dat gerustgesteld moest worden. 'Alsjeblieft, Nadia.'

'Blijf staan. Je bent een... een...' Ik kon geen woord bedenken dat erg genoeg was. 'Hoe haalde je 't in je hoofd? Hoe kon je me zoiets aandoen? Heb je me al dood gezien?'

Zijn gezicht ging op slot.

'We hebben je gezegd dat we de bedreiging serieus namen,' zei hij hol.

'Vuile huichelaar dat je bent. Je hebt me geneukt. Daar, op de grond in de kamer en in mijn bed.'

'Ik heb niet gemerkt dat je dat niet wou.'

Ik gaf hem een klap op zijn wang. Ik wilde hem pijn doen, hem verminken, hem tot moes slaan.

'Ik kan er niet bij,' zei ik. 'Ik kan er niet bij dat ik dat met jou heb gedaan.' Ik keek hem met walging aan. 'Een getrouwde man die geil wordt van neuken met iemand die hij zogenaamd moet beschermen.'

'We beschermen je toch?'

Het volgende moment bleek ik tot mijn grote schrik in tranen uit te barsten.

'Nadia.' Zijn stem was zacht, met een vleugje triomf erin. 'Mijn liefste Nadia, het spijt me. Ik vond het vreselijk dat ik het niet kon vertellen.'

Toen ik zijn hand op mijn huid voelde, schrok ik.

'Rot op,' schreeuwde ik door mijn tranen heen. 'Ik huil niet om jou, godverdomme. Ik ben bang, begrijp je dat dan niet? Ik ben zo bang dat ik het gevoel heb dat er een groot gat in mijn borst zit.'

'Nadia...'

'Hou je kop.' Ik haalde een papieren zakdoekje uit mijn zak en snoot mijn neus. Daarna keek ik op mijn horloge. 'Lynne komt over een uur terug. Ik heb een aantal dingen aan je te vragen. Maar eerst ga ik m'n gezicht wassen.'

'Wacht even,' zei hij. 'Ik zal je niet aanraken, dat beloof ik, maar ik wil alleen zeggen dat wat er tussen ons is gebeurd, dat dat niet... ik bedoel, het is niet... ik zou niet willen dat iemand...' Hij zweeg abrupt en keek me aan met een mengeling van onderworpenheid en wrok. Nu was hij bang voor mij.

Ik waste mijn handen en gezicht in de badkamer en poetste mijn tanden. Ik had een vieze smaak in mijn mond. Ik keek naar mezelf in de spiegel. Ik zag er niet anders uit dan anders. Hoe was het mogelijk dat ik er nog steeds hetzelfde uitzag? Ik glimlachte en mijn spiegelbeeld glimlachte vrolijk terug.

Ik voelde niet meer zo'n hevige haat. Ik voelde me kil, kalm en lamlendig. Cameron leek ook gekalmeerd. We gingen tegenover elkaar aan tafel zitten, als neutrale vreemden. Het leek onmogelijk dat hij een paar dagen geleden mijn hoofd tussen zijn handen hield, alsof ik het meest begeerde voorwerp van de wereld was en met zijn handen onder mijn kleren tastte. Ik huiverde toen ik eraan terugdacht.

'Hoe ben je erachter gekomen?' vroeg hij.

'Noord-Londen is een dorp,' zei ik. 'Vooral rijk Noord-Londen. Ik heb de oppas ontmoet. Lena.' Hij gaf geen reactie, maar ik zag dat hij even knikte ter bevestiging. 'Zij vertelde me over de briefjes. En over jou. Weet je zeker dat ze van dezelfde persoon zijn?'

Hij keek me niet aan.

'Ja,' zei hij.

'Hij schreef haar net zulke brieven als die ene die hij mij stuurde, en toen heeft hij haar vermoord.'

'Ja.'

'Maar werd ze dan niet bewaakt?'

'Jawel, maar er waren wat kinken in de kabel.'

'Maar toch is hij het huis binnengekomen en heeft haar vermoord.'

'Op dat moment werd ze niet echt bewaakt.'

'Waarom niet? Namen jullie het dan niet serieus?'

'Juist wel,' antwoordde hij, als door een wesp gestoken. 'We namen 't heel serieus. Want, ja...' Hij zweeg plotseling.

'Wat?'

'Niets.'

'Wat?'

'Nadia, je moet goed begrijpen dat we er alles aan doen om je te beschermen.'

'Wat? Want ja, en dan? Zeg op.'

'We wisten hoe serieus die brieven aan mevrouw Hintlesham waren,' mompelde hij, zo zachtjes dat ik hem bijna niet kon verstaan.

'Waarom?' Hij keek me even aan en toen begreep ik het. Dat nieuwe inzicht kwam als een golf over me heen, zodat ik bijna niet kon ademen. Ik staarde hem aan. Mijn stem was een hees gefluister. 'Ze was niet de eerste, hè?'

Cameron schudde zijn hoofd.

'Wie nog meer?'

'Een jonge vrouw, Zoë Haratounian. Ze woonde in Holloway.'

'Wanneer?'

'Vijf weken geleden.'

'Hoe?'

Cameron schudde zijn hoofd. 'Alsjeblieft, Nadia. Niet zoveel vragen. We beschermen je. Je moet ons vertrouwen.'

Ik kon een schamper lachje niet onderdrukken.

'Ik begrijp heel goed hoe je je voelt, Nadia.'

Ik steunde mijn hoofd in mijn handen.

'Nee, dat begrijp je niet,' zei ik. 'Ik weet zelf niet wat ik voel. Hoe kun jij dat nou weten?'

'Wat ga je doen?'

Ik tilde mijn hoofd op en keek hem woedend aan. Hij bedoelde: zou ik hem verraden? Wat een kleuter. Een wrede, ijdele kleuter.

'Ik ga leven,' zei ik.

'Ja, natuurlijk.' Zijn stem was sussend en suikerzoet. Hij klonk als een arts die tegen een stervende patiënt praat.

'Jij denkt dat ik doodga, hè?'

'Helemaal niet,' zei hij. 'Geen sprake van.'

'Een gek,' zei ik. Angst kwam in mijn keel omhoog, als gal. Bloed raasde in mijn oren. 'Een moordenaar.'

De bel ging. Blozende, glimlachende, liegende Lynne. Cameron zei binnensmonds: 'Vertel alsjeblieft niemand iets over ons.'

'Rot op. Ik denk na.'

II

Op een morbide manier genoot ik bijna van mijn gesprek met Lynne. Ze had een poging gedaan om Cameron een paar technische vragen te stellen over het rooster van volgende week, maar hij kon bijna niets uitbrengen of haar aankijken, of mij. Hij streek alleen maar zachtjes over zijn wang, alsof hij met zijn vingers probeerde te voelen of er iets te zien was van mijn klap.

'We praten morgen wel,' zei ik.

'Wat?' zei hij neerslachtig.

'Over wat we gaan doen,' zei ik.

Hij keek me even doordringend aan, haalde zijn schouders op en ging weg. Het kwam bijna als een verrassing dat ik alleen was met Lynne. Ik had er niet eens aan gedacht wat ik tegen haar zou zeggen na mijn gesprek met Cameron.

'Wil je iets drinken?' vroeg ik.

Ik drink eigenlijk nooit, maar nu snakte ik naar een borrel.

'Thee, graag.'

Ik slofte weg en zette de waterkoker aan. Ik scheen de hele tijd thee voor haar te zetten, alsof ik haar grootmoeder was. Een mok en een theezakje voor haar, meer niet. Achter in een kast bleek nog een fles whisky te staan, die iemand ooit taxfree voor me had gekocht. Ik deed een scheut in een glas en vulde het bij met koud water uit de kraan. We liepen de tuin in. Hoewel het nu vroeg in de avond was, was het nog steeds snoeiheet.

'Proost,' zei ik, terwijl ik met mijn glas tegen haar mok tikte. Ik nam een slokje, dat achter in mijn keel stak en dat ik helemaal tot in mijn maag omlaag voelde branden. De tuin was natuurlijk een ramp, maar juist omdat hij zo overwoekerd was, werd hij een soort vluchthaven, weg van al die afschuwelijke dingen daar buiten die ik nog steeds kon horen, het verkeer, muziek uit een flat verderop. We liepen naar een hoek waar een plant groeide die eruitzag als een struik die een boom wilde worden. Hij zat vol kegelvormige, dicht opeengroeiende paarse bloemen. Wit-met-bruine vlinders fladderden eromheen als kleine stukjes papier opwaaiend in de wind.

'Ik vind het heerlijk om hier 's avonds te zijn,' zei ik. Lynne knikte naar me. 'In de zomer dan. Als het regent, blijf ik binnen. Ik kijk graag naar de bloemen en vraag me dan af hoe ze heten. Heb jij verstand van tuinieren?' Lynne schudde haar hoofd. 'Jammer.' Ik nam nog een slokje. Nu toeslaan. 'Ik moet je m'n excuses maken,' zei ik op het moment dat ze de mok aan haar mond wilde zetten en voelen hoe heet de thee was met dat voorzichtige, eerste slokje. Ze keek me niet-begrijpend aan.

'Waarvoor?'

'Gisteren vroeg ik aan je of dit alles – al die bescherming, bedoel ik – niet een beetje overdreven was. Ik was benieuwd waarom je dit deed. Maar ik wist het eigenlijk al.'

Lynne liet de mok thee vlak voor haar mond tot stilstand komen. Ik ging verder.

'Er is namelijk iets raars gebeurd. Gisteren raakte ik op het kinderfeestje in gesprek met de oppas van een van de kinderen. En toen ben ik door puur toeval iets te weten gekomen. Ze werkt bij, *werkte* bij een vrouw die Jennifer Hintlesham heette.' Ik moest het Lynne nageven: ze vertrok geen spier. Ze meed alleen uit alle macht mijn blik, dat was alles. 'Heb je wel eens van haar gehoord?' vroeg ik.

Lynne dacht na voordat ze antwoordde. Ze keek naar haar thee.

'Ja,' zei ze zo zachtjes dat ik het bijna niet kon verstaan.

Er kwam een gedachte bij me op, eigenlijk meer een gevoel dan een gedachte. Ik moest denken aan die vreemde sensatie die over me kwam als ik ergens met Max was en hij iets zei waardoor ik besefte dat hij er al eens eerder was geweest met een vroegere vriendin. En ook al wist ik dat het idioot was, alles kreeg dan een beetje een grijs en wrang tintje.

'Heb je dit ook met haar gedaan? Met Jennifer? Heb je ook in haar tuin gestaan met een mok thee in je hand?'

Lynne keek betrapt. Maar ze kon nergens heen. Ze moest hier blijven en op me passen.

'Het spijt me,' zei ze. 'Ik vond het akelig om je niets te kunnen zeggen, maar dat werd pertinent verboden. Ze dachten dat het misschien traumatisch voor je zou zijn.'

'Wist Jennifer van haar voorgangster?'

'Nee.'

Ik voelde mijn mond openvallen. Ik was ontzet. Ik wist even niet wat ik moest zeggen.

'Ik... je hebt tegen haar ook gelogen,' was alles wat ik kon uitbrengen.

'Zo moet je het niet zien,' zei Lynne, die me nog steeds niet aankeek. 'Het is een principebesluit geweest. Ze wilden je niet in paniek brengen.'

'En haar. Jennifer, bedoel ik.'

'Precies.'

'Dus even voor de goede orde: ze wist niet dat degene die haar die brieven schreef al iemand had vermoord.'

Lynne gaf geen antwoord.

'En ze had niets te vertellen over hoe ze zichzelf moest beschermen.'

'Zo moet je het niet zien,' zei Lynne.

'Hoe dan wel?'

'Ik heb dit niet besloten,' zei Lynne. 'Maar ik weet dat ze het met de beste bedoelingen hebben gedaan. Wat zij dachten dat het beste was.'

'Jullie strategie om Jennifer te beschermen, en ook de eerste, Zoë, die heeft niet zo goed gewerkt.' Ik nam een slokje whisky en hoestte. Ik was niet echt gewend aan sterkedrank. Ik voelde me ellendig, bang en ziek. 'Sorry, hoor, Lynne, het is vast heel erg voor je, maar het is nog erger voor mij. Dit is mijn leven. En mijn leven wordt bedreigd.'

Ze ging dichter bij me staan.

'Jij gaat niet dood.'

Ik deinsde terug. Ik wilde niet dat die mensen me aanraakten. Ik had geen behoefte aan hun medeleven.

'Ik begrijp het niet, Lynne. Je zit al dagen hier bij mij, in mijn huis, je drinkt mijn thee, je eet mijn eten. Ik heb je dingen verteld over mijn leven. Je hebt me op blote voeten gezien, hangend op de bank, halfnaakt, rondscharrelend. Je hebt gezien hoe ik je geloofde, je vertrouwde. Ik snap het niet. Wat ging er door je heen?'

Lynne bleef zwijgen. Ik zei een tijdje ook niets meer. Ik pakte mijn whisky en nam een slokje.

'Denk je soms dat ik gek ben?' zei ik. 'Het zit me gewoon dwars dat iedereen iets over mij weet en dat ik dat niet weet. Hoe zou jij dat vinden als je mij was?'

'Dat weet ik niet,' zei ze.

Ik nam nog een slokje whisky. De drank begon te werken. Ik heb een schrikbarend lage weerstand tegen welke drug dan ook. Ik zou graag willen dat dat kwam doordat mijn lichaam perfect is afgesteld, maar ik denk dat het gewoon een geesteszwakte is. Het werd al moeilijker om mijn woede te handhaven, maar de angst klopte nog steeds ergens in mijn lijf. Ik voelde de alcohol overal vanbinnen en vanbuiten, waardoor de wereld er zachter en vager uitzag in het gouden licht van deze zomeravond, midden in Noord-Londen.

'Heb je ook op de eerste gepast?'

'Zoë? Nee, die heb ik maar één keer gezien. Vlak voordat... eh...'

'En Jennifer?'

'Ja, met haar heb ik wel wat tijd doorgebracht.'

'Wat voor vrouwen waren het? Leken ze op mij?'

Lynne dronk haar mok leeg.

'Het spijt me,' zei ze. 'Het spijt me dat ze je zo weinig verteld hebben. Maar ik mag hier absoluut niet nader op ingaan. Sorry.'

'Begrijp je niet wat ik bedoel?' Mijn stem ging omhoog met een bittere toon. 'Ik heb die twee vrouwen nooit ontmoet. Ik weet niet eens hoe ze eruitzagen. Maar ik heb wel iets belangrijks met hen gemeen. Ik wil graag weten wat voor vrouwen het waren. Misschien heb ik er wat aan.'

Lynne had inmiddels een wezenloze uitdrukking op haar gezicht. Ze zag er opeens uit als een ambtenaar achter een bureau.

'Als je je zorgen maakt, moet je dat aan hoofdinspecteur Links zeggen. Ik ben niet bij machte om onthullingen te doen.' Er trok even een uitdrukking van menselijke bezorgdheid over haar gezicht. 'Je moet niet bij mij zijn, Nadia. Ik heb de dossiers van deze zaak niet gezien. Ik sta aan de zijlijn, net als jij.'

'Ik sta niet aan de zijlijn,' zei ik. 'Ik wou dat het zo was. Ik zit ermiddenin. Dus ik moet je maar gewoon vertrouwen en geloven dat je het voortaan beter zult doen, is dat het?'

Trut, dacht ik. Stelletje hufters. We liepen naar binnen en keken elkaar nauwelijks aan. Ze maakte een paar boterhammen met stukjes ham die nog in de ijskast lagen en daarna gingen we tv kijken zonder een woord te zeggen. Ik zag bijna niets van het programma.

Eerst kwamen er boze gedachten op, ik haalde scènes terug uit mijn recente leven, gesprekken met Lynne, Links, Cameron. Ik dacht eraan dat ik in bed lag met Cameron, hoe hij naar me keek. Ik probeerde me voor te stellen hoe erotisch geladen een naakt lichaam als dat van mij was, het lichaam van een vrouw die binnenkort zou sterven en dat niet wist. Hoe voelde het om als enige rivaal een moordenaar te hebben? Werd de seks daar spannender van? Hoe meer ik erover nadacht, hoe hij met zijn neus in mijn lijf wroette, hoe misselijker ik werd, alsof ratten aan mijn borsten en tussen mijn benen hadden geknaagd.

Ik was eigenlijk nooit echt bang geweest. Ik geloof niet dat ik gauw bang ben. Ik word snel verliefd en snel kwaad, en ook gelukkig, geïrriteerd en opgewonden. Ik schreeuw, huil, lach. Die dingen liggen vlak onder de oppervlakte en borrelen naar boven. Maar angst ligt heel diep verborgen. Ik was nu bang, maar die angst vaagde niet alle andere emoties weg, zoals woede dat bijvoorbeeld doet, of plotselinge begeerte. Ik had eerder het gevoel alsof ik uit de zon liep en een schaduwgebied binnenging: steenkoud, griezelig. Een andere wereld.

Ik wist niet bij wie ik terechtkon. Ik dacht aan mijn ouders, maar zette die gedachte meteen opzij. Ze waren oud en zenuwachtig. Ze waren altijd bezorgd om me geweest, ook toen er niet echt reden tot bezorgdheid was. Zach, die lieve, norse Zach. Of Janet misschien. Wie zou een kalme, sterke rots zijn? Wie zou er naar me luisteren? Wie zou me redden?

En toen begon ik, zonder dat ik dat wilde, te denken aan de vrouwen die waren gestorven. Ik wist niets van hen, behalve hoe ze heetten, en dat Jennifer Hintlesham drie kinderen had. Ik zag het agressieve engelengezichtje van haar zoontje weer voor me. Twee vrouwen. Zoë en Jenny. Hoe hadden ze eruitgezien, hoe hadden ze zich gevoeld? Ze moesten in het donker wakker hebben gelegen in hun bed, zoals ik nu, en dezelfde ijzige angst om hun lichaam hebben gevoeld die ik nu ook voelde. En dezelfde eenzaamheid. Want nu waren er dus niet twee, maar drie vrouwen samengebracht door één gek. Zoë, Jenny en Nadia. Nadia: dat was ik. Waarom ik? dacht ik, terwijl ik lag te luisteren naar de geluiden van de nacht. Waarom zij en waarom ik? Waarom?

Maar op het moment dat ik daar lag, opgerold in de dekens met bonzend hart en brandende ogen, besefte ik dat ik mezelf uit deze blinde, hulpeloze doodsangst moest trekken. Ik kon niet als een hoopje blijven liggen en wachten tot er iets gebeurde of tot anderen me uit deze nachtmerrie zouden bevrijden. Met huilen onder de lakens schoot ik niets op. Het leek alsof er diep vanbinnen een klein deeltje van mij zich schrap zette.

Ik viel in de ochtend in slaap. De volgende morgen, toen ik verdwaasd wakker werd van vermoeidheid en vreemde dromen, voelde ik me niet bepaald moediger of veiliger. Maar ik voelde me wel weerbaarder. Om tien uur vroeg ik aan Lynne of ze even de kamer uit wilde gaan, omdat ik privé moest bellen. Ze zei dat ze in de auto zou wachten en toen ze de deur stevig achter zich had dichtgedaan, belde ik Cameron op het bureau.

'Ik voel me wanhopig,' zei hij, zodra hij aan de lijn kwam.

'Mooi. Ik ook.'

'Ik vind het afschuwelijk dat je je verraden voelt. Ik voel me vreselijk.'

'Geeft niks,' zei ik. 'Je mag iets voor me doen.'

'Zeg 't maar.'

'Ik wil de dossiers over deze zaak zien. Niet alleen over mij, maar ook over die twee andere vrouwen.'

'Dat is onmogelijk. Ze zijn niet voor het publiek beschikbaar.'

'Dat weet ik. Maar ik wil ze toch inkijken.'

'Dat is absoluut onmogelijk.'

'Nou moet je 's even heel goed naar me luisteren, Cameron. In mijn ogen heb je je slecht gedragen wat betreft dat seksgedoe. Het idee om seks te hebben met een potentieel slachtoffer is vermoedelijk een soort perverse manier om geil te worden. Maar ik vond het ook lekker en ik ben volwassen en zo. Ik ben er niet op uit om je te straffen. Dat moet je echt weten. Maar als je me die dossiers niet geeft, ga ik met Links praten en hem over onze seksuele relatie vertellen en dan ga ik vast een beetje huilen en zeggen dat ik zo kwetsbaar ben.'

'Dat doe je niet.'

'En ik ga het ook aan je vrouw vertellen.'

'Dat doe je niet, dat zou...' Hij maakte een kuchgeluid, alsof hij stikte. 'Je mag het niet aan Sarah vertellen. Ze is depressief, ze zou het niet aankunnen.'

'Dat kan me niets schelen,' zei ik. 'Dat interesseert me niet. Haal die dossiers nou maar.'

'Dat doe je niet,' zei hij met verstikte stem. 'Dat kun je niet.'

'Luister nou even. Er loopt daar een man rond die twee vrouwen heeft vermoord en nu mij gaat vermoorden. Op dit moment zullen jouw carrière en de gevoelens van je vrouw me worst wezen. Als je een gokje met me wilt wagen, doe het dan maar. Ik wil die dossiers hier morgenochtend in huis hebben en ik wil genoeg tijd hebben om ze te kunnen lezen. Daarna mag je ze weer terugbrengen.'

'Dat mag ik niet doen.'

'Het is aan jou.'

'Ik zal het proberen.'

'En ik wil de hele handel.'

'Ik zal mijn best doen.'

'Graag,' zei ik. 'En denk aan je carrière als je het doet. En aan je vrouw.'

Toen ik de hoorn neerlegde, verwachtte ik dat ik zou gaan huilen of dat ik me zou schamen, maar verrassend genoeg zag ik mijn spiegelbeeld in de spiegel boven de haard. Eindelijk een vriendelijk gezicht.

12

Ik ruimde de grote tafel in de woonkamer op, maar er was nog steeds niet genoeg ruimte. Nadat Cameron Lynne had afgewimpeld, moest hij drie keer op en neer om de dossiers uit zijn auto te halen. Er waren twee uitpuilende mappen en twee kartonnen dozen. Hij zette de rode, blauwe en beige dossiers op tafel, en toen die vol was ook op het kleed. Toen hij klaar was, stond hij te hijgen, met een bleek en plakkerig gezicht van het zweet. Zijn huid had een vermoeide, grijze, doodse kleur.

'Is dat alles?' vroeg ik ironisch, toen de laatste stapel voor mijn voeten werd neergegooid.

'Nee,' zei hij.

'Ik wilde de hele handel, had ik toch gezegd?'

'Je hebt een kleine bestelwagen nodig voor de hele handel,' zei hij. 'Dit zijn de lopende dossiers van het bureau en de andere waar ik directe inzage in heb. Ik begrijp trouwens niet wat je hieraan denkt te hebben. Het meeste zul je onbegrijpelijk vinden.' Hij ging op de harde rieten stoel in de hoek zitten. 'Je hebt er twee uur voor. En als je ook maar aan iemand vertelt dat je dit hebt gezien, ben ik m'n baan kwijt.'

'Stil maar,' zei ik, terwijl ik willekeurig dossiers oppakte. 'Hoe zijn ze gerangschikt?'

'Laat ze alsjeblieft op volgorde liggen,' zei hij. 'Meestal staan er in de grijze dossiers verklaringen. De blauwe dossiers zijn onze eigen rapporten en documenten. De rode dossiers zijn van het lab en de plaats van het misdrijf. Het is niet helemaal consequent doorgevoerd. Maar goed, het staat er allemaal op.'

'Zijn er ook foto's?'

'Er zijn foto's van de situatie ter plekke in de albums die voor je op de grond liggen.'

Ik keek omlaag. Het kwam me vreemd voor dat de politie foto's van moorden in net zulke albums plakte als je voor vakantiekiekjes gebruikte. Ik kreeg het ineens koud. Was dit wel een goed idee?

'Misschien straks. Ik wilde alleen maar even zien waar ze in zaten.'

Cameron liep naar de tafel en begon mompelend tussen de mappen te rommelen.

'Hier,' zei hij. 'En hier.'

Toen ik het wilde aanpakken, greep hij mijn hand.

'Sorry,' zei hij.

Ik trok mijn hand los. Ik had haast.

'Ga weg,' zei ik. 'Ga de tuin in. Ik roep je wel als ik klaar ben.'

'Of anders?' zei hij vermoeid. 'Anders bel je m'n vrouw?'

'Ik kan niet lezen met jou erbij.'

Hij zweeg even. 'Het is geen fijne lectuur, Nadia.'

'Laat me alleen.'

Langzaam, schoorvoetend verliet hij de kamer.

Ik aarzelde even voordat ik het eerste dossier opendeed, durfde het haast niet aan te raken, alsof het beschermd werd door elektrische stroom. Ik stond op het punt een deur te openen en een kamer binnen te gaan, en op een bepaalde manier zou het leven voorgoed veranderen. *Ik* zou veranderen.

Ik sloeg het dossier open en daar was ze. Een klein fototje zat met een paperclip aan een papiertje vast. Zoë Haratounian. Geboren 11 februari 1976. Ik bestudeerde de foto goed. Hij moest op vakantie zijn genomen. Ze hing tegen een laag muurtje aan met een diepblauwe lucht achter zich. Door het felle zonlicht kneep ze haar ogen een beetje toe (ze had een zonnebril in haar hand) en ze lachte ook, ze zei iets tegen degene die de foto nam. Ze droeg een groen vestje en wijde zwarte short. Ze had blond haar tot op haar schouders. Was ze knap? Ik denk van wel, maar het was moeilijk te zeggen. Ze zag er in ieder geval leuk uit. Het was een vrolijke foto, zo'n foto die je op een kurkbord in de keuken prikt naast de boodschappenlijst en het kaartje van de taxicentrale.

Er zaten ook getypte briefjes in het dossier. Die zocht ik. Geliefdes, vrienden en kennissen, werkgever, verwijzingen naar andere dossiers, contactnummers, adressen. Ik had een notitieblok klaarliggen. Ik krabbelde een paar namen en telefoonnummers neer, terwijl ik omkeek of Cameron me niet zag. Ik bladerde het dossier snel door. Er was nog een foto, een zwart-witportret, blijkbaar bedoeld voor een officieel document of zo. Ja, ze was knap. Ik had op de vorige foto gezien dat ze slank was, maar haar gezicht had iets ronds. Ze leek erg jong. Hoewel ze in wezen ernstig keek, had ze een schittering in haar ogen, alsof er op het moment dat de foto was genomen een ondeugende glimlach op haar gezicht zou doorbreken. Ik vroeg me af hoe haar stem had geklonken. Haar naam had een buitenlandse klank, maar ze was ergens in de buurt van Nottingham geboren.

Ik deed het dossier dicht en legde het voorzichtig opzij. Nu het tweede. Jennifer Charlotte Hintlesham, geboren in 1961, zag er heel anders uit dan Zoë. Het was wel een formelere foto, in een studio genomen. Ik stelde me voor dat hij op een toilettafel stond in een zilveren lijstje. Ze had een opvallender uiterlijk dan Zoë. Ze was niet echt mooi, maar ze was een vrouw die de aandacht trok. Ze had grote, donkere ogen en uitstekende jukbeenderen, die nog meer uitkwamen door haar lange, smalle gezicht. Ze had iets ouderwets: ze droeg een trui met ronde hals en een ketting met pareltjes. Haar donkerbruine haar was glanzend geborsteld. Ze deed me denken aan zo'n tamelijk onbekende Engelse filmster uit de jaren vijftig, die een beetje uit de belangstelling raakten toen de jaren zestig begonnen.

Ik had het gevoel dat Zoë veel jonger was dan ik. Jennifer Hintlesham leek een generatie ouder. Niet dat ze een ouder gezicht had dan ik. De enige gezichten die er verlopener uitzien dan dat van mij, vooral in de ochtend, zijn uit een turfveld opgegraven na tweeduizend jaar gemummificeerd te zijn. Ze zag er gewoon volwassener uit. Ik dacht dat ik Zoë wel had willen kennen. Maar ik wist niet precies of ik wel met Jennifer had kunnen opschieten. Ik keek weer het dossier in. Man en drie kinderen, namen en leeftijden. Kut. Ik schreef details op.

Er schoot iets door me heen. Ik keek in de stapel dossiers waar deze twee in zaten. Zoals ik al dacht was er een dossier met mijn naam erop. Ik sloeg het open en keek naar een foto van mezelf. Nadia Elizabeth Blake, geb. 1971. Ik huiverde. Misschien zou dit dossier over een paar weken nog dikker zijn en zou er een nieuw dossier geopend worden.

Ik keek op mijn horloge. Wat moest ik in vredesnaam verder doen? En wat wilde ik ermee, behalve mijn nieuwsgierigheid bevredigen? Toen ik elf jaar was, had het zwembad in de buurt een vijfmeterplank. Ik durfde er nooit vanaf te springen, totdat ik op een keer het trapje op ging, alsof ik zomaar een ladder op ging, en ik stapte over de rand van de plank zonder na te denken en toen had ik het gedaan. Dat deed ik nu ook.

Ik pakte het eerste album met foto's, gebonden in lelijk rood plastic. Er hadden foto's in moeten staan van meisjes die kaarsjes uitblazen en mensen die voetballen op het strand. Ik deed het open en sloeg als een robot de bladzijden om. Eigenlijk viel er niet veel te zien. Ik ging terug naar het begin om nog eens te kijken. Ja, dit was de situatie ter plekke bij Zoë Haratounian. Haar eigen flat. En daar lag ze. Met haar gezicht naar beneden op een kleed. Ze was niet naakt of zoiets. Ze had een slipje aan en een T-shirt. En ze zag er niet dood uit. Ze had net zo goed kunnen slapen. Er zat een lint of das of zoiets strak om haar nek getrokken en er waren foto's die dat vanuit verschillende hoeken lieten zien. Ik bleef maar kijken naar het slipje en het T-shirt. Ik dacht eraan dat ze die kleren die ochtend had aangetrokken, zonder te weten dat ze ze nooit meer zou uittrekken. Het is zo'n stomme gedachte die je niet uit je hoofd kunt zetten.

Ik legde het album neer en pakte het tweede op. De plaats van het misdrijf in het huis van Jennifer Hintlesham. Ik begon er automatisch in te bladeren zoals in het vorige, maar toen stopte ik. Dit zag er totaal anders uit. Het was één foto, het was op één plaats, maar ik zag het in fragmenten: wijdopen ogen, snoer om haar nek, gescheurde of stukgesneden kleren, benen uit elkaar, met iets dat op een ijzeren staaf leek in haar geduwd, maar wáárin kon ik niet herkennen. Ik smeet het album neer en rende naar de gootsteen. Ik was er net op tijd, braaksel spetterde uit mijn mond. Mijn maag keerde om en leegde zichzelf pijnlijk. Toen ik omlaagkeek, moest ik bijna lachen. De gootsteen stond vol vuile afwas. Nog vuilere afwas.

Ik waste mijn gezicht met warm en koud water en daarna deed ik de walgelijkste afwas van mijn leven, en dat voor iemand die als student een huis had gedeeld met een meisje en twee jongens. Door het bezig-zijn werd ik wat kalmer. Ik kon teruglopen naar de tafel en het fotoalbum dichtdoen zonder ernaar te kijken.

Ik had niet veel tijd. Ik moest selectief te werk gaan. Ik rommelde door de dossiers, waarbij ik de inhoud ervan vluchtig bekeek. Ik zag plattegronden van Zoës flat en Jennifers huis. Ik las flarden van getuigenverklaringen. Die waren zo lang, zo onsamenhangend en onduidelijk dat ik er bijna niets zinnigs uit kon halen. Zoës geliefde, Fred, praatte over haar groeiende angst en zijn pogingen haar te kalmeren. Haar vriendin Louise was er kapot van. Zij had feitelijk buiten in haar auto zitten wachten toen Zoë gewurgd werd. De getuigenverklaringen over de moord op Jennifer besloegen tien dikke dossiers. Ik kon weinig meer doen dan de namen van de geïnterviewden opschrijven, voornamelijk mensen die voor haar werkten. De familie Hintlesham had kennelijk een groot aantal mensen in dienst.

Ik besteedde iets meer aandacht aan de rapporten van de patholoog-anatoom over de twee dode vrouwen. Dat van Zoë was eenvoudiger: verstikking door wurging met de ceintuur van haar ochtendjas. Ze had ook nog wat kleinere blauwe plekken, maar die kwamen slechts voort uit de kracht waarmee zij werd vastgehouden tijdens de wurging. Vaginale en anale tests wezen uit dat er geen seksueel geweld was gepleegd.

Het rapport over Jennifers moord was veel langer. Ik las alleen de voornaamste punten: verstikking door wurging, een dunne, diepe groef in de hals, overeenkomend met het gebruikte snoer, snij- en steekwonden, bloedspatten, -plassen, -vegen, -sporen, scheur in het perineum, veel sporen van urine. Ze had zichzelf ondergepist.

Er was een dik dossier dat een analyse van de brieven bevatte. Er zaten fotokopieën bij van de brieven die Zoë en Jennifer gekregen hadden en ik las ze met een macaber schuldig gevoel alsof ik gestolen liefdesbrieven aan het lezen was. Maar het waren ook liefdesbrieven, met hun beloftes en hun dure eden. Er zat ook een tekening van een verminkte Zoë bij. Vreemd genoeg moest ik na al die gruwelen die ik op die dag had gezien huilen van die vunzige, crue tekening. Daardoor werd ik met mijn neus op de gestoorde inventiviteit gedrukt die de ene persoon tentoonspreidde om een ander kapot te maken. Ik las de analyse van de documenten snel door. Er waren pogingen gedaan om de brieven te verbinden aan mensen die Zoë kende: Fred, haar vriend, een ex-vriend, een makelaar, een potentiële koper van haar flat. Maar sneden op de tekening (die volgens een bijgevoegd briefje overeenkwamen met verwondingen van Jennifer Hintlesham) wezen uit dat de moordenaar linkshandig was. De genoemde verdachten waren allemaal rechtshandig.

Er waren dossiers met situatierapporten over stof, vezels en haar en nog veel andere zaken. Vele daarvan waren zo technisch dat ik er niet achter kon komen of er iets belangrijks was gevonden. Het zag er niet naar uit. Er was een samenvatting van één pagina voorin, die was doorgestuurd naar Links, Cameron en andere mensen die zich met de zaak bezighielden. Er werd duidelijk gesteld dat er geen belangrijke schakels waren gevonden tussen de sporen die op de plaats van de twee moorden waren aangetroffen. Het haar en de vezels op de kleren die de vermoorde Zoë droeg en die ook op het kleed, het beddengoed en andere kledingstukken waren aangetroffen, behoorden uitsluitend tot de recente bewoners van de flat, namelijk haar vriend Fred en Zoë zelf. De analyse van het haar en de vezels op de plaats van de moord op Jennifer Hintlesham was veel ingewikkelder. Er waren talrijke onbekende sporen, te wijten aan het grote aantal mensen dat daar in huis was geweest. Maar er bestond geen verband tussen de twee moorden, behalve dat Jenny's medaillon in Zoës flat was gevonden en Zoës foto in Jenny's huis. Meer afschuwelijk nieuws.

Ik nam ook een stapel interne memo's door, die de verschillende onderzoeksfasen afbakenden, waaronder ook de uitkomst van een informeel intern onderzoek waar TOPGEHEIM op stond. Daar las ik dat de bewaker van Jennifer Hintlesham van de zaak was afgehaald omdat haar man Clive in staat van beschuldiging werd gesteld wegens de moord op Zoë Haratounian. Wat een rotzooi.

Net toen ik Cameron terug wilde roepen, was ik door een dossier aan het bladeren dat er niet bijzonder uitzag. Er stonden roosters in, minuten van vergaderingen, vakantieregelingen. Maar toen viel mijn blik op een gekopieerd memo onderaan. Het was van Links en gericht aan een zekere dokter Michael Griffen, met kopieën aan Stadler, Grace Schilling, Lynne en een tiental andere namen die me niets zeiden. Het begon als reactie op een klacht van dokter Griffen dat er sporen waren gewist op de plaatsen van het misdrijf, vooral in de flat van Zoë Haratounian, door foutief handelen van de agenten die het eerst ter plekke waren:

Ik zal mij tot het uiterste inspannen om ervoor te zorgen dat de plaats van het misdrijf van elk toekomstig misdrijf snel en efficiënt verzegeld zal worden. Ik besef dat de oplossing van deze zaak in alle waarschijnlijkheid, en grotendeels vanwege de praktische problemen die het beschermen van een persoon met zich meebrengt, zal liggen in de handen van de sporenonderzoekers en wij zullen u dan ook onze volledige medewerking verlenen.

Ik riep naar Cameron dat hij moest komen en hij was in een ommezien in de kamer. Had hij door het raam staan kijken? Wat maakte het uit?

'Kijk,' zei ik, terwijl ik hem het briefje gaf. '"Elk toekomstig misdrijf." Niet bepaald een bewijs van vertrouwen in jouw bekwaamheid.'

Hij keek ernaar en stopte het terug in het dossier.

'Jij wou de dossiers zien,' zei hij. 'We moeten natuurlijk op het ergste voorbereid zijn.'

'Misschien maakte het een andere indruk vanuit mijn positie,' zei ik. 'Elk toekomstig misdrijf: dat ben ik.'

'En wat vond je ervan?'

'Het was afschuwelijk,' zei ik. 'Maar ik ben blij dat ik alles weet.'

Cameron begon de dossiers bij elkaar te pakken, stopte ze in dozen, propte ze in de tassen.

'We lijken niet op elkaar,' zei ik.

Hij hield even op.

'Wat?'

'Ik dacht dat we allemaal hetzelfde type zouden zijn. Ik snap wel dat je dat moeilijk kunt bepalen met foto's en een paar details, maar we lijken volkomen verschillend. Zoë was jonger en vast veel liever dan ik. Ze had ook een echte baan. En Jennifer, die ziet eruit als een lid van de koninklijke familie. Ik denk niet dat ze veel tijd voor mij had gehad.'

'Misschien niet,' zei Stadler treurig, en op dat moment voelde ik een steek van jaloezie. Hij had haar gezien, had met haar gepraat. Hij wist hoe haar stem klonk. Hij had haar eigenaardige gebaartjes gezien, die je nooit op een formulier zou terugvinden.

'Jullie zijn allemaal klein,' zei hij.

'Wat?'

'Jullie zijn allemaal klein en licht,' zei hij. 'En jullie wonen in Noord-Londen.'

'Dus zo ver zijn jullie gekomen,' zei ik. 'Na bijna zes weken en twee moorden weten jullie dat deze moordenaar geen bodybuilders van boven de een meter tachtig uitzoekt en hij geen vrouw uitzoekt die op willekeurig welke plek op de wereld woont.'

Hij was klaar met inpakken.

'Ik moet weg,' zei hij. 'Lynne komt zo.'

'Cameron?'

'Ja?'

'Ik zal het niet aan je vrouw of aan Links of aan wie dan ook vertellen.'

'Mooi.'

'Maar ik had het wel gedaan.'

'Dat dacht ik al.'

We deden allebei een beetje verlegen tegen elkaar. Voor mij was het 't soort verlegenheid dat je hebt bij iemand met wie je naakt bent geweest en voor wie je nu helemaal niets meer voelt. Daarbij kwam nog een intens verlangen om me in mijn slaapkamer op te sluiten en een paar uur te huilen en na te denken over de dood.

'Nadia?'

'Ja?'

'Ik heb erge spijt van alles. Het was allemaal zo... zo...' Hij zweeg en wreef over zijn gezicht en daarna keek hij om zich heen alsof hij dacht dat Lynne er al was en wij dat niet wisten. 'Er is nog iets.'

'Wat?' Ik kon uit zijn toon opmaken dat het geen goed nieuws was.

Hij haalde een papier uit zijn jasje. Eigenlijk waren het twee vellen papier. Hij vouwde ze open en streek ze glad op tafel.

'Die hebben we de afgelopen paar dagen onderschept.'

'Hoe dan?'

'De ene was als brief verstuurd, de andere was onder de deur door geschoven, denk ik.'

Ik staarde ernaar.

'Dit was de eerste,' zei hij, terwijl hij op het linkerpapier wees.

Er stond:

Lieve Nadia,
Ik wil je doodneuken. En ik wil dat je daarover nadenkt.

'O,' zei ik.

'Deze kwam twee dagen geleden,' zei Stadler.

Lieve Nadia,
Ik weet niet wat de politie je allemaal vertelt. Ze kunnen me niet

tegenhouden. Dat weten ze. Over een paar dagen of een week of twee weken ben je dood.

'Ik wilde open kaart met je spelen,' zei hij.

'Weet je, ik klampte me eraan vast dat er maar één brief was. Ik dacht dat hij misschien wel iemand anders zou vermoorden.'

'Het spijt me,' zei hij en keek om zich heen. 'Ik moet die spullen in de auto zetten. Maar het spijt me heel erg.'

'Ik ga dood, hè?' zei ik. 'Dat denk jij toch zeker ook?'

Hij had al een doos in zijn handen.

'Nee, nee,' zei hij, terwijl hij naar de deur liep. 'Het komt allemaal goed.'

13

‘Ik ga naar Camden Market,’ zei ik. ‘Nu meteen.’

Lynne keek verbaasd. Het was zaterdag even na negen uur en ze was, denk ik, gewend dat ik lang uitsliep en manieren bedacht om alleen te kunnen zijn. De afgelopen twee dagen had ik helemaal opgesloten gezeten in mijn nachtmerrie en de foto’s steeds weer voor me gezien. Zoë, die eruitzag alsof ze alleen maar in slaap was gevallen; Jenny, die gruwelijk verminkt was. Maar ik stond nu gewassen en aangekleed, vreemd vriendelijk, klaar om weg te gaan.

‘Het is vast heel druk,’ zei ze weifelend.

‘Precies wat ik nodig heb. Mensenmassa’s, muziek, goedkope kleren en sieraden. Ik heb zin om een heleboel onzinnige dingen te kopen. Je hoeft niet mee, hoor.’

‘Natuurlijk ga ik mee.’

‘Ja, je moet wel, hè? Arme Lynne, de hele tijd als een hondje achter me aan, de hele tijd beleefd moeten zijn, moeten liegen. Je zult je gewone leventje wel missen.’

‘Geen probleem,’ zei ze.

‘Je draagt geen trouwring, heb ik gezien. Heb je een vriend?’

‘Ja.’ Haar vertrouwde blos trok weer over haar bleke gezicht en haar wijnvlek vlamde op.

‘Mmm. Je zult wel blij zijn als dit allemaal voorbij is. Hoe dan ook. Kom, het is maar vijf minuten lopen.’

Lynne had gelijk. Het was warm, de lucht had een fletse, vuilblauwe kleur en het krioelde van de mensen in Camden Market. Lynne had een lange wollen broek aan en zware schoenen. Haar haar hing langs haar gezicht in zweterige sliertjes. Ze moest het besterven van de hitte, dacht ik met voldoening. Ik had een citroengele jurk met bandjes en platte sandalen aan. Mijn haar zat in een staart. Ik voelde me koel, lichtvoetig. We drongen ons door de menigte heen, de hitte steeg van de stenen op. Ik keek tijdens het lopen om me heen en voelde een golf van uitzinnige vreugde opkomen, omdat ik weer tussen zo'n zee van mensen was. De rasta's, de punkers, de bikers, de meisjes in felgekleurde jurken of tie-and-dye-rokjes, de mannen met pokdalige gezichten en loerende ogen, de tieners die slungelig langsliepen, stoer op zo'n onhandige manier die je godzijdank kwijtraakt als je ouder wordt. Ik gooide mijn hoofd achterover en ademde de patchoeli-olie in, de hasj, de wierook en geurkaarsen, en eerlijk zweet.

Er stonden kramen met vers geperst sap op de straathoeken en ik kocht voor ons allebei een glas mango met sinaasappel en een pretzel. Daarna kocht ik twintig dunne zilveren armbandjes voor vijf pond en schoof ze over mijn pols, waar ze prettig rinkelden. Ik kocht een brede zijden sjaal, een paar oorbelletjes en een paar opvallende haarspeldjes. Ik kon alles meteen om- en opdoen. Ik had geen zin in gesjouw. En toen, terwijl Lynne houten beeldjes bekeek, glipte ik weg. Een fluitje van een cent.

Ik liep snel de trap af naar het kanaal en rende over het pad tot ik bij de grote weg was. Het was nog steeds druk en ik was gewoon het zoveelste lichaam in de massa. Duikend en laverend ging ik erdoorheen. Als Lynne me hier kwam zoeken, zou ze me niet kunnen zien. Niemand zou me kunnen zien. Zelfs hij niet, met zijn röntgenogen. Ik was eindelijk alleen.

Ik voelde me vrij, ik voelde me herboren, alsof ik alle rotzooi die de afgelopen weken aan me vast had gekleefd had afgeschud: de angst, de begeerte en de irritatie losten op. Ik voelde me beter dan ik me in dagen had gevoeld. Ik wist waar ik heen ging. Ik had de route gisternacht uitgestippeld. Ik moest snel zijn, voordat iemand erachter kwam waar ik was.

Ik moest een aantal keren op de bel drukken. Ik dacht dat hij misschien niet thuis was, maar de gordijnen voor de bovenramen waren nog dicht. Maar toen hoorde ik voetstappen en binnensmonds gevloek.

De man die de deur opendeed was langer en jonger dan ik had verwacht, en knapper. Hij had lichtblond haar, dat over zijn voorhoofd hing, en fletse ogen in een gebruind gezicht. Hij had alleen een spijkerbroek aan. Hij zag er slaapdronken uit.

'Ja?' Dat klonk niet erg vriendelijk.

'Ben jij Fred?' Ik probeerde tegen hem te glimlachen.

'Ja. Ken ik jou?' Hij had een trage, zelfverzekerde stem. Ik stelde me Zoë naast hem voor, terwijl ze met haar gretige, knappe gezicht naar hem opkeek.

'Sorry dat ik je wakker maak, maar het is dringend. Mag ik binnenkomen?'

Hij trok zijn wenkbrauwen op.

'Wie ben je?'

'Ik ben Nadia Blake. Ik ben hier, omdat ik door dezelfde man bedreigd word die Zoë heeft vermoord.'

Ik dacht wel dat hij verbaasd zou zijn, maar het kwam letterlijk als een klap aan. Hij viel bijna achterover.

'Wát?' zei hij.

'Mag ik binnenkomen?'

Hij deed een stap achteruit en hield de deur open. Hij was als verdoofd. Ik was al binnen voordat hij nog iets kon zeggen. Hij liep achter me de trap op naar een kleine, rommelige woonkamer.

'Ik vind het heel erg van Zoë, trouwens,' zei ik.

Hij keek me ingespannen aan.

'Hoe wist je dat ik bestond?'

'Ik heb je op een lijst van getuigen zien staan,' zei ik.

Hij streek met zijn hand door zijn slordige haar en wreef daarna in zijn ogen.

'Wil je koffie?'

'Ja, graag.'

Hij liep naar de keuken en ik keek rond. Ik dacht dat er misschien een foto van Zoë zou staan, iets wat me aan haar zou herinneren, maar er stond niets. Ik raapte een paar tijdschriften op van de vloer: handboeken over tuinieren, een gids van Londense clubs, een tv-gids. Er lag een hoopje ronde stenen op een van de planken en ik pakte een gemarmerde steen op die op een eendenei leek en hield hem in de kom van mijn hand. Ik legde hem voorzichtig terug en pakte een bruine vilthoed die aan de rand van de stoel hing en liet die op mijn wijsvinger draaien. Ik wilde dicht bij Zoë zijn, maar ze was totaal afwezig. Ik pakte een houten eendje van een plank en keek er goed naar. Toen Fred weer binnenkwam, zette ik het haastig terug.

'Wat doe je?' vroeg hij achterdochtig.

'Ik rommel wat. Sorry.'

'Hier is je koffie.'

'Dank je.' Ik had hem vergeten te zeggen dat ik geen melk wilde.

Fred ging op de bank zitten, die eruitzag alsof hij hem van een vuilnisbelt had weggehaald, en gebaarde dat ik op de stoel moest gaan zitten. Hij hield zijn mok met beide handen vast en staarde erin. Ik dacht aan de regels uit een liedje: 'Clouds in my coffee, clouds in my coffee...' Hij zei niets.

'Ik vind het heel erg van Zoë,' zei ik weer, bij gebrek aan iets beters.

'Mmm,' zei hij.

Hij haalde zijn schouders op en keek de andere kant uit. Wat had ik verwacht? Ik had het gevoel gehad dat er een band tussen ons zou zijn omdat hij Zoë had gekend, waardoor hij op een volkomen irrationele manier dichter bij me stond dan mijn vrienden.

'Wat voor iemand was ze?'

'Wat voor iemand?' Hij keek nors op. 'Ze was lief, knap, vrolijk, al die dingen, maar wat wil je eigenlijk van me?'

'Het is idioot, dat weet ik. Ik wil kleine dingetjes van haar weten: haar lievelingskleur, haar kleren, haar dromen, hoe ze zich voelde toen ze die brieven kreeg, alles...' Ik was buiten adem.

Hij keek ongemakkelijk, walgend bijna.

'Ik kan je niet helpen,' zei hij.

'Hield je van haar?' vroeg ik ineens.

Hij staarde me aan alsof ik iets schunnigs had gezegd.

'We hadden dikke pret.'

Dikke pret. De moed zonk me in de schoenen. Hij had haar niet eens gekend, of wilde niet dat ik haar via hem leerde kennen. Dikke pret, wat een grafschrift.

'Maar heb je je dan nooit afgevraagd wat ze gevoeld moest hebben? Toen ze bedreigd werd, bedoel ik, en toen ze doodging?'

Hij pakte een pakje sigaretten en een doosje lucifers van een salontafeltje bij de bank.

'Nee,' zei hij, terwijl hij een sigaret opstak.

'De foto die ik van haar zag leek me nogal oud. Heb je geen recentere?'

'Nee.'

'Niet één?'

'Ik neem nooit foto's.'

'Of iets wat van haar is geweest waar ik naar kan kijken? Je hebt toch wel iets?'

'Waarvoor?' zei hij, met een hard, onwrikbaar gezicht.

'Sorry, je zult me wel een monster vinden. Maar ik voel me verbonden met die twee vrouwen.'

'Twéé vrouwen?'

'Zoë en Jenny Hintlesham, de tweede vrouw die is vermoord.'

'Wat?' zei hij, terwijl hij naar voren schoot. Hij zette de mok op tafel, waarbij hij veel koffie morste. 'Wat krijgen we nou?'

'Sorry, je wist het dus niet. De politie houdt het strikt geheim. Ik heb het alleen maar toevallig ontdekt. Die andere vrouw kreeg net zulke brieven. Ze is een paar weken na Zoë vermoord.'

'Maar, maar...' Fred leek in diep gepeins verzonken. Toen keek hij me met heel andere, priemende ogen aan. 'Die tweede vrouw.'

'Jenny.'

'Is die door dezelfde man vermoord?'

'Ja.'

Hij floot zachtjes.

'Godskolere,' zei hij.

'Wat je zegt,' zei ik.

De telefoon ging, zo hard als een alarm, en we schrokken er allebei van. Fred nam op en draaide zijn rug naar me toe.

'Ja, ja, ik ben op.' Een stilte, en toen: 'Kom nu maar, dan pikken we Duncan en Graham later wel op.'

Hij legde de hoorn neer en keek vluchtig naar me.

'Er komt zo een vriend langs,' zei hij, als teken dat ik weg moest. 'Succes, Nadia. Sorry dat ik je niet kon helpen.'

Was dat alles? Dat was toch niet mogelijk? Ik staarde hem hulpeloos aan.

'Dag, Nadia,' zei hij weer, terwijl hij me zowat naar de deur duwde. 'Pas goed op jezelf.'

Ik liep met gebogen hoofd als een blinde naar de metro. Arme Zoë, dacht ik. Fred had de indruk gemaakt van iemand die bijna geen fantasie had, een knap, zorgeloos type. Ik kon me niet voorstellen dat hij erg met haar had meegeleefd toen ze die dreigbrieven kreeg, ongeacht wat hij de politie later ook had verteld. Ik dacht terug aan wat hij had gezegd, en dat was bitter weinig. Ik had er de politiebescherming niet voor hoeven ontvluchten. Er ging plotseling een rilling van angst door me heen. Ik was alleen, niemand paste op me. Ik fantaseerde dat er ogen waren in de zaterdagse massa die me bespiedden.

Plotseling stond er iemand voor me. Het was een man, die op me neerkeek. Donker haar, bleek gezicht, glanzende tanden achter zijn glimlach. Wie was het?

'Hallo daar, wat ben jij ver weg.'

Ik staarde hem aan.

'Jij bent toch Nadia? De vrouw met die stokoude computer?'

Ah, nu wist ik het weer. Opluchting golfde door me heen. Ik glimlachte.

'Ja, sorry, eh...'

'Morris. Morris Burnside.'

'O ja, natuurlijk. Hallo.'

'Hoe is 't met je, Nadia? Alles goed?'

'Wat? O, prima,' antwoordde ik afwezig. 'Hé, sorry, hoor, maar ik heb eigenlijk een beetje haast.'

'O, nou, dan hou ik je niet verder op. Gaat het echt wel goed? Je ziet er een beetje bang uit.'

'Nee, gewoon moe, dat is alles. Je weet wel. Nou, tot ziens, hè?'

'Dag, Nadia. Pas goed op jezelf. Tot kijk.'

Het was een prachtig huis. Ik had het natuurlijk al op de foto gezien, maar in het echt was het monumentaler. Het stond een eind van de weg in een privé-tuin, er was een bordes en een boogdeur, blauweregen kroop over de hoge witte muren. Het ademde een sfeer van belangrijkheid, van goede smaak en geld. Ik wist natuurlijk al van dat geld, maar nu kon ik het bijna ruiken. Ik keek omhoog naar de ramen op de eerste verdieping. In een van die kamers was Jenny gestorven. Ik streek mijn haar glad en frunnikte aan de bandjes van mijn goedkope katoenen jurk. Daarna liep ik vastberaden naar de deur en liet de koperen klopper neerkomen.

Ik verwachtte bijna dat Jenny zelf zou opendoen en dat ik haar smalle gezicht en haar glanzende haar in de omlijsting van de deur zou zien. Ze zou beleefd tegen me zijn, op die welopgevoede, enigszins verbaasde manier waarmee ze 'hoepel op' bedoelde tegen mensen als ik: de onbeschaafden en roekelozen.

'Ja?' Niet Jenny, maar een lange, elegante vrouw met blond, losjes achterovergekamd haar, juwelen in haar oren, met een scherp gesneden zwarte broek en een abrikooskleurige zijden bloes aan. Ik had over Clives affaire in het dossier gelezen en ik had er wel een idee van wie ze was. 'Kan ik u helpen?'

'Ik zou Clive Hintlesham graag willen spreken. Ik ben Nadia Blake.'

'Is het dringend?' vroeg ze vriendelijk, maar koel. 'Zoals u misschien kunt horen, hebben we bezoek.'

Ik hoorde het geroezemoes van stemmen in het huis. Het was zaterdag, twaalf uur 's middags, en Clive, de zwaar getroffen weduwnaar, gaf een kleine lunch met zijn minnares. Ik hoorde glazen klinken.

'Het is eigenlijk wel dringend.'

'Kom dan maar binnen.'

Ik stond in een enorme, koele hal, waar de stemmen luider waren. Ze had hier gewoond, dacht ik, terwijl ik rondkeek. Dit is het huis waar ze haar droomhuis van had willen maken, maar nu zwaaide die vrouw de scepter over het droomhuis, want de werklui waren teruggekomen, zo te zien. De kamer voor me stond vol ladders en blikken verf. Er lagen doeken over de meubels aan het eind van de hal.

'Wilt u hier even wachten?' zei ze.

Maar ik liep met haar mee. Samen kwamen we een grote zitkamer binnen, kennelijk pas geverfd in leigrijs, met grote openslaande deuren naar een recent omgespitte tuin. Op de schoorsteenmantel stond een foto van drie kinderen in een zilveren ovale lijst. Geen Jenny. Zou dat ook met mij gebeuren als ik doodging? Zou ik voorgoed uit beeld verdwijnen?

Er waren zo'n tien of twaalf mensen in de kamer, allemaal met glazen in de hand, in groepjes bij elkaar. Misschien waren ze vrienden van Jenny geweest en waren ze hier bijeen om de nieuwe vrouw des huizes te verwelkomen. Gloria liep naar een stevig uitziende man met donker, grijzend haar en zware kaken. Ze legde een hand op zijn schouder en fluisterde iets in zijn oor. Hij keek scherp op en liep door de kamer naar me toe.

'Ja?' zei hij.

'Excuses dat ik zomaar kom binnenvallen,' zei ik.

'Gloria zei dat u me iets te zeggen had.'

'Ik ben Nadia Blake. Ik word door dezelfde man bedreigd die Jenny heeft vermoord.'

Zijn gezichtsuitdrukking veranderde nauwelijks. Hij keek even om zich heen alsof hij wilde controleren of er iemand anders meeluisterde.

'O,' zei hij. 'Maar wat wilt u dan?'

'Hoe bedoelt u? Uw vrouw is vermoord. En nu wil hij mij vermoorden.'

'Het spijt me erg,' zei hij onbewogen. 'Maar waarom bent u gekomen?'

'Ik dacht dat u me wat over Jenny zou kunnen vertellen.'

Hij nam een slokje wijn en leidde me naar de rand van de kamer.

'Ik heb de politie alles verteld wat ter zake deed,' zei hij. 'Ik begrijp niet helemaal wat u hier komt doen. Het is een tragedie geweest. En nu probeer ik gewoon zo goed mogelijk verder te gaan met mijn leven.'

'Dat schijnt u aardig te lukken,' zei ik, terwijl ik de kamer rondkeek.

'Wat zei u?' zei hij woedend. 'Gaat u alstublieft weg, mevrouw Blake.'

Paniek, woede en verbijstering borrelden naar boven. Ik begon een stamelende poging te doen om mezelf te rechtvaardigen. Terwijl ik dat deed zag ik een jongen, een tiener, alleen in de vensterbank zitten. Hij was mager en bleek, met vettig blond haar en donkere kringen onder zijn ogen, puisten op zijn voorhoofd. Hij was het toonbeeld van een onhandige, stakige, hulpeloze puber, van een chaotische, doodsbange, verwarde zoon die zijn moeder heeft verloren. Josh, de oudste zoon. Ik staarde naar hem en even kruisten onze blikken elkaar. Hij had grote, donkere ogen, als die van een spaniël. Mooie ogen in een onopvallend gezicht.

'Ik ga nu,' zei ik kalm. 'Het spijt me dat ik u heb lastiggevallen. Ik ben gewoon bang. Ik zoek hulp.'

Hij knikte tegen me. Misschien was zijn gezicht niet echt zo wreed, alleen een beetje dom en zelfgenoegzaam. Misschien was hij een doodgewone man, net als iedereen. Een beetje zwakker, misschien, een beetje egoïstischer.

'Sorry,' zei hij, terwijl hij even hulpeloos zijn schouders ophaalde.

'Dank u.' Ik draaide me om, terwijl ik mijn tranen probeerde te bedwingen, terwijl ik het niet erg probeerde te vinden dat iedereen me aankeek alsof ik een soort bedelaarster was die zich binnen had gedrongen. In de hal trapte een jongetje op een driewieler razendsnel op me af en stopte voor me.

'Ik ken jou. Jij bent de clown,' schreeuwde hij. 'Lena, de clown is op bezoek. Kom kijken, de clown is er.'

14

'Ik neem alles,' zei ik dapper. 'Eieren en spek, gebakken brood, gebakken aardappelen, tomaat, saus, champignons. En wat is dat?'

De vrouw achter de toonbank bestudeerde de inhoud van de metalen bak.

'Bloedworst.'

'Oké, dat neem ik ook. En een pot thee. En jij?'

Lynne was een beetje wit weggetrokken, misschien door wat er allemaal op mijn bord werd gestouwd.

'O,' zei ze. 'Een geroosterde boterham en een kopje thee.'

We namen onze bladen mee het café uit, de zonnige tuin in aan de rand van het park. Het was net open en er was verder nog niemand. Ik koos een afgelegen tafeltje in een hoek en we zetten onze borden en kopjes en metalen theepotjes neer. Ik begon te eten. Ik viel eerst aan op de gebakken eieren en sneed de dooier stuk zodat het geel over mijn bord droop. Lynne keek naar me met schijnbaar kritische afkeuring.

'Lust je dit soort eten niet?' vroeg ik, terwijl ik mijn mond afveegde met het papieren servetje.

'Het is me nog wat te vroeg.' Ze nam voorzichtig een slokje thee en nam een muizenhapje van haar brood.

Het was een stralende ochtend. Tamme mussen scharrelden tussen de tafelpoten door op zoek naar kruimels, eekhoorns zaten elkaar achterna langs de takken van de grote bomen aan de andere kant van de muur in het echte park. Een paar zalige seconden deed ik net alsof Lynne er niet was. Ik nam happen van mijn hartvervettende ontbijt en spoelde ze weg met mahoniebruine thee.

'Wil je dat ik ergens anders ga zitten?' vroeg Lynne. 'Als je vriendin er is?'

'Doe geen moeite,' zei ik. 'Je kent haar.'

'Wat?' vroeg ze, en keek verschrikt.

Dit gedeelte vond ik leuk. Dat was zeker mijn goochelaarskant.

'Het is Grace Schilling.'

Ik nam triomfantelijk een hap gegrilde tomaat, die aan een reepje spek vastzat.

'Maar...' stamelde Lynne.

'Mmm?' wist ik alleen met volle mond uit te brengen. Ik zag dat ze probeerde te besluiten welke van haar tien vragen ze zou stellen.

'Wie... wie heeft dat geregeld?'

'Ik.'

'Maar... weet hoofdinspecteur Links hiervan?'

Ik haalde mijn schouders op.

'Misschien heeft dokter Schilling hem het laten weten. Dat is niet mijn probleem.'

'Maar...'

'Daar is ze.'

Dokter Schilling was de tuin in gelopen. Er waren nu verscheidene tafeltjes bezet, mensen met kinderen, echtparen met de zondagskrant opengeslagen voor zich, maar ze had ons nog niet gezien. Ze was zoals gewoonlijk chic gekleed, misschien iets informeler dan normaal. Ze droeg een donkerblauwe broek, die halverwege haar enkels kwam, en een zwarte trui met V-hals. En ze had een zonnebril op. Toen ze ons in de gaten kreeg, liep ze de tuin door. Ze deed haar zonnebril af en legde die op tafel, samen met een sleutelbos en, opvallend genoeg, een pakje sigaretten. Ze keek ons argwanend aan. Ze had haar gewoonlijke afstandelijke blik en ik kreeg het gevoel alsof ik betrapt was in een varkensstal met mijn hoofd in de trog, wat ik wel amusant vond.

'Wil je ontbijten?' vroeg ik.

'Ik ontbijt nooit.'

'Zwarte koffie en een sigaret?' vroeg ik.

'Dat is meestal het enige wat ik naar binnen kan krijgen.'

Ik keek naar de verbijsterde Lynne.

'Kun je even koffie halen voor dokter Schilling?' vroeg ik.

Lynne draafde weg.

'Ik heb een beetje het gevoel alsof ik een persoonlijke assistent heb,' zei ik. 'Het bevalt me wel. Heb je met Links gepraat?'

Ze stak een sigaret op.

'Ik heb hem gezegd dat je me wilde spreken.'

'En was dat goed?'

'Hij was verbaasd.'

Ik veegde het laatste beetje eidooier met mijn brood weg.

'Kun je een geheim bewaren?' vroeg ik.

'Hoezo?'

'Ik heb de dossiers gezien,' zei ik. 'Nou ja, sommige. Dat is niet bepaald via de gewone kanalen gegaan, dus ik heb liever dat je er niet te veel over praat.'

Ze was geschokt. Allicht. Ik raakte gewend aan de blik in hun ogen. Ze nam een diepe haal van haar sigaret en schoof heen en weer in haar stoel. Ze voelde zich niet op haar gemak. Had ze het gevoel dat ze de controle kwijt was? Dat hoopte ik maar.

'Waarom vertel je het dan?'

'Ik moet je een paar vragen stellen. Ik weet dat je consequent tegen me hebt gelogen.' Ze keek scherp op, wilde iets zeggen, maar deed het niet. 'Het maakt niet uit. Ik wil dat je beseft dat ik weet wat er met Zoë en Jennifer is gebeurd. Ik heb de sectierapporten gezien. Ik maak me geen illusies. Ik wil alleen maar dat je eerlijk tegen me bent.'

Lynne kwam terug met de koffie.

'Mag ik aanschuiven?' vroeg ze.

'Sorry, Lynne, maar ik denk dat dit gesprek beter onder ons kan blijven,' zei ik.

Ze bloosde en ging naar een tafeltje in de buurt. Ik wendde me weer tot Grace Schilling. 'Ik heb geen mening, hoe dan ook, over de bekwaamheid van de politie in het algemeen. Maar je zult vast wel begrijpen dat ik geen vertrouwen heb in hun bekwaamheid om mij te beschermen tegen moord. Jij, zij, wie dan ook, hadden twee vrouwen onder uw hoede en die zijn allebei dood.'

'Nadia,' zei Grace. 'Ik begrijp heel goed hoe je je voelt, maar er zijn speciale redenen voor geweest. In het geval van mevrouw Haratounian...'

'Zoë.'

'Ja. In dat geval werd de bedreiging niet op zijn waarde geschat totdat het te laat was. In het geval van mevrouw Hintlesham was er een probleem...'

'De arrestatie van haar man, bedoel je?'

'Ja, dus je moet beseffen dat jouw situatie volkomen anders is.'

Ik schonk nog een kopje thee in.

'Grace, misschien heb je me niet goed begrepen. Ik zit hier niet om op punten van je te winnen, of om informatie te verzamelen voor een klacht of om gerustgesteld te worden. Maar beledig me alsjeblieft niet door te zeggen dat ik me geen zorgen hoef te maken. Ik heb het memo van de politie gelezen, dat jij ook kent, over hoe mijn toekomstige moord behandeld moet worden.'

Grace stak nog een sigaret op.

'Wat wil je van me?' vroeg ze onbewogen.

'Er zat geen rapport van jou in de dossiers. Misschien omdat er dingen in staan die ik niet zo leuk zou vinden. Ik moet weten wat jij weet.'

'Ik ben er niet zo zeker van dat ik iets weet waar jij wat aan hebt.'

'Waarom ik? Ik hoopte dat er uit de dossiers zou blijken dat we iets gemeen hadden. Ik kon niets vinden, behalve dat we alle drie klein zijn.'

Grace keek peinzend. Ze nam een diepe haal van haar sigaret.

'Ja,' zei ze. 'En jullie zijn allemaal opvallend om te zien, op verschillende manieren.'

'Nou, dank je wel...'

'Jullie zijn allemaal kwetsbaar. Seksuele sadisten loeren op vrouwen zoals een roofdier op andere dieren loert. Hij kiest er eentje uit die aarzelt, die onzeker is. Zoë Haratounian woonde nog maar net in Londen en was onzeker van zichzelf. Jenny Hintlesham zat vast in een ongelukkig huwelijk. Jij bent net bij je vriend weg.'

'Is dat 't?'

'Het kan genoeg zijn.'

'Kun je me iets over hem vertellen?'

Ze zweeg weer even.

'Er zullen aanwijzingen komen,' zei ze. 'Die komen er altijd. Het gaat er alleen om dat je die als zodanig herkent. Een Franse criminoloog, dokter Locarde, heeft eens de beroemde uitspraak gedaan dat elke misdadiger iets van zichzelf achterlaat op de plaats van het misdrijf, hoe klein het ook is, en dat hij altijd iets weghaalt van die plaats.' Zolang we nog niet precies weten wat die aanwijzingen zijn – maar daar zullen we zeker achter komen – kan ik alleen maar zeggen dat hij waarschijnlijk blank is. Waarschijnlijk een man van in de twintig of begin dertig. Van bovengemiddelde lengte. Lichamelijk sterk. Ontwikkeld, mogelijk academisch niveau. Maar ik weet zeker dat je het meeste daarvan zelf al hebt bedacht.'

'Weet je wie het is?'

Grace drukte haar sigaret uit en begon iets te zeggen, maar ze hield op en voor het eerst keek ze echt ongelukkig. Ze had kennelijk moeite om zich goed te houden.

'Nadia,' zei ze na een tijdje. 'Ik wou dat ik iets kon zeggen waar je wat aan had. Ik zou graag zeggen dat het niet iemand is die je goed kent, omdat ik hoop dat de politie kan bewijzen dat er een verband is met de andere vrouwen. Maar het kan ook een goede vriend zijn, het kan iemand zijn die je vroeger kende en uit het oog bent verloren, of iemand die je maar één keer hebt ontmoet.'

Ik keek om me heen. Ik was blij dat ik een zonnige ochtend met rennende, schreeuwende kinderen om ons heen had uitgekozen voor onze ontmoeting.

'Het gaat niet om het slapen,' zei ik. 'Op het moment durf ik mijn ogen niet dicht te doen, omdat ik anders de foto zie van Jenny Hintlesham die daar dood ligt met... nou ja, je hebt die natuurlijk wel gezien. Ik kan niet accepteren dat iemand die ik ken daar buiten rondloopt en een normaal leven leidt, nadat hij zoiets heeft gedaan.'

Grace gleed met een lange, slanke vinger over de rand van haar koffiekopje.

'Hij heeft het goed voor elkaar. Kijk maar naar de briefjes en de moeite die hij doet om ze af te leveren.'

'Maar ik vind het nog steeds ongelooflijk dat de politie die vrouwen niet heeft kunnen beschermen, nadat hij had aangekondigd wat hij zou gaan doen.'

Grace knikte heftig.

'Ik heb de afgelopen weken wat onderzoek gedaan. Er is een aantal soortgelijke gevallen geweest. Er was een paar jaar geleden een zaak in Washington. Een man dreigde vrouwen via brieven dat hij ze zou vermoorden. De man van de eerste vrouw huurde gewapende bewakers in en toch werd ze in haar huis vermoord. De tweede had constante politiebewaking en werd gemarteld en vermoord in haar slaapkamer, terwijl haar man thuis was. Sorry dat ik dit allemaal vertel, maar je wou dat ik eerlijk was. Sommige van die mannen beschouwen zichzelf als geniaal. Maar ze zijn niet geniaal. Het zijn eerder mannen met een obsessieve hobby. Ze hebben maar één doel voor ogen. Ze willen vrouwen laten lijden en daarna vermoorden, en ze wijden al hun energie en inventiviteit en intelligentie aan het uitvoeren ervan. De politie doet zijn best, maar het is moeilijk vechten tegen zo'n monomane doelgerichtheid.'

'Hoe is het afgelopen met die moordenaar in Washington?'

'Ze hebben hem uiteindelijk op heterdaad betrapt.'

'En hebben ze de vrouw gered?'

Grace keek de andere kant uit.

'Dat weet ik niet meer,' zei ze. 'Ik kan alleen maar zeggen dat het geen zwetende psychopaat is die in een kartonnen doos onder een brug leeft. Waarschijnlijk is het een goed functionerend mens op dit moment. Toen Ted Bundy thuiskwam nadat hij twee mensen had vermoord, zag hij er volgens zijn vriendin niet eens moe uit.'

'Wie is dat?'

'Nog zo'n vrouwenmoordenaar.'

'Maar waarom zou je al die moeite doen?' wierp ik tegen. 'Waarom val je niet gewoon vrouwen aan in donkere steegjes?'

'In de moeite zit 'm nou juist de pret. Waar ik heen wil, Nadia, is dat je al je theorieën over karakter of motieven, die jij met je gezonde verstand bedenkt, overboord moet zetten. Hij is niet uit op je geld. Hij haat je niet eens. Zo ziet hij dat in ieder geval niet. Hij zou het als liefde kunnen zien. Denk aan de brieven die hij verstuurt: dat zijn liefdesbrieven, op een perverse manier. Hij raakt geobsedeerd door de vrouwen die hij uitkiest.'

'Dus hij is de treinenspotter en ik ben de trein.'

'Zoiets, ja.'

'Maar waarom? Ik kan er met mijn verstand niet bij dat je zoveel moeite doet, brieven schrijft, een tekening maakt, ongelooflijke risico's neemt door de brieven persoonlijk af te leveren, om daarna die doodgewone vrouwen op een gruwelijke manier te vermoorden. Waarom?'

'Omdat er verschrikkelijke dingen gebeuren, zoek jij daar grote motieven achter. Op een gegeven moment zal deze persoon opgepakt worden en zal iemand, ik misschien, met hem praten over zijn leven. Misschien is hij als kind zwaar mishandeld of misbruikt door een oom, of misschien heeft hij een verwonding aan zijn hoofd opgelopen die een hersenbeschadiging tot gevolg heeft gehad. Dat zal de reden zijn. Er zijn natuurlijk legio mensen die zwaar mishandeld, misbruikt of gewond zijn en die geen seksuele psychopaten worden. Maar hij vindt dat nu eenmaal lekker. Waarom vinden we iets lekker?'

'Wat zal er gebeuren, denk je?'

Ze stak alweer een sigaret op.

'Het escaleert,' zei ze. 'De eerste moord was bijna opportunistisch. Hij heeft waarschijnlijk niet eens naar haar gezicht gekeken, alsof hij haar individualiteit weg wilde vagen. De tweede was veel gewelddadiger en overweldigender. Dat is een karakteristiek patroon. De misdaden worden steeds gewelddadiger en onbeheerster. De misdadiger wordt betrapt.'

Ik kreeg ineens het gevoel alsof er een wolk voor de zon langs was getrokken. Ik keek omhoog. Het was niet zo. De lucht was stralend blauw.

'Daar heeft degene die hij hierna uitzoekt wat aan.'

We stonden allebei op om weg te gaan. Ik keek over mijn schouder naar Lynne, maar ze wendde haar hoofd af. Ik draaide me weer om naar Grace.

'Hoe heb je de laatste paar maanden ervaren?' vroeg ik. 'Ben je tevreden over de manier waarop je het onderzoek hebt geleid?'

Ze pakte haar zonnebril, haar sleutels en haar pakje sigaretten.

'Ik ben gestopt met roken – wanneer ook weer? – vijf jaar geleden, geloof ik. Ik maal steeds maar door over wat ik anders had kunnen doen. Misschien weet ik het als hij gepakt is.' Ze glimlachte droefgeestig. 'Maak je geen zorgen. Ik hoef geen medeleven van je.' Ze haalde iets uit haar zak en gaf het aan mij. Het was een visitekaartje. 'Je kunt me altijd bellen.'

Ik pakte het aan en bekeek het, nutteloos en beleefd, zoals je dat nu eenmaal doet.

'Ik denk niet dat je op tijd ter plekke zult kunnen zijn,' zei ik.

15

Toen ik op school zat en zogenaamd leerde hoe ik volwassen moest worden en me op de grote, boze wereld moest voorbereiden, had ik een vriendin die overleed aan leukemie. Ze heette Laura en ze had kleine voetjes, appelwangetjes en een vette lach. Ze werd ziek in de eerste klas en stierf voor het eindexamen. We raakten verschrikkelijk snel gewend aan het idee dat ze dood was en niet meer bij ons was, en dachten zo nu en dan in vlagen van geschoktheid en sentimentaliteit aan haar terug. Maar nu dacht ik heel vaak aan Laura. Op een vreemde manier, die me niet welkom was, voelde ik me dichter bij haar – en bij Jenny en Zoë, vrouwen die ik nooit had gekend – dan bij mijn nog levende vrienden.

Zelfs Zach en Janet voelde ik op afstand. Ze leken ontzet over mijn situatie en wisten bijna niet wat ze ermee aan moesten. Ze belden me veel te vaak op, maar kwamen te weinig langs, en als we elkaar zagen hadden we geen normaal gespreksonderwerp, omdat ik in de schaduw stond en zij in het volle licht. We deden schutterig tegen elkaar. Het leek alsof ik hen voorbij was gegaan naar een andere wereld waar zij niet in konden en ik niet uit. Met een huivering dacht ik er weer aan dat Laura net zoiets had gezegd aan het eind, toen het iedereen duidelijk werd dat ze het niet zou halen. Ze had gezegd, of liever geschreeuwd, dat ze het gevoel had dat ze een wachtkamer in was gegaan en dat de deur aan de andere kant binnenkort voor haar zou opengaan en zij erdoor moest gaan. Ik weet nog dat er een rilling van doodsangst door me heen ging toen ze dat zei. Ik zag de deur voor me, met daarachter het pikkedonker, en ik zag voor me hoe ik uit een verlichte, volle kamer de lege afgrond in stapte.

Laura was door alle fasen heen gegaan waar je doorheen hóórt te gaan als je oog in oog met de dood staat: ongeloof, kwaadheid, verdriet, doodsangst en ten slotte een soort lamme aanvaarding, misschien omdat ze zo uitgeput was van de behandeling en van het heen en weer geslingerd worden tussen hoop en wanhoop. Op een avond na haar dood had een groepje van ons een akelige discussie, aangewakkerd door te veel drank, over of ze nog had kunnen leven of haar leven had kunnen rekken als ze zich meer verzet had in plaats van het op te geven en het los te laten. Vroeger was voor mij het beeld van loslaten een hand die zich zachtjes losmaakte van de hand van een dierbare. Nu ik de foto's en rapporten had gezien, was het beeld veranderd in twee handen die zich aan een richel vastklampen tot ze door een zware laars naar beneden getrapt worden. Iemand zei dat ze harder had moeten vechten, alsof het Laura's schuld was dat ze dood was gegaan en niet gewoon stomme pech.

Ik zou vechten. Ik wist niet of het ook maar iets zou uitmaken, maar daar ging het niet om. Ik zou verdomme niet in blinde doodsangst als een zielig hoopje in een stomme wachtkamer zitten, starend naar de deur in de muur tegenover me, met alleen de angst van de laatste paar dagen in mijn lijf, die mijn hart sneller deed kloppen, mijn mond uitdroogde, mijn maag wegbrandde, mijn ogen verblindde en me tot ondier degradeerde. Ik had de foto's gezien, de rapporten. Ik had met Grace gepraat. Ik had weinig vertrouwen in Links en Cameron, voor een deel omdat ik voelde dat zij weinig vertrouwen in zichzelf hadden en zaten te wachten tot ik doodging, al zouden ze dat nooit toegeven. Dus was ik op mezelf aangewezen. Alleen op mezelf. En ik heb altijd een bloedhekel aan wachten gehad.

Eén ding stond vast: ik kon niet langer in mijn huis zitten en me verstoppen voor Lynne en mijn eigen angst. Het vreemde was dat Lynne en ik nog steeds niet over mijn mogelijke dood spraken. Dat onderwerp was taboe. We hadden het alleen over plannen, zakelijke dingen als waar ik heen ging en waar ze op me moest wachten. We aten niet meer samen, zelfs geen patat uit de snackbar of geroosterd brood bij het ontbijt. Ik behandelde haar niet meer als een quasi-gast, een pseudo-vriendin.

De dag nadat ik met Grace Schilling had gepraat ging ik schaatsen met Claire, die werkloos actrice was, meestal meer werkloos dan actrice. Ze kon achteruitschaatsen en van die kronkels draaien waar je duizelig van wordt. Lynne en een andere agente zaten chagrijnig aan de kant en keken toe hoe ik tegen jonge kinderen aan botste en ze als kegels omverhaalde, en zelf struikelde met wild zwaaiende armen en benen. Later die dag nodigde ik mezelf bij Zach uit en zei dat hij andere vrienden moest uitnodigen, wat hij gehoorzaam deed. Lynne wachtte buiten terwijl wij taco's aten en ik te veel rode wijn dronk en schuine, domme moppen tapte en me om twee uur 's nachts in de wachtende auto liet vallen. Maar de hele tijd, ook toen ik beneveld was van de drank en flirtte met een man die Terence heette, die duidelijk homo was en zich door mij voor schut gezet voelde, probeerde ik te bedenken wat ik verder moest doen. Grace had gezegd dat mensen als deze man je altijd een paar stappen vóór waren: gerichter, vastberadener, vasthoudender. Ik wilde hem één stap voor zijn.

De volgende morgen werd ik met barstende koppijn en een droge bek wakker. Ik voelde me misselijk en toen ik de gordijnen openschoof, boorde het licht als een speer van pijn door mijn oogkassen. Ik wankelde naar de keuken en dronk twee glazen water, waarbij ik Lynnes meelevende, licht verwijtende blik negeerde. Toen zette ik een grote pot thee en ging ermee naar mijn slaapkamer terug. Ik ging in lotuszit op bed zitten, in een versleten grijs vest en een joggingbroek, en staarde naar het spiegelbeeld in de lange spiegel van de klerenkast. Ik keek de laatste tijd veel vaker naar mezelf, waarschijnlijk omdat ik mezelf niet meer als iets vanzelfsprekends zag. Moest ik er niet anders, magerder en tragischer uitzien? Voor zover ik kon zien was er uiterlijk niets veranderd. Daar zat ik, gewoon een kleine vrouw met sproeten op de brug van haar neus, ongeborsteld haar en een kater.

De bel ging en ik hoorde Lynne opendoen. Ik luisterde, maar hoorde alleen wat gemompel. Toen werd er op de deur van mijn slaapkamer geklopt.

'Ja?'

'Er is hier iemand voor je.'

'Wie?'

Er werd even geaarzeld aan de andere kant.

'Josh Hintlesham.' Lynnes stem was tot souffleursgefluister gedaald. 'Haar zoon.'

'O, mijn god. Wacht even.' Ik sprong van het bed. 'Zeg maar dat hij binnen mag komen.'

'Weet je het zeker? Ik weet niet wat Links daarvan...'

'Ik kom er zo aan.'

Ik rende naar de badkamer, slikte drie paracetamols tegen de hoofdpijn, plensde koud water over mijn gezicht en poetste hard mijn tanden. Josh. De jongen in de vensterbank met jeugdpuistjes en Jenny's donkere ogen.

Ik liep naar de woonkamer en stak mijn hand uit.

'Josh, hallo.'

Zijn hand lag koud en slap in die van mij. Hij keek me niet aan, maar mompelde iets en staarde naar de grond.

'Kun je buiten in de auto wachten, Lynne?' zei ik.

Terwijl ze wegliep, wierp ze een bezorgde blik over haar schouder en sloot de deur achter zich. Josh wiebelde zenuwachtig heen en weer. Hij had een joggingpak aan dat hem een beetje te krap zat en zijn vettige haar piekte over zijn ogen. Iemand zou met hem kleren moeten gaan kopen, hem zeggen dat hij in bad moest, zijn haar moest wassen en deodorant moest gebruiken. Ik zag Gloria dat nog niet doen.

'Koffie of thee?' vroeg ik.

'Hoeft niet.' Hij praatte mompelend.

'Sap?' Al had ik niks in de ijskast staan, bedacht ik.

'Nee, dank u.'

'Ga zitten.'

Ik wees op de bank.

Hij ging ongemakkelijk op het randje aan het verste eind zitten, terwijl ik koffiebonen maalde en wachtte tot het water kookte. Ik zag hoe groot zijn handen en voeten waren, hoe mager zijn polsen. Zijn huid was bleek, maar zijn oogranden waren rood. Hij zag er vreselijk uit, al had ik al tien jaar geen puberjongens meer gezien. Alle jongens van ouder dan negen waren een mysterie voor me.

'Hoe heb je me gevonden?'

'Ik heb in de Gouden Gids gekeken onder "Kinderfeestjes". Christo zei dat u clown was.'

'Briljant.' Ik ging tegenover hem zitten met mijn kop koffie. 'Hé, Josh, ik vind het heel erg van je moeder.'

Hij knikte en haalde zijn schouders op.

'Ja,' zei hij.

Mister Cool.

'Je zult haar wel missen.'

God, waarom hield ik niet gewoon mijn mond?

Hij kromp even ineen en begon op een van zijn nagels te bijten.

'Ze had eigenlijk niet zoveel tijd voor me,' zei hij. 'Ze had altijd haast of ze was ergens boos over.'

Ik voelde me gedwongen om voor haar op te komen.

'Dat zal best, met drie kinderen en het huishouden en zo,' zei ik, terwijl ik deed alsof ik een slokje nam uit mijn lege kopje. Nadia, de psychologe van de koude grond. 'Heb je iemand om over dit alles te praten?' vroeg ik. 'Vrienden of een dokter of zo?'

'Ik red me wel,' zei hij.

We zwegen en om iets te doen schonk ik nog een kopje koffie in en dronk het snel op.

'En u?' vroeg hij plotseling.

'Ik?'

'Bent u bang?'

'Ik probeer positief te blijven.'

'Ik droom van haar,' zei hij plotseling. 'Elke nacht. Ik droom niet dat ze vermoord wordt of zo. Het zijn leuke dromen, vrolijke dromen, dat mam door m'n haar streelt en me knuffelt en zo, hoewel ze alleen maar Christo's haar streelde. Ze zei altijd dat ik daar nu te oud voor was.' Hij bloosde diep. 'Dat maakt het alleen maar erger.' Toen zei hij: 'Niemand heeft me verteld hoe ze precies is gestorven.'

'Josh...'

'Ik kan de waarheid wel aan.'

Ik dacht aan de foto van Jenny's lijk en keek naar de slungelige, dappere jongen voor me.

'Snel,' zei ik. 'Ze had een snelle dood. Ze heeft niet geweten wat er gebeurde.'

'U liegt ook al tegen me. Ik dacht dat u me wel de waarheid zou zeggen.'

Ik haalde diep adem.

'Josh, de waarheid is dat ik het niet weet. Je moeder is dood. Ze heeft nu geen pijn meer.'

Ik schaamde me, maar ik wist niets beters te verzinnen. Josh stond met een ruk op en begon door de kamer te ijsberen.

'Bent u echt clown?'

'Een entertainer.'

Hij pakte mijn jongleerzakjes op.

'Kunt u jongleren?'

Ik pakte ze uit zijn hand en begon ermee te gooien. Hij leek niet onder de indruk.

'Echt jongleren, bedoel ik. Ik ken zoveel mensen die het met drie ballen kunnen.'

'Probeer jij 't dan eens.'

'Ik ben geen entertainer.'

'Nee,' zei ik droogjes.

'Ik heb iets voor u meegebracht,' zei hij.

Hij liep de kamer door om zijn rugzak te pakken en haalde er een envelop van manilla uit.

Er zaten tientallen foto's in, de meeste vakantiekiekjes door de jaren heen. Ik rommelde erdoorheen, terwijl ik me er heel erg van bewust was dat Josh zwaar ademend over mijn schouder meekeek. Jenny, erg slank en bruin in een gele bikini op een zandstrand onder een stukje blauwe lucht. Jenny in netjes geperste spijkerbroek en een groen poloshirt, in de stijve cirkel van Clives arm en met een aantrekkelijke glimlach voor de foto. Ze was veel mooier om te zien dan hij. Jenny met een veel jongere Josh, hand in hand, met een kale baby die Chris moest zijn, op een grasveld omringd door haar drie zoons. Jenny met lang haar, kort haar, haar in laagjes. Jenny op ski's, keurig voorovergebogen met haar stokken achter zich. In groepjes, alleen.

De foto die me het meest raakte was genomen toen ze kennelijk niet wist dat er een camera op haar gericht was en ze niet meer zo waakzaam keek. Ze stond er en profil en een beetje onscherp op. Er viel een lok glanzend haar over haar gezicht. Haar wang zag er glad uit, haar lippen waren een beetje van elkaar en haar hand was half opgeheven. Ze leek in gedachten verzonken, bijna droevig. Zonder haar pantser zag ze eruit als iemand die ik toch tot mijn kennissen had kunnen rekenen. En toen drong er ineens nog iets anders tot me door, als een mes dat door me heen sneed: ze had iets intrigerends. Ik begreep waarom ze iemands aandacht zou kunnen trekken. Ik kon haar voor me zien als een vrouw door wie je gefascineerd kon raken. O god.

Ik legde ze zwijgend neer en keek Josh aan.

'Arme jongen,' zei ik, en toen begon hij te huilen, al probeerde hij dat in te houden. Hij slikte en snufte en stikte haast in zijn verdriet, en hij mompelde: 'Jezus', en stopte zijn hoofd in de holte van zijn arm. Ik legde mijn hand op zijn schouder en wachtte, en na een tijdje ging hij rechtop zitten, zocht in zijn zak naar een verfrommeld zakdoekje en snoot luidruchtig zijn neus.

'Sorry,' zei hij.

'Welnee,' zei ik. 'Het is goed dat er iemand om haar huilt.'

'Ik moet weg,' zei hij, en hij pakte de foto's bij elkaar en stopte ze terug in de envelop.

'Gaat het wel?'

'Ja.' Hij veegde zijn neus aan zijn mouw af.

'Ik zal je mijn kaartje geven. Als je me wilt bellen, hoef je niet meer in de Gouden Gids te kijken. Wacht even.'

Ik liep naar mijn bureau in de slaapkamer, terwijl Josh in de deuropening wachtte. Wat was hij mager. Het leek alsof hij zou omvallen als hij niet ergens tegenaan kon leunen. Een zak botten.

'Het is hier wel een rotzooi,' zei hij. Brutale aap.

'Klopt. Ik wist niet dat je kwam, dus ik heb niet voor je opgeruimd.'

Hij grijnsde verlegen.

'En u hebt een stokoude computer,' merkte hij op.

'Dat schijnt, ja.'

Ik rommelde in de laden naar mijn visitekaartjes.

'Bent u on-line?'

'On-line? Dacht 't niet.'

Hij ging weer zitten en begon op het toetsenbord te tikken. Hij keek naar het scherm alsof het een schietgat was, waar iets komisch door te zien was.

'Hoe groot is uw harde schijf?'

'Geen idee.'

'Dat is het 'm. U moet meer vermogen hebben. Nu hebt u een mug die een vrachtwagen probeert voort te trekken. U moet een systeem hebben met een groot geheugen.'

'Wat je zegt,' zei ik, in de hoop dat hij verder zijn mond zou houden.

'Snellere hamsters.'

Ik had het kaartje gevonden en kwam er zwaaiend mee aanzetten.

'Alsjeblieft. Nadia Blake, entertainer op kinderpartijtjes, poppenspeler, jongleerder, goochelaar en algemeen...' Toen verstarde ik. 'Wat? Wat zei je daarnet, verdomme?'

'Niet kwaad worden. U hebt gewoon heel weinig aan een computer zonder een goed...'

'Nee, wat zei je precies?'

'Ik zei dat u meer vermogen moest hebben.'

'Nee, de precieze woorden, verdomme.'

Josh zweeg en dacht even na, en toen zag ik hem voor het eerst lachen.

'Sorry, maar dat is gewoon een domme uitdrukking. Snellere hamsters. Het betekent alleen maar meer vermogen.'

'Waar heb je die term vandaan?'

'Het is gewoon beeldspraak. Het beeld van hamsters die in een rad rondrennen. Denk ik. Ik heb er eigenlijk nooit bij stilgestaan.'

'Nee, nee, nee. Van wie heb je die uitdrukking?'

'Van wie?' Josh trok een gezicht. 'Gewoon, een jongen van de computerclub op school.'

'Wat? Een leerling?'

'Nee, een van de jongens die de club leidt: Hack. Hij is echt heel aardig voor me, vooral sinds m'n moeder dood is.'

Ik stond te trillen.

'Hack? Wat een rare naam.'

'Dat is z'n alias. Z'n schuilnaam.'

Ik probeerde kalm te blijven. Ik klemde mijn handen ineen.

'Josh,' zei ik. 'Weet je ook hoe hij echt heet?'

Hij fronste zijn wenkbrauwen. Alsjeblieft, alsjeblieft, alsjeblieft.

'Hij heet Morris, geloof ik. Hij weet alles van computers, maar hij zal u precies hetzelfde zeggen als ik.'

16

Mijn handen trilden zo hevig dat ik de cijfers op de telefoon bijna niet kon intoetsen. Ik liet me doorverbinden met Links. Ik had ontdekt dat als je maar genoeg doordramde, hij altijd op het bureau bleek te zijn. Hij was op zijn hoede en afstandelijk tegen me. Ik geloof dat hij niet helemaal wist hoe hij tegen me moest doen sinds ik ervandoor was gegaan. Hij had me ongetwijfeld graag van iets beschuldigd, maar ik had kennelijk geen wet overtreden. Toch kon hij zich in ieder geval stuurs gedragen, vanuit zijn zwakke positie.

'Ja?' zei hij.

'Ik heb net met Joshua Hintlesham gesproken.'

'Wat?'

'Dat is de zoon van Jennifer Hintlesham.'

'Dat weet ik. Wat hebt u met hem te bespreken?'

'Hij kwam bij me langs.'

'Hoe kan dat? Hoe weet hij wie u bent?'

Als hij in mijn buurt had gezeten, had ik me denkelijk naar voren gebogen en hem door elkaar geschud en met mijn knokkels op zijn schedel getimmerd, maar helaas was dat niet het geval.

'Dat is nu even niet belangrijk. Het punt is dat ik iemand heb gevonden die we allebei kennen.'

'Hoe bedoelt u?'

'Laatst ging er iets mis met mijn computer en toen heb ik een telefoonnummer gebeld op een kaartje. Er kwam ene Morris aan de deur en die heeft 'm weer aan de gang gekregen. Het was eigenlijk doodsimpel. Maar ik weet geen bal van computers. En die keer dat ik 'm gesmeerd ben, kwam ik hem toevallig op straat tegen. Hij was heel aardig. Ik heb er verder niets achter gezocht. Maar Josh vertelde me dat hij op een computerclub zit die op school gegeven wordt. En een van de mensen die die club leidt is diezelfde Morris.'

Nu was het lang stil aan de andere kant. Daar moest hij diep over nadenken.

'Is het dezelfde persoon?'

'Zo klinkt het wel.' Ik kon het niet laten om er nog bij te zeggen: 'Misschien is het niets bijzonders. Wilt u dat ik het ga uitzoeken?'

'Nee, nee,' zei hij meteen. 'Geen sprake van. Dat doen wij wel. Wat weet u van hem?'

'Hij heet Morris Burnside. Ik denk dat hij een jaar of vijfentwintig is. Ik kan niet zoveel over hem vertellen. Hij maakt een aardige, intelligente indruk. Maar goed, ik ben meteen onder de indruk als iemand een computer kan opstarten. Josh mocht hem heel graag. Het is geen griezel, of zo. Hij is knap om te zien. Hij deed niet verlegen of vreemd tegen me of iets dergelijks.'

'Hoe goed kent u hem?'

'Ik ken hem helemaal niet. Ik heb hem maar twee keer ontmoet, zei ik al.'

'Heeft hij geprobeerd contact met u te krijgen?'

Ik dacht terug aan de keren dat we elkaar hadden gezien. Het leverde niet veel op.

'Ik denk dat hij me wel leuk vond. Ik heb hem verteld dat ik net bij m'n vriend weg was. Hij deed een poging om een afspraakje met me te maken, maar ik heb dat afgewimpeld. Er was niets vervelends verder. Hij bood aan om me te helpen bij de aankoop van een nieuwe computer met meer vermogen. Daar ben ik niet op ingegaan, maar dat lijkt me niet genoeg reden om me te vermoorden.'

'Weet u waar hij woont?'

'Ik heb zijn telefoonnummer. Hebt u daar wat aan?'

Ik las het op van het kaartje, het kaartje waarvan ik twee weken geleden zo blij was geweest dat ik het had gevonden.

'Goed, laat het verder maar aan ons over. Probeer niet met hem in contact te komen.'

'Gaan jullie met hem praten?'

'We gaan kijken wie het is.'

'Misschien is het niets,' zei ik.

'We zien wel.'

'Misschien is het niet dezelfde persoon.'

'Dat zullen we uitzoeken.'

Toen ik de telefoon neerlegde, had ik zin om als een hoopje op de grond ineen te zakken, te huilen, flauw te vallen, in bed gestopt te worden en vertroeteld te worden. Maar alleen Lynne was er, die om me heen zoemde als een lastige vlieg die ik wilde doodslaan. Ze had met toenemende belangstelling naar het eind van mijn telefoongesprek zitten luisteren. Nu keek ze me verwachtingsvol aan. Ze wilde geïnformeerd worden. De moed zonk me in de schoenen. Soms leek het wel alsof ik een au-pair in huis had, terwijl ik niet eens een kind had waar ze voor moest zorgen. Ik moest hier weg. Zonder de tijd te nemen om iets te zeggen pakte ik snel de telefoon en begon te bellen.

'Je hebt hem ontmoet.'

Zach bleef staan, alsof hij niet tegelijkertijd kon lopen en nadenken.

'Wanneer dan?'

'Laatst, toen je langskwam en die jongeman m'n computer had gemaakt. Je kwam hem tegen toen hij net wegging.'

'Die jongen die geen geld wilde aannemen?'

'Precies.'

'Zandkleurig haar.'

'Nee, nogal lang, donker haar.'

'Heb je *mijn* haar gezien?'

Zach liep opzij en probeerde zijn spiegelbeeld in een etalageruit op te vangen. We liepen in Camden High Street, winkel in, winkel uit, terwijl we af en toe kleren pasten, maar niets kochten. Lynne liep twintig meter achter ons, met haar hand in haar zak.

'Het valt uit,' zei hij. 'Ik zou het moeten scheren, als ik ook maar een beetje eerlijk was. Wat vind jij?'

Hij draaide zijn bezorgde gezicht naar me toe.

'Laat het gewoon zitten,' zei ik. 'Ik denk niet dat een geschoren schedel jou staat.'

'Wat is er mis met mijn schedel?'

'Zoals ik al zei bleek die jongen, die Morris heet, ook de zoon van een van de vermoorde vrouwen te kennen.'

'Dus zou hij haar vermoord kunnen hebben?'

'Nou ja, hij is de enige schakel tot nu toe.'

'Maar dat kan toch niet? Ik heb hem weliswaar maar acht seconden gezien, maar hij leek me heel normaal.'

'Nou en? Ik heb met de psychologe gepraat die een deskundige is in dit soort zaken. Ze zei dat het waarschijnlijk iemand is die een normale indruk maakt. Ik hoop vurig dat hij het is. Dat hij achter de tralies verdwijnt en ik mijn leven weer kan oppakken.' Ik pakte Zachs hand. 'Ik was er heilig van overtuigd dat ik zou doodgaan, weet je. Ze hebben die andere twee vrouwen ook willen beschermen, maar dat is niet gelukt. Ze werden vermoord. Ik denk de hele tijd aan doodgaan. Aan dood zijn. Ik ben ontzettend bang geweest.'

Tranen begonnen over mijn gezicht te stromen. Het was er niet bepaald de juiste tijd of plaats voor, met al die winkelende mensen die ons voorbijholden. Zach sloeg zijn armen om me heen en gaf me een zoen op mijn kruin. Soms kon hij heel aardig zijn. Hij haalde een paar redelijk schone zakdoekjes uit zijn zak en gaf ze aan me. Ik veegde mijn gezicht af en snoot mijn neus.

'Je had om hulp moeten vragen,' zei hij.

'Wat had jij gedaan?'

'Iets,' zei hij. 'Over dood zijn, bijvoorbeeld. Denk maar aan de tijd voordat je werd geboren. Je was miljard, triljard jaar dood. Dat vind je toch niet eng?'

'Jawel.'

Plotseling kwam er iemand naast me lopen. Het was Lynne.

'Ik heb een boodschap van hoofdinspecteur Links. Hij wil je meteen spreken.'

'Wat is er aan de hand?'

Lynne haalde even haar schouders op.

'Hij zei alleen maar dat hij je wil spreken.'

Wat waren ze aardig tegen me op het bureau. Ik mocht meteen doorlopen en werd naar een chiquer kantoor gebracht, apart van de andere bureaus in de kantoortuin. Ik werd in een stoel gezet voor het bureau en kreeg thee met twee koekjes op een schoteltje en ze zeiden dat Links zo zou komen. Ik had nog maar een paar slokjes thee op en had mijn koekje één keer ingedoopt, toen Links en Cameron het kantoor binnenkwamen. Ze zagen er allebei serieus en formeel uit. Cameron ging op de bank aan de ene kant zitten en Links ging achter het bureau zitten. Dus het was zíjn kantoor.

'Hebt u thee gekregen?' vroeg hij.

Ik hield mijn kopje omhoog. Er viel eigenlijk niet veel te zeggen.

'Ik wilde u meteen op de hoogte brengen,' zei hij. 'We hebben Morris Burnside gesproken en hem van elke verdenking uitgesloten.'

De kamer leek om me heen te verschuiven, waardoor ik duizelig en daas werd.

'Wat?'

'Ik kan u verzekeren dat dit een positieve stap is.'

'Maar hoe hebben jullie hem zo snel onschuldig kunnen verklaren?'

Hij had een paperclip van zijn bureau gepakt. Eerst had hij die uit elkaar getrokken, zodat hij recht was. Nu probeerde hij hem weer in zijn oude vorm terug te buigen. Dat had ik ook vaak geprobeerd. Het komt nooit meer goed. Maar door die handeling hoefde hij me in ieder geval niet recht aan te kijken.

'Ik heb van dokter Schilling vernomen dat u erachter bent gekomen dat er nog twee andere moorden hebben plaatsgevonden, twee moorden die met dit onderzoek verband houden dus. Analyse van documenten heeft uitgewezen dat dezelfde persoon betrokken was bij de moorden op Zoë Haratounian en Jennifer Hintlesham en dat hij de dreigbrieven schreef die u ook hebt ontvangen. En dat blijkt niet alleen uit de documenten.' Links sprak nu alsof hij hevige pijnen leed. 'We weten dat de moordenaar de moeite heeft genomen om een voorwerp dat mevrouw Hintlesham toebehoorde in de flat van mevrouw Haratounian te plaatsen, teneinde... eh... de zaak te vertroebelen.' Hij boog de paperclip weer recht. 'Op de ochtend van de moord op Zoë Haratounian was Morris Burnside in Birmingham op een congres over informatietechniek, dat het hele weekend duurde. Hij bemande een kraam en deed demonstraties. We hebben een paar telefoontjes gepleegd. Er zijn talrijke getuigen die hem daar de hele zondag hebben gezien, van 's ochtends tot 's avonds.'

'Kan hij er niet tussenuit zijn geknepen?'

'Onmogelijk.'

'Hoe reageerde hij op uw ondervraging?'

'Hij was natuurlijk wel een beetje geschrokken. Maar hij was heel beleefd en werkte goed mee. Aardige jongeman.'

'Was hij kwaad?'

'Helemaal niet. Maar goed, we hebben niet gezegd dat we van u zijn naam hadden doorgekregen.'

Ik boog me naar voren en zette mijn theekopje op het bureau.

'Mag ik dat hier even neerzetten?'

'Gaat uw gang.'

Ik had geen energie meer over. Het leek alsof ik helemaal leeg was gelopen. Ik had gedacht dat me niets meer kon gebeuren. Maar nu moest ik terug in de boze wereld. Ik kon er niet meer tegen. Ik was te moe.

'Ik dacht dat het allemaal voorbij was,' zei ik vlak.

'Het komt wel goed,' zei Links, die me nog steeds niet aankeek. 'De bescherming gaat door.'

Ik stond op en zocht verdwaasd de deur.

'U moet het als een positieve stap zien. We hebben een mogelijke verdachte uitgesloten. Dat is een stap vooruit.'

Ik keek om me heen.

'Wat?' zei ik.

'Eén minder om ons druk om te maken.'

'En nog maar zes miljard te gaan,' zei ik. 'O nee, we kunnen vrouwen en kinderen ook uitsluiten. Dat zal zo'n twee miljard zijn. Min één.'

Links stond op.

'Stadler zal u even uitlaten,' zei hij.

Het was een kwestie van half leiden, half dragen. Onderweg bleef hij staan in een rustig stuk gang.

'Gaat het wel?' vroeg hij.

Ik kreunde iets.

'Ik moet je zien,' zei hij.

'Wat?'

'Ik denk de hele tijd aan je. Ik wil je helpen, Nadia. Ik heb je nodig en ik denk dat jij mij nodig hebt. Je hebt me nodig.'

Hij streelde over mijn arm.

'Eh?' Het duurde even voordat ik in de gaten had wat hij deed. Ik kreunde weer iets en rukte me los. 'Raak me niet aan,' zei ik. 'Raak me nooit meer aan.'

17

Toen kwam de angst opzetten. Ik kreeg er knikkende knieën van, mijn ingewanden werden vloeibaar. Ik kroop in bed en lag naar het plafond te staren, terwijl ik probeerde nergens aan te denken, maar tegelijkertijd wanhopig probeerde na te denken. Een paar uur hoop en euforie, en wat nu? Wat moest ik doen, nu ik terug was bij het begin van nog maar een paar dagen of een week geleden? Alleen leken het geen dagen, maar maanden en jaren, een naargeestige, angstaanjagende eeuwigheid van angst. Ik sliep, was wakker, sliep weer, muffe, kriebelige slaap, de lichtste slaap, waar dromen loeren en je vastgrijpen als dik wier dat net onder het wateroppervlak heen en weer deint. Het was donker en toen was het schemerig en daarna eindelijk weer licht, een staalblauwe lucht buiten het raam. Ik lag te luisteren naar een vogel die buiten zong. Ik tuurde op mijn horloge. Halfzeven. Ik trok de dekens over mijn hoofd. Wat moest ik vandaag doen?

Het eerste wat ik deed was Zach opbellen. Hij nam op met een dikke stem van de slaap.

'Zach, met mij, Nadia. Sorry, maar ik moest je bellen. Het was hem toch niet. Het was Morris niet. Hij had het niet kunnen zijn.'

'Kut,' zei hij.

'Precies. Wat moet ik nou doen?' Ik was ongemerkt gaan huilen. Tranen druppelden in mijn mond, kriebelden tegen mijn neus, liepen langs mijn nek naar beneden.

'Weten ze het zeker?'

'Ja, hij is 't niet.'

'Kut,' zei hij weer. Ik kon horen dat hij iets probeerde te zeggen dat niet zo ontmoedigend klonk.

'Ik ben terug bij af, Zach. Hij krijgt me te pakken. Ik kan dit niet. Ik kan niet zo doorgaan. Het heeft geen zin.'

'Jawel, Nadia, dat kun je wel.'

'Nee.' Ik veegde met de mouw van mijn nachthemd over mijn betraande, snotterige gezicht. Mijn klieren deden zeer en mijn keel brandde. 'Nee, ik kan het niet.'

'Hoor nou 's even. Je bent dapper. Ik heb vertrouwen in je.'

Dat bleef hij maar zeggen: ik heb vertrouwen in je, je bent dapper. En ik bleef maar huilen en snuffen en zeggen: ik ben maar ik, en: nee, ik kan het niet. Maar op de een of andere manier knapte ik ervan op steeds hetzelfde te zeggen, mijn protesten werden zwakker. Ik hoorde mezelf zelfs giechelen toen Zach me bezwoer dat ik honderd zou worden. Hij liet me beloven dat ik ontbijt zou maken. Hij zei dat hij me over een uurtje zou terugbellen, en dat hij later langs zou komen.

Gehoorzaam roosterde ik wat oud brood en at het op met een grote kop zwarte koffie. Ik ging in de keuken zitten en staarde uit het raam. Mensen liepen voorbij en ik dacht bij mezelf: misschien is hij het wel, met dat honkbalpetje en die wijde broek, die iets met getuite lippen floot wat ik niet kon horen. Of die met de koptelefoon, met dat keffende hondje aan de lijn. Of hij, met die slordige baard en kalende kop, ineengedoken in zijn gewatteerde jack op een snoeihete dag aan het eind van augustus. Iedereen. Het kon iedereen zijn.

Ik probeerde niet aan Jenny te denken nadat ze was vermoord. Als ik me die foto voor de geest haalde, werd mijn keel bijna dichtgedrukt van de paniek. Voordat ik de dossiers zag, was de moordenaar een loerende bedreiging geweest, iets abstracts en bijna onwezenlijks. Maar er was niets abstracts aan Zoës lieve gezicht of aan Jenny's groteske lijk. Ik begon aarzelend een persoonlijke haat jegens hem te ontwikkelen, een intiem, doelbewust gevoel. Terwijl ik aan de keukentafel zat hield ik dat gevoel vast, ik liet het scherper worden in mijn gedachten. Hij was geen wolk, geen schaduw, iets angstigs in de lucht die ik inademde. Hij was een man die twee jonge vrouwen had vermoord en mij wilde vermoorden. Hij tegen mij.

Ik vond een ongeopende brief, waar al buiten op de envelop stond dat ik een prijs had gewonnen, en begon achterop notities te maken. Wat wist ik? Hij had Zoë midden juli vermoord, Jenny begin augustus. Het 'escaleerde', zoals Grace het uitdrukte. Een medaillon van Jenny, dat al weken zoek was, was in Zoës flat aangetroffen, een foto van Zoë was tussen Clives spullen gevonden, maar dat waren de enige dingen die de twee vrouwen met elkaar verbonden. De enige schakel – een zwakke schakel, die niets te betekenen bleek te hebben – tussen mij en Jenny was Morris. Ik dacht aan de anderen die ondervraagd waren: Fred natuurlijk, maar nooit als verdachte, omdat hij al vrijuit ging toen de moord nog niet eens gepleegd was; Clive; Guy, de makelaar; een zakenman die Nick Shale heette; een vroeger vriendje van Zoë, die net terug was van een wereldreis; Jenny's ploeg architecten, aannemers, hoveniers en schoonmakers. En nu Morris. Het enige wat de politie in mijn ogen had bereikt, was het uitschakelen van de voor de hand liggende verdachten.

Ik nam een slokje van mijn afkoelende koffie. Waar kwam ik in het verhaal voor? Ik zat aan mijn keukentafel en deed een armzalige poging om mijn eigen detective te zijn, ik beloerde mannen door mijn raam en dacht: hij, of hij, of wie dan ook. Ik liep tegen dezelfde muur aan waar de politie al weken tegenaan liep.

Ik liep naar mijn slaapkamer en vond het stukje papier waarop ik de namen en adressen had geschreven die ik uit de dossiers had gepikt die Stadler me had laten zien. Ik staarde ernaar, totdat de letters vaag werden. Toen, bij gebrek aan een beter idee, haalde ik diep adem en pakte de telefoon.

'Goedemorgen, met Clarke's. Kan ik u helpen?' Een vrouwenstem, geveinsd enthousiast.

'Ik begrijp dat u een flat in Holloway Road te koop hebt. Zou ik die kunnen bekijken?'

'Momentje, alstublieft,' zei ze, en ik moest een paar minuten luisteren naar Bach op een kinderorgeltje.

Een mannenstem introduceerde zichzelf met een discreet kuchje.

'Met Guy. Kan ik u helpen?'

Ik herhaalde mijn verzoek.

'Fantastisch,' zei hij. 'Geweldig gelegen. Zeer handig voor Holloway Road.'

'Kan ik vandaag komen kijken?'

'Zeker. Schikt vanmiddag?'

'Is de eigenaar er dan ook?'

'Ik leid u zelf rond.'

Bofte ik even.

Ik belde nog een nummer van het stukje papier. Ik weet eigenlijk niet waarom. Misschien omdat zij van alle mensen in de dossiers de enige was die verdriet leek te hebben.

'Hallo?'

Wat zeg je in zo'n geval? Ik besloot met de deur in huis te vallen.

'Ik ben Nadia Blake. Je kent me niet. Ik wilde met je praten over Zoë.' Het was even stil aan de andere kant. Ik hoorde haar niet eens ademen. 'Sorry,' zei ik. 'Ik wilde je niet van streek maken.'

'Wie ben je? Ben je van de krant?'

'Nee, ik ben net zo iemand als zij. Ik krijg namelijk ook brieven van de man die haar heeft vermoord.'

'O, god, wat vreselijk. Nadia, zei je?'

'Ja.'

'Kan ik iets doen?'

'Misschien kunnen we een afspraak maken, dacht ik.'

'Ja, natuurlijk. Ik heb nog vakantie. Ik geef les.'

'In haar flat, om twee uur, is dat goed?'

'Haar flat?'

'Ik krijg een rondleiding.'

'Waarom?'

'Ik wilde het huis zien.'

'Is dat wel zo'n goed idee?' Ze klonk aarzelend. Misschien dacht ze dat ik gek was.

'Ik wilde gewoon meer over Zoë weten.'

'Ik kom wel. Wat bizar. Je hebt geen idee.'

Ik had vier uur de tijd voor de afspraak. Er was een andere agente vandaag. Bernice. Ik zei dat ik om een uur of twee naar een flat in Holloway Road ging en ze vertrok geen spier, ze knikte alleen maar wezenloos en maakte een aantekening in het boekje dat ze bij zich had. Misschien kende ze Zoës oude adres niet, of misschien was iedereen het wachten gewoon zat. Toen ging ik lang in bad, waste mijn haar, weekte in het zeepwater tot de huid van mijn vingers en tenen zacht en gerimpeld was. Ik lakte mijn teennagels en deed een jurk aan die ik bijna nooit droeg. Ik had hem bewaard voor een speciale gelegenheid, een chic feest waar ik mijn volgende droomprins zou ontmoeten, maar het leek me stom om daar nu op te wachten. Ik zou hem net zo goed voor Zoës flat kunnen aantrekken, voor Louise en Guy. Het was een prachtige, licht turquoise, strakzittende jurk met korte mouwtjes en een laag uitgesneden ronde hals. Ik deed een ketting om, kleine oorbellen, een paar sandalen. Ik zag er fris en elegant uit, alsof ik naar een zomerfeest ging en champagne in een weelderige tuin zou drinken. Om het plaatje te vervolmaken deed ik lippenstift op.

Om twaalf uur kwam Bernice binnen om te zeggen dat er twee jongemannen voor de deur stonden. Ik gluurde door het raam in de gang en zag Josh staan wiebelen. Naast hem stond iemand met donker, slordig haar met een zwart linnen jasje aan. Hij had een pakje sigaretten in zijn ene hand en een bos bloemen in de andere en glimlachte tegen de deur waarin ik zou verschijnen.

Toen ik in die paar euforische uren had gedacht dat Morris de moordenaar was, had ik het gezicht van een moordenaar voor me gezien: sluw, met kille ogen, als die van een haai. Nu zag ik dat hij jongensachtig en aantrekkelijk was. Hij zag er nogal aandoenlijk uit, met die opgeplakte glimlach en het in papier gewikkelde boeket omhooggestoken.

'Kom binnen.'

Josh zei iets binnensmonds en stommelde naar binnen, struikelend over zijn losse veters. Morris stak de bloemen naar voren.

'Ik zou jou bloemen moeten geven als excuus voor mijn verdachtmakingen,' zei ik. 'Maar toch bedankt. Ze zijn prachtig.' Spontaan ging ik op mijn tenen staan en gaf hem een zoen op zijn wang. Bernice deed de deur als een gevangenisbewaker achter ons dicht.

'Ik hoop dat je het niet erg vindt dat ik zo kom binnenvallen,' zei Morris, die toekeek terwijl ik een kan met water vulde en de bloemen erin zette.

'Hack vond dat we bij elkaar moesten komen,' zei Josh.

Hij liep weer als een onrustig dier in de woonkamer rond, pakte dingen op en zette ze weer neer, gleed met zijn handen over voorwerpen.

'Ga zitten, Josh. Je werkt op m'n zenuwen. Leuk dat jullie er zijn. Het is een beetje een raar gevoel.'

'Hoezo?'

'Nou ja, kijk dan hoe we hier zitten.' Ik begon hopeloos te giechelen en Josh deed uit nerveuze beleefdheid mee. Morris keek ons fronsend aan.

'Hoe kunnen jullie nou lachen?' vroeg hij, toen ik met mijn hysterische gegrinnik ophield. 'Er loopt daar buiten iemand rond die je wil vermoorden.'

'Je had me vanmorgen moeten zien. Of gisteren, toen ik hoorde dat jij het helemaal niet was. Ik hoop dat je het niet verkeerd opvat als ik zeg dat ik ontzettend graag wilde dat jij het was.'

'Hoop is een wreed iets,' zei Morris, die ernstig knikte.

Ik keek Josh bezorgd aan.

'Gaat het goed met je?'

'Best.'

Hij zag er helemaal niet best uit, hij zag er afschuwelijk uit, zijn gelaatskleur was bijna groen en zijn ogen waren bloeddoorlopen. Ik stond op en bracht hem naar de bank en duwde hem in de kussens.

'Wanneer heb jij voor 't laatst iets gegeten?'

'Ik heb geen honger.'

'Ik ga iets voor je maken. Pasta misschien, als ik die in huis heb. Wil jij ook?' vroeg ik aan Morris.

'Ik help je wel,' zei hij. 'Ga lekker liggen,' zei hij tegen Josh, terwijl hij hem een klopje op zijn schouder gaf. 'Kracht verzamelen.' Josh ging achteroverliggen en sloot zijn ogen. Er kwam een flauwe glimlach op zijn gezicht.

Morris sneed tomaten. Ik vond een halve zak pastaspiralen. Ik goot ze kletterend in een pan en zette water op.

'Ben je erg bang?' vroeg hij, net als Josh.

'Bij vlagen,' zei ik. 'Ik probeer sterk te blijven.'

'Mooi zo,' zei hij, terwijl hij doorsneed. 'Helpen ze je wel?'

'Wie?'

'De politie.'

'Gaat wel,' zei ik ontwijkend.

Ik had geen zin om erop in te gaan. Ik had een blikje zwarte olijven zonder pit gevonden. Toen de pasta gaar was, gooide ik er een handjevol overheen en druppelde daar weer wat olijfolie op. Het zag er tamelijk minimalistisch en chic uit. Maar ik had het met Parmezaanse kaas en zwarte peper moeten afmaken. Nou ja. Morris was nog steeds heel langzaam en methodisch tomaten in kleine blokjes aan het snijden.

'Hoe denk je dat hij eruitziet?' vroeg hij.

'Daar denk ik niet aan,' zei ik, terwijl ik verbaasd stond van mijn vastberadenheid. 'Ik denk aan de vrouwen. Aan Zoë en Jenny.'

Hij schraapte de tomaten in een kom.

'Als ik iets kan doen,' zei hij, 'vraag het dan gewoon.'

'Dank je,' zei ik. Maar niet al te enthousiast. Ik heb genoeg vrienden.

Tijdens het eten vertelde ik Josh en Morris over mijn afspraak om Zoës flat te bekijken. Ze waren blijkbaar allebei met stomheid geslagen.

'Waarom gaan jullie niet mee?' vroeg ik plotseling, terwijl ik meteen al half spijt had van dat voorstel.

Josh schudde zijn hoofd.

'We moeten met Gloria mee naar haar moeder,' zei hij bitter.

Hij leek een stuk opgeknapt na de pasta, al lagen de olijven in een net hoopje naast zijn bord.

'Ja,' zei Morris glimlachend. 'Ik ga wel mee.'

'Er komt ook een vriendin van Zoë,' zei ik. 'Ze heet Louise.'

'Dat is gek,' zei Morris.

'Wat?'

Morris leek een beetje van zijn stuk gebracht.

'Je leert mensen kennen die Josh' moeder kenden. En nu mensen die Zoë kenden. Dat lijkt me vreemd.'

'O ja?' zei ik. 'Blijkbaar moet ik dat doen.'

Hij mompelde iets wat klonk alsof hij daarmee instemde. Toen hij zijn pasta op had, stond hij op en viste een klein mobieltje uit de zak van zijn jack.

'Even m'n antwoordapparaat checken,' zei hij. Hij ging bij het raam staan, drukte toetsen in op het ding en luisterde fronsend: 'Kut,' zei hij na een tijdje, terwijl hij zijn jack dichtdeed. 'Iemand heeft me dringend nodig, dus ik moet de flat laten schieten. Sorry, dat vind ik erg rot, ik had immers beloofd om je te helpen.'

'Geeft niets.'

Hij pakte mijn hand en kneep er even in. Toen ging hij weg. Hij vond me leuk, ik zag dat hij me leuk vond. Hij vond me al vanaf de eerste keer leuk, toen hij mijn computer kwam maken. Begreep hij dan niet dat mijn hoofd daar in de verste verte niet naar stond, dat het onmogelijk leek dat ik ooit weer begeerte zou voelen?

Josh ging vrij snel daarna ook weg. Ik gaf hem een zoen op zijn wang bij de deur en tranen welden op in zijn ogen.

'Tot ziens,' zei ik zo opgewekt mogelijk. 'Pas goed op jezelf.'

En toen, voordat hij naar buiten sjokte, flapte hij eruit: 'Jij eerst. Pas jij maar eerst goed op jóúzelf.'

18

Guy droeg een chocoladebruin pak, een Bart Simpson-das en had een brede glimlach op zijn gezicht. Hij had parelwitte tanden en een gebruinde huid. Hij schudde me stevig de hand. Hij vroeg of hij Nadia tegen me mocht zeggen en sprak die naam vervolgens de hele tijd uit, alsof hij hem op een cursus had geleerd. Terwijl hij de voordeur van het slot deed, zei een stem achter ons: 'Nadia?'

Toen ik me omdraaide, zag ik een vrouw die ongeveer even lang was als ik en even oud. Ze had een geel mouwloos topje aan en een vuurrode rok, die zo kort was dat ik bijna de ronding van haar billen kon zien. Haar bruine blote benen waren sterk en welgevormd. Haar glanzende bruine haar zat in een paardenstaart. Haar lippen waren rood gestift, dezelfde kleur als haar rok. Ze zag er opgewekt, alert, strijdlustig uit. Ik veerde op.

'Louise? Wat fijn dat je bent gekomen.'

Ze glimlachte geruststellend. We liepen samen een armoedig halletje in en een smalle trap op.

'Dit is de woonkamer,' zei Guy overbodig, toen we in een benauwde ruimte kwamen, die muf en onbewoond rook. Twee dunne oranje gordijnen waren half dichtgetrokken over de kleine ramen en ik liep ernaartoe om ze open te doen. Wat een deprimerend flatje.

'Moet je horen,' zei ik tegen Guy. 'Vind je het goed als we gewoon even rondkijken zonder jou? Dat je buiten wacht?'

'Wil je niet...?'

'Nee,' zei Louise. Toen hij weg was: 'Engerd. Zoë kon hem niet uitstaan. Hij vroeg haar mee uit. Viel haar steeds lastig.'

We wierpen elkaar een treurige glimlach toe. Ik voelde tranen achter mijn ogen prikken. Zoë met de lieve glimlach had hier gewoond. Achter die deur was ze doodgegaan.

'Ze lijkt me heel aardig,' zei ik. 'Ik wou...' Toen zweeg ik.

'Ze was een fantastisch mens,' zei Louise. 'Vreselijk, om "was" te moeten zeggen. De kinderen op school waren dol op haar. Mannen vielen ook als een blok voor haar. Ze had iets...'

'Ja?'

Louise liep rond met ogen die duidelijk dingen zagen die ik niet kon zien. Ze liep bijna in zichzelf te praten.

'Ze verloor haar moeder toen ze klein was, hè. En op een bepaalde manier straalde ze dat altijd uit, dat ze geen moeder had gehad. Daardoor had je het gevoel dat je haar moest beschermen. Misschien is ze daarom wel...'

'Wat?'

'God mag het weten. Waarom pikt iemand een bepaalde vrouw eruit?'

Ze keek me aan.

'Die vraag houdt mij ook bezig,' zei ik.

Ik liep de kamer rond en keek: er was nog niets weggehaald, hoewel iemand kennelijk alles had opgeruimd. Boeken lagen netjes op stapeltjes, een paar potloden, een liniaal en een gummetje lagen op een gelinieerd notitieboekje op het tafeltje bij het raam. Ik deed het open en op de eerste bladzijde stond een lijstje onderwijsplannen, keurig gerangschikt. Zoës handschrift: kleine lusletters, netjes. Aan de muur hing een ingelijste krantenpagina, met een foto van Zoë, omringd door tientallen kinderen, met een enorme watermeloen in haar handen.

We liepen de keuken in. Op het afdruiprek stonden mokken, verdorde bloemen hingen slap in een vaas. Een fles witte wijn stond bij de waterkoker. De ijskast stond open, glimmend van leegheid.

'De flat is nu van haar tante,' zei Louise, alsof ik haar gevraagd had hoe het zat.

Ik pakte een rekenmachientje van het aanrecht en drukte zomaar een paar toetsjes in, totdat er een bedrag op het schermpje kwam.

'Was ze heel erg bang?'

'Ja, ze logeerde bij mij. Ze was helemaal over de rooie, maar op die laatste dag leek ze juist wat rustiger. Ze dacht dat het wel goed zou komen. Ik zat buiten, hè.' Louise draaide haar hoofd met een ruk naar de straat. 'Ik zat in mijn auto te wachten, geparkeerd bij een dubbele gele streep. Ik wachtte en wachtte. Toen toeterde ik en wachtte nog even en schold haar uit. Toen belde ik aan. Uiteindelijk heb ik de politie gebeld.'

'Dus je hebt haar lichaam niet gezien?'

Louise keek me schichtig aan.

'Nee,' zei ze ten slotte. 'Dat mocht ik niet. Pas later hebben ze me naar de flat gebracht om er te kijken. Ik kon het niet geloven. Ze stapte uit de auto en zei dat ze zo terug zou zijn.'

'Gaat het goed, dames?' riep Guy van de trap.

'We komen er zo aan,' schreeuwde ik terug.

Samen liepen we haar slaapkamer in. Het bed was afgehaald en er lag een knoedel lakens en slopen op de stoel. Ik deed de klerenkast open. Haar kleren hingen er nog. Ze had er niet zoveel. Drie paar schoenen stonden op de bodem. Ik stak mijn hand uit en voelde aan de stof van een lichtblauwe jurk, een katoenen jasje met een loszittende zoom.

'Kende je Fred?' vroeg ik.

'Ja, hoor. Een charmeur. Zoë kon maar beter niet met 'm omgaan. Hij was niet bepaald een steun voor haar. Ze was opgelucht toen ze het uiteindelijk met hem uitmaakte.'

'Dat wist ik niet.'

Ik sloot even mijn ogen en haalde me de foto van haar lijk voor de geest, dat vredig op de grond lag alsof ze daar in slaap was gevallen. Misschien had ze geen pijn gehad. Ik deed mijn ogen open en daar stond Louise, die me bezorgd aankeek.

'Waarom ben je hier gekomen?' vroeg ze. 'Wat heeft het allemaal te betekenen?'

'Ik weet het niet,' zei ik. 'Ik hoopte dat ik iets te weten zou komen, maar ik heb geen idee wat. Misschien ben ik gewoon op zoek naar Zoë.'

Ze glimlachte. 'Zoek je een aanwijzing?' vroeg ze.

'Stom, hè? Is er iets weg?'

Louise keek om zich heen.

'Dat wilde de politie ook weten. Ik wist het eigenlijk niet zo goed. Het enige wat ik had opgemerkt was dat een wandkleed dat ze van Fred had gekregen er niet meer hing.'

'Ja,' zei ik. 'Dat zag ik in het dossier over de plaats van het misdrijf.'

'Lijkt me vreemd om zoiets te stelen. Het kan niets waard zijn geweest.'

'De politie denkt dat de moordenaar het gebruikt heeft om dingen weg te halen.'

Louise keek bedenkelijk. 'Dan neem je toch een plastic zak uit de keuken?'

'Tja, ik denk niet dat iemand rationeel denkt als hij net iemand heeft vermoord.'

'Maar goed, ze had niet zoveel spullen. Haar tante heeft misschien al dingen weggehaald. En de politie natuurlijk. Maar voor de rest ziet alles er nog net zo uit als ik me herinner. Akelig huis, hè?'

'Ja.'

'Ze haatte het. Vooral aan het eind. Maar het zegt helemaal niets over wat voor iemand ze was.' Louise liep naar de woonkamer terug en ging op de bank zitten. 'Op de laatste dag van haar leven gingen we samen winkelen. Om wat kleren voor haar te kopen, totdat ze al haar spullen had weggehaald, snap je. We kochten een slipje en een beha en sokken en toen zei ze dat ze een T-shirt wilde hebben. Die van mij waren haar allemaal te groot. Ze was een schriel kipje en door al die angst was ze ook nog eens afgevallen. Dus gingen we naar de kinderwinkel een eindje verderop en daar vond ze een dun zomerjurkje en een wit T-shirt met geborduurde bloemetjes erop. Tien tot elf jaar, stond er op het label. Tien tot elf jaar, en het paste haar precies. Ze ging de paskamer in en toen ze naar buiten kwam zag ze er zo lief uit, joh, met dat slordige haar van haar en die magere armpjes en dat stralende gezicht, een beetje giechelig, in een kinder-T-shirt.'

De tranen druppelden over Louises gezicht. Ze deed geen moeite om ze af te vegen.

'Zo denk ik aan haar,' zei ze. 'Ze was drieëntwintig, ze had een goeie baan en een flat en zo. Maar als ik aan haar denk, zie ik haar staan giechelen in die kinderkleren. Ze was zo klein, zo jong.' Ze zocht in haar tas en haalde er een zakdoekje uit en veegde haar gezicht af. 'Dat had ze aan toen ze vermoord werd. Opgetut in haar gloednieuwe kleren. Schoon en fris als een madeliefje.'

'Dames,' riep Guy weer, terwijl hij zijn hoofd om de deur stak. Onthutst keek hij toe hoe we midden in de kamer stonden met de armen om elkaar heen, terwijl de tranen over ons gezicht stroomden. Ik wist niet om wie ik huilde, maar zo bleven we een tijdje staan huilen. Toen we weggingen pakte Louise mijn gezicht met beide handen vast, en zo bleef ze even staan, terwijl ze me strak aankeek.

'Het allerbeste, Nadia, mijn nieuwe vriendin,' zei ze. 'Ik denk aan je.'

19

De volgende avond lag ik even voor zevenen thuis op de bank toen er werd aangebeld. Tot dat moment was alles misgegaan. 's Nachts had ik aan Zoë en Jenny liggen denken. Ik beschouwde ze nu als vriendinnen. Meer dan dat, misschien. Terwijl ik in bed lag, zag ik mezelf op een voetpad lopen en ik wist dat Zoë en Jenny daar ook hadden gelopen. Soms zag ik de sporen waar ze waren geweest en steeds besefte ik dat zij hetzelfde hadden gezien als ik nu zag. Ze waren vooruitgelopen en terwijl het licht op die vroege morgen om de randen van de gordijnen speelde, bedacht ik dat ze daar op me wachtten, in het duister en het niets.

Hadden ze nagedacht over de dood? Wat hadden ze gedaan? Ik bedoel niet welke voorzorgsmaatregelen ze hadden genomen. Waren ze anders gaan leven? Wat doe je als je misschien nog maar een dag of een week te leven hebt? Het leven zou dan dierbaarder worden. Ik zou helder moeten denken, belangrijke boeken moeten lezen. Ik wist niet zeker of ik wel belangrijke boeken had. Nadat ik was opgestaan en koffie had gezet, zocht ik de planken af en vond een dichtbundel die ik ooit op mijn verjaardag had gekregen. Die gedichten zouden bij uitstek geschikt zijn om uit je hoofd te leren, maar ik kon ze niet eens goed lezen. Er was blijkbaar iets mis met mijn hersens. Ik kon de betekenis van de gedichten niet vatten. Ze waren een soort muziek die ze bij de buren draaiden, maar zo zacht dat ik niet kon horen wat het was. Ik zette het boek terug op de plank en deed de televisie aan.

Een dag daarvoor had ik nagedacht over hoe ik de rest van mijn leven constructief kon doorbrengen. Nu keek ik naar een discussieprogramma over vrouwen die affaires hadden met het vriendje van hun zus en daarna keek ik naar een kookprogramma waarin ook spelletjes werden gedaan, en daarna was er een herhaling van een serie uit de jaren zeventig en een vrij oud aandoende documentaire over een koraalrif. De duikers hadden surfplanken. Ik zag ook een heleboel weerberichten.

Als ik op mijn achtentwintigste doodging en iemand schreef een in memoriam, wat niemand zou doen, wat zou hij dan weten te zeggen? 'In haar latere jaren vond ze haar draai als redelijk geslaagde clown op kinderpartijtjes.' Zoë was onderwijzeres geweest, hoewel ze zelf haast nog een kind was. Jenny had drie kinderen. Zij had Josh, een kind dat bijna man was.

Ik viel op de bank in slaap en toen ik wakker werd, keek ik naar het eind van een western en een tijdje naar indoor bowlen en een quiz en weer een kookprogramma, en toen werd er aangebeld. Ik deed open. Josh en Morris stonden op de stoep. De warme dampende geur van Indiaas eten waaide binnen. Morris was in gesprek met een agente.

'Ja, ze kent ons. En de andere vrouw die hier was heeft onze naam en adres al genoteerd. Ik kan het u weer geven, als u dat wilt.' Hij draaide zich om en zag me. 'We hebben eten gehaald en we waren in de buurt, dus we dachten: we gaan even langs.'

Ik had een wezenloze blik in mijn ogen. Dat kwam niet door hen. Het kwam doordat ik een hele dag voor de buis had gezeten. Ik voelde me als verdoofd.

'Laat maar,' zei Morris. 'Geen probleem. We gaan wel ergens op een bankje buiten eten of in een portiek. Ergens onder een straatlantaarn. In de regen.'

Ik kon een glimlach niet bedwingen. Het was nog steeds een zonnige, stralende dag.

'Doe niet zo achterlijk. Kom binnen.' De agente keek bedenkelijk. 'Het is goed. Ik ken ze.'

Ze brachten de heerlijke geur mee naar binnen en zetten drie draagtassen op tafel.

'Je gaat zeker ergens eten,' zei Morris.

'Toevallig niet, nee,' bekende ik.

Ze deden allebei hun jacks uit en gooiden ze op de grond. Ze voelden zich duidelijk thuis.

'Ik heb Josh gered van een nachtmerrieachtige soiree in zijn huis en we gingen op vrouwenjacht.'

Josh glimlachte zo ongemakkelijk dat ik hem bijna wilde zoenen, alleen zou dat alles nog erger maken. Ze begonnen kartonnen doosjes bekleed met aluminiumfolie uit te pakken.

'We wisten niet of je van pittig hield,' zei Morris, terwijl hij de kartonnen dekseltjes losmaakte. 'Dus we hebben maar van alles gehaald, van extreem mild in roomsaus, tot gevaarlijk heet en nog wat dingen ertussenin, en een paar nans, papadums, dal en groenten. Bier voor de grote mensen, en pils voor Josh.'

Ik trok een wenkbrauw op.

'Mag jij alcohol, Josh?'

'Natuurlijk wel,' zei hij agressief.

Nou ja. Ik had al genoeg aan mijn hoofd. Ik pakte borden, glazen en messen.

'Wat hadden jullie gedaan als ik niet thuis was geweest?' vroeg ik.

'Morris wist zeker dat je thuis zou zijn,' zei Josh.

'O ja?' vroeg ik, terwijl ik Morris quasi-ironisch aankeek.

Hij glimlachte.

'Het was niet vervelend bedoeld,' zei hij. 'Ik dacht dat je misschien een beetje trillerig zou zijn.'

'Dat klopt,' zei ik. 'Het ging niet zo goed met me.'

'Dat zie ik,' zei hij. 'Eet nou maar.'

En dat deden we, en het was lekker. Ik had behoefte aan lekker, rommelig, ordinair eten, met allemaal dingen door elkaar, en ik scheurde stukjes nan af en doopte ze in verschillende sauzen. We daagden elkaar uit om hapjes van het heetste gerecht te nemen, met glazen koud bier achter de hand. Ik geloof dat Morris de boel belazerde en alleen maar een piepklein hapje nam, terwijl hij zich vreselijk dapper voordeed, maar Josh haalde een paar keer diep adem en stopte inderdaad een grote lepel van het pittige vlees in zijn mond, kauwde en slikte. We staarden hem aan en zweetdruppels kwamen uit de poriën van zijn voorhoofd te voorschijn.

'Straks ontplof je nog,' zei ik. 'We kunnen beter een eindje opzij gaan.'

'Nee, niks aan de hand,' zei Josh met verstikte stem, waarop we allemaal in lachen uitbarstten. Het was de eerste keer dat ik hem met een vrolijker gezicht zag dan een onhandige, verlegen grimas en ikzelf kon me niet meer herinneren wanneer ik me voor het laatst slap had gelachen. Er was helemaal niets te lachen geweest.

'Nou jij,' zei Josh.

Overdreven keurig nam ik een grote hap en slikte hem door. Ze stonden toe te kijken alsof ik een stuk vuurwerk was dat maar niet af wilde gaan.

'Hoe doe je dat?' vroeg Morris ten slotte.

'Ik ben gek op heet eten,' zei ik. 'En ik kan het als een dame innemen.'

'We zijn diep onder de indruk,' zei Josh.

Daarna nam ik haastig een enorme slok bier.

'Gaat het wel?' vroeg Josh.

'Ik heb een beetje dorst,' zei ik nonchalant.

In verrassend snel tempo waren er alleen nog de afgekoelde resten van een maaltijd. Terwijl ik de tafel afruimde, wat inhield dat ik de bakjes in elkaar zette, liepen de jongens naar mijn beruchte computer. Ze bogen zich eroverheen en ik hoorde zo nu en dan iemand zijn adem inhouden of bulderend lachen. Ik kwam terug met nog een glas bier en nam er kleine slokjes van. Ik voelde me aangenaam duizelig.

'Het is komisch, ja, ik weet het.'

'Nee, het is fantastisch,' zei Josh, die behendig met de muis aan het klikken was. 'Je hebt allemaal van die oeroude programma's met 1.1 en 1.2. Het is net een software-dinosauruspark. Hé, wat is dit?'

Mijn computer bleek een patiencespel te bevatten dat ik nog nooit had ontdekt. Kende ik de regels? riepen ze tegen me. Nee, die kende ik niet. Dus begonnen ze met veel geschreeuw en vechtend om de toetsen te spelen.

'Het lijkt wel een avondje met twee dertienjarigen,' zei ik.

'Nou en?' zei Josh.

Hij leek een stuk losser te worden. In ieder geval was hij veel relaxter tegen mij. Hij straalde niet meer zo'n angstige, verlegen eerbied uit. Ze riepen dat ze meer bier wilden en ik bracht ze twee blikjes uit de ijskast.

'Ik heb het gevoel dat ik prinses Leia uit *Star Wars* ben in dit verhaal,' zei ik.

Josh draaide zich even van het scherm om en keek me peinzend aan.

'Chewbacca eerder, denk ik,' zei hij.

'Wie?'

'Laat maar zitten.'

Misschien was het niet helemaal goed dat ik té aangeschoten werd. Ik ging koffie zetten. Ik schonk een mok in. Heel zwart, heel heet.

'Er is koffie,' riep ik.

Josh was helemaal in het spel verdiept. Hij was vergeten dat ik bestond. Maar Morris slenterde naar me toe en schonk een kopje in.

'Heb je ook melk?'

'Ik haal het wel even.'

'Blijf maar zitten, ik vind het wel.'

Morris liep naar de keuken en ik keek naar Josh, die ingespannen naar het scherm staarde. Zijn armen zagen er verbazend dun en wit uit. Hij was nog een kleine jongen. Terwijl hij al zo groot was. Morris kwam terug.

'Leuk huis,' zei hij. 'Lekker rustig.'

'Zoek je een huis?' vroeg ik. 'Dan moet je eens gaan kijken naar de flat waar ik gisteren ben geweest. Alleen niet zo rustig.'

'Hoe ging het?'

'Ik weet het niet,' zei ik. 'Ik weet niet zo goed wat ik daar deed. Het was waarschijnlijk stom, maar ik had het gevoel dat het belangrijk was. Ik heb Zoës vriendin ontmoet, Louise. Leuke meid. Ik ben dichter bij Zoë gekomen daardoor.'

Morris nam een slokje koffie.

'Kun je echt geven om iemand die je nooit hebt gekend?'

'Nou ja, ik voel me wel een beetje verbonden met Zoë en Jenny, hè.'

'Heb je vorige week in het nieuws de aardverschuiving in Honduras gezien?'

'Nee.'

'Ze hebben al meer dan tweehonderd lijken geborgen. Ze weten niet eens hoeveel mensen er nog vermist worden.'

'Wat afschuwelijk.'

'Het was een klein kolommetje in het buitenlandse nieuws in mijn krant. Als het in Frankrijk was gebeurd, zou het belangrijk nieuws zijn geweest. Als het Engelssprekende mensen was overkomen, zou het op de voorpagina hebben gestaan.'

'Sorry,' zei ik. 'Je zult misschien begrijpen dat ik op dit moment een beetje erg met mezelf bezig ben. Dat komt doordat ik me de hele tijd bang en misselijk voel. Dan krijg je dat.'

Morris boog zich naar voren en zette zijn koffie voorzichtig op een tijdschrift neer, alsof mijn armoedige tafel nog verder in waarde zou kunnen dalen.

'Voel je dat echt?' zei hij meelevend.

'Ja,' zei ik. 'Ik probeer het te vergeten of het te verdoezelen, maar het is een allesoverheersend gevoel. Als je ziek bent, heeft alles wat je eet een beetje een vreemde smaak, ken je dat? Nou, zo voelt het.'

'Als je erover wilt praten, dan kan dat, hoor. Vertel me maar wat je voelt. Geeft niet wat.'

'Dat is lief van je, maar er zit verder niets achter. Ik wil alleen maar dat het overgaat.'

Morris keek rond. Josh was nog steeds in het spel verdiept.

'Wat ga je doen?' zei hij.

'Ik weet het niet. Ik had het stomme idee dat ik zelf aanwijzingen kon proberen te zoeken, maar dat is volgens mij zonde van de tijd. De politie heeft alles al uitgeplozen.'

'Wat zocht je dan?'

'Ik heb geen idee, is dat niet idioot? In een hooiberg naar een speld zoeken is één ding, maar in een hooiberg naar iets zoeken waarvan je niet eens weet wat het is, is natuurlijk van de gekke. Misschien zoek ik een plukje hooi. Ik heb sommige politiedossiers even ingekeken.'

'Mocht je hun dossiers inzien?' zei Morris scherp.

Ik lachte.

'Nou ja, zo'n beetje.'

'Wat stond erin? Waren er ook sectierapporten?'

'Het meeste was bureaucratisch gedoe. Maar er waren ook een paar gruwelijke foto's. Wat er met Jenny was gebeurd. Dat wil je niet weten. Ik zie het nog steeds voor me als ik mijn ogen dichtdoe.'

'Dat kan ik me voorstellen,' zei Morris. 'Ben je iets wijzer geworden?'

'Niet echt. Wel veel informatie, hoor, maar niet iets waar ik mee opschoot. Het was gruwelijk, maar eigenlijk ook zinloos. Ik hoopte, denk ik, iets te herkennen, een schakel die ons met elkaar verbond: Zoë, Jenny en Nadia, de drie vreemde stiefzusters.'

'Je hebt mij gevonden,' zei hij glimlachend.

'Ja. En denk maar niet dat ik je niet meer in de gaten hou, Morris. En dan had je ook nog Guy, de makelaar, die misschien een schakel is tussen Zoë en Jenny. Ik vond het maar een vreemde snoeshaan. Maar ik weet iets van kansberekening. We wonen allemaal in Noord-Londen. Dus het zou vreemd zijn als er geen schakels tussen ons waren. We zijn natuurlijk in dezelfde winkels geweest, we zijn elkaar op straat gepasseerd. Maar daar gaat het niet om. Het maalt gewoon maar door in mijn hoofd. Er moet iets zijn. Dat kan niet anders. Ik heb met een psychologe gepraat en die had het over een stelregel dat de misdadiger altijd iets meebrengt naar de plaats van het misdrijf en altijd iets weghaalt. Vind je dat niet intrigerend?'

Morris haalde zijn schouders op.

'Nou ja,' ging ik verder, 'ík vind het intrigerend. Ik heb het gevoel dat ik het allemaal in mijn hoofd heb. Die hooiberg zit in mijn hoofd en ik voel dat er twee strootjes zijn en als ik die samen kan brengen, kan ik misschien mijn leven redden.'

'Natuurlijk kun je dat,' zei Morris. 'Je mag de moed niet opgeven.'

'Ik denk wel eens dat ik dat wel zou moeten doen. Weet je wanneer ik echt verdrietig ben? Op het sporadische moment waarop ik voel hoe het zou kunnen zijn als ik dit allemaal achter de rug heb en weer een normaal leven kan leiden en oud worden.' Ik moest ophouden en mezelf vermannen, voordat de tranen over mijn wangen zouden stromen. Ik voelde dat er iemand naast me stond. Het was Josh. Ik schonk koffie voor hem in. 'Deze avond was een beetje zo,' zei ik. 'Iets onverwachts en terloops.'

We zwegen even. Josh leek weer ouder nu hij met twee volwassenen op de bank zat. We dronken koffie en betrapten elkaar op blikken en glimlachjes.

'Dus jij bent bezig om een verband te zoeken tussen jou en die andere twee vrouwen,' zei Morris, 'Zoë en, eh, de moeder van Josh.'

'Natuurlijk.'

'Ik heb daarover nagedacht en mag ik iets zeggen dat misschien heel dom is? Maar het is maar een idee.'

'Ga je gang,' zei ik. 'Dat is weer eens wat anders dan mijn gekwek.'

'Er is namelijk een duidelijke schakel tussen jullie drieën.'

'Wat?'

'Het is eigenlijk een strikvraag, maar welke mensen hebben jullie gemeen?'

'Wie?'

Ik keek van Morris naar Josh. Plotseling brak er een flauwe glimlach door op zijn gezicht.

'Ik weet het,' zei hij zelfgenoegzaam.

'Wie dan? Zeg op.'

'Ik vind dat je nog even door moet raden.' Hij was me verdorie aan het plagen, als een irritant jonger broertje.

'Zeg op, verdomme, Josh, of ik knijp heel hard in je neus.' Ik hief dreigend mijn hand op.

'Oké, oké,' zei hij. 'De politie.'

'Waren het steeds dezelfde mensen?' vroeg Morris.

'Ik geloof van wel,' zei ik. 'Maar echt...'

'Er is trouwens wel een belangrijke zwakke plek in mijn briljante theorie.'

'Wat dan?'

'De eerste, Zoë. De politie heeft pas na de eerste brief contact met haar gekregen.'

'O ja.'

We vervielen weer in stilzwijgen. Plotseling leek het alsof er een klein bommetje achter in mijn hoofd afging. Daar had ik nou al die tijd naar gezocht.

'Dat is niet waar,' zei ik.

'Wat?' zei Morris.

'Wat je zei: dat ze haar pas na de eerste brief leerden kennen.'

'Hoe bedoel je? Hoe kenden ze haar dan?'

'Dat stond in het dossier. Zoë had de krant gehaald, vlak voordat die briefjes kwamen. Ze had een dief op straat aangevallen. Ze had hem met een watermeloen geslagen. Ze was beroemd, haar foto stond in de krant. De politie kende haar dus wél.'

'Ik bedoelde het niet helemaal serieus,' zei Morris. 'Maar toch... het is misschien goed om erover na te denken of er iets vreemds is aan de manier waarop ze jou behandeld hebben. Het zal wel de normale, afstandelijke handelwijze zijn die de politie altijd hanteert.'

Ik keek een beetje schichtig op. Ik moest doen alsof er niets vreemds aan de hand was.

'Ja,' zei ik. 'De normale handelwijze.' Ik weet dat ik niet goed kan liegen. Had iemand dat geantwoord als hij de waarheid sprak?

'Voel je je wel goed?' vroeg Morris.

'Ja, natuurlijk. Hoezo?' Mijn gedachten raasden door mijn hoofd. Er was veel te veel om over na te denken, veel te veel om te overwegen. 'Het zou toch geen politieman kunnen zijn?'

'Wat denk jij, Josh?'

Josh schudde peinzend zijn hoofd.

'Nee, dat is gewoon te bizar. Alleen was ik... nee, dat slaat nergens op.'

'Wat?' zei ik. 'Zeg op.'

'Misschien heb je gehoord dat voordat mijn moeder... nou ja, je weet wel, toen hebben ze mijn vader opgepakt, omdat er iets van mijn moeder was neergelegd in de flat van die andere vrouw, Zoë. Wie had dat anders kunnen doen?'

Het werd zo stil als in een donkere grot.

'Dit moet ik even helder krijgen,' zei ik. 'Het is net een cryptogram. Daar ben ik niet intelligent genoeg voor.'

'Het spijt me,' zei Morris. 'Blijkbaar heb ik iets in gang gezet. Ik had mijn mond moeten houden.'

'Nee,' zei ik, 'doe niet zo dom. Het is goed om erover na te denken. Ik kan het alleen niet geloven. Wat moet ik nou doen?'

Morris en Josh keken elkaar alleen aan en haalden hun schouders op.

'Goed op jezelf passen,' zei Morris. 'Goed je ogen openhouden.' Hij knipoogde naar Josh. 'We moeten weg,' zei hij.

Ik liep met ze mee naar de voordeur.

'Wat moet ik nou doen?' herhaalde ik dramatisch.

'Goed nadenken,' zei Morris. 'Dat zullen wij ook doen. Misschien verzinnen we wel iets. En vergeet niet dat we aan jouw kant staan.'

Ik deed de deur dicht en ging niet eens zitten. Ik bleef bij de deur staan, en ik dacht na, steeds maar weer. Ik probeerde mijn gedachten in een passende vorm te gieten. Mijn hoofd deed zeer.

Ik ben er, ik zit ermiddenin. Onzichtbaar. Ik sta voor haar en ze glimlacht tegen me op die speciale manier van haar, waardoor haar ogen rimpelen. Ze giechelt om mijn grapjes. Ze legt haar hand op mijn schouder. Ze heeft me op de wang gezoend, een zachte, droge zoen, die in mijn huid brandt. Ze laat de tranen in haar ogen komen en ze veegt ze niet af. Er zijn niet veel mensen meer die ze vertrouwt, maar mij vertrouwt ze wel. Ja, ze vertrouwt me blind. Wanneer ik bij haar ben, moet ik niet lachen. Het lachen laadt zich in me op, als een bom.

Ze is sterk, veerkrachtig. Ze buigt, maar breekt niet. Ze is niet ingestort. Maar ik ben sterk, ik ben sterker dan zij, sterker dan iedereen. Ik ben slim, slimmer dan die dommeriken die naar aanwijzingen zoeken die er niet zijn. En ik ben geduldig. Ik kan zo lang wachten als nodig is. Ik kijk en ik wacht en ik lach vanbinnen.

20

'Jij,' zei ik.

'Ik,' zei Cameron. We staarden elkaar aan. 'Ik ben vandaag Lynne. Bevel van bovenaf.'

'O.' Ik was gaan opendoen in een dunne ochtendjas en mijn haar was nog niet geborsteld. Ik had Lynne of Bernice verwacht. Ik wilde niet dat hij me zo zag. Zijn blik gleed van mijn gezicht omlaag naar mijn borst, mijn blote benen. Instinctief legde ik mijn hand op mijn hals en ik zag dat hij even flauwtjes glimlachte. 'Ik ga wat aantrekken,' zei ik.

Ik trok een spijkerbroek en een T-shirt aan, daar was niks mis mee. Ik borstelde mijn haar naar achteren en stak het op. Het was koeler vandaag, ik dacht bijna dat ik herfst in de lucht rook, een soort frisheid. Ik verlangde naar de herfst: verkleurende bomen, jagende, grijze luchten, regen en wind. Peren aan de boom in de achtertuin, bramen van het kerkhof verderop. Ik dacht aan wandelingen door het kreupelhout bij het huis van mijn ouders, laarzen op knisperende bladeren. Ik dacht aan het open haardvuur bij Janet thuis en geroosterd brood met boter eten. Kleine dingen.

Ik hoorde Stadler in de keuken, vertrouwd met alle apparaten. Ik dacht aan wat Morris gisteren had gezegd en ik dacht: ja, het zou kunnen, het zou waar kunnen zijn. Ik liet mijn gedachten de vrije loop over de gebeurtenissen tussen mij en Cameron, ik haalde herinneringen op terwijl hij in de kamer ernaast met kopjes rammelde. Hij had zijn hoofd tussen mijn borsten gestopt, kreunend, had me op de grond gedrukt, was wild geweest, hardhandig, teder. Toen hij met zijn hunkerende ogen naar me staarde, wat had hij gezien? Wat zag hij nu? Moest ik bang voor hem zijn?

Ik haalde diep adem en liep ook naar de keuken.

'Koffie,' zei hij.

'Dank je.'

Het was stil. Toen zei ik: 'Ik heb vandaag een afspraak om bij mijn ouders langs te gaan. Ze wonen in de buurt van Reading.'

'Goed.'

'Ik wil graag dat je buiten wacht. Ik zal ze niet vertellen dat jij er bent.'

'Maken ze zich zorgen?'

'Niet hierover. Ze weten het niet. Ik heb 't ze niet verteld.'

Maar ze maakten zich altijd zorgen, dacht ik. Daarom had ik niets tegen hen gezegd. Elke keer dat ik de telefoon opnam, hoorde ik in gedachten al de zachte, zenuwachtige stem van mijn moeder met die ondertoon van paniek. Ze verwachtte altijd slecht nieuws van me te horen. Iedere keer dat ze mijn stem door de telefoon hoorde, dacht ze dat ik haar iets ergs zou vertellen, waardoor haar ongerichte angsten een bestemming zouden vinden. Ze had nooit vertrouwen in me gehad, ik weet niet waarom. Ze twijfelde aan mijn vermogen om voor mezelf te zorgen en mijn leven op orde te krijgen. Maar vandaag ging ik het ze vertellen. Ik had geen keus.

'Nadia, we moeten praten.' Hij zette zijn kopje neer en boog zich naar me toe.

'Ik wilde je iets vragen.'

'Over ons. Jij en ik.'

'Ik wilde je iets over Zoë en Jenny vragen.'

'Nadia, we moeten praten over wat er is gebeurd.'

'Nee.' Ik probeerde zakelijk te blijven. Ik deed mijn best om mijn kopje recht te houden.

'Dat meen je niet echt,' zei hij.

Ik keek naar hem. Lang, stevig, als een muur tussen mij en de rest van de wereld. Hij had sterke, plompe handen met haar op de knokkels. Die handen hadden mij vastgehouden, me gestreeld, mijn geheime delen gevoeld. Hij staarde me aan, kleedde me uit met zijn ogen.

'Ik ben verliefd op je,' zei hij hees.

'Heb je het aan je vrouw verteld?'

Hij kromp even ineen en zei toen: 'Zij heeft er niets mee te maken. Het gaat alleen om jou en mij, hier in jouw huis.'

'Vertel eens wat over Zoë en Jenny,' dramde ik door. 'Je hebt me nooit wat over ze verteld. Wat waren het voor vrouwen?' Hij schudde geërgerd zijn hoofd, maar ik zette door. 'Dat ben je me verplicht.'

'Ik ben je niets verplicht,' zei hij, maar hij hief zijn handen omhoog in een gebaar van overgave en daarna sloot hij even zijn ogen. 'Zoë: ik kende Zoë niet zo goed. Daar heb ik nauwelijks de kans voor gehad. Ik zag haar voor het eerst op een gigantische foto uit een krant die bij ons op het bureau aan de muur was gehangen, je weet wel, toen ze die berover met een watermeloen bewusteloos had geslagen. Ze was een soort heldin voor de jongens en een meid waar je schuine moppen over tapte.'

'Maar wat was ze voor iemand?'

'Ik heb haar nooit ontmoet.'

'En Jenny? Die moet je toch goed gekend hebben.' Ik keek aandachtig naar zijn gezicht.

'Jenny was een ander verhaal.' Hij begon te grijnzen bij de herinnering, maar toen toomde hij zichzelf in. 'Ook klein van stuk. Jullie zijn allemaal klein,' voegde hij er peinzend aan toe. 'Maar sterk, energiek, gesloten, duister, kwaad. Een opgewonden standje was ze. Slim. Ongeduldig. Ernstig gestoord soms.'

'Ongelukkig?'

'Dat ook.' Hij legde een hand op mijn knie en ik liet hem even begaan, hoewel zijn aanraking golven van walging door me heen stuurde. 'Maar ze had je kop eraf gebeten als je dat had gezegd. Een soort waakhond.'

Ik stond op om me te bevrijden van zijn hand, schonk nog wat koffie in om iets te doen te hebben.

'We moeten zo gaan,' zei ik.

'Nadia.'

'Ik wil niet te laat komen.'

'Als ik 's nachts in bed lig, zie ik jou, je gezicht, je lichaam.'

'Blijf bij me uit de buurt.'

'Ik ken je.'

'Je denkt dat ik doodga.'

Voordat we weggingen belde ik Links, waar Cameron bij was, en zei dat inspecteur Stadler me naar mijn ouders zou rijden en dat we ergens in de middag zouden terugkomen. Ik hoorde de aarzelende toon in Links' stem: hij begreep niet waarom ik belde om hem te vertellen wat ik ging doen. Maar dat kon me niets schelen. Ik herhaalde hardop en duidelijk wat ik had gezegd, zodat hij het wel moest horen, zodat Cameron het ook moest horen.

We spraken niet veel onder het rijden, eerst over de M4 en daarna over kleine wegen. Ik gaf hem korte instructies terwijl hij reed en me met zijn loodzware blik aankeek. Ik zat met mijn handen in mijn schoot en probeerde uit het raampje te kijken, maar steeds voelde ik dat hij zijn hoofd naar me toe draaide, zijn broeierige blik.

'Wat doen je ouders?' vroeg hij, vlak voordat we er waren.

'M'n vader was leraar aardrijkskunde, maar hij is vervroegd met pensioen gegaan. M'n moeder heeft van alles gedaan, maar is grotendeels huisvrouw geweest en heeft voor mij en m'n broer gezorgd. Daar, bij de kruising. Je gaat niet mee, hoor.'

Het huis was een halfvrijstaand huis uit de jaren dertig, dat niet veel verschilde van de andere in de doodlopende straat. Cameron parkeerde voor de deur.

'Wacht even,' zei hij, toen ik de deurkruk wilde pakken. 'Ik moet je iets zeggen.'

'Wat?'

'Er is nog een brief gekomen.'

Ik leunde achterover in de stoel en sloot mijn ogen.

'O god,' zei ik

'Ik moest aan je beloven dat ik je alles zou vertellen.'

'Wat stond erin?'

'Hij was kort. Er stond alleen: je bent wel dapper, maar dat zal je niet helpen. Zoiets.'

'Was dat alles?' Ik deed mijn ogen open en keek hem van opzij aan. 'Wanneer is die verstuurd?'

'Vier dagen geleden.'

'Heb je iets kunnen vinden naar aanleiding van het briefje?'

'We gebruiken het om onze psychologische evaluatie te verbreden.'

'Niets,' zei ik met een zucht. 'Nou, dan verandert er dus niet veel. We wisten al dat hij nog steeds rondloopt, toch?'

'Inderdaad.'

'Ik zie je over een paar uurtjes.'

'Nadia.'

'Wat?'

'Je bént ook dapper.' Ik staarde hem aan. 'Het is waar,' zei hij.

Ik keek hem aan.

'Net zo dapper als Zoë en Jenny?'

Hij gaf geen antwoord.

Mam had lamsstoofpot gemaakt met rijst, maar het had te lang opgestaan zodat het klonterde, en een groene salade. Ik hield erg van lamsstoofpot als klein meisje. Hoe kun je je moeder ooit vertellen dat je iets niet meer lust? Het was moeilijk eten, kraakbeenachtig en te veel scherpe botsplinters. Pap trok een fles rode wijn open, hoewel geen van beiden ooit alcohol dronk bij de lunch. Ze waren erg blij om me te zien. Ze sloofden zich voor me uit, alsof ik een vreemde was. Ik voelde me ook een vreemde bij deze twee lieve oude mensen, die nog niet echt oud waren.

Altijd voorzichtig, altijd behoedzaam in hun leven. Ze waren ook voorzichtig met mij, ze bleven elke keer dat ik 's avonds uitging voor me op, ze legden een kruik in mijn bed als het koud was, ze zeiden dat ik extra kleren moest aantrekken, ze slepen mijn potloden voor me aan het begin van elk nieuw semester. Ik werd er gek van, van die zorg, van hun aandacht voor elk detail van mijn leven. Nu bracht de herinnering een intens nostalgisch gevoel naar boven, een klomp heimwee onder mijn ribben.

Ik bedacht dat ik het pas na de lunch zou vertellen. We dronken koffie in de woonkamer, met mintchocolaatjes. Ik zag Cameron achter het stuur zitten. Ik schraapte mijn keel.

'Ik moet jullie iets vertellen,' zei ik.

'Ja?'

Mam keek me verwachtingsvol, gespannen aan.

'Ik... er is een man die...' Ik zweeg en keek hoe blij haar gezicht oplichtte. Ze dacht dat ik eindelijk een serieuze vriend had. Ze had Max nooit gezien als iets voor de lange termijn. Ik kon de woorden niet uit mijn mond krijgen. 'Ach, het is eigenlijk niet belangrijk.'

'Nee, ga verder. We willen het horen, hè, Tony?'

'Straks,' zei ik, en ik stond met een ruk op. 'Eerst moet papa me laten zien hoe het met de tuin staat.'

De pruimen rijpten aan de boom en hij kweekte pronkbonen, sla en aardappelen. Er stonden tomatenplanten in zijn kas en hij wilde me met alle geweld een plastic bakje met cherrytomaatjes meegeven.

'Je moeder heeft een paar potten aardbeienjam voor je klaarstaan,' zei hij.

Ik pakte zijn arm.

'Pap,' zei ik. 'Pap, ik weet dat we het niet altijd eens waren, huiswerk, sigaretten, drank, make-up, laat thuiskomen, politiek, drugs, vriendjes, geen vriendjes, serieus werk, noem maar op, maar ik wou alleen maar zeggen dat je een goede vader bent geweest.'

Hij mompelde een verlegen 'Nou, nou' en gaf me een klopje op mijn schouder.

'Je moeder zal wel denken waar we blijven.'

Ik nam afscheid in de gang. Ik kon ze niet goed omhelzen, met de tomaten en de jam in mijn handen. Ik drukte mijn wang tegen die van mijn moeder en ademde de bekende geuren in van vanille, poeder, zeep en mottenballen. De geur van mijn jeugd.

'Dag,' zei ik en ze glimlachten en zwaaiden. 'Dag.'

Heel even liet ik de gedachte toe dat ik ze nooit meer zou zien, maar zo mag je niet denken, je kunt niet het pad af lopen en in de auto stappen en glimlachen en doorgaan, als je je zo laat gaan.

Op de terugweg naar huis deed ik net of ik sliep. Ik zei tegen Stadler dat hij in zijn auto moest blijven nadat hij het huis had geïnspecteerd. Ik wilde een tijdje alleen zijn. Hij begon te protesteren, maar toen ging zijn pieper, die aan zijn broekriem vastzat, af en ik smeet het portier in zijn gezicht dicht.

Ik ging op de rand van mijn bed zitten met mijn handen op mijn knieën. Ik sloot mijn ogen en deed ze daarna weer open. Ik luisterde naar mijn ademhaling. Ik wachtte, niet tot er iets gebeurde, maar tot het nare gevoel wegtrok.

Toen ging de telefoon, alsof hij binnen in mijn schedel rinkelde. Ik stak mijn hand uit en nam op.

'Nadia.' De stem van Morris klonk hees en dringend.

'Ja?'

'Met mij. Niets zeggen. Luister, Nadia, ik heb iets ontdekt. Ik kan het niet door de telefoon zeggen. We moeten elkaar zien.'

Ik voelde de angst in mijn maag groeien, een groot gezwel van angst.

'Wat is er?'

'Kom zo gauw mogelijk bij mij. Je moet iets zien. Is er iemand bij je?'

'Nee, ze zijn buiten.'

'Wie?'

'Stadler.'

Ik hoorde Morris scherp inademen. Toen hij weer begon te spreken, was hij heel kalm en langzaam.

'Blijf bij hem uit de buurt, Nadia. Ik wacht op je.'

Ik legde de hoorn neer en stond op, balancerend op de ballen van mijn voeten. Dus het was toch Cameron. Mijn angst ebde weg en ik voelde me sterk, energiek en helder. Eindelijk was het moment daar. Het wachten was voorbij, en daarmee alle verdriet en angst. Ik was er klaar voor en het was tijd om te gaan.

21

Terwijl ik de deur uit liep, zag ik alles heel helder. Ik wist wat me te doen stond. Het leven was nu heel overzichtelijk. De laag angst was er nog, maar zelfs die was wat dunner geworden. Cameron was meteen de auto uit en stond naast me, met een vragende, zelfs hoopvolle blik in zijn ogen.

'Ik ga even wat eten halen,' zei ik.

We liepen samen verder. Ik zei niets.

'Het spijt me,' zei hij na een tijdje. 'Alles wat er is gebeurd. Ik wil het gewoon goedmaken. Voor jou en mij. Ons.'

'Waar heb je 't over?' vroeg ik.

Hij gaf geen antwoord. We liepen door High Street over het trottoir, totdat we voor Marks & Spencer kwamen. We mochten geen ruzie krijgen, niets dat zijn argwaan zou wekken. Ik legde mijn hand op zijn onderarm. Contact, maar niet overdreven.

'Sorry,' zei ik, 'maar ik ben nu even niet rationeel bezig. Het is niet het moment.'

'Dat begrijp ik,' zei hij.

Ik maakte aanstalten om de winkel in te lopen. Ik zuchtte. 'Ik ben zo terug.'

'Ik wacht hier.'

'Heb jij nog iets nodig?'

'Laat maar.'

De Marks & Spencer in Camden Town heeft een kleine achteruitgang. Het roltroittoir op en naar buiten, en binnen een paar minuten zat ik in de metro. Toen ik met de roltrap naar het perron ging, met de warme luchtstroom langs me heen, had ik over mijn schouder gekeken. Hij was er niet, dat was zeker.

Tijdens het korte metroritje probeerde ik wijs te worden uit wat Morris had gezegd. Ik had het gevoel alsof ik wekenlang in een dikke mist had vastgezeten, die nu weliswaar niet helemaal oploste, maar wel dunner werd, zodat er een soort landschap zichtbaar werd. Als het een politieagent was geweest, als het Cameron was geweest, werd het onmogelijke ineens iets voor de hand liggends. De politie had gemakkelijke, onvoorwaardelijke toegang tot Zoës flat, tot Jenny's huis. De moed zonk me in de schoenen. Tot míjn flat. Maar waarom zouden ze dat doen? Waarom zou Cameron dat doen?

Ik hoefde alleen maar aan Camerons starende ogen te denken en ik wist het antwoord. Ik dacht terug aan mijn eerste gesprekken met de politie, Cameron in de hoek met zijn blik strak op me gericht. Cameron in mijn bed. Nooit eerder had iemand zo naar me gekeken, me zo aangeraakt, alsof ik een onbeschrijflijk aantrekkelijk en vreemd voorwerp was. Ik had het gevoel dat hij naar me wilde kijken, me wilde strelen, in me wilde gaan, me wilde proeven, dat allemaal tegelijk, alsof hij er nooit genoeg van zou krijgen. In het begin was het geweldig opwindend geweest, maar daarna stootte het me af en nu kon ik er met mijn verstand niet bij. Om vlak naast de vrouw te liggen die jij doodsbang maakt, om met haar te neuken, haar al haar geheimen te ontfutselen. Wat een kick. Maar viel er wel iets te bewijzen? Had Morris iets gevonden wat ik kon gebruiken?

De flat van Morris was maar een paar minuten lopen van het metrostation. Er waren massa's mensen op straat. Hij woonde in een klein steegje dat moeilijk te vinden was. Ik liep er eerst voorbij, maar toen vroeg ik het aan iemand die het wist en liep verder de hoek om. Het steegje met kasseien was verlaten op deze zaterdagavond. Aan het eind was een deur met een kaartje bij de bel: Burnside. Ik belde aan. Het bleef even stil. Was hij misschien niet thuis? Toen hoorde ik een aantal krukken omdraaien, hendels omhooggaan en hij deed de deur open. Hij zag er heel vreemd uit, één brok energie. Hij had een wijde broek aan met overal grote zakken en een overhemd met korte mouwen. Hij liep op blote voeten. Maar er was iets in zijn ogen, iets schitterends en levendigs, dat fascineerde. Hij straalde een energie uit als een soort krachtveld. Hij was een aantrekkelijke man, sterker nog (en dat ontmoedigde me een beetje), hij was een man die zichzelf verliefd waande. Ik hoopte dat hij niet van een mug een olifant had gemaakt, in de hoop dat hij iets met me kon beginnen.

'Nadia,' zei hij met een warme glimlach.

Hij stond in de deuropening en keek over mijn schouder. Ik

draaide me om en keek mee. Er was niemand te zien, in het hele straatje niet.

'Hoe heb je ertussenuit kunnen knijpen?' vroeg hij.

'Ik ben toch goochelaar?' zei ik.

'Kom binnen,' zei hij. 'Het is een rommel.'

Ik vond het helemaal niet rommelig. We waren meteen in een kleine, gezellige woonkamer gekomen, met een deur aan de andere kant, die op een korte gang uitkwam.

'Was dit een pakhuis?'

'Een werkplaats, geloof ik. Ik pas op deze flat voor een vriend die in het buitenland is.'

Het enige wat een beetje uit de toon viel was een strijkplank en een strijkijzer opzij van de tafel.

'Je hebt staan strijken,' zei ik. 'Ik ben diep onder de indruk.'

'Alleen dit hemd,' zei hij.

'Ik dacht dat het nieuw was.'

'Dat is juist de truc,' zei hij. 'Als je je kleren strijkt, zijn ze als nieuw.'

Ik glimlachte.

'De echte truc is nieuwe kleren aantrekken,' zei ik.

Ik liep de kamer rond. Ik was verslaafd aan het bekijken van andermans huizen. Ik bewoog me met het instinct van een meesterspeurder in de richting van een groot kurkbord aan de muur, waarop hier en daar afhaalmenu's waren geprikt, visitekaartjes van loodgieters en elektriciens, en, wat vooral interessant was: kiekjes. Morris op een feest, Morris ergens op een motor, Morris op een strand, Morris en een meisje.

'Die lijkt me leuk,' zei ik.

'Cath,' zei hij.

'Is ze je vriendin?'

'Nou, we hadden wel iets.'

Ik lachte heimelijk. Ze was zijn vriendin. Als mannen van een meisje zeiden dat ze iets met haar hadden, was dat net zoiets als mannen die een pleister over hun trouwring deden. Ze wilden hun beschikbaarheid in het midden laten.

'Waar is de rest?'

'Wat?'

'De andere foto's,' zei ik. 'Veel punaises, weinig foto's.' Ik wees. Er zaten overal lege plekken op het bord.

'O,' zei hij. 'Die verveelden me.' Hij lachte. 'Je had detective moeten worden.'

'Nu we het daar toch over hebben, dit kan maar beter iets opleveren, want anders wordt inspecteur Stadler ontzettend kwaad. Ik kom waarschijnlijk goed weg als ze me alleen het verspillen van diensttijd ten laste leggen.'

Morris gebaarde dat ik op een stoel aan tafel moest gaan zitten en hij ging tegenover me zitten. 'Ik heb nog eens nagedacht over dat gesprek dat ik met Stadler had, en met... hoe heette die ander ook weer?'

'Links?'

'Ja, precies, en ik ben ervan overtuigd dat er iets vreemds met Stadler aan de hand is. De manier waarop hij over die twee andere vrouwen praatte was heel bizar, dus ik wou dat even met jou bespreken. En ik vond ook dat ik je bij hem weg moest halen.'

'Heb je bewijs?'

'Wat?'

'Ik dacht dat je misschien iets had gevonden dat we tegen hem konden gebruiken.'

'Sorry,' zei hij. 'Ik wou dat het zo was.'

Ik probeerde te denken. De mist in mijn hoofd, die aan het opklaren was, werd plotseling weer dikker. Toen voelde ik plotseling een kilte door me heen gaan.

'Het heeft toch geen zin,' zei ik dof.

Morris keek me niet-begrijpend aan. 'Wat niet?'

'Die theorie van de politie. Ik was zo enthousiast over Zoë en die watermeloen en haar connectie met de politie, voordat de briefjes kwamen. Maar daarmee komt Jennifer nog niet in het verhaal voor.'

'Waarom niet?'

'Haar medaillon werd in Zoës flat gelegd voordat Zoë doodging, voordat Jennifer de brieven kreeg, voordat ze de politie belde.'

'Misschien heeft de politie dat medaillon daar zelf neergelegd.'

Ik dacht even na.

'Ja, dat zou kunnen,' zei ik weifelend. 'Maar dat verklaart nog steeds niet wat Jenny ermee te maken heeft. Waarom zou hij haar uitkiezen?'

'Misschien heeft Stadler haar ergens gezien.'

'Dat kun je van iedereen wel zeggen. De politietheorie staat of valt met het feit dat de betrokkenen met alle vrouwen te maken hadden.'

Ik was gedeprimeerd en voelde me misselijk. 'Er klopt niets van,' zei ik. 'Ik ga maar weer 's.'

Morris boog zich naar voren en aaide even over mijn arm. 'Blijf nog even,' zei hij. 'Nog even, Nadia.'

'Het had zo mooi kunnen zijn,' zei ik dof. 'Het was zo'n goeie theorie. Zonde om die overboord te gooien.'

'Terug naar de hooiberg,' zei Morris. Hij glimlachte tegen me, alsof dat grappig was. Zijn tanden, zijn hele gezicht straalden.

'Weet je wat?' zei ik dromerig.

'Nee?'

'Ik vond het steeds zo raar dat ik Zoë en Jenny nooit heb gekend. Maar nu is het anders. Ik beschouw ons als zusters, maar ook steeds meer als een en dezelfde persoon. We hebben dezelfde dingen ervaren. We hebben 's nachts wakker gelegen met dezelfde angsten. En we komen op dezelfde manier aan ons eind.'

Morris schudde zijn hoofd. 'Nadia...'

'Ssst,' zei ik, alsof ik het tegen een klein kind had. Ik praatte nu bijna alleen in mezelf en wilde niet dat mijn dagdromerij werd verstoord. 'Toen ik naar de flat ging met Louise, dat is Zoës vriendin, was dat een ongelooflijke ervaring. Het leek wel alsof ze altijd al mijn beste vriendin was geweest, alsof we elkaar herkenden. Het was zo vreemd toen ze vertelde hoe ze die laatste middag met Zoë was gaan winkelen, het leek wel alsof ze het had over een keer dat *wíj* samen waren gaan winkelen. En zij voelde dat ook. Dat kon ik merken.'

En op dat moment loste de mist plotseling op en werd het landschap zichtbaar – daar was het – koud en hard in de zon, ik zag het duidelijk. Er was geen twijfel mogelijk. Sinds ik het labrapport had gelezen, had het me niet meer losgelaten.

'Wat is er?'

Ik schrok op. Ik was bijna vergeten dat Morris er was. 'Wat?' zei ik.

'Je lijkt een beetje afwezig,' zei hij. 'Waar dacht je aan?'

'Ik dacht,' zei ik, 'dat toen Zoë vermoord werd, ze een T-shirt aanhad dat ze de dag ervoor met Louise had gekocht. Raar, hè?'

'Dat zou ik niet weten,' zei Morris. 'Wat is daar zo raar aan, Nadia? Zeg 's.'

'Zonde om dat smerig te maken,' zei ik.

Morris staarde me aan alsof hij mijn gedachten probeerde te lezen. Dacht hij soms dat ik gek werd? Goed zo. Ik leunde over de tafel en pakte zijn hand. Die was klam. Die van mij was koel en droog. Ik hield zijn rechterhand tussen mijn twee handen en kneep erin.

'Morris,' zei ik. 'Ik heb reuze zin in een kop thee.'

'Ja,' zei hij. 'Ja, natuurlijk, Nadia.' Hij glimlachte aan één stuk door. Hij kon er niet mee ophouden.

Hij stond op en liep de kamer uit. Ik keek naar de voordeur. Er zat een aantal hendels en krukken aan. Dan nog een meter of zestig over het uitgestorven steegje, niemand in de buurt. Ik stond op en liep naar het prikbord.

'Kan ik iets doen?' schreeuwde ik.

'Nee,' riep hij vanuit de keuken.

Ik keek naar het bord. Eronder stond een bureautje met laden. Zo stil als ik kon trok ik het eerste laatje open. Chequeboekjes, bonnetjes. Ik trok het tweede open. Ansichtkaarten. Het derde. Catalogi. Het vierde. Een stapeltje foto's. Ik pakte er een paar op. Ik wist ongeveer wat ik te zien zou krijgen, maar toch ging er een huivering van afschuw door me heen. Morris en iemand en iemand en Fred. Morris en Cath en Fred. Morris en iemand en Fred. Ik stopte er een in de achterzak van mijn spijkerbroek. Misschien zou die op mijn lijk gevonden worden. Ik deed de lade dicht en ging weer aan tafel zitten. Ik keek rond. Dit moest maar genoeg zijn. Ik maakte mijn hoofd leeg. Nee, dat is verkeerd gezegd. Ik maakte mijn hoofd niet leeg, ik stopte het vol. Ik dwong mezelf te denken aan de foto van de vermoorde Jenny. Ik dwong mezelf na te denken over elk detail. Wat zou Jenny doen als ze zat waar ik nu zat?

Morris kwam binnen, goochelend met een theepot, twee mokken, een pak melk en een pakje volkorenbiscuitjes. Hij zette alles op tafel en ging zitten.

'Wacht even,' zei ik, voordat hij kon inschenken. 'Ik wil je iets laten zien.' Ik stond op en liep om de tafel heen. 'Het is een soort goocheltruc.'

Hij glimlachte weer tegen me. Zo'n lieve glimlach. Hij zag er gelukkig en opgewonden uit. De opwinding scheen als een licht achter zijn ogen.

'Ik kan niet zo erg goed goochelen,' zei ik, 'maar het eerste wat je leert is dat je het publiek nooit van tevoren vertelt wat je gaat doen. Als het misgaat, kun je altijd doen alsof het de bedoeling was. Let op.' Ik haalde het dekseltje van de theepot, tilde de pot op en toen gooide ik die razendsnel in zijn gezicht. Een beetje thee kwam ook op mij terecht. Ik voelde het niet eens. Hij brulde als een wild dier. In één beweging pakte ik het strijkijzer met beide handen. Ik had maar één kans en ik moest zwaar letsel toebrengen. Hij had zijn handen voor zijn gezicht geslagen. Ik hief het strijkijzer omhoog en liet het daarna met volle kracht op zijn rechterknie neerkomen. Er klonk een krakend, gruizig geluid en nog een schreeuw. Hij kromp ineen en zakte opzij van de stoel. Wat verder nog? Ik dacht aan de foto. Ik voelde me witheet, gloeiend als een pook. Zijn linkerenkel was bloot. Weer sloeg ik met het strijkijzer. Nog meer gekraak. Nog meer geschreeuw. Ik liep achteruit, maar terwijl ik dat deed voelde ik een hand die mijn broek vastgreep. Ik hief het strijkijzer weer op, maar toen ik verder achteruitging, verslapte de hand.

Ik liep zo ver mogelijk van hem vandaan. Hij lag met uitgespreide armen en benen op de grond, in een verwrongen houding, jammerend. Zijn gezicht, voorzover ik het kon zien, was vol vurige, rode blaren.

'Als je ook maar één centimeter naar me toe komt,' zei ik, 'breek ik elk botje in je lijf. Je weet dat ik dat zal doen. Ik heb de foto's gezien. Ik heb gezien wat je Jenny hebt aangedaan.'

Toch liep ik steeds verder achteruit, terwijl ik hem voortdurend in de gaten hield. Ik keek vluchtig om me heen, op zoek naar de telefoon. Met het strijkijzer nog in mijn hand en het snoer slepend over de vloerplanken, begon ik te bellen.

22

Toen ik de hoorn neerlegde, bleef ik staan, zo ver als ik in die kleine kamer van hem vandaan kon blijven. Hij lag nog steeds kreunend en hijgend als een hoopje op de grond. Ik vroeg me af of hij kracht aan het verzamelen was, of hij overeind zou komen en op me af stormen. Moest ik hem weer slaan? Moest ik de deur uit rennen? Ik was als verlamd. Ik kon niets doen. Plotseling begon ik over mijn hele lichaam te trillen. Ik leunde tegen de muur in een poging te kalmeren.

Ik zag een beetje beweging in hem komen, eerst aarzelend, toen doelgerichter. Hij probeerde zichzelf overeind te hijsen en kreunde van de inspanning. Ik besefte algauw dat het er niet in zat dat hij zou kunnen opstaan. Zijn benen weigerden duidelijk dienst. Hij kon zich alleen maar, jammerend van de pijn, over de grond slepen, zodat hij tegen de boekenplank kon leunen. Hij duwde zichzelf wat verder omhoog en draaide zich om, zodat hij me kon zien. Zijn gezicht was ernstig verbrand, er zaten blaren op zijn wangen en voorhoofd. Een van zijn ogen zat halfdicht. Kwijl liep uit zijn mond en over zijn kin. Hij hoestte.

'Wat doe je nou allemaal?'

Ik zei niets.

'Ik begrijp het niet,' zei hij. 'Ik heb het niet gedaan.'

Ik omklemde het strijkijzer.

'Eén beweging en ik sla je verder aan gruzelementen.'

Hij verschoof een eindje en schreeuwde het uit van de pijn.

'Jezus,' hijgde hij. 'Het doet godsallejezus zeer.'

'Waarom heb je het gedaan?' vroeg ik. 'Ze had kinderen. Wat had ze jou misdaan?'

'Je bent gek,' zei hij. 'Ik heb het niet gedaan, Nadia. Ik zweer het. Je weet toch dat ik honderdvijftig kilometer verderop zat toen Zoë vermoord werd?'

'Dat weet ik,' zei ik.

'Wat?'

'Ik weet dat je Zoë niet hebt vermoord. Je was het van plan, maar je hebt 't niet gedaan. Je hebt Jenny vermoord.'

'Je hebt 't mis, ik zweer 't,' zei hij. 'O god, wat heb je met m'n gezicht gedaan? Waarom heb je me dat aangedaan?'

Hij huilde nu.

'Je wilde me vermoorden. Net als haar.'

Ik kon nauwelijks praten. Mijn adem kwam er stokkend uit, mijn hart beukte.

'Ik zweer 't, Nadia,' zei hij fluisterend.

'Hou je bek, godverdomme. Ik heb de foto's gezien. In de la.'

'Wat?'

'Van jou en Fred. De foto's die je van 't bord hebt gehaald voordat ik kwam.'

Hij reageerde meteen.

'Die heb ik verstopt, dat geef ik toe. Ik raakte in paniek, omdat het een slechte indruk zou maken. Maar dat wil niet zeggen dat ik iemand heb vermoord.'

'Zoals je ook in paniek raakte toen we Louise in de flat zouden ontmoeten?'

'Nee, ik kreeg echt een telefoontje. Nadia, je ziet het helemaal verkeerd...'

Ik weet niet wat ik voor ogen had. Misschien wilde ik alleen maar dat hij bekende wat hij had gedaan en dat hij iets, hoe onbeholpen ook, zei waardoor het begrijpelijk werd. Nu besefte ik dat hij nooit zou inbinden en ik het nooit zou begrijpen. Hij zou liegen tot hij erbij neerviel en misschien zou hij uiteindelijk gaan geloven in die leugens. Ik staarde hem aan, naar zijn vervellende gezicht, zijn kronkelende lichaam, zijn ene oog dat naar me op staarde.

'Ik zou je moeten vermoorden,' zei ik. 'Ik zou je moeten afmaken voordat de politie komt.'

'Misschien wel,' zei hij. 'Want ik heb het niet gedaan, Nadia, en ze hebben geen bewijzen tegen me. Dus dan ben ik vrij en jij gaat naar de gevangenis. Maar zou je dat kunnen? Zou je dat kunnen, Nadia? Zou je me kunnen vermoorden?'

'Ik heb er reuze zin in, dat kan ik je verzekeren.'

'Doe het dan. Toe dan, schat. Toe dan.' Er droop speeksel over zijn gezicht. Hij probeerde te glimlachen.

'Ik heb zin om je te laten lijden zoals je Zoë en Jenny hebt laten lijden.'

'Ik zal je helpen,' zei hij en met veel gehijg en gekreun begon hij naar me toe te kruipen als een grote, dikke, afschuwelijke slak. Het ging heel erg langzaam.

'Als je nog dichterbij komt, ram ik je hersens in,' zei ik, terwijl ik het strijkijzer stevig vasthield.

'Doe maar,' zei Morris. 'Je gaat toch al naar de gevangenis. En mij laten ze gaan. En doen ze dat niet, dan ben ik zo weer op vrije voeten. Dus kun je me maar beter naar de andere wereld helpen.'

'Hou op, hou op,' schreeuwde ik en begon te huilen. Ik had het gevoel dat hij niet alleen over de grond kroop, maar ook in mijn hoofd. Op het moment dat ik het strijkijzer naar hem toe wilde smijten, werd er op de deur gebonsd en mijn naam geroepen. Ik keek rond, er waren lichten buiten. Ik rende door de kamer en deed open. Het bleek makkelijk te gaan. Het was in een paar seconden gebeurd. Een vage massa figuren rende langs me heen. Er waren een paar agenten in uniform en Cameron. Achter hem zag ik twee politiewagens staan en eentje kwam aanrijden. Cameron keek de kamer rond. Hij zweette, zijn das hing over zijn schouder.

'Wat heb jij in godsnaam gedaan?'

Ik zei niets. Ik bukte en zette het strijkijzer op de grond.

'Heb je een ambulance gebeld?'

Ik schudde mijn hoofd. Hij schreeuwde iets tegen een van de agenten, die naar buiten liep.

'Ze viel me aan,' zei Morris. 'Ze is gek geworden.'

Cameron keek van Morris naar mij en weer terug, kennelijk verbijsterd. 'Ben je gewond?' vroeg hij aan Morris.

'Nou en of,' zei hij. 'Ik ben zwaargewond. Ze is geschift.'

Cameron liep naar me toe en legde zijn hand op mijn schouder.

'Gaat het?' fluisterde hij.

Ik knikte. Ik bleef maar kijken naar Morris, die ineengezakt op de grond lag en elke keer dat ik naar hem keek, staarde hij terug. Staarde naar me met één oog, dat niet scheen te knipperen. De agent boog zich voorover en zei iets, maar hij bleef maar naar mij staren.

'Ga zitten,' zei Cameron tegen me.

Ik keek om me heen. Hij moest me de kamer door leiden naar een van de stoelen bij de tafel. Ik ging zo zitten dat ik Morris niet hoefde te zien. Ik dacht dat ik zou overgeven als ik hem nog één tel zou zien.

'Luister goed, Nadia. Ik moet dit zeggen voordat we verder gaan. Je hoeft niets te zeggen. Maar als je wel iets zegt, kan dat als bewijs gebruikt worden, voor het geval je iets ten laste wordt gelegd. Je hebt ook recht op een advocaat. We kunnen er eentje voor je regelen, als je dat wilt. Begrijp je dat?'

Ik knikte.

'Nee, je moet hardop zeggen dat je het begrijpt.'

'Ik begrijp het. Ik wil best praten.'

'Wat is er nou gebeurd?'

'Kijk maar in die la daar.'

Hij liep naar de openstaande voordeur en blafte iets tegen een rechercheur. Een ambulance kwam met veel kabaal aanrijden. Een man en een vrouw in groene overalls renden naar binnen en bogen zich over Morris. Cameron staarde me aan. Hij haalde dunne plastic handschoenen uit zijn zak, die meer op de goedkope pruldingen leken die je gratis in benzinestations krijgt dan het soort dat chirurgen gebruiken. Hij deed de lade open en bekeek de foto's.

'Hij kende Fred,' zei ik.

Het begon steeds meer op een klucht te lijken. Cameron staarde verbijsterd naar de foto. Morris jammerde van de pijn toen ze zijn broek lossneden. Toen kwam Links binnen.

'Wat is hier in godsnaam...?' zei hij, in een poging het tafereel te begrijpen.

'Ze heeft Morris met een strijkijzer geslagen,' zei Cameron.

'Godverdomme. Waarom?'

'Ze zegt dat hij de moordenaar is.'

'Maar...'

Cameron gaf Links een van de foto's. Hij staarde ernaar. Toen keek hij me aan.

'Ja, maar dan nog...' Hij wendde zich weer tot Cameron. 'Heb je haar op haar rechten gewezen?'

'Ja. Ze zegt dat ze wel wil praten.'

'Mooi. En Burnside?'

'Ik heb nog geen kans gehad om met hem te praten.'

Links boog zich naar Morris en liet hem de foto zien. Hij schudde alleen maar zijn hoofd en kreunde. Toen kwam Links bij me zitten. Ik was kalm, helder.

'Heeft Morris je aangevallen?'

'Nee,' zei ik. 'Als Morris me had aangevallen, was ik nu dood. Nee, niet dood. Stervend. Bezig vermoord te worden.'

'Maar Nadia,' zei Links vriendelijk, 'je beseft toch wel dat Morris Burnside Zoë Haratounian bijvoorbeeld niet heeft kunnen vermoorden? Hij was er niet.'

'Dat weet ik. Ik weet wie Zoë heeft vermoord.'

'Wat? Wie dan?'

'Ineens wist ik het. Jullie hielden maar vast aan het idee dat degene die de briefjes stuurde haar ook moest hebben vermoord. Maar stel dat iemand anders haar eerst vermoord heeft?'

'Waarom zou iemand anders haar willen vermoorden?'

'Ik dacht aan iets wat Grace Schilling tegen me zei. Dat de misdadiger altijd iets van zichzelf achterlaat op de plaats van het misdrijf en ook altijd iets weghaalt. Hebben jullie dat wel eens gehoord?' Ik keek op naar Cameron, die in de lade aan het rommelen was. 'Ik heb het labrapport gelezen. Weet u nog wat er stond over het T-shirt dat ze aanhad toen ze gevonden werd?'

'Jawel, maar hoe kun je in vredesnaam...'

'Weet u nog wat er stond?'

'Dat het dezelfde sporen vertoonde van de flat, evenals haar andere kleren, de kleden, de bedden. Alleen van haar en haar exvriend.'

'Maar er konden helemaal geen sporen van Fred op dat T-shirt zitten. Toen ze haar huis binnenging, zat het in een plastic zak. Ze had het de vorige dag gekocht met haar vriendin Louise.' Ik draaide mijn hoofd om zodat ik Morris kon zien. Hij was een en al aandacht. 'Fred heeft haren op Zoës T-shirt achtergelaten toen hij haar wurgde.'

Ik meende bijna een heel flauw glimlachje te zien doorbreken op Morris' gezicht.

'Dat wist je niet, hè?' zei ik tegen hem. 'Jouw vriend heeft Zoë vermoord voordat jij dat kon doen.' Ik keek naar Stadler en Links. 'Twee moordenaars. Begrijpen jullie? Twee. Vonden jullie het niet vreemd dat de moorden zo verschillend waren? Dat van dat escaleren was gewoon gelul. Het kwam doordat ze door verschillende mensen zijn gepleegd. Ben je daarom zo tekeergegaan, Morris? Heb je Jenny gestraft omdat je Zoë was misgelopen?'

'Ik weet niet waar je 't over hebt,' zei hij.

'Maar het had ook een voordeel,' zei ik. 'Je had ineens een perfect alibi. Je kreeg de kans om dicht bij me in de buurt te komen, om me echt te zien lijden.'

'Maar hoe heeft Fred het kunnen doen?' vroeg Links. 'Mevrouw Haratounian was niet eens van plan om terug naar huis te gaan.'

'Ik denk niet dat het met voorbedachten rade was,' zei ik. 'Daar heb ik hier over zitten nadenken. Ik dacht aan dat vreemde ding dat gestolen was, dat armoedige wandkleed dat ze van Fred had gekregen. Waarom zou iemand dat meenemen? Ik denk niet dat het gestolen is. Ik denk dat Fred het gewoon *terug* heeft gepakt. Ik denk dat hij zijn spullen kwam ophalen. Zoë kwam plotseling thuis en toen pakte hij de ceintuur van haar ochtendjas en heeft haar gewurgd.

Daarom was het sporenonderzoek zo moeizaam. Wat hij meenam, was ooit van hem geweest. Wat hij achterliet, was alleen maar meer van wat er al was. Meer Fred. Te veel Fred. En ook hij had een perfect alibi. De politie wist dat hij de briefjes niet had kunnen schrijven. Dus wie zou Zoë anders hebben vermoord dan de man die zei dat hij dat ging doen? Grappig, hè, Morris? Jij en Fred zouden samen een geweldig team zijn, als jullie het maar hadden geweten.'

De verpleegkundigen hadden Morris op een brancard gelegd en brachten een infuus in.

'Gaan jullie zijn zakken niet doorzoeken?'

'Hoezo?'

'Ik weet het niet. Volgens mij wilde hij me kwaad doen.'

Cameron keek even naar Links, en die knikte. De mooie, nieuwe broek van Morris was nu in tweeën. Hij had ontzettend veel zakken en Cameron begon ze te doorzoeken. Ik zag iets glimmen in zijn hand. Hij hield een snaar omhoog.

'Wat is dit?' vroeg hij aan Morris.

'Ik was iets aan het repareren,' zei hij.

'En daar heb je een pianosnaar in een strop voor nodig?'

Hij gaf geen antwoord. In plaats daarvan staarde hij me aan en zei fluisterend: 'Schat. Ik kom terug, schat.'

De verpleegkundigen tilden de brancard op en droegen hem naar buiten. Links schreeuwde iets tegen een van de agenten in uniform.

'Jullie tweeën gaan mee naar het ziekenhuis. Wijs hem onderweg op zijn rechten. Constante bewaking, geen bezoek.'

Ik keek toe hoe hij weggedragen werd. Hij keek me strak aan, totdat ze de hoek omgingen, met zijn ene, alerte oog, zijn aardige moordenaarsgezicht. Hij glimlachte tegen me door zijn masker van bloed en blaren heen.

'En Fred?' vroeg ik.

Links zuchtte.

'We gaan hem meteen ondervragen. Of zo gauw we kunnen.'

'En ik? Mag ik weg?'

'We brengen je wel thuis.'

'Ik loop liever. Alleen.'

Links ging pal voor me staan.

'Mevrouw Blake, als u weigert in een politiewagen te stappen met politiebescherming, laat ik u opsluiten.'

'Ik denk,' zei ik, zo kalm mogelijk, 'ik denk dat ik me veiliger voel in mijn eentje.'

'Goed dan,' zei hij nors. Ik zag de angst op zijn gezicht: hij zag publiekelijk eerverlies in het verschiet, een carrière in duigen.

'Ik was altijd al veiliger in mijn eentje.'

23

Wat heb ik daarna gedaan? Wat doe je als je je leven terugkrijgt?

De eerste dag en nacht was ik bij mijn ouders, ik hielp mijn vader met het schilderen van de tuinschuur en lag op mijn buik op de verschoten chenille sprei in mijn oude slaapkamer, met de geur van mottenballen en stof in mijn neus, terwijl mijn moeder zenuwachtig rondscharrelde in de keuken, thee zette met te veel melk en gemberkoekjes bakte die ik niet lustte. Iedere keer dat ze me zag, keek ze me strak aan met haar roodomrande ogen, en kneep even in mijn schouder of legde haar hand zachtjes op mijn haar. Ik had ze een beetje verteld wat er was gebeurd, maar ik had alles weggelaten. Alles wat ertoe deed.

Toen ging ik naar huis terug en maakte de flat schoon. Mijn eerste gedachte was geweest dat ik halsoverkop zou verhuizen, mijn koffers zou pakken en opnieuw beginnen, maar wat had dat voor zin als ik niet met mezelf opnieuw kon beginnen? Ik wilde het niet. Dus gooide ik de openslaande deuren open en trok een oude katoenen tuinbroek aan, die eruitzag alsof ik die voor de grap had gekregen, of in ieder geval wist ik niet meer dat ik hem had gekocht. Ik zette de radio aan, zodat er vrolijke, domme muziek door alle kamers schalde. Ik ruimde alle laden op. Ik vulde vuilniszakken met gescheurde panty's, oude enveloppen, stukjes gebarsten zeep, lege toiletrollen, lekkende pennen, schimmelige kaas. Ik legde kranten op een stapel voor de papierbak, zette flessen in een grote doos. Ik vouwde kleren op of hing ze in de klerenkast, stopte was in een wasmand, legde rekeningen op een stapeltje, goot bleekwater in de gootsteen en de wc en overal waar dat nodig leek. Ik ontdooide de ijskast, boende de keukenvloer. Ik lapte de ramen. Ik nam stof af, godbetert.

Het duurde twee dagen. Twee dagen lang werkte ik aan één stuk door, van 's morgens tot 's avonds. Het was een soort meditatie. Ik had gedachten zonder echt na te denken, liet herinneringen bovendrijven zonder er echt op in te gaan of te zoeken waar ze vandaan kwamen. Ik was niet euforisch en voelde zelfs geen enkele opluchting, maar stukje bij beetje kreeg ik het gevoel dat ik weer op het spoor terugkwam. Ik pakte Morris' visitekaartje van mijn bureau en zag weer voor me hoe hij me met zijn schitterogen aanstaarde toen hij werd weggedragen, en ik gooide het bij het andere afval in de vuilnisbak. Ik maakte een prop van het papier waarop ik aantekeningen had gemaakt uit de dossiers die Cameron stiekem voor me had meegebracht, en gooide die ook weg, maar eerst schreef ik Louises adres over. Ik raapte twee knoopjes op van de grond. Van Cameron? Ik hield ze een tijdje in mijn handpalm, voordat ik ze in een schoenendoos legde, waarin ik voortaan mijn naaispullen zou bewaren.

Ik luisterde alle boodschappen op het antwoordapparaat af, en dat waren er veel, omdat de eerste geruchten van het verhaal de media hadden bereikt. Er stonden zelfs foto's van ons – van Zoë, Jenny en mij, hoewel ik niet wist hoe ze aan die van mij waren gekomen – op een rijtje boven aan pagina 3 van de *Participant*, alsof we alle drie vermoord waren. Of alle drie nog leefden. Er werd gebeld door journalisten en vrienden wilden plotseling weten hoe het met me was, en Cameron belde een paar keer met een sissende, stiekeme stem, en mensen die ik maar een paar keer in mijn leven had ontmoet belden op, ademloos omdat ze ontdekt hadden dat ze iemand kenden die plotseling en kortstondig een klein beetje beroemd was. Ik nam de telefoon niet meer op.

Dat deed ik pas weer op een vroege ochtend, nadat er vier dagen verstreken waren, een winderige, stralende dag waarop de zon door de openslaande deuren scheen en de eerste herfstbladeren onder de perenboom lagen, waar ik voor het eerst mijn armen om Cameron heen had geslagen en hem had gezoend. Ik dacht erover om met de tuin te beginnen en de doorns weg te hakken, toen de telefoon ging en het antwoordapparaat aanschakelde.

'Nadia,' zei een stem, waardoor ik onmiddellijk ophield met kokend water over een theezakje gieten. 'Nadia, met Grace. Grace Schilling.' Stilte. 'Nadia, als je dit hoort, neem dan de telefoon op.' Toen: 'Alsjeblieft. Het is dringend.'

Ik liep de kamer door naar de telefoon.

'Met mij.'

'Ha. Kunnen we elkaar ergens ontmoeten? Ik moet je iets belangrijks vertellen.'

'Kan dat niet door de telefoon?'

'Nee, ik moet je spreken.'

'Echt belangrijk?'

'Ik denk van wel. Kan ik over, zeg, drie kwartier bij je langskomen?'

Ik keek om me heen naar mijn glanzende huis dat naar bleekwater en boenwas rook.

'Niet hier. Op de Heath?'

'Ik kom naar jouw kant. Tien uur, bij het paviljoen.'

'Goed.'

Ik was te vroeg, maar ze was er al. Het was een warme ochtend, maar ze had een lange jas aan, alsof het winter was. Haar haar zat streng naar achteren, waardoor haar gezicht merkwaardig plat leek, en ouder en vermoeider dan ik me herinnerde. We gaven elkaar stijfjes een hand en liepen de heuvel op, waar een man in zijn eentje aan het vliegeren was met een enorme, grote stuntvlieger, die flapperde en schokte in de wind.

'Hoe gaat het me je?' vroeg ze, maar ik haalde alleen maar mijn schouders op. Ik had geen zin om met haar over mijn geestesgesteldheid te praten.

'Wat is er aan de hand?'

Ze bleef staan en haalde een pakje sigaretten te voorschijn, streek een lucifer af in de kom van haar hand en inhaleerde diep. Toen keek ze me met haar grijze ogen strak aan.

'Het spijt me, Nadia.'

'Was dat zo belangrijk?'

'Ja.'

'Ach, nou ja.' Ik schopte een steentje weg en keek het na terwijl het in het gras ketste. Boven ons dook en danste de rode vlieger. 'En wat moet ik dan terugzeggen van jou?'

Ze fronste, maar gaf geen antwoord.

'Wil je soms dat ik je vergeef of zo?' vroeg ik nieuwsgierig. 'Ik ben niet dood, hoor.' Ze kromp even ineen. 'Ik kan niet zomaar m'n armen om je heen slaan en zeggen: komt wel goed, komt wel goed.'

Ze maakte een ongeduldig gebaar met haar hand, alsof ze een wolk insecten wegjoeg uit de ruimte tussen ons.

'Dat wil ik ook niet. Ik zeg dat het me spijt, omdat het me spijt.'

'Hebben ze je gestuurd? Is dit een groepsspijtbetuiging?'

Ze glimlachte en nam een trekje van haar sigaret.

'God, nee. Het is verboden om contact te hebben met getuigen.' Weer zo'n droog glimlachje. 'Zolang de zaak en het onderzoek nog lopen. En tv-documentaires.'

'Heb jullie dan problemen?'

'O ja,' zei ze vaagjes. 'Maar dat geeft niets. We hóren ook problemen te hebben, Nadia. Onze handelwijze was...' Ze verbeterde zichzelf. 'Ik wou zeggen: onvergeeflijk. Het was onprofessioneel. Stom. Blind. Verkeerd.'

Ze gooide haar sigaret op het pad en drukte hem uit met de neus van haar smalle schoen.

'Misschien moet ik dit op band opnemen voor Clives advocaat.'

Ze fronste.

'Ja, hij gaat er werk van maken. En Zoës tante. Mij kan het niet zoveel schelen. Maar Zoë en Jennifer kunnen me wel schelen. En jou. Het kan me wel schelen wat jij hebt doorstaan.'

We liepen het pad af naar beneden, naar de vijver. Rimpels wind waaiden over het water en lawines van bladeren vielen op de grond. Er stond een klein jongetje met zijn moeder, die stukjes brood naar de dikke, ongeïnteresseerde eenden gooide.

'Het was eigenlijk niet jouw schuld,' zei ik aarzelend. 'Het was toch niet jouw beslissing? Om niet te vertellen hoe het zat, bedoel ik?'

Ze keek me aan, maar gaf geen antwoord. Ze had besloten om de volledige schuld op zich te nemen en er zich niet gemakkelijk van af te maken.

'Als je er wat aan hebt,' dramde ik door, 'denk ik dat je, binnen de grenzen van de situatie, niet zo oneerlijk was als je had kunnen zijn.'

'Dank je, Nadia. Maar ik denk niet dat ik dat in mijn cv ga zetten. Het is vreemd,' ging ze verder. 'Ik heb altijd de mond vol over dat je je eigen leven in de hand moet houden, maar dit liep uit de hand. Toen de eerste stap eenmaal was genomen – om de pers niet in te lichten over Zoës dood, om de plaatselijke bevolking geen schrik aan te jagen, om geen onbekwaam beeld, of nog erger, van onszelf te geven – kwam de tweede stap en de derde, en voordat zij, wij het wisten zaten we op een koers waar we niet meer vanaf konden. Met als resultaat dat we ons te barsten logen en de mensen die bij ons om hulp vroegen die hulp niet gaven.' Ze glimlachte droevig naar me. 'Dat is trouwens geen excuus.'

'Al die angst,' zei ik.

'Ja.'

'Ik heb nooit echt in God kunnen geloven. Jij?'

Ze schudde haar hoofd.

'Er zijn twee vrouwen,' zei ik, 'met wie ik me verbonden voel, hoewel ik ze nooit heb ontmoet. En dan zijn er twee mannen, die ik dus wel heb ontmoet. Jij?'

Ze haalde diep adem.

'Ik heb Fred ontmoet toen hij na Zoës moord werd ondervraagd, en toen heb ik Morris ontmoet natuurlijk, nadat jij had ontdekt dat hij zowel jou als mevrouw Hintlesham kende.'

'Nu moet je me even iets uitleggen, Grace, want jij hebt verstand van zulke dingen. Ze leken normaal. Kon je je dan voorstellen, toen je ze ontmoette, kon je zien dat het potentiële moordenaars waren? Hadden ze iets... neem nou Fred. Had die een gewelddadig verleden?'

'Nu wel.'

'Ik bedoel...'

'Ik weet wat je bedoelt. Je wilt van me horen dat deze mannen anders zijn, toch? Je wilt een etiket op ze plakken: gevaarlijk. Of: gek.' We bleven bij de vijver staan en ze stak nog een sigaret op. 'Dat gaat nu gebeuren, natuurlijk. Mensen als ik gaan Morris ondervragen en dan komen ze erachter dat hij misbruikt werd of verwaarloosd, dat hij geslagen werd of juist te veel verwend, dat hij naar een geweldsfilm had gekeken of dat hij uit het klimrek op zijn hoofd was gevallen. En iemand zal uiteindelijk de pers te woord staan en zeggen dat Fred haar vijf jaar geleden heeft mishandeld of zoiets. En dan krijg je woedende politici en allerlei zogenaamde deskundigen, die vragen waarom niemand dat eerder had gezien.'

'En?'

'Er viel niets te zien. Als iemand een moord pleegt, doet hij dat meestal met iemand die hij kent. Dat wijzen de statistieken uit. Fred kreeg de bons van Zoë en hij was vernederd en woedend, en toen, jammer voor hen allebei, maar vooral voor Zoë, was hij ineens alleen met haar. En toen vermoordde hij haar. Zo simpel is het. Die dingen gebeuren. Hij is waarschijnlijk niet moordzuchtiger dan de meeste mensen, alleen heeft hij toevallig een moord gepleegd die niemand oploste, omdat de vrouw toevallig dreigbrieven kreeg van iemand anders.'

'Bemoedigend,' zei ik droogjes.

'Ik had niet gedacht dat je bemoedigd wilde worden. Ik geloof niet dat je me ooit om bemoediging hebt gevraagd. Dat is toch jouw stijl niet? Morris, tja, Morris is natuurlijk wél een ander geval, je zou hem gek kunnen noemen, zoals je iederéén die zinloze misdrijven pleegt gek kunt noemen. Of slecht, als je in zulke termen wilt geloven. Maar daar schieten we niets mee op, toch? Want wat jou dwarszit is dat ondanks al die angst en gruwelijkheid en dood hier geen les uit te leren valt, hier geen etiket op te plakken is.'

'Ja.'

'Precies.' We liepen verder, terug naar het pad waar we waren begonnen, en we zwegen enkele minuten.

'Mag ik je iets vragen, Nadia?'

'Ga je gang.'

'Dat zit me al een hele tijd dwars. Hoe heb je in vredesnaam die dossiers onder ogen gekregen?'

'O, dat. Ik ben met Cameron Stadler naar bed geweest en toen heb ik hem gechanteerd.'

Ze keek me aan alsof ik haar zojuist een klap in haar gezicht had gegeven. Ze zag er komisch uit.

'Vraag maar niets,' zei ik. 'Dat wil je niet weten.'

Toen begon ze te lachen, een aarzelend, niet helemaal vrolijk geluid, maar ik lachte mee en algauw hielden we elkaar vast, giechelend en grinnikend als tieners. Toen hield ze abrupt op en ze kreeg een ernstige uitdrukking op haar gezicht.

'Je kunt je niet de rest van je leven schuldig blijven voelen,' zei ik.

'Wedden?'

'Nee, laat maar.'

We kwamen bij een splitsing en ze bleef staan. 'Ik moet die kant op,' zei ze. 'Tot ziens dan maar, Nadia.'

'Tot ziens.'

Ze stak haar hand uit en ik schudde hem. Toen liep ik dezelfde weg terug die we waren gekomen, naar de plek waar de vlieger nog steeds in de lucht hing.

'Nadia!'

Ik keek om. 'Ja?'

'Je hebt ons gered,' riep ze. 'Ons, jezelf, de andere vrouwen die zouden volgen. Je hebt ons allemaal gered.'

'Dat was pure mazzel, Grace. Mazzel.'

24

Het was te koud voor sneeuw. De lucht was ijzig blauw en de stoep glinsterde nog van de rijp van de afgelopen nacht. Mijn adem wolkte in de lucht, mijn ogen traanden, mijn neus voelde rood en schrijnend en mijn kin brandde boven de kriebelige wol van mijn oude, rafelige das. De wind was een mes. Ik liep snel, met gebogen hoofd.

'Nadia? Nadia!' Een jonge stem waaide over straat. Ik draaide me om en kneep mijn ogen toe.

'Josh?'

Het was 'm. Hij was met een groep jongens en meisjes van zijn leeftijd, allemaal ingepakt in dikke jacks en mutsen, die tegen elkaar aan bigden, maar hij stak de straat over. 'Ik zie jullie zo,' riep hij tegen hen, gebarend dat ze vast moesten gaan. Hij zag er steviger uit dan ik me herinnerde, minder bleek en slungelig. Hij bleef vlak voor me staan en we lachten een beetje onwennig tegen elkaar.

'Joshua Hintlesham, ik heb aan je gedacht,' zei ik, in een poging opgewekt te klinken.

'Hoe is het?'

'Ik leef nog.'

'Goed zo,' zei hij, bijna alsof dat niet vanzelfsprekend was. Hij keek zenuwachtig om zich heen. 'Ik had je moeten opzoeken,' zei hij. 'Maar ik voelde me rot. Dat ik met Morris langskwam, en zo. Alles.'

Het leek meer dan vijf maanden geleden sinds hij bij mij op de bank had gezeten, een zielig hoopje magere botjes. Ik wist niet wat ik tegen hem moest zeggen, want er was te veel tussen ons: een grote berg van verschrikking, verlies en angst.

'Heb je tijd voor een kopje koffie of zo?' Hij deed zijn wollen muts af toen hij dat zei en ik zag dat hij zijn haar feloranje had geverfd en een piercing in zijn oor had.

'En je vrienden dan?'

'Dat is wel goed.'

We liepen samen zwijgend verder tot we bij een Italiaans cafétje kwamen. Het was er donker, warm en rokerig, en op de toonbank stond een espressoapparaat te sissen en te spetteren.

'Zalig,' zuchtte ik en ik trok mijn jas en handschoenen uit, deed mijn muts en das af.

'Ik trakteer,' zei hij, quasi-nonchalant, met een zelfvoldane blik op zijn gezicht, terwijl hij het geld in zijn zak liet rinkelen.

'Oké, rijke stinkerd, doe mij maar een cappuccino.'

'Wil je iets eten?' vroeg hij hoopvol.

Ik wilde hem niet teleurstellen. 'Zo'n amandelbroodje.'

Ik ging aan een tafeltje in de hoek zitten en keek naar hem terwijl hij bestelde. Daar stond Jenny's oudste zoon, leunend op de toonbank met zijn oranje haar, die zijn best deed om een man te zijn, die cool en zelfverzekerd probeerde te doen, voor mij. Hij moest vijftien zijn geworden, berekende ik. Hij was nu bijna een man. Over een paar jaar was hij van school.

Hij zette mijn koffie en amandelbroodje voor me neer. Hij had zelf warme chocola genomen en die dronk hij met kleine slokjes op, waardoor zich een snorretje van schuim op zijn bovenlip vormde. We glimlachten weer tegen elkaar.

'Ik had je moeten opzoeken,' zei hij weer.

We dronken onze drankjes gulzig op en keken elkaar aan boven de rand van de kopjes.

'Ik hoorde dat je Morris aardig te pakken hebt gehad,' zei hij.

'Het was hij of ik.'

'Is dat echt waar, van dat strijkijzer?'

'Klopt.'

'Dat moet zeer hebben gedaan.'

'Wat heet.'

'Daar zou ik dan blij om moeten zijn,' zei hij. 'Ken je die Yakuza-bendes in Japan? Als die je vermoorden, doen ze van alles met je tot je bewusteloos bent. Daarna slepen ze je naar buiten en rijden met een auto een paar keer over je heen totdat al je botten gebroken zijn. Er is een theorie dat pijn op een zeer primitief niveau wordt gevoeld, ook als je in coma bent of bijna dood.'

'Fijn,' zei ik met een grimas.

'Ik had een tijdje het idee dat ik Morris iets moest aandoen. Ik dacht eraan dat hij al die tijd dat hij met me omging wist wat hij met m'n moeder had gedaan.'

'Dat was nou juist de kick.'

'Maar toen dacht ik: lik me reet. Misschien als hij vrijkomt.'

'Hij komt pas vrij als hij een bibberig oud mannetje is.'

'Een bibberig oud mannetje met een reumatisch knietje,' zei Josh grijnzend.

'Laten we het hopen. Fred komt eerder vrij. Ik had het daarover met Links. Hij wordt pas volgend jaar berecht, maar voor zoiets onbelangrijks als het wurgen van je ex-vriendin omdat ze je aan de kant heeft gezet, krijgt hij niet meer dan acht tot tien jaar.'

Hij zette zijn kopje op tafel en streek met zijn duim over zijn bovenlip om de chocola weg te vegen.

'Ik weet niet wat ik je wil vragen,' zei hij een beetje bitter. 'Ik denk vaak dat ik je dingen wil vragen over alles wat er gebeurd is, maar nu weet ik niet wat ik wil vragen. Ik weet wat er is gebeurd en zo, dat weet ik allemaal al, dat is 't niet.' Hij fronste en staarde me hulpeloos aan met die ogen van hem die me steeds aan Jenny deden denken, en plotseling leek hij veel jonger, was hij de Josh die ik me uit onze rampzalige zomer herinnerde.

'Je denkt dat er iets is wat ik je zou moeten kunnen vertellen.'

'Zoiets, ja,' mompelde hij, en tekende met zijn vinger in een bergje suiker op tafel. Ik herinnerde me dat ik bijna hetzelfde tegen Grace had gezegd, al die maanden geleden op de Heath. Ik haalde diep adem.

'Je moeder is vermoord door Morris omdat hij dat leuk vond. Toen koos hij mij uit, en als ik niet zo'n mazzel had gehad, had je nu kunnen zitten naast de volgende vrouw op wie hij zijn zinnen had gezet, of degene daarna. Er is geen redelijke verklaring voor. Het had iedereen kunnen zijn, alleen was het toevallig Jenny. En ik vind het heel verschrikkelijk,' zei ik nog, na een korte stilte.

'Oké,' mompelde hij, terwijl hij nog steeds met gebogen hoofd patronen maakte in de suiker.

'Hoe gaat het op school?'

'Ik zit nu op een andere. Het leek verstandig om van school te veranderen.'

'Ja.'

'Het gaat beter. Ik heb vrienden.'

'Mooi.'

'En ik ben bij iemand.'

'Een vriendin, bedoel je?'

'Nee, iemand om over dingen te praten.'

'O, nou, dat is ook mooi.' Ik keek hem hulpeloos aan.

'En jij?'

'Ik?'

'Wat doe je nu?'

'Van alles.'

'Hetzelfde als eerst dus?'

'Nee,' ontkende ik heftig. Ik wees op de kleine nylon tas onder mijn stoel. 'Weet je wat er in die tas zit?'

'Wat dan?'

'Vijf jongleerballen, onder andere.'

Hij keek me aan alsof hij me niet begreep.

'Vijf,' herhaalde ik. 'Wat vind je daarvan?'

'Ongelooflijk,' zei hij, duidelijk onder de indruk.

'Ik heb een meesterlijk plan om helemaal uit dit werk te stappen, maar intussen heb ik niet stilgezeten.'

'Laat 's zien,' zei hij.

'Hier?'

'Vooruit, laat zien.'

'Wil je dat echt?'

'Ik moet 't zien.'

Ik keek om me heen. Het was bijna leeg in het café. Ik pakte ze uit de tas, drie in de ene hand, twee in de andere. Ik stond op.

'Let je goed op?' zei ik.

'Ja.'

'Je moet je goed concentreren.'

'Doe ik.'

Ik begon. Het ging ongeveer één tel goed, en toen vlogen ze alle kanten op. Een bal raakte Josh, een kwam tegen mijn lege koffiekopje aan.

'Nu heb je een algemene indruk,' zei ik en kroop onder de tafel om er eentje te pakken die in de hoek was gestuiterd.

'Is dat 't?' zei hij glimlachend.

'Nou ja, als het zo makkelijk was, zou iedereen 't doen.'

'Nee, het was fantastisch,' zei hij en hij begon onbedaarlijk te lachen. Misschien was dat mijn cadeau aan Josh, en mijn afscheid: Nadia de clown, de vrouw die niet doodging, die gekleurde ballen in het rond gooide in een donker cafeetje. Een giechelt je, of misschien was het een snik, welde in mijn borst op. Ik raapte de ballen bij elkaar en stopte ze terug in de tas.

'Ik ga maar 's,' zei ik.

'Ik ook.'

We zoenden elkaar bij de deur van het café, een op elke wang, en daarna liepen we de bittere kou in. Toen we ieder een andere kant wilden op gaan, zei hij: 'Ik leg nog steeds bloemen op haar graf, wist je dat?'

'Daar ben ik blij om,' zei ik.

'Ik vergeet het nooit.'

'O Josh,' zei ik. 'Je mag best een keer wat vergeten. Iedereen mag wel eens wat vergeten.'

Maar toen ik naar het pad langs het kanaal liep en daarover naar mijn huis liep, dacht ik bij mezelf: ik kan het niet vergeten. Ik zal hen nooit vergeten, de vrouwen die zijn gestorven. Zoë en Jenny. Soms weet ik zeker dat ze dood zijn. Ze zijn er niet, ze zullen er nooit meer zijn, hoe lang ik ook op ze wacht, deze vrouwen die ik nooit heb ontmoet. Maar toch betrap ik mezelf erop dat ik nog steeds geloof dat ik hen zal zien als ik de bocht om loop, als ik in een drukke bus stap en over het gangpad door de mensen heen dring op zoek naar een plaatsje, als ik de gezichten in een bewegende mensenmenigte afspeur of ik de vriendin zie met wie ik een afspraak heb, als ik 's ochtends mijn ogen open na een droom die echt leek, ook toen hij al voorbij was.

Ik ken hun gezichten heel goed, beter dan de gezichten van alle anderen, beter dan het gezicht van mijn moeder, mijn vader, beter dan het gezicht van een minnaar waar ik ooit met hartstocht en hoop naar keek. Ik ken hun gezichten net zo goed als mijn eigen gezicht in de spiegel. Ik heb mijn ogen blind gestaard op hen, ik heb naar aanwijzingen gezocht, ik heb ze gesmeekt om hun betekenissen prijs te geven, om me te helpen. Het scheefhouden van een neus, het optillen van een kin, hoe ze precies glimlachte, met glanzende tanden, hoe ze precies fronste, met dat groefje tussen haar ogen. Elke rimpel, groef, lijn, schaduw, holte, vlek, wond.

Ik heb hen nooit ontmoet, maar toch mis ik hen. Ik heb hen toen niet gekend, maar nu ken ik hen wel, nu het te laat is. Ik ken hen zoals niemand anders dat ooit zou kunnen. Ze zouden mij ook kennen. Misschien hadden we elkaar niet gelegen, maar onderhuids zijn we zusters, want hun angst was mijn angst, hun schaamte was mijn schaamte, hun woede was mijn woede, en hun paniek en hun schending, en hun gevoel dat ze machteloos stonden en hun besef dat de verschrikking steeds dichterbij kwam. Ik weet wat ze voelden. Ik heb het ook gevoeld.

Anderen zullen hen mettertijd vergeten of zullen hen in ieder geval loslaten. Zo moet het gaan als er iemand doodgaat. De mensen die zeiden dat ze van hen hielden, zullen diezelfde woorden tegen iemand anders zeggen. Dat is goed, dat is juist, dat is de enige manier waarop we het leven aankunnen. We zouden gek worden als we ons alles maar herinnerden en eraan vasthielden. Dus glijden ze langzaam weg. Al hun gebreken en hun irritante gewoontes en hun eigenaardigheden zullen vervagen en ze zullen minder levendig en minder menselijk worden. Te mooi om waar te zijn: lege, glanzende oppervlakken, waarin andere mensen naar hun eigen spiegelbeeld kunnen staren. Hun graven zullen steeds minder bezocht worden. Algauw herdenken we alleen nog sterfdata en dagen van speciale betekenis. Mensen zullen verhalen vertellen over dat ze hen ooit hadden gekend, want in de nabijheid van een tragedie voelen ze zich op de een of andere manier gewichtig. Ze zullen een eerbiedige, gedempte stem opzetten als ze over hen praten: o ja, was dat niet vreselijk, wat er met Zoë, met Jenny gebeurd was? Was het niet treurig?

Maar ik kan hen niet zomaar vergeten. Ik moet hen met me meedragen, overal waar ik nu ga, dwars door het leven dat ik weer terug heb gekregen, door de jaren die zij niet gehad hebben, door alle liefde en verlies en verandering die zij nooit hebben meegemaakt. Iedere dag zeg ik het weer tegen hen: vaarwel.